HARLEKIN

Morris L. West

HARLEKIN

Deutsch von
Karl-Otto von Czernicki

Weltbild

Originaltitel: *Harlequin*

Besuchen Sie uns im Internet:
www.weltbild.de

Genehmigte Taschenbuch-Lizenzausgabe 2005
für Verlagsgruppe Weltbild GmbH
Steinerne Furt 67, 86167 Augsburg

Projektleitung: Gerald Fiebig
Übersetzung: Karl-Otto von Czernicki
Umschlag: Hauptmann & Kompanie Werbeagentur GmbH, München
Umschlagabbildung: zefa/A. Schein
Satz: Uhl + Massopust, Aalen
Druck und Bindung: GGP Media GmbH,
Karl-Marx-Straße 24, 07381 Pößneck

Gedruckt auf chlorfrei gebleichtem Papier

ISBN 3-89897-223-2

1

George Harlekin und ich sind seit zwanzig Jahren miteinander befreundet; dennoch muß ich gestehen, daß er der einzige Mann ist, den ich jemals wirklich beneidet habe. Es gab eine Zeit, da ich glaubte, ihn zu hassen; und nur dank seines Großmutes und seines klaren Geistes bin ich wieder zur Vernunft gekommen.

Er ist all das, was ich nicht bin. Ich bin groß, stämmig, etwas ungeschlacht – zur Verzweiflung jedes Schneiders. Er ist schlank, elegant, ein klassischer Reiter, ein Tennisspieler, dem man mit Vergnügen zusieht. Ich kann mich gerade in *einer* Sprache ausdrücken. Harlekin ist ein Polyglotte und beherrscht ein halbes Dutzend Sprachen. Mehr noch: Er trägt eine geradezu erstaunliche Bildung mit dem entwaffnenden Charme eines Höflings der Renaissance zur Schau. Ich bin ein Antipode, übereifrig, impulsiv, zu voreiligen oder allzu simplen Schlußfolgerungen neigend. Harlekin ist Europäer, kühl, verbindlich, feinsinnig, geduldig selbst mit Narren.

Er wurde in die Finanzwelt hineingeboren. Sein Großvater gründete in Genf die Handelsbank Harlekin et Cie. Sein Vater knüpfte internationale Verbindungen an und eröffnete Filialen in Paris, London und New York. Harlekin baute diesen Bereich weiter aus, erbte dann den Vorsitz im Aufsichtsrat und das größte Aktienpaket. Die Tradition des Hauses war ihm heilig: Der Charakter eines Klienten war ihm wichtiger als jede Bürgschaft; wenn ein Geschäftsrisiko erst einmal eingegangen war, blieb er bei der Stange; ein Vertrag wurde nie durch juristische Spitzfindigkeiten nach allen Seiten abgesichert; ein Händedruck war ebenso bindend wie ein schriftlicher Vertrag; wenn der Klient oder seine Familie in Schwierigkeiten geriet, bewährte sich das Motto der Bank: »*Amicus certus in re incerta* – Den wahren Freund erkennt man in der Not.«

Ich dagegen habe ganz schlicht und einfach als Vertreter angefangen. Ich habe mich im Metallgeschäft nach oben gearbeitet, Geld gemacht und wieder verloren. In den darauffolgenden mageren Jahren fühlte ich mich durch die Anteilnahme, die mir Harlekin in überreichem Maße entgegenbrachte, zutiefst beschämt; staunend betrachtete ich die Summen, die er, nur auf mein Wort hin, aufs Spiel setzte. Als es mir finanziell wieder besser ging, gab ich ihm das Geld, damit er es für mich anlegte, während ich eine lange Kur gegen Magengeschwüre antrat und mich mit der Kunst der Genügsamkeit befreundete.

Ich heiratete früh und erlebte einen Reinfall. Harlekin tobte sich aus, bis er fünfunddreißig war, und heiratete dann, Hals über Kopf, Juliette Gerard, die er auf meinem Boot kennenlernte, während ich sie noch zu überreden versuchte, mich zu heiraten. Danach kamen wir drei Jahre hindurch nicht mehr privat zusammen. Er blieb mein Bankier und ich sein Klient, aber es bestand eine gewisse Reserviertheit zwischen uns, bis ihr Sohn geboren wurde und sie ihn nach mir, Paul Desmond, nannten und ich bei seiner Taufe Pate stand. Am selben Tag bot mir Harlekin einen Sitz in seinem Aufsichtsrat an. In einer plötzlichen Gefühlsaufwallung nahm ich an und wurde damit bei Harlekin et Cie. ein Direktor ohne Geschäftsbereich und der ganz vernarrte Pate eines kleinen, blonden Wurms.

Ich will hier kein Blatt vor den Mund nehmen. Wir waren die besten Freunde, aber noch immer war ich neidisch und eifersüchtig auf Harlekin. Er war so sehr der Maßstab hoher Lebenskunst und doch so klug und vernünftig, daß auch die alten Füchse im Geldgeschäft ihm ihren rabbinischen Respekt nicht versagen konnten. Er hatte zuviel Glück, er war zu vielseitig. Man konnte vielleicht sagen, daß er allzu offensichtlich glücklich war. Er ritt, er segelte, er ließ Vollblüter laufen, er sammelte Bilder und Porzellan. Er wurde von schönen Frauen umschwärmt und war vernarrt in seine Frau. Ihn faszinierte das Vollkommene, so daß sich Durchschnittsmenschen in seiner Gegenwart entmutigt fühlten. Ich fragte mich in trüben Stunden oft, warum er sich mit einem so ungehobelten Kerl wie mir überhaupt abgab. Ich kam mir wie ein Hofnarr vor, der in Gegenwart des erlauchten Fürsten seine Späße macht.

Ich schreibe dies nicht, um ihn herabzusetzen – Gott ist mein Zeuge! Es darf kein Zweifel daran bestehen, daß der Narr den Fürsten liebte und – wider alle Vernunft – noch immer in die Fürstin verliebt war. Ich will Ihnen zeigen, wie hoch Harlekin stand, wie exponiert und verletzlich er war, wie wenig er die Gefahr erkannte, nur er selbst zu sein. Nicht einmal ich sah es ganz deutlich. Juliette konnte es nur erahnen; und als Frau gab sie den Dingen einen anderen Namen.

»... ich fühle mich so überflüssig, Paul. Ich kann ihm nichts geben, außer mich selbst im Bett und noch ein Kind, wenn er es will. Es gibt zwanzig Frauen, die morgen meinen Platz einnehmen könnten. Dabei ist es gleichgültig, ob George es auch so sieht. Ich tue es jedenfalls. Er braucht mich nicht, und eines Tages wird er es wissen...«

Ich bin kein Jago, wenn ich auch manchmal gewünscht hätte, einer zu sein. Ich sagte ihr die einzige Wahrheit, die ich kannte.

»Julie, du bist mit einem Glückspilz verheiratet. Sei glücklich bei ihm. Alles ist für ihn eine Freude, und du bist die größte Freude von allem. Finde dich damit ab, und zum Teufel mit dem, was später ist.«

Dann kam Harlekin herein, überschäumend vor guter Laune, mit einem neuen Bild unter dem Arm und einem neuen Klienten in den Büchern und Plänen für ein Wochenende in Gstaad, wo noch Tiefschnee lag und das Wetter schön zu bleiben versprach.

Bald darauf, im April, fuhren Harlekin und ich nach Peking, weil die Chinesen mit Europa ins Geschäft gekommen waren und Harlekin für sich selbst und seine Klienten Nutzen daraus ziehen wollte. Ich fragte mich besorgt, wie er, der Mandarin der Mandarine, sich wohl bei dem spartanischen Lebensstil der Volksrepublik ausnehmen würde. Wie gewöhnlich hatte ich ihn auch diesmal unterschätzt. Er fühlte sich sofort wie zu Hause und benahm sich ganz ungezwungen. Er sprach und schrieb die Landessprache fließend. Seine Höflichkeit war ohne Makel, seine Geduld grenzenlos. Innerhalb eines Monats verstand er sich ausgezeichnet mit der höheren Beamtenschaft, geachtet von Politikern wie von Technokraten. Er tätigte größere Einkäufe in Antiquitäten, Jade und Teppichen. Er besprach Projekte zur Herstellung von Antibiotika, Arzneimitteln und Präzisionsinstrumenten. Er freundete sich mit Gelehrten und Antiquaren an. Er erkannte die geschliffene Feinheit des orientalischen Humors und verlor nie das Gesicht oder seine gute Laune. Die Art, wie er auftrat, war makellos und brachte ihm die offene Anerkennung unserer Gastgeber ein.

Doch war dies alles nicht nur Charme und Virtuosität. Harlekin war von den Erlebnissen zutiefst bewegt. Die Dinge, die mich zu erdrücken drohten, die Unendlichkeit des Landes, die ungeheure Ausdehnung und die Vielzahl der Stammesinteressen – all das erweckte in ihm den Dichter und Träumer. Er konnte eine Stunde gedankenverloren dastehen und die episch anmutenden Gestalten in der Landschaft beobachten – einen einsamen Fischer, der im Licht der untergehenden Sonne heimkehrte, Frauen, die mit der Tretmühle die Reisfelder bewässerten. Dann erging er sich in leidenschaftlichen, aber zusammenhanglosen Kommentaren.

»...Unser Dasein hat etwas Irrsinniges an sich, Paul... Wir leben von Phantasien und Fragmenten. Wir haben den Clan zerstört und uns in die Einsamkeit der Großstädte verdammt. Wir jagen uns ab nach überflüssigen Dingen und zerschlagen uns dann die Köpfe, um zu verteidigen, was wir nicht brauchen. Wir verschachern Geld und entwerten das Vermögen, das wir anhäufen. Wir haben uns vom Gott unserer Väter abgewandt, nur um uns in den Vorzimmern von Zauberern und Scharlatanen herumzutreiben. Weißt du, manchmal wird mir angst und bange. Ich lebe in einem wohlbehüteten Garten, mit schönen Rasenflächen und Blumen. Aber ich frage mich zuweilen, in Alpträumen, ob es nicht das Tal der Meuchelmörder ist...«

Von Peking flogen wir nach Hongkong und Tokio und von dort nach Hawaii und Los Angeles, wo Harlekin plötzlich erkrankte. Der Arzt wies ihn sofort ins Krankenhaus ein, wo Röntgenaufnahmen eine schwere Infektion beider Lungen erkennen ließen. Zuerst bestand Verdacht auf Tuberkulose, als aber die entsprechenden Tests negativ verliefen, leitete man eine ganze Reihe verschiedener Untersuchungen ein. Juliette flog von Genf herüber, und ich kehrte nach Europa zurück. Harlekin ging es ein paar Tage besser, doch dann trat ein Rückfall ein. Man untersuchte ihn auf Q-Fieber und Papageienkrankheit und andere exotische Erkrankungen. Dann rief mich eines Tages Juliette an. Sie hatte beunruhigende Nachrichten. Die Ärzte vermuteten Lymphgefäßkrebs. Sie hatten eine Biopsie empfohlen. Harlekin hatte sich geweigert.

»Aber warum, Julie... warum?«

»Er sagt, der bloße Gedanke sei ihm zuwider. Er wolle lieber auf das warten, was er den Urteilsspruch der Natur nennt. Es ist sein gutes Recht. Ich will ihn nicht überreden.«

»Ist er deprimiert?«

»Merkwürdigerweise nicht. Er ist vollkommen ruhig. Er sagt, er habe sich mit seiner Lage abgefunden.«

»Und du?«

»Ich mache mir schreckliche Sorgen. Aber er braucht mich, Paul. Darüber bin ich wenigstens glücklich.«

»Klammere dich daran, Mädchen. Grüß ihn von mir. Sag

ihm, der Junge mache sich prächtig und die Geschäfte werden in vollem Schwunge sein, wenn er heimkehrt...«

Ich konnte ihm dieses Versprechen ziemlich zuversichtlich geben. Ich konnte ihm jedoch nicht versprechen, die Geier loszuwerden, die bereits über seinem Haupte kreisten. Jeden Tag erkundigte sich irgendein besorgter Kollege telefonisch oder fernschriftlich, wie es denn nun um Harlekins Gesundheitszustand stehe. Man stellte Fragen nach Änderungen in der Geschäftsleitung, man machte Andeutungen über Fusionsangebote, falls Harlekin sterben oder dauernd arbeitsunfähig bleiben sollte. Ich wurde plötzlich von allen möglichen Leuten eingeladen – zum Lunch, zu Abendessen, Cocktails und privaten Besprechungen in kleinem Kreise in verschiedenen Hauptstädten der Erde. Mehr als einmal erschien irgendein längst verlorener Freund mit einem nützlichen Tip für den Markt oder einem Aktienpaket zu einem besonders günstigen Preis. Am bedeutsamsten war die persönliche Intervention eines Mannes: Basil Yanko, Präsident der Creative Systems Incorporated. Sein Fernschreiben aus New York war kurz und knapp:

»Bin morgen in Genf. Ersuche vertrauliche Besprechung mit Ihnen zehn Uhr. Erbitte Bestätigung. Yanko.«

Natürlich bestätigte ich. Harlekin et Cie. hatten alle Emissionen der Creative Systems Incorporated und ihrer Tochtergesellschaften garantiert. Unser Anteil an ihren Aktien bestand in einer Lizenz, Geld zu drucken. Ein Dutzend größerer Konten war auf ihre Empfehlung hin zu uns gekommen. Basil Yanko konnte mich bitten, auf dem Drahtseil einen Tango zu tanzen, und ich würde ihm den Gefallen tun.

Nicht daß er mir sympathisch gewesen wäre. Im Gegenteil, schon seine äußere Erscheinung stieß mich ab. Er wirkte wie das hohe, schlaksige Skelett eines Mannes, mit mausgrauer Gesichtsfarbe, einem schmalen Mund und schwarzen Knopfaugen, aus denen nicht eine Spur von Humor hervorleuchtete. Er war arrogant, kurz angebunden und hatte wenig einnehmende Umgangsformen. Auf der anderen Seite galt er als der originellste Kopf auf dem Gebiet der Computertechnik. Er hatte als Hardware-Ingenieur bei Honeywell angefangen; dann hatte er Creative Systems Incorporated aufgebaut und damit begonnen, Programme für wichtige Institutionen zu entwerfen – für Regierungsbehörden, internationale Konzerne, Banken Fluggesellschaften, Polizeibehörden. Seine Gesellschaften waren in allen europäischen Ländern, in Südamerika, Australien, Japan sowie in Großbritannien und Nordirland tätig. Sein Reichtum war bereits legendär. Seine Systeme waren die Schnüre, an denen Millionen lebendiger Marionetten hingen. Auch wir setzten sie ein. Basil Yanko ließ keinen Zweifel daran, daß die Systeme uns kontrollierten. Wir hatten uns kaum am Konferenztisch niedergelassen, als er mir auch schon einen Umschlag unter die Nase hielt.

»Lesen Sie das hier. Es ist George Harlekins ärztliches Gutachten.«

Ich ärgerte mich und machte kein Hehl daraus. »Das ist ein persönliches Dokument. Woher, zum Teufel, haben Sie es bekommen?«

»Ganz einfach. Das Krankenhaus ist ein Forschungsinstitut, das Computerzeit bei uns gemietet hat.«

»Das ist verdammt unmoralisch!«

»Lesen Sie es trotzdem. Es deutet zwei Möglichkeiten an: Harlekin hat entweder Lymphgefäßkrebs oder eine seltene Virusinfektion. Falls er sich wieder erholt, wird er eine längere Rekonvaleszenz nötig haben, und seine Arbeitskraft wird einige Zeit drastisch eingeschränkt sein.«

»Also ...?«

»Falls er stirbt, sind die natürlichen Erben seine Frau und ein unmündiger Sohn. Die Geschäftsleitung von Harlekin et Cie. wird auf die Direktoren und eventuelle neue Talente, die man ausfindig machen kann, übergehen. Gute Bankiers sind dünn gesät. Die logische Folge: ein Fallen der Aktienkurse und eine Schwächung des Profitpotentials.«

»Das ist Ihre Logik, Mr. Yanko.«

»Ich bin bereit, darauf eine Wette einzugehen. Wenn Harlekin stirbt, möchte ich seinen Aktienbesitz aufkaufen. Ich werde jedes Angebot auf dem Markt überbieten.«

»Das ist eine Angelegenheit für seine Testamentsvollstrecker.«

»Wobei Sie an erster Stelle stehen.«

»Das ist mir neu.«

»Sie können es als gegeben ansehen.«

»Und wenn Harlekin am Leben bleibt, woran ich keinen Zweifel habe?«

»Dann bleibt dasselbe Angebot bestehen. Ich ersuche Sie, es ihm zu übermitteln, sobald er sich in der Lage fühlt, die Frage zu prüfen.«

»Ich bin sicher, daß er ablehnen wird.«

»In diesem Fall bin ich bereit, die Anteile seiner Gesellschafter zu übernehmen, von denen mehrere zum Verkauf entschlossen sind.«

»Nach den Bestimmungen des Gesellschaftsvertrages hat George Harlekin das Vorkaufsrecht.«

»Ich weiß. Vielleicht ist er aber geneigt, darauf zu verzichten oder die Option zu veräußern.«

»Das bezweifle ich sehr.«

»Sie sind Ihrer Sache zu sicher, Mr. Desmond. Ich muß Ihnen sagen, daß sich das Eventualverhalten bei nichtpsychotischen Individuen neuerdings mit fünfundsiebzig Prozent Genauigkeit im Computer vorausberechnen läßt.«

»Und Harlekin gehört bei Ihnen zu diesen Individuen?«

»Er ist eines der bedeutendsten.«

»Er wird sich geschmeichelt fühlen, wenn er es erfährt.«

»Überschätzen Sie ihn nicht, Desmond. Und unterschätzen Sie mich nicht. Ich erreiche gewöhnlich, was ich will.«

»Warum wollen Sie Harlekin et Cie.?«

Seine dünnen Lippen verzogen sich zu einem Lächeln. »Wissen Sie, wie Harlekin zu seinem Namen gekommen ist? Sein Ururgroßvater war ein Komödiant, der den Arlecchino in der Commedia dell'arte spielte. O ja, das ist wahr. Ich kenne die Familiengeschichte auswendig. In vier Generationen hat sich da eine gewisse Wandlung vollzogen. Aber das ist auch wiederum die uralte Rolle, nicht wahr? Harlekin verwandelt die Welt mit einer Berührung seiner Narrenpritsche... und lacht sich dann über ihre Verwirrung ins Fäustchen.

Übrigens...« Er suchte in seiner Aktentasche und zog einen dicken Ordner heraus. »Sie haben uns beauftragt, eine Sicherheitsüberprüfung Ihres Abrechnungssystems vorzunehmen. Das hier ist der Bericht für die letzten sechs Monate. Der Computer hat einige höchst merkwürdige Unregelmäßigkeiten zu Tage gefördert. Sie werden feststellen, daß in einigen Fällen sofortiges Handeln geboten erscheint. Falls Sie weitere Klärung oder Hilfe benötigen, stehen Ihnen meine Leute zur Verfügung.« Er erhob sich. Die Hand, die er mir bot, war kalt und schlaff wie ein toter Fisch. »Ich danke Ihnen, daß Sie mir Ihre Zeit geopfert haben. Bitte übermitteln Sie meine Empfehlungen an Madame Harlekin und an ihren Gatten meine besten Wünsche für baldige Genesung. Guten Tag, Mr. Desmond.«

Als ich ihn zum Lift begleitete, überkam mich ein Frösteln, als hätte sich ein Abgrund vor mir aufgetan. Die frühesten Bankiers waren Priester, und die Sprache der Finanzwelt hat noch immer etwas Rituelles. Wenn man einem Bankmann sagt, in seinen Konten seien Unregelmäßigkeiten aufgetreten, so ist es, als weise man mit dem Finger auf ihn oder rufe den Fluch der Götter auf sein Haupt herab. Theoretisch sollte ihn der Computer natürlich gegen solche primitiven Unglücksfälle sichern. Der Computer ist ein mächtiges Gehirn, das das Wissen von Jahrhunderten speichern, innerhalb des Bruchteils einer Sekunde mathematische Wunder vollbringen und auf die abstrusesten Gleichungen unfehlbare Antworten liefern kann. In Wirklichkeit verleitet es den Menschen zu blindem Glauben, nur um ihm sogleich seine Geistesschwäche deutlich vor Augen zu führen.

Wir konnten das Gehirn nicht kaufen. Wir mieteten seine Arbeitszeit. Wir beschäftigten Systemanalytiker, um uns unsere Bedürfnisse erläutern zu lassen. Wir stellten Programmierer ein, um Fakten und Zahlen einzuspeichern. Wir gründeten wichtigste Entscheidungen auf die Antworten, die uns das Gehirn lieferte. Da wir aber die Angst nicht loswurden, daß sich die Programmierer irren oder zur mißbräuchlichen Benutzung des Rechners verleitet werden könnten, setzten wir Prüfgeräte ein, um das Gehirn gegen jeden Irrtum oder Mißbrauch unter Kontrolle zu halten. Deshalb glaubten wir, wie es religiösen Menschen nun einmal geziemt, daß das System geheiligt und sicher sei und Schutz gegen Narren oder Schurken biete.

Es gab nur ein einziges Problem: Das Gehirn sowie auch die Programmierer und Kontrolleure gehörten alle zur selben Familie – der Creative Systems Incorporated; Vater der Familie war Basil Yanko, der es darauf angelegt hatte, uns alle unter seine Kontrolle zu bringen. Ob es uns gefiel oder nicht – wir waren in einen Teufelskreis geraten, den ein Zauberer des zwanzigsten Jahrhunderts um uns gezogen hatte. Der noch ungeöffnet auf meinem Schreibtisch liegende Bericht war ein Zauberbuch, das voller geheimer Formeln und gefährlicher Mysterien war. Ich mußte meinen ganzen Mut zusammennehmen, um den Umschlag zu öffnen. Ich brauchte absolute Ruhe, um den Inhalt zu studieren. Ich wies Suzanne an, keine Anrufe durchzustellen, schloß meine Tür ab und machte mich an die Lektüre. Zwei Stunden später stand ich vor der brutalen Tatsache: Harlekin et Cie. waren um fünfzehn Millionen Dollar erleichtert worden – von niemand anderem als George Harlekin selbst.

Jetzt stellte sich natürlich eine einfache Frage: wie in der Geschichte vom Rabbi, der die Synagoge schwänzte, am Sabbat Golf spielte und ein »hole-in-one« erzielte – wem konnte man es sagen? Der Missetäter – oder das Opfer – lag zehntausend Kilometer von hier entfernt im Krankenhaus und wartete darauf, daß ein Mann in weißem Mantel ihm sagte, ob er leben oder sterben würde. Ich mußte fünfzehn Millionen aufbringen, bevor die Buchprüfer auf den Plan traten. Wenn ich alle meine persönlichen Vermögenswerte mobilisierte, war ich für fünf Millionen gut; aber dann fehlten immer noch zehn. Wem konnte ich diese Notlage erklären? Wem würde ich für so viel Geld kreditwürdig genug sein? In der Welt des Geldes gibt es nur wenige Helden. Bankiers sind empfindlich wie Seeanemonen. Wenn man sie anpiekt, rollen sie sich, zitternd vor Wut und Angst, zusammen.

Ich mußte Gewißheit haben, ob der Bericht falsch oder richtig war. Aber wem war zu trauen? Auch die Computerleute sind ein großer Klüngel. Sie heiraten untereinander und treffen sich nur mit ihresgleichen. Computerinformationen sind außerdem wie der Sex. Man kann ihn zehnmal verkaufen und behält ihn doch noch. Und wer kümmert sich schon darum, wenn man diesem Geschäft nicht gerade unter der Nase eines vorbeigehenden Polizisten nachgeht? Wenn Sie mir nicht glauben, kann ich Ihnen so einiges erzählen. Einer unserer Kunden gab zwanzig Millionen für Offshore-Ölbohrungen aus, nur um festzustellen, daß die Konkurrenz bereits in seinem Gebiet bohrte, bevor der Vertragstext fertiggestellt war.

Es war ein Uhr. Um ein Uhr dreißig wurde ich im Club Commercial de Genève zum Mittagessen und zu Geschäftsbesprechungen erwartet. Ich wußte, wenn ich nur die geringste Andeutung von Zweifel oder Unsicherheit erkennen ließe, würden meine Äußerungen um den ganzen Globus wandern, noch ehe die Börse in New York aufmachte. Ich steckte den Bericht in meine Aktentasche, erfrischte mich in Harlekins Badezimmer, öffnete die Tür und rief Suzanne. Da ich sie ohnehin vorstellen muß, lassen Sie mich kurz ein paar Worte über sie verlieren.

Suzanne ist Harlekins Sekretärin. Sie ist vierzig Jahre alt, wobei es auf ein paar Monate mehr oder weniger nicht ankommt, und sie liebt ihn seit dem Tag, da sie vor fünfzehn Jahren zum erstenmal sein Büro betrat. Sie wird schon ein wenig grau, aber sie ist noch immer eine ansehnliche Frau mit guter Figur, klarem Verstand und einer vernünftigen Einstellung zu Sex und Freundschaft. Eine Zeitlang unterhielten wir ein Liebesverhältnis, weil wir beide sonst niemand anderen hatten. Jetzt sind wir gute Freunde. Ich würde ihr mein Leben anvertrauen; aber ich hatte kein Recht, das gleiche mit Harlekins Leben zu tun. Deshalb erzählte ich ihr nur die halbe Wahrheit. Und darin zeigte sich ihr Format: Sie akzeptierte meine Worte, ohne weitere Fragen zu stellen oder verstimmt zu sein.

»Suzy, wir stecken in einer Klemme – in einer großen.«

»Basil Yanko?«

»Ja.«

»Ich hasse diesen Mann.«

»Ich auch. Aber ich muß mit ihm verhandeln. Und ich muß schnell handeln. Niemand außer dir darf wissen, wo ich bin und mit wem ich mich treffe. Klar?«

»Völlig klar.«

»Ruf Executive Charter an und laß heute ab drei Uhr nachmittags eine Maschine für mich bereithalten. Verbinde mich mit Karl Krüger in Hamburg. Ruf den Club an und sag den Leuten, ich würde mich für die Drinks verspäten, aber zur Rede pünktlich da sein. Dann geh in meine Wohnung, pack einen Koffer, hol mich nach dem Lunch ab und fahr mit mir zum Flugplatz. Ich will ein Telegramm diktieren, das verschlüsselt werden muß und an alle Filialleiter geht. Jemand hat unsere Computer manipuliert. Wir stehen mit fünfzehn Millionen in der Kreide.«

»Großer Gott! Weiß George davon?«

»Nein.«

»Willst du es ihm sagen?«

»Nicht, bevor wir das ärztliche Gutachten kennen.«

»Steckt er mit drin?«

»Bis zum Hals. Suzy, du mußt mir vertrauen.«

»Das tue ich, Paul. Aber du mußt auch mir vertrauen.«

»Je weniger du weißt, um so besser für uns alle. Laß es im Augenblick dabei bewenden.«

»Vergiß eines nicht, Paul. Harlekin ist zäher, als du glaubst.«

»Das wird er auch sein müssen, Suzy... Aber jetzt sei brav und setz dich ans Telefon.«

Karl Krüger, Vorsitzender von Krüger & Co. AG, saß noch bei Bier und Knackwurst am Schreibtisch, während seine jüngeren Partner beim Essen im Hotel Vier Jahreszeiten irgendwelche Bankkunden betreuten. Ich konnte mir vorstellen, wie der fünfundsechzig Jahre alte ostpreußische Bär über diese Störung brummte.

»So, so! In Genf spielt ihr wohl Murmeln mit Geld! Hier müssen wir dafür arbeiten. Was, zum Teufel, willst du von mir?«

»Essen, Bett und heute abend ein Gespräch.«

»Ausgeschlossen. Hilde ist da. Du weißt, was das heißt. Sie ist die einzige Frau, mit der ich es in diesen Tagen aushalten kann.«

»Schön, also reden wir zuerst, und dann führen wir sie gemeinsam zum Abendessen aus. Bitte, Karl!«

»Das hört sich nicht gerade beruhigend an, Paul. Stimmt was nicht?«

»Nichts stimmt. Harlekin liegt in Kalifornien im Krankenhaus. Ich habe eine böse Suppe auszulöffeln. Ich brauche dich, alter Freund.«

»Also dann um sechs in meinem Haus. Und wenn du zu lange bleibst, mußt du mit Hilde schlafen. Wiedersehen!«

»Wiedersehen, Karl. Und vielen Dank.« Ich kam rechtzeitig zum Lunch. Ich redete zwanzig Minuten, gab einige optimistische, aber nichtssagende Sätze von mir, die in der Morgenpresse eine halbe Spalte ausmachen würden.

Um 15 Uhr 15 waren wir in der Luft, und um fünf Minuten vor sechs klopfte ich am Alsterpark an Krügers Tür.

Wenn Sie Karl Krüger begegnen, würden Sie ihn wahrscheinlich nicht sympathisch finden. So geht es den meisten Menschen. Die Engländer werden Ihnen erzählen, er sei ein Erzjunker, der mit Hitler gemeinsame Sache gemacht, sich von den Amerikanern durch Bestechungen eine weiße Weste gekauft und sich schließlich niedergelassen habe, um in der Bundesrepublik wieder zu Geld zu kommen. Das stimmt vielleicht; vielleicht auch nicht. Ich weiß es nicht. Ich weiß nur, daß Helli Anspacher schwört, er habe Millionen ausgegeben, um ihren Mann nach der Schellenberg-Affäre vor den Henkern zu schützen, und Chaim Herzl in Tel Aviv sagt, er verdanke ihm sein Leben, und Jim Brandes versteckte sich drei Wochen in seinem Haus, nachdem er bei einem Luftangriff auf Lübeck abgeschossen worden war. Das gehört jetzt alles der Vergangenheit an, und im Detail läßt sich das gar nicht mehr so genau rekonstruieren. Ich kann Ihnen Karl Krüger nur so präsentieren, wie ich ihn in diesem Jahre des Herrn kenne.

Er ist ein hochgewachsener, breitschultriger Mann, mit dichtem eisgrauem Haar, Riesenfäusten, mit dem Gang eines Seemanns und einem Gesicht, das von Runzeln und Leberflecken übersät ist. Er sieht wie ein alter Boxer nach vielen Kämpfen im Ring aus; aber sein Verstand ist klarer und rascher als der der meisten Menschen. Er begrüßte mich wie einen verlorenen Bruder, legte mir den Arm um die Schultern und schob mich mit wiegenden Schritten an den Kamin. »Ach, du liebe Güte! Du bist ja bleich wie ein Tischtuch! Wir werden dir erst einmal innerlich etwas einheizen. Ich habe Hilde gesagt, daß du kommst. Sie sagt, sie werde ihre Liebesgefühle aufsparen, bis sie dich sieht... Scotch, nicht wahr?... Weißt du, Paul, ich hab Hilde zum erstenmal gesehen, als sie für Gregory in München Kitschfilme drehte. Das war vor zwanzig Jahren, und sie ist noch immer eine schöne Frau. Also, reden wir vom Geschäft. Wo drückt der Schuh?«

»Es geht um fünfzehn Millionen Dollar.«

»Was willst du denn verkaufen?«

»Nichts. Wir haben ein Minus in den Bilanzen. Wir sind geschröpft worden, Karl.«

»Von wem?«

»Aus den Unterlagen geht hervor, daß es George Harlekin gewesen sein soll.«

»Was sagst du da?«

»Ich sage, es war nicht George.«

»Hast du ihn gefragt?«

»Das werde ich tun, wenn ich weiß, ob er leben oder sterben wird.«

»Schön, George war es also nicht. Wer denn?«

»Jemand, der Zugang zu unserem Computersystem hat.«

»Name?«

»Ich sage, es war Basil Yanko.«

»Warum? Der hat doch Geld wie Heu.«

»Er will uns schlucken. Er hat mir das heute gesagt...«

»Und was willst du von mir, Paul?«

»Bürgschaft für zehn Millionen, auf Abruf, um uns über Wasser zu halten, bis ich die Bücher in Ordnung bringen und die erforderlichen Überweisungen vornehmen kann.«

»Woher kommen die anderen fünf?«

»Von mir. Alles, was ich besitze.«

»Du bist ein sentimentaler Narr. Du paukst Harlekin heraus, aber Yanko besitzt noch immer Beweise für die Veruntreuung.«

»Wenn wir gedeckt sind, ist es schwerer für ihn, dieses

Beweismaterial zu verwenden. Versucht er es trotzdem, gerät er in den Verdacht der Mittäterschaft. Vielleicht werde ich die Geldmittel nie abrufen müssen, Karl. Verdammt noch mal, wir stehen da wie der Felsen von Gibraltar. Aber ich muß mir die nötige Zeit erkaufen, um mir Vollmachten von Harlekin zu beschaffen und eine unabhängige Untersuchung einzuleiten.«

»Warum ich? Warum nicht eure eigenen Aktionäre?«

»Yanko sagt, er habe sie alle in der Tasche. Du bist der einzige, dem ich zutraue, daß er den Mund hält – ob du mir nun die Deckung gibst oder nicht.«

»Und wer soll die Untersuchung durchführen?«

»Das ist ein anderes Problem. Ich brauche einen international angesehenen Experten oder eine bekannte Kontrollfirma. Der Markt ist begrenzt, und wenn ich da auftauche, weiß es Yanko sofort.«

»Und er wird euch den Mann unter der Nase wegkaufen.«

»Oder schlimmer. In dem Spiel gibt es auch Tote, Karl.«

»Wer hat behauptet, Geld stinke nicht? Du sitzt ganz schön in der Tinte, Paul, mein Junge. Schenk dir noch einen Whisky ein. Ich muß nachdenken.«

Karl Krügers Nachdenken klang wie das Zermahlen von Steinen in einem Kieswerk. Schnaubend, rülpsend und vor sich hin murmelnd schritt er in dem geräumigen Zimmer auf und ab. Er riß die Vorhänge auf, pflanzte seinen massigen Körper vor das Fenster und schaute lange auf das Lichtermeer der alten Hansestadt hinaus, die so tief im Wohlstand ihrer Bürgerschaft verwurzelt war, daß sie sogar den Bombenhagel und die Nachkriegsteilung Deutschlands überlebt hatte. Hier leben Bankiers und Händler und Schiffbauer und lärmende Seeleute, die eifersüchtig über ihre Heimatstadt und deren historische Freiheiten wachen. Sie sind gerissen und schwerfällig zugleich, treue Freunde und hartnäckige Feinde. Wenn sich Karl Krüger hinter mich stellte, konnte ich den Kampf aufnehmen. Ohne ihn war ich den Stürmen schutzlos preisgegeben. Schließlich wandte er sich mir zu. In seinen Zügen lag ernste Entschlossenheit.

»Ich habe Basil Yanko kennengelernt. Ich glaube, ich verstehe ihn. Er ist ein Genie. Nur Kopf und kein Sinn für Firlefanz. Deshalb spielt er um die Macht. Dein George Harlekin, was ist das für ein Mensch? Ein Playboy, ein Clown, ein Amateur? Geld ist Männersache. Diese Stadt ist der Beweis dafür. Euer Harlekin schlendert durch diese Welt der Finanzen, als wäre sie ein Kinderspiel.«

»Bist du auch eifersüchtig auf ihn, Karl?«

»Eifersüchtig? Gott im Himmel! Ich sollte auf einen Mann eifersüchtig sein, der Deckung von fünfzehn Millionen braucht, weil er den Überblick über seine eigenen Konten verloren hat!«

»Ach, laß das, Karl! Du weißt doch nur zu gut, daß jedes System korrumpiert werden kann. In London gibt es jemanden, der seine Klienten nur dadurch bekommt, daß er die Richtigkeit dieses Satzes beweist. Wenn du ihm entsprechende Sicherheiten gibst, wird er dir binnen sechs Monaten das Hemd ausziehen und das ganze Geld auf ein Sperrkonto einzahlen. Nein, tatsächlich willst du doch nur wissen, ob Harlekin eine Rettungsaktion wert ist. Und ich sage dir, er ist es. Du brauchst nicht in Sack und Asche herumzulaufen, um zu beweisen, da du ein guter Bankier bist. Du lebst ebenso gut wie Harlekin. In früheren Jahren hast du es dir an nichts fehlen lassen. Willst du ihn umbringen, nur weil dir sein Lebensstil nicht gefällt?«

»Darum geht es gar nicht. Warum hat Yanko sich gerade ihn ausgesucht? Warum nicht mich? Warum nicht ein halbes Dutzend anderer, die wir beide namentlich aufzählen könnten? Er hat sich Harlekin ausgesucht, weil in dem Mann wie in eurem System eine gewisse Schwäche liegt. Ich möchte wissen, worin sie besteht.«

»Diese Frage darfst du mir nicht stellen, Karl.«

»Warum nicht?«

»Weil er ein guter Freund von mir ist – weil ich der Pate seines Kindes bin und seine Frau liebe.«

»Gott der Allmächtige! Anstatt sie ihm wegzunehmen, machst du dich also zum Märtyrer eurer Bruderschaft! Du bist ein größerer Narr, als ich gedacht hatte.«

»Jetzt, da du es weißt – wie lautet deine Antwort, Karl?«

»Du hast die Deckung – unter einer Bedingung.«

»Und die wäre?«

»Ob er schon auf dem Totenbett liegt oder nicht – Harlekin muß alles erfahren. Und ich verlange das Vorkaufsrecht auf seine Anteile und auf seine Rechte gegenüber allen anderen Beteiligungen. Wenn er damit nicht einverstanden ist, dann ist mit mir kein Geschäft zu machen.«

»Das ist hart, Karl!«

»Wir sind hier in Hamburg, kleiner Bruder! Hier gibt es nichts umsonst. Und halt dir die Hose zu, wenn du dir keinen Tripper holen willst.«

»Ich werde Harlekin den Vorschlag unterbreiten.«

»Tu das. So, und jetzt zur Frage der Überprüfung... Du kannst auf dem Computermarkt nicht hausieren gehen, denn Yanko wird jedem deiner Schritte zuvorkommen. Stimmt's?«

»Stimmt.«

»Du könntest zur Polizei gehen.«

»Wir arbeiten in zu vielen Ländern mit unterschiedlichen Rechtsordnungen. Wir würden überall einen Skandal hervorrufen.«

»Ihr könntet Privatdetektive einsetzen.«

»Dann würden wir trotzdem einen Computerfachmann brauchen, um das System zu überprüfen.«

»Ich glaube, ihr braucht noch mehr.«

»Ich verstehe nicht.«

»Yanko steht alles zur Verfügung... Geld, Informationen, weltweiter Einfluß. Er besitzt Macht. Er kann ein ganzes Lügengebäude errichten und es der halben Welt im Handumdrehen verkaufen. Wenn ihr euch einmal mit ihm angelegt habt, müßt ihr ihn zur Strecke bringen, bevor er euch vernichten kann. Das ist der Grund, warum ich wissen will, ob George Harlekin den Mut dazu in den Knochen hat. Wenn nicht, sollte er jetzt lieber alles verkaufen, solange er noch einen Markt besitzt.«

»Ich werde ihm auch das sagen, Karl.«

»Falls er zum Kampf bereit ist, gibt es in New York einen Mann, der ihm helfen könnte. Er hat mehrere Namen. In Wirklichkeit heißt er Aaron Bogdanovich. Auch er ist eine Art Genie; aber sein größter Vorzug liegt darin, daß er sich nicht kaufen läßt.«

»Was macht er?«

»Er organisiert den Terror.«

Einen kurzen Augenblick waren wir zweitausend Jahre von dem alten Patrizierhaus am Alsterpark entfernt. Wir fühlten uns zurückversetzt in den dunklen Forst Hamma, wo die Krieger trunken an den Feuerstellen lagen und auf neue Mord- und Raubzüge sannen. In jenem visionären Augenblick sah ich das wahre Gesicht unseres Berufs, den blutigen Kampf um Geld und Macht – während die Wölfe in der Ferne darauf warteten, das aufzufressen, was die Männer des Schwertes übriggelassen hatten.

Karl Krüger ließ sich schwer in einen Sessel fallen, schüttete Schnaps in ein Glas und trank es auf einen Zug leer. Dann betrachtete er mich mit sardonischem Lächeln: »Du glaubst wohl, ich mache Spaß, wie?«

»Nein.«

»Willst du mir irgendwelche Fragen stellen?«

»Ja. Woher kennst du Aaron Bogdanovich?«

»Ich bin Agent für seine Banken.«

»In wessen Diensten steht er?«

»Im Dienst des Staates Israel.«

»Warum würde er einen privaten Auftrag übernehmen?«

»Er ist mir persönlich zu Dank verpflichtet. Ich habe seine Geschwister aus Lettland herausgebracht.«

»Und was könnte er für uns tun?«

»So gut wie alles, glaube ich. Terror ist ein vielschichtiges Geschäft. Die Öffentlichkeit bekommt nur seine gröbsten Erscheinungsformen zu sehen – die Ermordung eines Agenten, die Entführung eines Flugzeugs. In Wirklichkeit werden wir alle von irgendeinem Erpresser unter Druck gesetzt. Spekulanten schaden unserer Währung; die Araber drehen uns den Ölhahn zu. So gesehen, ist Yankos Bericht, den er dir übergeben hat, ein Terrorakt.«

»Wie kann ich mich mit deinem Aaron Bogdanovich in Verbindung setzen?«

»Er betreibt ein Blumengeschäft auf der Third Avenue zwischen der 49th und der 50th Street. Du gehst hinein und überreichst meinen Brief. Ich schreibe ihn besser gleich. Hilde wird bald hier sein, und wir haben noch eine wilde Nacht vor uns.«

Ich war mit allem einverstanden. Ich war frei, ungebunden und brauchte niemanden um Erlaubnis zu fragen. Wenn Karl und Hilde einen nächtlichen Bummel vorhatten, war ich bereit, ihnen Gesellschaft zu leisten. Wir aßen zu Hause, weil Karl den besten Koch in ganz Schleswig-Holstein hat. Hilde, eine mollige, gemütliche und lustige Person, spielte die Gastgeberin. Dann beschloß Karl, der schon kaum noch zu halten war, Sankt Pauli heimzusuchen. Ich konnte ihn nicht davon abbringen; und Hilde wollte es nicht. So tummelten wir uns zwischen Mitternacht und vier Uhr morgens auf der Reeperbahn: exklusive Bars, Sex-Shows, Clubs für Lesbierinnen und Homosexuelle, ferner Seemannskneipen, wo Karl Krüger Akkordeon spielte und Holzschuhtänze auf dem mit Sägemehl bestreuten Tanzboden aufführte. Ich erwartete, daß ihn jeden Augenblick der Schlag treffen würde. Statt dessen beendete er die Show wie ein Schauspieler auf der Bühne. Als Hilde ihm das Hemd aufknöpfte und ich ihm die Socken auszog, öffnete er ein Auge und meinte:

»Siehst du, Paulchen, mein Junge, wenn du sie nicht schlagen kannst, machst du es eben anders. Wenn beides nicht geht, legst du dich hin und krepierst.«

Es war ein schöner, eindrucksvoller Gefühlsausbruch am Ende einer durchzechten Nacht. Ich zweifelte, ob ich den Sinn seiner Worte auch George Harlekin würde schmackhaft machen können – dem am wenigsten kämpferischen, dem kultiviertesten Menschen, den ich kannte.

Sechsunddreißig Stunden später war ich in Los Angeles. Ich ging im Garten des Bel Air Hotels mit Juliette spazieren und teilte ihre freudige Erregung über die gute Nachricht, daß George von den Ärzten nicht sein Todesurteil empfangen hatte, sondern dahingehend unterrichtet worden war, er könne in einer Woche aus dem Krankenhaus entlassen werden und sich nach weiteren vier Wochen wieder leichtere Arbeiten zumuten. Juliette steckte voller Pläne.

»...Wir haben beschlossen, nach Acapulco zu fahren. Lola Frank stellt uns ihre Villa zur Verfügung. Sie hat Personal, das sich um uns kümmern wird. Dort ist auch ein Boot und... Ach, Paul, es wird wie eine zweite Hochzeitsreise sein! Ich kann es kaum erwarten. Die letzten Wochen waren schrecklich. Ich bin jedesmal zusammengefahren, wenn das Telefon klingelte. George war wie ein Fremder, er schien so weit von mir fort zu sein. Es war, als müsse er sich mit jeder Faser die Kraft für den Tag des Urteilsspruches bewahren. Er hat nie geklagt. Er war stets um mich besorgt; aber er lebte in einem Reich zwielichtiger Dämmerung, zu dem nur er allein Zutritt hatte. Auch als man ihm die gute Nachricht überbrachte, blieb er in sich gekehrt – es war beinahe unheimlich. Er lächelte und dankte dem Arzt für seine Mühe. Als wir allein waren, zog er mich an sich und weinte ein wenig; dann sagte er etwas Seltsames: ›Jetzt kenne ich den Namen des Engels.‹ Als ich ihn fragte, was er damit meine, sagte er, es sei etwas, was er nicht näher erklären wolle…«

»Wann kann ich ihn besuchen?«

»Heute nachmittag. Warum gehst du nicht allein hin und überraschst ihn?«

»Wenn du sicher bist…«

»Natürlich. Dann kann ich zum Friseur gehen und Einkäufe machen. Aber du wirst doch nicht über geschäftliche Dinge mit ihm sprechen, nicht wahr?«

»Nur ganz kurz, das verspreche ich dir.«

»Er wird sich freuen, dich zu sehen. Ach, Paul! Ist es nicht ein herrlicher Tag?«

Ich fand, daß es ein ganz ekelhafter Tag war. Ich begriff, warum in den alten Zeiten den Überbringern schlechter Nachrichten die Kehle durchgeschnitten wurde. Auf der Fahrt in die Stadt hatte ich das Gefühl, als ob mir das gleiche geschähe. Ich spielte mit dem Gedanken, die Hiobsbotschaft zurückzuhalten, aber das konnte ich auch nicht tun. Ohne Harlekins Einwilligung waren mir die Hände gebunden. Als ich ihn sah, sank mir das Herz. Er saß, in seidenem Pyjama und Morgenmantel, in einem Lehnstuhl und war so bleich, daß er fast durchsichtig wirkte. Die Hand, die er mir bot, war trocken und fühlte sich wie Papier an. Nur sein Lächeln war noch das alte: strahlend, fast ernst, aber immer noch mit einem Anflug von Mutwillen. Er wollte nicht, wie es bei Kranken häufig der Fall ist, nur von seinem Zustand reden. Er schob meine diesbezüglichen Fragen achselzuckend beiseite.

»Es ist vorbei, Paul. Ich habe Glück gehabt. Ich freue mich für Julie. Ich will, so schnell wie möglich, hier rauskommen. Man sagt mir, es werde eine lange Rekonvaleszenz geben. Kannst du die Festung noch eine Zeitlang halten?«

»Selbstverständlich. Ich muß dich aber mit etwas Geschäftlichem belasten. Fühlst du dich dazu stark genug?«

»Klar. Schieß los.«

»Es sind schlechte Nachrichten, George.«

Er grinste und zuckte mit den Achseln. »Sag mir gleich das Schlimmste, und ich bin immer noch ein Glückspilz.«

Ich berichtete. Er hörte mir schweigend zu; seine Augen waren geschlossen, der Kopf war ihm auf die Brust gesunken, die Hände lagen ruhig in seinem Schoß. Als ich fertig war, stellte er mir ruhig die Frage: »Wie ist das möglich gewesen, Paul?«

»Es steht alles in dem Bericht. Wir werden einen Experten brauchen, um die Einzelheiten überprüfen zu lassen, denn eine große Anzahl verschiedener Transaktionen ist betroffen; aber im Grunde ist die Methode einfach: Man besticht einen Programmierer, falsche Daten in den Computer einzugeben. Falls diese nicht wieder gelöscht werden, arbeitet der Computer mit ihnen bis zum Jüngsten Tag... Du weißt ja, wie wir operieren. Wir kaufen und verkaufen en bloc für Gruppen von Kunden und rechnen Gewinne und Spesen hinterher ab. Unser Computer wurde so programmiert, daß er auf Transaktionen falsche Spesen berechnete und die Gewinne auf ein Geheimkonto bei der Unionsbank in Zürich einzahlte. Dieses Konto gehört dir.«

»Ich habe noch nie ein Konto bei der Unionsbank gehabt.«

»Der Bericht behauptet, die für die Kontoeröffnung erforderlichen Dokumente und die Schecks trügen deine Unterschrift.«

»Du meinst, das Konto ist benutzt worden?«

»Es wurde alles abgehoben.«

»Durch Urkundenfälschung!«

»Das müssen wir beweisen, und wir müssen den Fälscher ausfindig machen. Ferner müssen wir feststellen, wer die

Computer für alle unsere Filialen manipuliert und wer für diese Manipulation bezahlt hat.«

»Warum ist uns die Diskrepanz nicht selbst aufgefallen?«

»Weil wir alle dem Computer blindes Vertrauen schenken. Solange die täglichen Kontenbewegungen stimmen, stellen wir keine Fragen; und unsere Operationen sind so vielfältig, daß nur die Buchhalter und Buchprüfer von den Endziffern Notiz nehmen.«

»Das ist doch Irrsinn, Paul! Ich soll meine eigene Gesellschaft beraubt haben… Ich verstehe das nicht.«

»Jemand wollte dich zum Sündenbock machen. Ich glaube, es ist Basil Yanko.«

»Wenn das stimmt, dann können wir uns doch von ihm trennen und einen anderen Computerservice suchen.«

»Hast du eine Ahnung! Weißt du denn nicht mehr, wie lange es dauert, ein einziges System zu installieren und das Personal dafür auszubilden?… Außerdem ist dies bloß eine Warnung – der erste Erpresserbrief.«

»Aber es ist trotzdem ein krimineller Akt.«

»Falls wir es beweisen können. Außerdem brauchen wir in der Bank eine Deckung für die fehlenden Millionen. Hierzu brauche ich deine Instruktionen. Im Augenblick bürgen Karl Krüger und ich, aber, wie ich dir gesagt habe, Karl verlangt sein Pfund Fleisch.«

»Dann gib es ihm, Paul.«

»In diesem Falle brauche ich Vollmacht und Verfügungsgewalt über dein Vermögen, jedenfalls so lange, bis du wieder reisen und wieder selbst in Aktion treten kannst. Das ist natürlich ein Risiko. Vielleicht willst du es nicht eingehen.«

»Irgend jemandem muß ich doch vertrauen, Paul. Wenn nicht dir, wem denn sonst?«

»Wir werden also den Kampf mit Basil Yanko aufnehmen.«

»Das habe ich nicht gesagt.« Ich starrte ihn ungläubig an.

Er schenkte mir ein mattes, wehmütiges Lächeln. »Schau mich nicht so entsetzt an, Paul. Ich bin eben noch bis ans Ende der Welt gegangen und zurückgekommen. Ich weiß, wie wenig Gepäck der Mensch braucht. Ich muß dir eins sagen: Ich bin mir nicht sicher, ob ich Harlekin et Cie. behalten will. Ich will zwar nicht, daß Basil Yanko die Firma schluckt; aber ich würde mich nicht dagegen sperren, sie Karl Krüger zu verkaufen. Das wäre eine saubere Lösung. Für Julie und den Jungen wäre gesorgt. Und ich wäre den Trödel los.«

»Wenn du unter diesen Umständen verkaufst, handelst du unter Zwang.«

»Das ist die eine Seite der Medaille.«

»Dann werde ich dir auch die andere zeigen. Wenn du nachgibst, gewinnen die Schurken die Oberhand. Und dann werden sie es wieder versuchen, und nicht jedes Opfer kommt dann mit einem blauen Auge davon – wie George Harlekin.«

Er war plötzlich grau geworden. Schweißperlen standen ihm auf der Stirn. Ich kam mir wie ein Verbrecher vor, weil ich so hart in ihn drang. Ich half ihm, wieder ins Bett zu gehen, wischte ihm das Gesicht ab und wartete, bis das Leben in seine bleichen Wangen zurückkehrte. Die einzigen Worte, die mir einfielen, klangen banal.

»Es war zuviel. Verzeihung, George. Wie auch immer du dich entscheidest – wir bleiben Freunde.«

Er umklammerte mein Handgelenk mit seiner ausgemergelten Hand und sagte in bittendem Ton: »Ich will dir ein Geheimnis verraten, Paul. Es ist schwer, mit dem Todesengel zu ringen, denn er will nicht, daß du dich auflehnst. Er will nur eins von dir: daß du dich zur Ruhe begibst und schläfst. Es ist eine große Versuchung, einfach die Augen zu schließen und sich um nichts mehr zu kümmern. Verurteile mich noch nicht. Laß mir ein bißchen Zeit…«

»Wir haben nicht mehr viel Zeit, George.«

»Ich weiß.«

»Soll ich Julie unterrichten?«

»Noch nicht. Zwischen uns hat es kürzlich einige persönliche Probleme gegeben.«

»Möchtest du, daß ich noch etwas hierbleibe?«

»Nein, danke. Ich bin sehr müde. Komm morgen mit Julie wieder.«

Es war noch früh. Ich hatte keine Lust, ins Hotel mit den gekünstelten Starlets und den ergrauten Agenten zurückzukehren. Ich wollte anonym bleiben, um mich nach Herzenslust über die einfachen Dinge des täglichen Lebens unterhalten zu können: über den Preis des Beefsteaks, über die Bauchschmerzen des Taxifahrers und darüber, daß die Mädchen nicht mehr so waren wie früher. Ich liebe das einfache Leben. Es lebt sich leichter und man hat mehr Freunde, die es mit einem teilen. Ich ging auf dem Strip in eine schwach beleuchtete und fast verlassene Bar. Ich bestellte einen Bourbon, lud alle Anwesenden zu einem Bier ein und ließ mich zu einem halbstündigen, einsilbigen Gespräch mit dem Barmixer nieder.

Wir hatten gerade den Nahen Osten erledigt und waren im Begriff, über die vielen Skandale in der Regierung zu reden, als das Telefon klingelte. Der Barmixer nahm den Hörer ab und wandte sich dann zu mir um. »Heißen Sie Paul Desmond?«

»Ja.«

»New York ist am Apparat.«

»New York?«

»Das hat der Mann wenigstens gesagt. Nehmen Sie das Gespräch an?«

Er schob mir den Hörer hin, und ich sagte wenig geistreich: »Hallo.«

»Mr. Desmond? Hier spricht Basil Yanko. Ich rufe an, um Sie in den Vereinigten Staaten willkommen zu heißen.«

»Wie haben Sie herausbekommen, wo Sie mich erreichen können?«

»Wir sind eine leistungsfähige Organisation, Mr. Desmond. Haben Sie Neuigkeiten für mich?«

»Nur einen Rat, Mr. Yanko. Dringen Sie nicht in mein Privatleben ein.«

Er lachte, aber es klang nicht heiter.

»Gibt es irgendeinen Service, mit dem wir Ihnen während Ihres Aufenthaltes dienen können?«

»Nein, keinen.«

»Schön, lassen Sie es sich gutgehen. Wir werden in Verbindung bleiben. Au revoir, Mr. Desmond.«

Ich legte auf und wandte mich wieder meinem Bourbon zu.

Der Barmixer sah mich prüfend an. »Schlechte Nachrichten?«

»Ich habe auf den Verlierer gesetzt.«

»Zu dumm. Es können nicht alle gewinnen. Noch einen Drink?«

»Ja, bitte.«

Ich trank gedankenverloren, während mir der Barmixer des längeren und breiteren erzählte, wie er in der Nacht, als seine Scheidung perfekt geworden war, in Las Vegas das Große Los zog und – o Mannomann! – mit einem phantastischen Showgirl, das gerade kein Engagement hatte, ins Bett gegangen war.

Sein Glück gab mir wieder so viel Mut, daß ich beschloß, meinen Freund und Klienten Francis Xavier Mendoza, der in Brentwood lebt, anzurufen. Er ist noch ein Stück »Old California« – Missionsglocken, die Schwalben von Capistrano, all dies und noch viel mehr. Ein kleines Wunder: ein kastilischer Gentleman, der sich vor dem vulgären Treiben an der Westküste bewahrt hat. Er hat drei Söhne und eine hübsche Tochter. Er geht an Sonn- und Feiertagen zur Messe, keltert den besten Wein im Napa-Valley und müht sich in seiner Freizeit damit ab, die Gedichte von Alonso Machado ins Englische zu übersetzen. Im politischen Leben Kaliforniens ist er eine Art von Chamäleon – er ist allgegenwärtig, man muß immer mit ihm rechnen, aber man kann ihn nur schwer einordnen.

Als ich ihm sagte, ich müsse ihn unbedingt sehen, hieß er mich auf seine altertümliche Art willkommen. »Mein Haus ist Ihr Haus. Kommen Sie sofort, je schneller, desto besser!«

Vierzig Minuten später stellte ich ihm, als wir gemütlich in seinem Garten saßen, die entscheidende Frage: »Was können Sie mir über Basil Yanko und Creative Systems Incorporated erzählen?«

Er verzog sein Gesicht mit der Adlernase voller Abscheu. »Der? Ein brutaler Mann, aber er besitzt Macht. Die Hälfte der Großunternehmen an der Westküste nehmen seine Dienstleistungen in Anspruch und gehen vor ihm auf die Knie, wenn seine Rechnungen fällig sind. Ich – ich würde nicht einmal in demselben Meer mit ihm baden gehen.«

»Was ist denn an ihm auszusetzen?«

»Rechtlich gar nichts. Er liefert den besten Computerservice im ganzen Land – Systeme, Programme, Sicherheit, alles, worauf es ankommt. Er ist ein Wunderknabe. Sobald er aber einmal drin ist, kann man ihn nicht mehr loswerden. Er kontrolliert die Systeme, so daß er von jedem Schritt erfährt, den der betreffende Unternehmer macht. Ein einziges Zeichen von Schwäche, und er sitzt im Büro des Präsidenten. So ist er bei drei Freunden von mir vorgegangen – außerdem bei einem Feind, der dieses Schicksal mehr als verdient hatte. Warum fragen Sie, Paul?«

»Auch wir arbeiten mit ihm. Wir glauben, daß er unsere Unterlagen manipuliert hat.«

»*Ay de mí!* Das ist böse.«

»Ist er hier auch bei anderen so vorgegangen?«

»Es gibt Gerüchte, aber keine Beweise.«

»Ließen sich Beweise beibringen, wenn wir Nachforschungen anstellten?«

»Im Kalifornien von heute? Ausgeschlossen. Was glauben Sie denn! Der Präsident ist in die Schußlinie geraten, der Kongreß hat Angst, das Volk ist demoralisiert. Ich könnte wahrscheinlich nicht einmal zwanzig Männer in dieser Stadt nennen, die nicht von irgend jemandem gekauft worden sind. Nicht einmal zehn würden einer öffentlichen Prüfung ihres Geschäftsgebarens standhalten.«

»Das ist ein trauriges Urteil.«

»Traurig und unheilvoll. Ich könnte Ihnen leichter einen Mörder als einen ehrlichen Mann oder einen tapferen Kerl beschaffen. Ich weiß...«, er warf die Arme mit dem Ausdruck der Verzweiflung in die Höhe, »...ich übertreibe, das tue ich immer. Ich bin wie Diogenes, der aus seinem Faß grollend herausschaut. Aber so ist nun einmal unsere Zeit. Wenn man auf Kredit lebt, wie es die meisten Amerikaner tun, kann man immer unter Druck gesetzt werden. Wenn man in der Firma die Leiter hinaufsteigt, fürchtet man sich vor dem Mann weiter oben und dem anderen unter einem. Darauf beruht Yankos Macht. Er kennt jedermanns Geheimnisse. Und was er nicht weiß, kann er erfinden, in den Computer einspeichern und als Evangelium verkünden, sobald er den Augenblick für gekommen hält.«

»Wie kann man ihn schlagen?«

»Es gibt nur eine Möglichkeit: Leben Sie in seiner Welt. Spielen Sie ihm – vielleicht jahrelang – im Schatten etwas vor, bis Sie ihn dann eines Tages ans Licht zerren und zur Strecke bringen. Für dieses Spiel brauchen Sie jedoch starke Nerven. Wenn Sie zum Essen ausgehen, setzen Sie sich stets mit dem Gesicht zur Tür und mit dem Rücken gegen eine feste Ziegelwand... Das ist ein guter Rat. Vergessen Sie ihn nicht. Ich werde mich umhören. Wenn ich irgend etwas Nützliches erfahre, werde ich Ihnen Bescheid sagen.«

»Sie sind ein guter Christ, Francis.«

»Das ist nicht mein Verdienst. Ich hatte eine Mutter – Gott hab sie selig –, die mir Ohrfeigen gegeben und gute Manieren beigebracht hat. So, und jetzt darf ich Ihnen einen Sherry anbieten. Es ist meine beste Flasche, und ich bin sehr stolz darauf.«

Er schenkte mir ein und brachte den Toast aus: auf Gesundheit, viel Geld und Liebe – und auf die Zeit, diese drei genießen zu können.

Während ich trank, hatte ich das unheimliche Gefühl, als blicke mir Basil Yanko über die Schulter – grinsend wie ein Totenschädel über so viel Ironie.

Vor Jahren, als ich noch in Tokio war und Eisenerz verhökerte, das noch in der Erde lag, und meine Kommission ausgab, bevor ich sie verdient hatte, schloß ich Freundschaft mit Kiyoshi Kawai, dem Nestor des japanischen Kunstdrucks. Er war damals schon ein alter Mann, aber noch voller Saft und Phantasie. Jedesmal, wenn ich mich elend fühlte – was häufig vorkam –, ging ich in sein Atelier und sah ihm stundenlang zu, wie er Druckstöcke schnitzte, Farben mischte und seine Gesellen schalt, wenn der Abdruck auch nur um Haaresbreite unscharf war.

Wenn Kiyoshi deprimiert war – was zwar selten vorkam, dann aber ungeheure Auswirkungen hatte –, nahm er mich in einen Transvestitenklub in Shinjuku mit, wo die Männer als Geishas verkleidet auftraten und die wenigen Mädchen wie alte Samurais wirkten. Sie umflatterten den Meister, während er Skizzen von ihnen entwarf. Sie schenkten ihm endlose Tassen Sake ein, und er improvisierte Haikus und hielt sie mit herrlichen Pinselstrichen fest. Für mich war es immer ein entnervendes Erlebnis, denn es fiel mir nach dem vielen Sake und dem Kirin-Bier schwer, die Knaben von den Mädchen zu unterscheiden – und ich mußte den Alten nach Hause bringen, bevor er anfing, Banknoten zu signieren und als Souvenirs zu verteilen.

Und auf einer dieser Exkursionen verriet er mir sein Rezept für ein gutes Leben. Als er nüchtern war, bat ich ihn, mir den Text in Kanji-Zeichen aufzuschreiben; und wo immer ich die Schriftrolle aufhänge, fühle ich mich zu Hause. Der Text lautet: »Mische niemals Farben, wenn der Westwind weht, und gehe niemals mit einer fuchsgesichtigen Frau ins Bett.« Es ist zu schwierig, diesen Ausdruck um Mitternacht zu erklären; deshalb habe ich ihn als Prolog der Schilderung eines sehr schlechten Tages vorangestellt.

Er begann mit einer Reihe kleinerer Unglücksfälle. Ich erwachte früh, ging zum Pool, um etwas zu schwimmen, rutschte auf den nassen Fliesen aus und verstauchte mir den Knöchel. Dann brach der Smog über uns herein, und in fünf Minuten tränten mir die Augen und ich mußte dauernd niesen. Um acht rief Suzanne aus Genf an. Ich gab ihr die gute Nachricht von Harlekins bevorstehender Genesung, und sie schloß einen Bericht von der Heimatfront an. Unsere Filialleiter seien durch mein Telegramm nervös geworden. Sie machten sich plötzlich große Sorgen um die Interessen ihrer Klienten und ihr eigenes Schicksal. Ob ich die Instruktionen wohl näher erläutern könne? Da ich nicht einmal das Alphabet ohne Harlekins Vollmacht erläutern konnte, diktierte ich eine beruhigende Mitteilung, daß der Direktor am Leben sei, es gehe ihm gut und er werde sich bald wieder persönlich um sie kümmern. Weitere Weisungen würden in achtundvierzig Stunden folgen – so hoffte ich wenigstens. Und zu allem Unglück rief Juliette an und bat mich, mit ihr zu frühstücken. Sie war sehr aufgeregt, weil der kleine Paul mit Windpocken im Bett liege und das dumme Kindermädchen das Ereignis mit einem in Schwyzerdütsch abgefaßten hundert Worte langen Telegramm gefeiert habe, das überdies verstümmelt angekommen war. Sie hatte auch noch andere Dinge auf dem Herzen; und ich war zum Beichtvater auserkoren.

»Paul, wir sind seit langer Zeit gute Freunde. Wir haben keine Geheimnisse voreinander.«

»Doch, meine Liebste, denn ohne sie könnten wir nicht leben. Fang noch einmal von vorn an.«

»Du bist gemein.«

»Schön, ich bin schlecht gelaunt und gräßlich, und ich habe heute keinen guten Tag. Was ist der nächste Punkt?«

»Ich mache mir Sorgen um George.«

»Um George und dich, oder nur um George?«

»Nur um George.«

»Gestern sprachst du noch von einer zweiten Hochzeitsreise. Was ist denn passiert, daß du jetzt auf einmal deine Meinung geändert hast?«

»Er sagte mir gestern abend, daß er daran denke, Harlekin et Cie. zu verkaufen.«

»Hat er dir auch gesagt, warum oder an wen?«

»Nein... Ich dachte, du wüßtest es.«

»Hör mal zu, Julie, machen wir uns doch nichts vor. Ich habe euch beide sehr gern. Aber ich mache mit deinem Mann Geschäfte und erzähle außerhalb des Direktionszimmers keine Märchen.«

»Er hat also darüber gesprochen.«

»Das habe ich nicht gesagt.«

»Scher dich zum Teufel, Paul Desmond.«

»Ich bin schon auf dem Wege, meine Liebe.«

»Nein, bitte! Warte!... Es tut mir leid. Ich bin gemein zu dir gewesen. Aber glaub mir, ich mache mir große Sorgen. George hat sich verändert. Du weißt gar nicht, wie sehr.«

»Du lieber Himmel! Er ist lange krank gewesen. Er ist noch nicht ganz wieder bei sich. Er hat Depressionen. Das ist normal. Du erwartest doch nicht etwa, daß er plötzlich Fandango tanzt, oder?«

»Warum will er die Firma verkaufen?«

»Vielleicht will er seine Anteile realisieren, das Geld investieren und eine Weltreise antreten. Warum nicht?«

»Was wäre er ohne die Firma?«

»Ein glücklicher Mensch?«

»Oder ein reicher Nichtstuer mehr.«

»In den langen Jahren unserer Freundschaft habe ich ihn nie untätig erlebt.«

»Also ein Amateur, der keinerlei Verpflichtungen hat.«

»Er ist dir gegenüber verpflichtet.«

»Ist er das wirklich? Ich frage mich das oft.«

»Ich weiß nicht, Julie, ich bin nur ein alter Junggeselle, den manchmal der Hafer sticht.«

»Paul, ich hasse dich, wenn du dein Grinsen aufsetzt und dich vor einem ernsten Gespräch herumdrückst.«

»Was erwartest du denn von mir? Du bist eine erwachsene, verheiratete Dame. Du kennst den Text und die Melodie. Sing sie George vor.«

»Ich würde nicht den richtigen Ton treffen.«

»Das nehme ich dir nicht ab. Du willst dich einfach nur nicht entscheiden.«

»Wozu?«

»Ob du aus George Harlekin wieder den kleinen Jungen machen sollst – oder dich selbst wie ein erwachsenes Frauenzimmer benehmen willst.«

»Weißt du denn nicht, warum?«

»Ich will es gar nicht wissen. Es ist deine Sache, nicht meine... Harlekin will uns beide heute nachmittag im Krankenhaus sehen. Ich werde dich um drei abholen.«

Ich ließ sie bei ihrem kalten Kaffee sitzen und ging im Garten spazieren. Ich ärgerte mich über sie, über mich selbst, über Harlekin und über die ganze verkrampfte Welt. Eine Ehekrise konnte ich ebensowenig gebrauchen wie ein drittes Bein. Wenn wir nicht innerhalb von achtundvierzig Stunden eine neue Geschäftspolitik entwickeln konnten, würde es mit Sicherheit zu einer Palastrevolution kommen. Und was die Sache noch schlimmer machte: Harlekin, der sonst allen Situationen gewachsen war, schien mit den Kräften nachzulassen. Drei Menschen hatten eine Schwäche in ihm gespürt und wollten diese ausnutzen: Basil Yanko, Karl

Krüger, seine eigene Frau. Ich war der einzige, der nichts davon gemerkt hatte. War ich der Einäugige, der unter den Blinden König war? Oder war ich nur der dumme Paul, der Trottel, der sich von dem Glanz eines Talmi-Prinzen hinters Licht führen ließ? Ich mußte es wissen, wenn auch nur deshalb, um meine Selbstachtung zu behalten.

Dann, weil ich mich ärgerte und weil ich, wenn ich mich ärgere, mit dem Kopf durch die Wand gehe, beschloß ich, meinen eigenen Privatkrieg zu führen. Ich rief das New Yorker Büro der Creative Systems Incorporated an und verlangte, mit Basil Yanko zu sprechen. Ich mußte nacheinander vier Leuten meinen Namen nennen, bevor er an den Apparat kam.

»Mr. Desmond, welch ein Vergnügen! Was kann ich für Sie tun?«

»Ich bin übermorgen in New York. Ich möchte mich mit dem Mann unterhalten, der unseren Bericht zusammengestellt hat.«

»Es ist kein Mann, sondern eine Frau. Ihr Name ist Hallstrom ... Valerie Hallstrom.«

»Ich möchte sie trotzdem gern kennenlernen. Anschließend möchte ich mit Ihnen sprechen.«

»Ausgezeichnet. Würden Sie vielleicht einen Zeitpunkt vorschlagen?«

»Ich habe noch keine Buchungen vorgenommen. Kann ich Sie anrufen, wenn ich da bin?«

»Ja. Haben Sie mein Angebot an Mr. Harlekin weitergeleitet?«

»Ja. Er überlegt es sich. Ich erwarte seine Entscheidung im Laufe des heutigen Tages.«

»Gut! Wie geht es ihm?«

»Er erholt sich langsam.«

»Ich bin sehr froh darüber. Übermitteln Sie ihm meine besten Wünsche.«

»Das werde ich tun. Also dann, bis später ...«

Ich hatte noch keine Vorstellung, was ich ihm an jenem Tag oder an irgendeinem anderen Tag sagen würde. Aber ich hatte ihm wenigstens eine Laus in den Pelz gesetzt und hoffte, er würde eine Weile etwas zum Kratzen haben. Ich ging in mein Zimmer zurück und rief die Hotelsekretärin an. Sie kam, und wir setzten uns neben den Swimmingpool, um die von George Harlekin auszufertigenden Vollmachten und Aufträge zu entwerfen. Es war eine unangenehme Arbeit, aber sie vertrieb mir die Zeit bis zum Mittag, als ich mich in die Bar zu einem kurzen Drink vor dem Lunch begab.

Der Barmixer begrüßte mich mit Namen und wies auf einen Mann, der allein in der Ecke neben dem Fenster saß. »Der Herr dort, Sir. Er ist gerade hereingekommen und hat nach Ihnen gefragt.«

Er war jung, kaum dreißig, und trug einen Jersey-Anzug in italienischem Schnitt. Er erhob sich, als ich auf ihn zuging, und stellte sich wohlerzogen vor. »Mr. Desmond? Ich freue mich, Ihre Bekanntschaft zu machen, Sir. Ich bin Alex Duggan von Creative Systems Incorporated. Unser New Yorker Büro hat mich beauftragt, eine dringende Nachricht zu übermitteln. Ich habe in Ihrem Appartement angerufen. Sie waren nicht da. Ich dachte, ich könnte es in der Bar versuchen. Wollen Sie sich nicht setzen?«

Ich setzte mich.

Der Barmixer stellte mir den Drink auf den Tisch. Ich fragte: »Sagten Sie nicht, Sie hätten eine Nachricht für mich?«

»Ja, Sir. Es ist ein Fernschreiben aus dem Büro unseres Präsidenten. Falls Sie antworten wollen, würden wir uns freuen, Ihren Text nach New York weiterleiten zu dürfen.«

Die Nachricht war ein formelles, präzise formuliertes Dokument:

»Auf der Basis überprüfter Berechnungen und einer Drei-Jahres-Produktion bewerten wir Harlekin et Cie. mit

58 Dollar je Aktie. Diese Mitteilung bildet festes Barangebot für Gesamtaktien zu 1000 Dollar je Aktie. Sie werden ersucht, Angebot unmittelbar an Mr. George Harlekin zu übermitteln und ihn zu informieren, daß wir bereit sind, über großzügige Verkaufsbedingungen oder Verzicht seiner bestehenden Optionen zu verhandeln. Andere Aktionäre sind unterrichtet worden... Basil Yanko, Präsident, Creative Systems Incorporated.«

Ich schob die Nachricht in meine Brusttasche und kritzelte auf den Umschlag eine Antwort:

»Empfang der Mitteilung bestätigt... Paul Desmond.«

Der junge Mann legte den gefalteten Umschlag andachtsvoll in seine Brieftasche.

»Ich werde den Text durchgeben, sobald ich wieder im Büro bin.«

»Darf ich Ihnen einen Drink anbieten, Mr. Duggan?«

»Nein, vielen Dank, Sir. Ich trinke nie im Dienst. Das ist bei uns so üblich, wissen Sie.«

»Wie lange arbeiten Sie schon für Creative Systems, Mr. Duggan?«

»Drei Jahre.«

»Und was tun Sie?«

»Kundendienst.«

»Und was beinhaltet das?«

»Ich habe mein eigenes Arbeitsgebiet, Sir. Ich besuche alle unsere Kunden einmal im Monat. Ich untersuche Beschwerden, schlage Verbesserungen vor, entwickle Pläne für den Einsatz größerer Geräte, was auf das Wachstum der betreffenden Firma abgestimmt sein muß.«

»Werden Sie gut bezahlt?«

»Sehr gut. Wir haben Prämiensysteme, Vorkaufsrechte und so weiter. Es ist ein guter Job mit ausgezeichneten Entwicklungsmöglichkeiten.«

»Sehen Sie Mr. Basil Yanko ab und zu?«

»Nicht oft. Aber wir wissen, daß er da ist – o ja, Sir! Er

weiß, was jeder einzelne tut, bis hinunter zum Reinigungspersonal. Wenn man nichts leistet, bleibt man nicht lange bei Creative Systems.«

»Sie haben also einen erheblichen Wechsel im Personal?«

»Eigentlich nicht. Der laufende Wechsel ist gerade so groß, daß wir in Schwung bleiben. Man behauptet, daß sogar Bewerber, die von uns abgelehnt werden, besser als die meisten sind. Sie finden deshalb leicht andere Jobs.«

»Das ist interessant. Wo bewerben sie sich?«

»Die meisten älteren Computerleute lassen sich bei drei großen Agenturen in New York und zwei weiteren hier an der Westküste eintragen.«

»Und betreibt Ihre Gesellschaft auch eine Stellenvermittlung?«

»Nein, Sir. Wir rekrutieren und bilden Mitarbeiter nur für uns selbst und unsere Kunden aus. Das ist unser System. Mr. Yanko achtet streng darauf.«

»Schön, ich danke Ihnen, Mr. Duggan. Ich möchte Sie jetzt nicht länger aufhalten.«

»Es war mir ein großes Vergnügen, Sir. Und Ihre Nachricht wird in einer halben Stunde in New York sein.«

Er war ein angenehmer, junger Mann – gerade noch so naiv, daß er echt wirkte. Ich gab ihm die Hand, begleitete ihn zur Tür und ging dann nachdenklich zu meinem Drink zurück. Mir war unbehaglich zumute. Jetzt hatte *ich* die Laus im Pelz! Yanko wußte genau über das Eventualverhalten bei nicht-psychotischen Personen Bescheid – ja, Freunde, der wußte Bescheid! Ein vages Angebot macht den Menschen unruhig, ein festes Angebot macht ihn geldgierig – und achtzehn Prozent über der Marktnotierung drücken ihm die Feder zur Unterschrift in die Hand, bevor noch der Weihnachtsmann wieder draußen ist. Harlekin lehnte den Verkauf vielleicht ab, aber es war eine Binsenweisheit, daß er nicht alle Anteile zum Preis von hundert Dollar pro Aktie übernehmen und außerdem noch fünfzehn

Millionen zur Deckung des Defizits aufbringen konnte. Karl Krüger würde vielleicht zu neunzig kaufen! Aber er würde keinen Cent darüber hinausgehen, und ich konnte es ihm nicht übelnehmen. Harlekin könnte den Versuch unternehmen, einen hinhaltenden Kampf zu führen – und dann würde Yanko seine Trumpfkarte ausspielen: Er besitze dokumentarische Beweise darüber, daß Betrug und Unterschlagung vorlägen. Worauf alle unsere Freunde, Kunden und Verbündeten wie die Ratten das sinkende Schiff verlassen würden.

Das war eine feine Glücksbotschaft, die ich einem Kranken übermitteln sollte.

Harlekin faste die Lage mit grimmigem Humor zusammen: »Wir sind zwischen die Mühlsteine geraten. Es gibt nur einen Trost: Der Preis ist richtig.«

Juliette trat ihm entgegen; ihre Lippen zitterten vor Zorn. »Harlekin et Cie. wurde dir auf einem goldenen Tablett übergeben – und du willst, ohne dabei auch nur zu erröten, die Firma verkaufen, nur weil der Preis richtig ist? Ich schäme mich für dich, George.«

Man merkte ihm die innere Erregung an, als er sich mir zuwandte. »Was würdest du tun, Paul?«

»Die Vernunft sagt: verkaufen. Der Instinkt sagt: kämpfen.«

»Könnten wir gewinnen?«

»Vielleicht.«

»Aber wir könnten auch in Stücke gerissen werden, stimmt's?«

»Verdammt noch mal, George!« Juliette fuhr ihn wieder an; ihre Stimme klang kalt und verächtlich. »Hör doch endlich mit der Versteckspielerei auf! Du hast in deinem ganzen Leben noch nie für etwas kämpfen müssen. Alles ist dir geschenkt worden – sogar deine eigene Begabung! Jetzt wird dir wieder ein Geschenk angeboten. Eine Prämie von fünfzehn Dollar je Aktie, um der Gesellschaft den Rücken zu kehren, die dein Großvater gegründet hat und die rechtmäßigerweise an deinen Sohn übergehen sollte.«

Harlekin stand ihr wie versteinert gegenüber. Er tat mir leid, und ich schämte mich für uns alle. Schließlich sagte er kurz: »Setz dich, Julie. Du auch, Paul.«

Wir setzten uns. Harlekin blieb stehen, mit dem Rücken zum Fenster; sein Gesicht lag im Schatten. Er war eine dominierende Erscheinung. Dann begann er zu sprechen, langsam, verhalten, als ob jeder Satz aus den geheimsten Tiefen seines Inneren käme.

»Ich glaube, ich bin dir nicht gerecht geworden, Julie. Ich war mir dessen nicht bewußt. Es tut mir leid. Ich weiß, auch du hast deine Zweifel gehabt, Paul. Aber es gab Gründe. Ich will versuchen, sie zu erklären. Schon seit längerer Zeit bin ich von diesem unserem Beruf ernüchtert, wo wir Geld wie Kohlköpfe züchten und auf dem internationalen Markt verhökern. Ich sehe mir die Geldmittel an, die uns durch die Hände rinnen, und ich frage mich mehr als einmal, woher sie stammen: die Überweisungen aus Florida, die, wie wir wissen, aber niemals zugeben können, Gangsterdollars sind; das Ölgeld aus den Scheichtümern, wo man noch Sklaven verkauft und Menschen, die einen Korb Datteln gestohlen haben, dafür die Hand abhackt; die Flüchtlingsgelder aus den Ländern des Ostens; die Beute von Diktatoren und kleinen Tyrannen. Ach, ich weiß! Wenn dieses Geld zu uns gelangt, ist es plötzlich ganz sauber, desinfiziert und riecht nach Rosenwasser – und wir leben wie die Könige von dem Profit. Ich bin nicht stolz darauf. Ich bin jeden Tag weniger stolz darauf... Als ich hier lag und darauf wartete, daß mir die Ärzte das Todesurteil aushändigen würden, fragte ich mich, wie ich mich wohl im Jenseits für dieses Leben würde verantworten können... Dann, als dies hier geschah, schien es mir ein Ausweg zu sein: Kassier die Chips ein, mach dich aus dem Staub, kauf dir Zeit und Muße, um das Rätsel dieser Welt und deinen Platz darin zu erraten.

Auf der anderen Seite weiß ich, daß ich ein guter Finanzmann bin und daß anständige Menschen dem Namen und der Tradition von Harlekin et Cie. Vertrauen entgegenbringen. Aber hier liegt das Dilemma – und du hast es mir deutlich gesagt, Paul: Wenn ich gegen Yanko kämpfe, muß ich in seiner Welt, unter seinen Bedingungen und mit seinen Waffen kämpfen. Davor habe ich Angst; aber nicht aus den Gründen, die du meinst, Julie. Weißt du, ich kämpfe gern; ich liebe das Risiko und die Brutalität und die nackte Gesetzlosigkeit jener anderen Welt. Ich glaube, ich könnte der größte Pirat von allen sein und noch lächeln, wenn ich das Blut vom Entermesser abwische. Aber die Kernfrage lautet: Könnte ich danach noch vor mir selbst bestehen? Würde ich für dich, Julie, ein besserer Mann sein? Könnten wir beide, Paul, du und ich, dann noch zusammen segeln und lachen und Wein auf dem Achterdeck trinken?« Er lächelte und zuckte vor Selbstironie die Achseln. »Schön, das ist die Verteidigungsrede. Sie ist meine letzte.«

Julie starrte ihn verständnislos an. »Aber du verkaufst trotzdem, ist es nicht so?«

»Nein, meine Liebe. Du besitzt eine große Überzeugungskraft. Ich werde kämpfen. Es ist die einzige Möglichkeit, um jemals zu erfahren, ob das Spiel den Einsatz wert ist.

Seine Worte klangen nicht gerade zündend wie ein Aufruf zu den Waffen. Als Auftakt zu einer zweiten Hochzeitsreise klangen sie sogar alles andere als glückverheißend. Auch als wir das weitere Vorgehen besprachen, wirkte es mehr wie eine Verschwörung und nicht wie der Kampf der Rechtgläubigen gegen die Gottlosen.

Als wir ins Hotel zurückfuhren, wehte der Santa-Anna-Wind, und Juliette saß schweigend und geistesabwesend neben mir. Ich hätte sie am liebsten in die Arme genommen und ihr ein Lächeln entlockt, aber sie war weit in ein fernes Land entrückt, wo die Schatten der Abgeschiedenen um die

Geliebten weinen, die sie verloren haben. Ich brauchte vier Stunden und ein kleines Vermögen für Telefongespräche und nahm dann die Mitternachtsmaschine nach New York.

2

In New York fühle ich mich sofort zu Hause – als schamloser Kapitalist, der sich an den Gewinnen des freien Unternehmertums bereichert hat. Ich habe ein Appartement in den East Sixties, einen japanischen Diener, einen guten Club und eine Blütenlese von Freunden beiderlei Geschlechts. Trotz all ihrer verrückten Auswüchse liebe ich die Stadt. Ihre lärmende Geschäftigkeit, ihr lakonischer Zynismus und ihre schlechten Manieren gefallen mir. Das Leben dort ist nicht ohne Risiko – man kommt leicht zu Tode. Aber ich fühle mich hier wohler als in jeder anderen Großstadt der Welt.

Hier genieße ich auch die Segnungen des Privatlebens, denn ich habe einen Fernsprechanschluß, der nicht im Telefonbuch steht, habe den Namen eines anderen an der Tür und bediene mich eines Appartements der Bank im *Salvador,* wo ich langweilige Gäste bewirten kann, ohne daß sie den Fuß über die Schwelle meines eigenen Heims setzen müssen. Das Arrangement bietet auch diplomatische Vorteile. Im *Salvador* werden Geschäfte in aller Öffentlichkeit abgewickelt. Es lohnt sich also für mich, eine Art Doppelleben zu führen: in dem einen Schlupfwinkel meine Köder auszulegen und in dem anderen auszuruhen.

Um acht Uhr morgens ließ ich mich, übernächtigt und verschlafen, im *Salvador* kurz sehen. Um neun war ich in meinem eigenen Appartement. Um zehn war ich, dank den Handreichungen von Takeshi, rasiert, gebadet, verpflegt und sah wieder wie ein Mensch aus. Um zehn Uhr dreißig schlenderte ich die Third Avenue entlang, um Verbindung mit Aaron Bogdanovich aufzunehmen, der mit Terror und sehr teuren Blumen handelte.

Das Blumengeschäft blühte. Zwei mit Scheren und Draht bewaffnete Mädchen fertigten Tischdekorationen an; ein exotisch aussehender junger Mann packte einen Strauß in eine Schachtel. Eine würdevolle Dame mit Goldrandbrille, einem zitronengelben Kleid und breitem Lächeln fragte nach meinem Begehr und ratterte eine ganze Liste von Frühlingsblumen herunter, bevor ich überhaupt zu Wort kam. Als ich sagte, ich möchte mit dem Besitzer sprechen, schwand ihr Lächeln, und sie interessierte sich jetzt nicht mehr für meine Blumenwünsche, sondern nur noch für meinen Namen und für mein Anliegen.

Meine Antwort schien sie wenig zu befriedigen. Als ich Karl Krügers Brief vorwies, nahm sie ihn vorsichtig, als handele es sich um Sprengstoff, in die Hand, legte ihn auf ein Tablett und trug ihn ins Hinterzimmer. Kurz darauf war sie wieder da und sagte, ich solle die Third Avenue zu *Ginty's Tavern* hinuntergehen und auf einen Anruf in der Telefonzelle warten. Ich verließ den Laden mit einer kurzen Verbeugung und fühlte mich irgendwie aussätzig und ungeliebt.

Bei *Ginty's* trank ich Tomatensaft und zählte die Flaschen auf den Regalen, bis das Telefon klingelte und mir eine Stimme befahl, zu Fuß in die Saint Patrick's Cathedral zu gehen und im ersten Beichtstuhl neben dem rechten Gang niederzuknien. Ich hielt die ganze Geheimniskrämerei inzwischen für reinen Unsinn und sagte das auch. Die Stimme unterbrach mich kurz angebunden:

»In Bankangelegenheiten kommen wir zu Ihnen. In unserem Geschäft sind wir die Spezialisten ... Okay?«

Man konnte es natürlich auch so ausdrücken – meinetwegen. Außerdem war es nicht weit zur Saint Patrick's Cathedral, und ein bißchen Beten konnte nicht schaden – vorausgesetzt, mir fielen noch die richtigen Worte ein. Der

Beichtstuhl war dunkel und roch säuerlich nach alten Sünden. Das Gitterwerk, das den Reuigen vom Beichtvater trennte, war mit undurchsichtiger Gaze bespannt. Die Stimme, die von der anderen Seite zu hören war, klang wesenlos, ein eintöniges Flüstern.

»Sie sind Paul Desmond?«

»Ja.«

»Ich bin Aaron Bogdanovich. Ich habe ein untrügliches Gedächtnis. Sie werden mir sagen, welchen Service Sie von mir erwarten. Ich werde Ihnen sagen, ob und zu welchen Bedingungen wir Ihre Wünsche erfüllen können. Fangen Sie bitte an.«

Ich sagte es ihm im leiernden Tonfall des Beichtenden. Es war eine interessante Übung, denn mir ging dabei auf, wie vage ich meine eigene Position bis jetzt analysiert hatte und daß Harlekin Grund genug für seine Zweifel und sein Zaudern haben könnte. Aaron Bogdanovich war ein guter Zuhörer und ein sehr erfahrener Befrager. Er stellte unbequeme Fragen:

»Wie würden Sie Ihre Wünsche, in der Reihenfolge ihrer Dringlichkeit, formulieren?«

»Eine Übernahme durch andere abwenden. Die betrügerischen Machenschaften untersuchen und unser System bereinigen. Beweisen, daß sich Basil Yanko krimineller Machenschaften schuldig gemacht hat.«

»Die ersten beiden Operationen sind defensiver Natur. Die dritte ist aggressiv. Warum?«

»Wenn wir nur einen Defensivkrieg führen, müssen wir verlieren.«

»Sind Sie sich darüber im klaren, was Sie das kosten kann?«

»Wieviel Geld? Nein. Wir nehmen an, daß es teuer sein kann.«

»Geld ist nicht das Hauptproblem.«

»Was sonst?«

»Leben und Tod. Wenn Sie zur Polizei gehen, wenn Sie eine anerkannte Sicherheitsfirma heranziehen, wenn Sie einen Mann mit einer Kanone anheuern, um Ihr Leben und Ihr Eigentum zu schützen, so ist der Spielraum dieser Leute begrenzt. Sie müssen sich für das, was sie tun, vor dem Gesetz verantworten. Wir müssen uns nicht verantworten, weil wir außerhalb des Gesetzes operieren. Wir haben jedoch gewisse moralische Grundsätze und sind keine Killer, die man einfach anheuert. Diese Leute können Sie auf dem Markt kaufen; die Preisskala beginnt bei zwanzigtausend Dollar pro Mord.«

»Wir heuern keine Killer an.«

»Aber es kann zu Gewalttätigkeiten kommen, und der Tod kann eine Folge davon sein. Sie müssen sich also zunächst entscheiden – und wir danach –, ob die Sache so schwerwiegend ist, daß sie ein tödliches Risiko rechtfertigt.«

»Können wir darüber sprechen?«

»Jetzt nicht. Ich möchte, daß Sie sich erst über Ihre eigene Position ausreichend im klaren sind. Dann können wir uns wieder treffen.«

»Von Angesicht zu Angesicht?«

»Warum fragen Sie das?«

»Sie erwähnten moralische Grundsätze. Wir müssen uns über diejenigen Prinzipien klarwerden, die uns beiden gemeinsam sind. Ich habe noch nie ein Geschäft mit einem Menschen abgeschlossen, den ich nicht kannte. Ich habe noch nie einen Vertrag blanko unterschrieben. Also: Entweder sehen wir uns von Angesicht zu Angesicht, oder wir lassen es lieber gleich sein.«

»Einverstanden.«

»Ich schlage meine Wohnung als Treffpunkt vor. Bestimmen Sie den Zeitpunkt.«

»Heute abend um elf Uhr dreißig. Haben Sie Unterlagen bei sich, die ich inzwischen studieren könnte?«

»Ja, hier in meiner Aktentasche.«

»Lassen Sie sie im Beichtstuhl stehen, unverschlossen, mit Ihrer Adresse und Telefonnummer. Ich nehme sie mit, nachdem Sie gegangen sind. Und noch etwas – ich diene in erster Linie einem bestimmten Land. Ich diene seinen und meinen Freunden – so ist es verbrieft und versiegelt. Ich kann meine Arbeit nicht gefährden. Sie müssen sich also zu strengster Geheimhaltung verpflichten.«

»Einverstanden.«

»Sie müssen außerdem die Strafe kennen, die auf Vertrauensbruch steht.«

»Nämlich?«

»Der Tod – und ich werde Sie nicht ein zweites Mal warnen.«

Es ist herrlich, wie klar der Mensch zu denken vermag, wenn sein eigener Tod zur Debatte steht. Während ich durch das Mittagsgewühl die Fifth Avenue hinaufging, stellte ich Vergleiche zwischen meiner eigenen Position und der meines unheimlichen Beichtvaters an. Aaron Bogdanovich besaß einleuchtende Gründe für seine Tätigkeit. Ein Toter, einhundert Tote – das war so gut wie nichts gegen die sechs Millionen, dic in den Massenvernichtungslagern umgekommen waren. Kein Leben war wichtiger als das Überleben einer belagerten Nation … Aber eine Bank? Eine anonyme Gesellschaft, die sich nur dem Gelderwerb hingab? Durfte man ein Menschenleben opfern, nur um Vermögenswerte zu sichern? Wer bestimmte das Opfer, und nach welchen Kriterien? Und welches Recht besaß Paul Desmond, gesichert in der Rechtschaffenheit des Besitzenden, sich selbst zum Richter und Geschworenen aufzuspielen und sich das Amt des Scharfrichters anzumaßen?

Als ich stehenblieb, um die Diamanten im Schaufenster von Cartier zu bewundern, hielt mir ein Blinder mit einem Schild vor der Brust einen Blechnapf klappernd vor das Gesicht. Ich hatte keine Münzen in der Tasche, deshalb zog ich eine zusammengeknüllte Banknote heraus. Als ich sie in die Schüssel legte, merkte ich zu spät, daß es eine Zehndollarnote war. Ich ärgerte mich dermaßen darüber, daß ich mir dadurch sicherlich keine Absolution eingehandelt habe.

Ich war zum Mittagessen im Salvador mit unserem New Yorker Manager, Larry Oliver, verabredet; er stammt aus Boston, hat vollendete Umgangsformen und einen übertriebenen Respekt vor der Tradition. Wenn er das Büro mit verhutzelten Schreiberlingen, Stehpulten und Federkielen hätte ausrüsten können, wäre er der glücklichste Mensch auf Erden gewesen. Als ihn Harlekin einmal für sechs Monate nach London delegiert hatte, kam er schockiert zurück und war zutiefst vom Niedergang der Moral im englischen Bankwesen verletzt. Die Barbaren der Wall Street machten sich über ihn lustig, aber er hatte uns durch die Krise des Jahres 1970 hindurchmanövriert, ohne daß wir auch nur die geringste Einbuße hatten hinnehmen müssen. Die kleinste Ungenauigkeit war ihm ein Greuel. Eine betrügerische Manipulierung unserer Konten war ein unvorstellbarer Alptraum. Ich war deshalb auf ein schwieriges Tischgespräch gefaßt; tatsächlich wurde es ein völliges Desaster.

Oliver stocherte mißvergnügt in seinem Essen herum, während ich ihm so viel von der Situation erzählte, wie er wissen mußte, und die speziell für New York bedeutsamen Details anfügte. Er ließ seinen Kaffee unberührt stehen, erhob sich, vergrub die Hände unter seinen Rockschößen und begann, wie ein Anwalt, der einen schwierigen Klienten belehrt, auf und ab zu gehen.

»... Paul, ich verstehe – glaub mir bitte – ich verstehe den Ernst der Lage durchaus. Aber warum bin ich nicht schon früher unterrichtet worden?«

»Verdammt noch mal, Larry! Wir haben in Genf erst vor vier Tagen davon erfahren. Ich habe dich und alle anderen Manager sofort telegrafisch unterrichtet. Ich habe zwei

Tage mit George Harlekin geredet und die übrige Zeit mit Reisen zugebracht. Sei doch vernünftig, Mann!«

»Ich versuche ja, vernünftig zu sein, Paul. Aber mein Ruf steht auf dem Spiel, der Name meiner Familie ...«

»Was Harlekin und mich angeht, so ist dein Ruf nie in Zweifel gezogen worden.«

»Wenn dies aber erst einmal durchsickert ...«

»Es darf eben nicht durchsickern, Larry. Darauf kommt es ja an. Das Defizit ist gedeckt. Ich bin hier in New York, um eine eingehende Untersuchung in Gang zu setzen.«

»Aber durch eine private Agentur.«

»Wahrscheinlich durch mehrere.«

Er blieb plötzlich stehen und fuchtelte mir mit dem Finger vor dem Gesicht herum. »Ich fürchte, damit wird es nicht besser, Paul – nicht im geringsten.«

»Was meinst du damit?«

»So, wie ich die Gesetze zu kennen glaube, sind wir einem verbrecherischen Betrug zum Opfer gefallen. Habe ich recht?«

»So sieht es jedenfalls aus.«

»Es ist ein Fall für das FBI. Warum wurde es noch nicht eingeschaltet?«

»Weil wir, obwohl wir betrügerische Machenschaften vermuten, noch keine Zeit gehabt haben, das gesamte Beweismaterial zusammenzutragen und zu prüfen. Außerdem operieren wir in Ländern mit verschiedenen Rechtsordnungen. Vielleicht kommt es auf das FBI nicht in erster Linie an. Ich habe jedoch einen Termin bei Creative Systems, wo wir den Bericht gemeinsam durchsprechen werden. Dann erstatte ich Mr. Harlekin Bericht, und erst dann werden wir entscheiden, ob die Untersuchungsbeamten des FBI eingeschaltet werden sollen oder nicht.«

»In der Zwischenzeit aber stehen alle unsere Mitarbeiter, ich selbst eingeschlossen, unter Verdacht. Ich finde diesen Zustand unerträglich.«

»Selbstverständlich. Ich kann dich nur bitten, Geduld zu bewahren. Wir müssen unser Vorgehen mit allen anderen Zweigniederlassungen koordinieren.«

»Ich sehe das natürlich ein; aber ich bin gespannt, wieviel davon bereits durchgesickert ist.«

»Hoffentlich nichts.«

»Dessen bin ich mir nicht so sicher. Wir waren gestern zu viert beim Mittagessen im Club. Ich bekam einige merkwürdige Fragen zu hören.«

»Zum Beispiel?«

»Ob Harlekin wieder voll arbeitsfähig sein wird.«

»Durchaus, und zwar bald.«

»Ob mir irgendein schwacher Punkt bei unseren Genfer Operationen aufgefallen sei.«

»Und du hast den Leuten versichert, daß es keinen solchen schwachen Punkt gebe?«

»Ja, jedenfalls soweit mir bekannt sei... Ich gebe nie übereilte Erklärungen ab.«

»Ich weiß, Larry. Ich weiß. Wie lauteten die anderen Fragen?«

»Ob wir ein Verkaufsangebot prüfen würden und ob ein solches Angebot bereits vorliege. Ich verneinte beides.«

»Auch hier natürlich, soweit dir bekannt sei.«

»Ja... Dann wurde ich gefragt, ob ich je für mich selbst an eine Veränderung gedacht hätte. Ich sagte, ich würde mich bei Harlekin et Cie. sehr wohl fühlen – besonders hinsichtlich meines Verhältnisses zu unserem Präsidenten. Wir haben viel gemein, wie du weißt – wir interessieren uns für Bilder, wir legen beide Wert auf eine gesunde Tradition – und wir stammen beide, wenn ich so sagen darf, aus guten Familien.«

»Ich freue mich, das zu hören, Larry. Harlekin rechnet gerade jetzt mit deiner Unterstützung.«

»Bitte, versichere ihm, daß er sie hat. Aber ich wäre nicht ganz aufrichtig, wenn ich nicht auch darauf hinweisen würde, daß jeder Schatten, der auf den Ruf der Bank oder auf mich selbst fallen sollte, mich dazu zwingen würde, meine Position neu zu überdenken.«

»Ich habe dafür volles Verständnis. Ich weiß, daß Harlekin mit dir sprechen will, sobald er nach New York kommt. Bis zu diesem Zeitpunkt bleibe ich in täglicher Verbindung mit dir. Und, Larry ...«

»Ja, Paul?«

»Dies ist der Augenblick, da alle guten Männer ... Du weißt doch?«

»Ja, ich weiß, Paul. Vielen Dank für dein Vertrauen. Aber jetzt gehe ich mal lieber wieder und kümmere mich um den Laden.«

Er schritt hoch erhobenen Hauptes und im Vollgefühl seiner Rechtschaffenheit hinaus – ein echter Bostoner, in dem, wie der alte Tom Appleton erklärt hat, der Ostwind zu Fleisch und Blut geworden ist. Immerhin hatte er durchblicken lassen, daß die Zukunft nicht gerade rosig war. Die Nachricht von unseren Schwierigkeiten machte bereits die Runde. Es würden laufend neue Gerüchte hinzukommen und sich wie ein Lauffeuer über die ganze Stadt verbreiten. Nur zu bald würde uns ein Angebot von hundert Dollar je Aktie wie Manna in der Wüste vorkommen. Ich hatte einen großen steifen Brandy nötig. Aber ich verzichtete vorläufig darauf, denn Valerie Hallstrom sollte um halb vier dasein, und ich mußte einen klaren Kopf haben, wenn wir ihren Bericht durchsprachen.

Valerie Adele Hallstrom – so stand es auf ihrer Visitenkarte – war ein Phänomen. Sie war eine hochgewachsene Blondine. Sie hatte eines jener offenen, kerngesunden skandinavischen Gesichter, das die Reisebüros immer dann verwenden, wenn sie Kunden für eine Kreuzfahrt in der Ostsee mitten im Winter zu gewinnen suchen, und eine Figur, die schon einen kleinen Aufruhr verursachen konnte. Nicht daß sie sie besonders betont hätte – o nein, keineswegs! Ihr

Kostüm war ein Wunderwerk diskreter Schneiderkunst. Sie gab sich zurückhaltend. Ihre Stimme war ein weicher Alt. Sie hatte alle ihre Gedanken beisammen und verstand es, ihnen entsprechend Ausdruck zu verleihen. Zunächst fand ich sie ziemlich verwirrend. Als wir uns dann aber, Zeile für Zeile, durch das Dokument hindurcharbeiteten, fand ich sie geradezu beängstigend auf Draht.

»Sehen Sie, Mr. Desmond, wenn Sie ein Rechtsverfahren einleiten wollen – was Ihnen selbstverständlich unbenommen ist –, so muß dieses Papier vor Gericht Bestand haben. In dem Augenblick, da ich es unterzeichnet habe, mußte ich auf meinen eigenen Ruf und den unserer Firma Rücksicht nehmen.«

»Sie kommen also zu dem Schluß – und Ihr Bericht läßt keinen Zweifel daran –, daß die betrügerischen Handlungen von Angehörigen unserer eigenen Organisation vorgenommen worden sind.«

»Das ist unsere zweifelsfreie Meinung.«

»Wie kann Ihrer Meinung nach so etwas passieren?«

»Nehmen wir einmal als Beispiel Ihr Zentralbüro in Genf. Der Computer ist in Zürich installiert. Sie mieten sich das Nutzungsrecht für eine bestimmte Zeit, vier Stunden pro Tag, fünf Tage pro Woche. Sie haben zwei direkte Leitungen zum Zentralcomputer, deren Sie sich nur unter Verwendung des Ihnen zugewiesenen Codes bedienen können. Jeder, dem dieser Code bekannt ist, kann Ihre Leitungen dazu benutzen, Informationen und Instruktionen in den Computer zu speichern oder von ihm abzurufen.«

»Das ist alles klar. Entweder hat unser Bedienungspersonal den Betrug begangen, oder jemand von außerhalb hat sich unter Verwendung unseres Codewortes eingeschaltet.«

»Das er sich innerhalb Ihrer Firma beschafft haben muß, nicht wahr?«

»Möglich ... Also, man kann davon ausgehen, daß eine

Instruktion, sobald sie einmal in den Computer eingegeben ist, in der Datenbank gespeichert und automatisch ausgeführt wird.«

»Richtig.«

»Und niemand weiß, daß eine solche Instruktion existiert, außer der Person, die sie eingespeichert hat.«

»Genau. Und darauf beruhen auch die meisten klassischen Betrugsfälle. Wenn Sie zum Beispiel ein bestimmtes Konto um zweitausend Dollar überziehen dürfen, können Sie das Limit auf zweihunderttausend erhöhen, indem Sie einfach zwei Nullen dem Programm anfügen. Dann ist es festgehalten, und Sie können seelenruhig mit dem falschen Limit operieren – es sei denn, jemand gräbt die ursprüngliche Instruktion aus. Noch ein Beispiel. Sie können dem Computer befehlen, an einem bestimmten Tag einhunderttausend Dollar auf Ihr Konto zu überweisen, und dann löschen Sie die Transaktion aus seinem Gedächtnis bereits am Tag danach. Sie heben das Geld von Ihrem Konto mit einem Scheck ab und gehen ins Ausland. Wenn sich nicht beweisen läßt, daß Sie den Computer angewiesen haben, den Betrug zu begehen, ist es sehr schwer, Sie eines Verbrechens zu überführen. Sie haben keine Transaktion durchgeführt, zu der Sie keine Berechtigung hatten. Der Fehler lag beim Computer, der für die Bank operiert.«

»So, Miß Hallstrom, jetzt wollen wir einmal sehen, was in unserem Genfer Büro tatsächlich passiert ist. Nehmen wir uns Seite 73 des Berichts vor. Irgend jemand, angeblich George Harlekin persönlich, eröffnete ein Nummernkonto bei der Unionsbank. Das Konto wurde schriftlich per Post eröffnet, wobei Papiere Verwendung fanden, die offenbar von George Harlekin unterzeichnet waren. Die Unterschriften sind einander gleich. Harlekin bestreitet jegliche Kenntnis. Wir nehmen deshalb an, daß die Unterschriften gefälscht waren. Dann weiter: Jemand benutzt unser Codewort, schaltet sich in den Computer ein und beauftragt ihn, ein Prozent bei jeder dritten Transaktion als Spesen zu berechnen und die entsprechenden Summen wöchentlich auf das Konto Harlekin bei der Unionsbank zu überweisen. Da die Bankspesen immer komplizierter werden, weil die Bankiers immer gieriger zu werden scheinen, bleiben diese Zahlungen bis zur nächsten Buchprüfung unbemerkt. Stimmt's?«

»Ja. Aber bei der Buchprüfung müßte ihre Rechtmäßigkeit gegenüber früheren Instruktionen nachgewiesen werden können.«

»Wenn also Harlekin der Urheber wäre, könnte er sofort strafrechtlich verfolgt werden.«

»Zugegeben.«

»Aber er ist doch nicht dumm, und er braucht kein Geld. Was wäre also Ihre Schlußfolgerung, Miß Hallstrom?«

»Daß es mir nicht zusteht, einen Kommentar abzugeben, Mr. Desmond. Unser Vertrag mit Ihnen sieht vor, daß wir Unregelmäßigkeiten und dunkle Machenschaften aufdecken. Das haben wir getan. Es ist Ihre Aufgabe, entsprechende Maßnahmen zu ergreifen.«

»Sehr gut. Sehr vernünftig. Dann wollen wir es mal andersherum versuchen. Wir sind ein Mann und eine Frau und befinden uns allein in einem Hotelappartement. Es gibt keine Zeugen. Ich hoffe, daß keine Mikrophone eingebaut sind, falls Sie nicht selbst ein solches bei sich tragen. Wären Sie bereit, ohne Voreingenommenheit, eine private Meinung zu äußern?«

»Nein, Mr. Desmond, das wäre ich nicht.«

»Aber Sie haben eine?«

»Ja. Nämlich die, daß ich mich nur an den von mir unterzeichneten Bericht halten muß.«

»Aber es handelt sich doch hier um eine Sache, die sich aus dem Bericht ergibt.«

»Das ist Ansichtssache und hat mit den Tatsachen nichts zu tun. Wenn Sie der Meinung sind, Sie sollten den Fall mit Creative Systems Incorporated besprechen, dann sollten Sie sich an Mr. Yanko wenden, nach dessen Weisungen ich arbeite... So, wollen Sie jetzt mit mir über die Vorgänge bei den anderen Zweigniederlassungen sprechen?«

»Nein. Die Transaktionen sind unterschiedlicher Art. Die Methode ist weitgehend die gleiche. Überall das gleiche Ergebnis. George Harlekin wird schwerer Betrug in die Schuhe geschoben.«

»Darf ich fragen, welche Schritte Sie unternommen haben, um weitere Manipulationen zu verhindern?«

»Wir haben alle Computerinstruktionen gelöscht, soweit sie in Ihrem Bericht Erwähnung finden.«

»Gut.«

»Und wir werden versuchen, denjenigen ausfindig zu machen, auf den der Betrug zurückgeht. Ihr Bericht behauptet, es müsse sich um jemanden innerhalb oder in Verbindung mit der Firma Harlekin et Cie. handeln. Ich stelle fest, daß Mitarbeiter von Creative Systems Incorporated in diesem Zusammenhang von Ihnen nicht erwähnt werden.«

»Im Gegenteil, Mr. Desmond. Wir nehmen auf Seite 84, Absatz 3 ausdrücklich auf diesen Personenkreis Bezug. Ich zitiere: ›Das gesamte bei Creative Systems tätige und mit diesen Operationen in Verbindung stehende Personal ist mehrfach überprüft worden, und wir stellen mit Genugtuung fest, daß keiner unserer Mitarbeiter auf irgendeine Art und Weise mit den betrügerischen Manipulationen zu tun hat.‹«

»Und Sie erwarten, daß wir Ihnen das abnehmen?«

»Mangels gegenteiliger Beweise, ja.«

»Miß Hallstrom, ich möchte Ihnen ein Kompliment machen.«

»Aber bitte, Mr. Desmond.«

»Sie sind eine sehr schöne Frau.«

»Vielen Dank.«

»Ich wünschte, Sie wären für uns tätig.«

»Aber das bin ich doch, Mr. Desmond. Warten Sie nur,

bis Sie die Rechnung bekommen. Meine Dienste sind hoch dotiert.«

»Sind Sie jemals außer Dienst?«

»Oft.«

»Würden Sie vielleicht auch mir ein Kompliment machen und einmal mit mir zu Abend essen – wenn ich verspreche, nicht über geschäftliche Dinge zu sprechen?«

»Ich glaube, es könnte recht nett sein.«

»Wo kann ich Sie telefonisch erreichen?«

»Ich gebe Ihnen meine Karte. Rufen Sie mich abends gegen sieben an.«

»Vielen Dank.«

»Übrigens hat mich Mr. Yanko gebeten, Ihnen auszurichten, daß er morgen zwischen zehn und zwölf Uhr mittags Ihnen zur Verfügung stehen wird.«

»Sagen Sie ihm, er möge mich um elf erwarten.«

»Au revoir, Mr. Desmond. Es war mir ein Vergnügen, Sie kennenzulernen.«

»Ganz meinerseits, Miß Hallstrom.«

Verdammt noch mal, ein Vergnügen war es wirklich nicht gewesen! Ich hielt sie für eine ausgesprochene Schlange; aber ich besaß wenigstens ihre Adresse und ihre Telefonnummer und eine halbe Einladung, ihr Privatleben kennenzulernen.

Es war zwar nur ein kleiner Sieg, aber nicht unbedingt ein unwichtiger. Wenn man mit Großunternehmen zu tun hat, braucht man Freunde in der Nähe der Firmenleitung. Einige Gesellschaften sind wohlhabender als die Länder, in denen sie tätig sind. Sie sitzen beiderseits der Grenzen und können sich über national gültige Rechtsbestimmungen hinwegsetzen. Sie verfügen über die klügsten Köpfe und können es sich leisten, in jedem Land die besten Anwälte zu beschäftigen. Diplomaten und Politiker bemühen sich für die Mitarbeiter dieser Firmen… Aber wenn Sie eine klare Antwort auf eine klare Frage haben wollen, so kann es zwei

Jahre dauern, bis Sie soweit sind, und dann brauchen sie eine ganze Bibliothek, um den inzwischen angefallenen Schriftverkehr unterzubringen. Ein Abendessen mit Valerie Hallstrom könnte also ein Schlag ins Wasser sein. Andererseits könnte es aber auch den Schlüssel zu Geheimvorgängen liefern, denn je größer das Unternehmen ist, desto schwächer sind die Loyalitäten und desto erbitterter werden die Machtkämpfe in den höheren Rängen ausgetragen.

Es war sechs Uhr. Plötzlich fühlte ich mich abgespannt, schäbig und alt. Ich verließ das Salvador, ging die zehn Blocks bis zu meiner Privatwohnung zu Fuß und schlief, bis Takeshi mich um elf weckte.

Pünktlich um elf Uhr dreißig erschien Aaron Bogdanovich. Er war ein hochgewachsener Mann, schlank, braungebrannt und muskulös. Er sah aus wie vierzig, konnte aber auch schon fünfzig sein. Ohne den Geburtsschein konnte man es wirklich nicht sagen. Seine Kleidung war von sportlicher Eleganz. Er lächelte viel. Sein Händedruck war fest. Nach einem abschätzenden Blick auf das Appartement sagte er:

»Ich habe unten einen Mann, der den Hauseingang beobachtet. Draußen vor der Tür steht noch einer. Ich würde ihn gern hereinholen, um das Appartement nach Mikrophonen absuchen zu lassen. Sie haben doch sicher nichts dagegen?«

»Nicht im geringsten.«

Sein Mann kam herein, ein unauffälliger junger Kerl, der die Zimmer mit einem Prüfgerät absuchte, befriedigt nickte und dann wortlos wieder verschwand.

Bogdanovich machte es sich bequem. »So, jetzt können wir reden.«

»Einen Drink?«

»Saft, bitte.«

Takeshi servierte die Drinks und ließ uns allein.

Aaron Bogdanovich lächelte mir über den Rand seines

Glases hinweg zu. »Na, Mr. Desmond, wie haben Sie sich entschieden?«

»Wir stehen unter starkem Druck. Wir müssen kämpfen. Wir akzeptieren, daß es zu drastischen Konsequenzen kommen kann.«

»Und Ihr Chef ist einverstanden?«

»Er hat mir freie Hand gegeben.«

»Meine Forderungen sind folgende: Sie stellen mir sofort zweihundertfünfzigtausend Dollar in bar zur Verfügung. Sie halten außerdem denselben Betrag in jeder gewünschten Währung in jeder noch zu benennenden Hauptstadt auf Abruf zur Verfügung. Insgesamt also eine halbe Million, bei einem Spielraum von maximal zehn Prozent.«

»Auf Treu und Glauben?«

»Ja, so ist es. Eine reine Vertrauenssache. Die Kehrseite des Geschäftes ist die, daß wir alle Risiken selbst übernehmen und diese nie, unter gar keinen Umständen, dem Klienten aufbürden. Ist Blut auf dem Teppich, beseitigen wir es selbst. Können Sie für die geforderte Summe garantieren?«

»Ja.«

»*L'chaim*, Mr. Desmond!«

»Auf Ihr Wohl!«

Wir tranken uns zu und besiegelten die Abmachung. Wir setzten uns zum Abendessen nieder, und Bogdanovich sprach mit mir den Feldzug durch – wie ein General, der seinem Stabsoffizier Instruktionen gibt.

»Ich habe die Unterlagen gelesen. Ich pflichte Ihren Schlußfolgerungen bei. Der Betrug steht in Verbindung mit dem Kaufangebot. Yanko ist wahrscheinlich der Anstifter. Um dies zu beweisen, müssen wir innerhalb seiner Organisation und der Ihrigen tätig werden.«

»Können Sie denn das?«

»Ja. Wir müssen jedoch eine Tarnoperation einleiten, um die Aufmerksamkeit von unserer Tätigkeit abzulenken.«

»Wie machen wir das?«

»Sie wenden sich mit der Bitte um Hilfe an eine der üblichen Sicherheitsorganisationen. Wir schlagen vor, daß Sie hierzu Lichtman Wells heranziehen, die internationale Verbindungen haben. Sie werden das Ersuchen stellen, daß die Operation von Mr. Saul Wells persönlich geleitet wird. Er wird den Auftrag annehmen.«

»Wieso?«

»Sie können sich darauf verlassen, daß er annehmen und geeignete Mitarbeiter abstellen wird.«

»Ihre Mitarbeiter, nehme ich an.«

»Das habe ich nicht gesagt. Sie sollten auch nicht danach fragen... Wissen Sie, Mr. Desmond, es ist durchaus nicht unmöglich, daß man eines Tages Druck auf Sie ausüben wird, damit Sie Ihre gesamten Kenntnisse über diese Operation preisgeben. Mit Rücksicht auf die Sanktion, von der wir gesprochen haben, sollten Sie möglichst überhaupt nichts aussagen können, klar?... Sind Sie verheiratet?«

»Nein.«

»Haben Sie irgendwelche Beziehungen oder Bindungen, mit denen man Sie erpressen könnte? Eine Geliebte, zum Beispiel? Ein Kind?«

»Nein. Aber Harlekin hat Frau und Kind.«

»Dann sollte auch er über die Risiken Bescheid wissen.«

»Ich werde dafür sorgen.«

»Ich möchte ihn gern persönlich kennenlernen.«

»Er wurde heute vormittag aus dem Krankenhaus entlassen. Er beabsichtigte, mit seiner Frau zur Erholung nach. Acapulco zu fliegen. In Wirklichkeit werden sie nach New York kommen... Sie werden die Wohnung der Bank im Salvador benutzen, wo wir während seiner Rekonvaleszenz für die notwendige ärztliche Überwachung gesorgt haben.«

»Das war klug. Sie beide werden demnächst viel auf Reisen sein.«

»Wie bitte?«

»Ihre Bank befindet sich in einer Krise. Sie werden mit

Sicherheit alle Ihre Zweigniederlassungen aufsuchen müssen. Außerdem werden wir Sie beide, zu Ihrer eigenen Sicherheit und zur Abschirmung unserer Operationen, ständig in Bewegung halten müssen.«

»Das ist keine angenehme Vorstellung.«

»Ja, Sie haben recht. Aber bedenken Sie, Mr. Desmond, Ihre Gesellschaft ist ein lohnendes Ziel, und große Unternehmen haben keine Moral. Unfälle lassen sich leicht arrangieren. Leitende Angestellte und Diplomaten werden entführt und gegen Lösegeld festgehalten. Die Folter ist zur Wissenschaft geworden. Sie brauchen nur die Tageszeitungen zu lesen und werden einsehen, daß ich nicht übertreibe... Was Sie nicht zu lesen bekommen, ist sogar noch unheimlicher. Gerade in diesem Augenblick treibt ein Toter im East River. Es ist die Leiche eines Killers, der angeheuert wurde, um heute abend um acht Uhr dreißig einen arabischen Delegierten bei den Vereinten Nationen zu ermorden, Mr. Desmond, während der Delegierte aus einer Limousine stieg, um an einer Dinner-Party teilzunehmen. Meine Leute würden sonst für seinen Tod verantwortlich gemacht werden... Hoffentlich habe ich mich klar genug ausgedrückt.«

»Zu klar für meinen Seelenfrieden.«

»Geld ist Macht, Mr. Desmond. Beides schadet dem Seelenfrieden.«

»Also schön... Harlekin und ich werden vielleicht viel reisen müssen. Was noch?«

»Verhalten Sie sich möglichst normal. Yanko erwartet, daß Sie mit ihm über die Aktien verhandeln. Verhandeln Sie. Er erwartet eine Untersuchung. Bieten Sie ihm eine solche. Ihre Manager und leitenden Angestellten bleiben in Unkenntnis über meine Tätigkeit und gehen ihren üblichen Geschäften nach. Jede von Ihnen beschaffte Information wird uns übermittelt werden.«

»Wie?«

»Hier in New York fernmündlich von einer Telefonzelle aus. Ich werde Ihnen zwei Nummern nennen, die Sie sich einprägen werden. Sie werden sich als Weizman melden. Wenn Sie New York verlassen, werden Sie Ihre Reisearrangements durch eine Agentur treffen lassen, die ich Ihnen empfehlen werde. Ihre Kontakte in anderen Städten werden verständigt werden, wenn Sie die Flugscheine abholen.«

»Jetzt habe ich noch eine Neuigkeit. Ich habe heute nachmittag mit einer Frau, Valerie Hallstrom, gesprochen. Sie arbeitet für Yanko und hat den Bericht abgefaßt.«

»Hat sie Ihnen etwas Brauchbares erzählt?«

»Im Gegenteil. Sie weigerte sich, auch nur einen einzigen Schritt über ihren Auftrag hinauszugehen. Ich habe sie jedoch zum Abendessen eingeladen. Sie war nicht abgeneigt und gab mir ihre Karte.«

»Darf ich sie einmal sehen?«

Er betrachtete sie einen Augenblick und gab sie mir dann zurück.

Ich konnte der Frage nicht widerstehen. »Haben Sie wirklich ein absolutes Gedächtnis?«

»Allerdings.«

»Soll ich mich mit dieser Frau verabreden?«

»Ist sie hübsch?«

»Sehr.«

»Zugänglich?«

»Das möchte ich gerne herausbekommen.«

»Geben Sie mir rechtzeitig Ihre Pläne bekannt.«

»Das bringt mich zu einer weiteren Frage. Auf welchem Wege setzen Sie sich mit mir in Verbindung? Ich werde viel unterwegs sein.«

»Wo immer Sie sind, Mr. Desmond, ich werde es wissen. Unsere Honorarforderungen sind hoch; aber wir sind auch rund um die Uhr für Sie tätig... Wie lange ist übrigens Ihr Diener schon bei Ihnen?«

»Sechs Jahre.«

»Sie vertrauen ihm offenbar. Aber was wissen Sie über sein Vorleben?«

»So gut wie nichts. Er war fünf Jahre bei einem Freund von mir. Als dieser aus New York wegzog, übernahm ich seine Wohnung und Takeshi dazu. Ich habe hier eine Menge Wertsachen. Takeshi führt das Haushaltsbuch. Bis jetzt hatte ich keinen Anlaß zur Klage.«

»Das ist eine gute Auskunft. Aber wir werden den Mann trotzdem überprüfen. Haben Sie irgendwelche Laster oder Schwächen, Mr. Desmond?«

»Was soll ich darauf schon sagen!«

»Ich muß es aber wissen.«

»Gut, führen wir auf, was ich nicht tue. Ich spiele nicht. Ich liebe meine Drinks, aber ich bin seit zwanzig Jahren nicht mehr betrunken gewesen. Ich bin gegen die käufliche Liebe. Ich bin nicht homosexuell, und ich rede nie über meine Freundinnen im Club.«

»Irgendwelche geheimen Schuldkomplexe?«

»Eine gescheiterte Ehe.«

»Schulden?«

»Keine.«

»Ich danke Ihnen, Mr. Desmond. Das ist für den Augenblick alles.«

»Noch etwas Kaffee?«

»Nein, vielen Dank ...«

»Jetzt noch eine Frage an Sie, Mr. Bogdanovich.«

»Ja?«

»Warum haben Sie sich bereit erklärt, diesen Auftrag zu übernehmen?«

»Was Sie eigentlich damit sagen wollen, Mr. Desmond, ist doch wohl, warum ich nicht für das doppelte Geld einen anderen Job übernommen habe?«

»Nein. Ich meine es genau so, wie ich es gesagt habe.«

»Es gibt zwei Antworten, Mr. Desmond. Die erste ist einfach. Sie wurden mir von einem guten Freund, Karl Krüger, empfohlen, und Sie können sich unsere Dienste leisten. Die zweite Antwort ist etwas komplizierter. Ich glaube nicht an die Rechtschaffenheit der Menschen. Ich weiß, daß jeder seinen Preis hat und daß er bis an sein Lebensende nur dann rechtschaffen bleibt, wenn ihm dieser Preis nicht geboten wird. Ich weiß, daß jedem Menschen eine bestimmte Angst im Nacken sitzt, die ihn vernichten kann. Ich habe aufgehört, an Gott zu glauben, weil ich eine Schöpfung vor mir sehe, die auf einem zerstörerischen Existenzkampf gegründet ist. Ich weiß aber auch, daß eine gewisse Ordnung notwendig ist, wenn das Leben wenigstens halbwegs erträglich sein soll. Wenn ein halbwegs anständiger Mann von einem Gangster tyrannisiert wird, sind wir alle betroffen. Einem Gangster wird man nur Herr, wenn man ihm die Zähne einschlägt. Wer dazu zu schwach ist, heuert mich an...« Er schenkte mir sein nachsichtiges Lächeln und zuckte mit den Achseln. »Sie dürfen das natürlich nicht zu wörtlich nehmen, und Sie wären ein Narr, meine Worte ohne Vorbehalt zu schlucken. Aber auch in unserem Dschungel brauchen wir wenigstens eine Spur von Rechtfertigung für unsere Taten. So, jetzt möchte ich Ihnen die Telefonnummern und den Namen unseres Reisebüros geben.«

Als er gegangen war, faßte Takeshi sein Urteil in einem einzigen Satz zusammen, den ich noch lange nicht vergessen sollte:

»Dieser Mann, Sir, ich glaube, der schläft in einem Grab.«

Die Zentrale von Creative Systems Incorporated war in sechs Stockwerken eines aus Glas und Aluminium bestehenden Wolkenkratzers an der Park Avenue untergebracht. Drei Stockwerke beherbergten die neuesten, von bewaffneten Posten bewachten Geräte, und darüber lagen zwei Etagen mit modern eingerichteten Büros, wo nüchtern fachkundige junge Leute inmitten eines Heers von Sekretärinnen ihrer Arbeit nachgingen. Der sechste Stock war Basil Yankos privater Bereich, sein Heiligtum, das mit exotischen Hölzern getäfelt, durch tiefe Teppiche in lautlose Stille getaucht und mit wertvollen Bildern und Kunstgegenständen ausgestattet war. Im Vorzimmer regierten eine ältere Dame und zwei Wachposten, von denen der eine die Besucher durch die stillen Korridore führte, während der andere als Wache gegen unerwünschte Eindringlinge zurückblieb.

Als ich ankam, war es zwei Minuten vor elf. Die Wache überprüfte meinen Namen anhand einer maschinengeschriebenen Liste. Die Vorzimmerdame gab mein Eintreffen über die Sprechanlage weiter und bat mich, Platz zu nehmen. Punkt elf leuchtete das rote Licht über der Tür auf; die Vorzimmerdame gab der Wache ein Zeichen, die mich daraufhin in das Allerheiligste führte, einen langen Raum, wo Basil Yanko hinter einem gewaltigen, völlig leeren Schreibtisch saß. Der Wachposten zog sich zurück. Die Tür schloß sich, und ich schritt über einen riesigen Teppich, um die kalte Hand des Meisters zu schütteln. Er war unverbindlich wie immer, aber er schenkte mir doch ein Lächeln und erkundigte sich kurz nach meinem Wohlbefinden. »Ich hoffe, Sie haben sich etwas Ruhe gönnen können, Mr. Desmond.«

»Ja, vielen Dank.«

»Und George Harlekin?«

»Er ist aus dem Krankenhaus entlassen worden. Ich erwarte ihn heute in New York. Ich bin zwar mit seinen Plänen nicht ganz einverstanden, aber er hat darauf bestanden. Er wird noch eine gewisse Zeit unter ärztlicher Kontrolle bleiben.«

»Das tut mir leid. Hat er sich schon hinsichtlich meines Angebots entschieden?«

»Ja. Er hat mich gebeten, Ihnen zu sagen, daß er zu Verhandlungen bereit ist, sobald er sich wieder stark genug fühlt, geschäftliche Dinge zu besprechen.«

»Und wann wird das der Fall sein?«

»Schon bald, hoffe ich. Sein Arzt in New York hat dabei natürlich ein Wort mitzureden.«

»Natürlich. Inzwischen, nehme ich an, können wir beide die notwendigen Vorarbeiten für die Verhandlungen einleiten?«

»Harlekin hat mir hierfür eine besondere Weisung gegeben.«

»Und zwar?«

»Er ist nicht bereit, in irgendwelche Verhandlungen einzutreten, solange nur der Schatten eines Verdachts auf ihn fällt. Er hat mich beauftragt, unter Einsatz einer neutralen Firma eine eingehende Untersuchung der Veruntreuungen einzuleiten.«

»Haben Sie sich schon für eine bestimmte Firma entschieden?«

»Für Lichtman Wells. Ich habe mich heute nachmittag zu einem ersten Gespräch mit der Firmenleitung verabredet.«

»Es sind ordentliche Leute. Ihre Mitarbeiter sind gut ausgebildet.«

»Das hat man mir auch gesagt.«

»Wir stehen natürlich bereit, ihnen in jeder Weise zu helfen.«

»Vielen Dank.«

»Der Zeitfaktor ist für uns beide von Bedeutung.«

»Das ist uns klar.«

»Ich glaube, wir müßten uns da etwas deutlicher ausdrücken, Mr. Desmond.«

»In welchem Sinne?«

»Unser Angebot von hundert Dollar je Aktie gilt mit Wirkung von heute. Wir müssen es jedoch befristen. Der Geldmarkt verändert sich rasch, wie Sie wissen. Wir können uns nicht unbegrenzt an das Prämienangebot gebunden fühlen.«

»An welche Frist denken Sie?«

»Dreißig Tage.«

»Zu kurz, Mr. Yanko. Das sind nur zweiundzwanzig Arbeitstage. Wir können eine internationale Untersuchung unmöglich in dieser Zeit durchführen. Wir brauchen mindestens neunzig Tage.«

»So, wie der Markt heute aussieht? Ausgeschlossen.«

»In Ihrem Fernschreiben hieß es, daß Ihr Angebot – und ich zitiere – ›auf einer Drei-Jahres-Projektion‹ abgegeben wurde.«

»Der Schätzwert, nicht die Prämie.«

»Aber wir wollen uns trotzdem nicht über drei Monate streiten.«

»Sechzig Tage, mehr nicht.«

»Das übersteigt meine Vollmacht. Ich muß mich mit Harlekin ins Benehmen setzen.«

»Tun Sie das, bitte. Wann kann ich mit seiner Antwort rechnen?«

»Das liegt ganz bei ihm. Er ist jedoch ein Mann, der auf höfliche Umgangsformen Wert legt.«

»Die mir gelegentlich fehlen. Ich weiß, Mr. Desmond. Drücken wir es folgendermaßen aus: Falls es Harlekin beliebt, seine Antwort hinauszuzögern, muß ich freie Hand haben, mein Zeitlimit entsprechend zu verkürzen. Fair?«

»Hart. Ich werde es weitergeben.«

»Sie sind selbst ein harter Mann, Mr. Desmond. Aber ich habe dafür etwas übrig. Falls Sie je das Gefühl haben sollten, sich verändern zu wollen, würde ich mich glücklich schätzen, über die Bedingungen mit Ihnen zu sprechen – über großzügige Bedingungen.«

Als nüchterner Geschäftsmann hatte er die Katze aus dem Sack gelassen. Er drohte. Wenn wir uns nicht bluffen oder kaufen ließen, würden wir zwischen die Mühlsteine geraten. Die abgefeimte Kunst dieser räuberischen Erpressung stieß mich ab. Ich wollte vor ihm ausspucken. Statt dessen dankte ich ihm für seine Liebenswürdigkeit und trat in das humanere Tohuwabohu der Park Avenue hinaus.

Um drei Uhr nachmittags suchte ich Lichtman Wells auf. Das war alles andere als trostreich, denn die Leute im Sicherheitsgeschäft leben, wie Versicherungsvertreter, von der Möglichkeit einer Katastrophe. Der Senior der Firma, ein weißhaariger ehemaliger Oberst der Militärpolizei, las mir aus seinen Akten eine schreckenerregende Liste von Fällen vor, die nicht passiert wären, wenn die Opfer die Dienste von Lichtman Wells in Anspruch genommen hätten. Saul Wells, der Juniorpartner, ließ die Vorführung geduldig über sich ergehen und erfrischte mich nach der Unterzeichnung des Vertrages mit Kaffee in seinem eigenen Büro. Er war ein kleiner, rothaariger Mann, der an ein Frettchen erinnerte; unaufhörlich kaute er an einer kalten Zigarre und unterstrich seine Worte mit den verschiedensten Gesten.

»Lassen Sie sich von dem Alten nicht aus dem Gleichgewicht bringen, Mr. Desmond. Er ist für die Kundenwerbung verantwortlich, deshalb hat er immer seinen großen Auftritt. Von mir bekommen Sie die eigentlichen Dienstleistungen, ohne den ganzen Dreck... Wie gehen wir bei der Arbeit vor? Tja, im Innenbereich ist es reine Detektivtätigkeit. Unser Mitarbeiter geht durch die Vordertür – keine Geheimnisse, keine angeklebten Nasen –, er prüft den Arbeitsablauf, nimmt Erklärungen entgegen, sucht nach Schlupflöchern und Widersprüchen. Draußen?... Das ist etwas anderes. Wir schnüffeln herum, stellen fest, wer wo schläft, wer mehr ausgibt als er einnimmt, wer Sexspiele schätzt und wer in den Wettbüros ein und aus geht... solche Sachen. Es ist wie ein Puzzle, verstehen Sie? Alle Teilchen müssen zum Schluß zusammenpassen. Wenn eines fehlt, muß es jemand in der Tasche haben oder es beiseite geschafft haben. Ich erinnere mich, daß einmal...«

Er erinnerte sich und erinnerte sich, und er spielte jede Episode wie ein Zirkusclown in allen Einzelheiten durch. Aber irgendwie erwärmte ich mich für ihn, und ich merkte, daß er mir am Ende der beiden Stunden mit seiner komödiantenhaften Art eine ganze Menge von Einzelheiten entlockt hatte, die ich ihm wohl nie mitgeteilt hätte. Schließlich legte er die Zigarre weg und verkündete fröhlich:

»So! Jetzt kennen Sie mich, und ich kenne Sie. Ich glaube, wir werden gut miteinander auskommen. Aber jetzt Spaß beiseite. Verständigen Sie Ihre Geschäftsleitung, daß wir sofort mit der Arbeit beginnen werden. Sprachen sind kein Problem. Ich habe sogar ein Mädchen, das Eskimodialekte spricht. Aber noch eines, Mr. Desmond. Von jetzt ab wird nicht viel Federlesens gemacht. Tritt Ihnen jemand zu nahe, dann wenden Sie sich an unseren gemeinsamen Freund.«

So weit, so gut. Auf der einen Seite hatten wir Yanko, der genau wußte, was er wollte und wie er es erreichen konnte. Auf der anderen Seite hatten wir Versprechungen, nichts als Versprechungen, sehr hohe Spesenrechnungen und eine ganze Reihe eindringlicher Warnungen, wie gefährlich unsere Lage sei und wie schutzbedürftig wir seien.

Ich schlenderte durch die Stadt in Richtung First Avenue, wo mein Freund Gully Gordon eine stille Bar besitzt und zur Cocktailzeit für seine Gäste Klavier spielt. Gully stammt aus Jamaika; er ist der einzige Farbige, den ich kenne, der mit schottischem Akzent spricht. Er beherrscht außerdem Irisch, Kreolisch, Italienisch und die Mundart von Nebraska, weil er Schauspieler war, bis, wie er es ausdrückte, »mir ein Licht aufging, mein Junge, und ich in mir selbst ein faszinierendes Publikum fand«.

Ich ging mit schnellen Schritten auf der linken Straßenseite dahin, als ich plötzlich heftig gestoßen wurde und gegen einen Mann taumelte, der in einer Toreinfahrt stand. Ich ging auf die Knie, und als ich wieder hochzukommen versuchte, erhielt ich einen schweren Schlag ins Genick. Ich mußte das Bewußtsein verloren haben, denn ich erinnere mich nur noch daran, daß ich wieder stand, an der Hauswand lehnend, und von einem schäbig aussehenden Burschen in zerrissenem Pullover und Blue Jeans abgeklopft und vom Straßenstaub gereinigt wurde. Instinktiv griff ich nach meiner Brusttasche.

Er grinste und schüttelte den Kopf: »Nein, die haben sie nicht erwischt.«

Ich fragte, noch etwas benommen, wer mit »sie« gemeint sei.

»Rocker! Einer rempelte, der andere langte nach Ihrer Brieftasche. Ich war Ihnen Gott sei Dank dicht auf den Fersen. Sind Sie wieder in Ordnung?«

»Ich glaube, ja. Vielen Dank! Wie wär's mit einem Drink?«

»Ein andermal. Seien Sie vorsichtig, Mr. Desmond.«

Er ließ mich stehen und tauchte in der Menschenmenge unter. Ich war noch nicht ganz bei mir und kam nicht einmal auf den Gedanken, ihn zu fragen, woher er meinen Namen wußte. Eine einzige Vorstellung, die mich geradezu krank machte, nahm mich gefangen: Wie einfach war doch die Gewalt, wie rasch und plötzlich, und wie wenig Aufsehen erregte sie bei den Passanten!

Und ein zweiter Gedanke nahm langsam Gestalt an, als ich, an das Klavier gelehnt, an meinem Drink nippte und Gullys Traummusik lauschte: Auch ich gehörte zu dieser Halbwelt einsamer Fahrensleute und Abenteurer. Es spielte keine Rolle, daß ich schon vor Jahren aus diesem Milieu aufgestiegen war und mich mit Geld und Komfort dagegen abgesichert hatte. Ich kannte diese Welt von ganz unten: den ruhelosen Rhythmus, das billige Hurenparfüm, den säuerlichen Geruch nach Blut, das leise Schleichen und den Jargon der Unterwelt. Manchmal, wenn ich verzweifelt war und mich verlassen fühlte, ging ich dahin zurück und zog mir die Vergangenheit an wie einen alten Mantel, der zwar schon muffig, aber immer noch bequem war.

Mein Freund Harlekin gehörte zu einer anderen Welt. Er war ein gebildeter Mann und ein Gentleman; er war in den alten Traditionen Europas zu Hause. Gewiß, er konnte meine Rolle und ebenso zwanzig andere spielen; aber er blieb immer der Schauspieler, der sich auf der Bühne keinem anderen Ziel verpflichtet fühlte, als sich und seine Zuhörer zu unterhalten. Ich fragte mich, wie er wohl ohne Text und ohne Souffleur aussehen würde, wenn es hart auf hart ging und nur der Sieger nach dem Duell den Kampfplatz verlassen konnte.

Gully Gordon blickte von den Tasten auf und sagte leise: »Du bist heute auch nicht der Lustigste, mein Lieber. Man ist wohl hinter dir her?«

»Man ist hinter mir her, Gully.«

»Was du brauchst, ist ein nettes Mädchen.«

»Da hast du recht.«

»Dort sitzt eins an der Bar.«

Ich sah mich um, und da saß Valerie Hallstrom, allein, und plauderte über einem Drink mit dem Barmixer. Ich wandte mich ab, bevor sie mich sah.

»Ich kenne sie, Gully. Erzähl mir mehr über sie.«

»Sie ist allein, das weiß ich. Zwei Drinks, für die sie eine ganze Stunde braucht, sie ist also kein Flittchen. Dann geht sie nach Hause – glaube ich.«

»Allein?«

»Du weißt doch, wie das ist, mein Lieber. Das ist eine Bar für Alleinstehende. Die Leute kommen her und schauen sich um. Wer gefunden hat, was er sucht, bleibt zu Hause.«

»Sucht sie schon lange?«

»Ungefähr seit sechs Monaten. Aber du hast gesagt, daß du sie kennst.«

»Ich habe geschäftlich mit ihrem Boß zu tun. Ich habe mich schon gefragt, ob das hier heute abend eine Falle sein soll.«

»Ausgeschlossen. Sie ist ein Stammgast.«

Er spielte eine leise Kadenz und begann dann zu improvisieren; er sang die Melodie leise mit und sprach zwischen den einzelnen Passagen mit mir.

»Das mag sie, mein Lieber. Sachte, sachte, Casanova. Komm, Mädchen, komm... Wenn du dir die entgehen läßt, Paul, werde ich dir nie verzeihen... Einen recht schönen guten Abend, Miß Hallstrom! Irgendeinen besonderen Wunsch?«

Wir waren Seite an Seite, unsere Gläser berührten sich fast, bevor sie mich erkannte.

Sie war überrascht. »Ach, Mr. Desmond! Die Welt ist doch klein.«

Gully Gordon war ein Schatz. Wie auf ein Stichwort fiel er ein: »Er ist ein alter Freund, Miß Hallstrom. Er macht sich nur sehr rar – er ist zu sehr damit beschäftigt, Geld zu scheffeln.«

»Es wird immer schwerer, Gully. Ich werde alt. Kommen Sie oft hierher, Miß Hallstrom?«

»Sie ist auch eine Freundin von mir«, sagte Gully. »Was kann ich für dich spielen, Mädchen?«

»Dir wird schon was einfallen, Gully. Spiel irgendwas. Sie haben wohl Ihren großen Tag gehabt, Mr. Desmond?«

»Paul... Und es war ein langer, hundsmiserabler Tag.«

»Mir ist es nicht viel besser gegangen.«

»Meiner ist noch nicht zu Ende. Sonst würde ich Sie zum Abendessen einladen.«

»Ich habe noch nicht zugesagt.«

»Wie wär's mit morgen?«

»Wenn Sie wollen.«

»Wo soll ich Sie abholen?«

»Um halb acht in meiner Wohnung.«

»Worauf Sie sich verlassen können.«

»Wissen Sie, Sie sind eigentlich recht nett.«

»Ich weiß. Der Schuft ist mein Zwillingsbruder, und der hat heute abend frei.«

Es war ein alter Scherz, aber er entlockte ihr ein Lächeln, und wir zogen uns auf einen Wink von Gully in eine der Nischen zurück, wo wir über unseren Drinks der Musik lauschten.

Nach einer Weile sagte sie: »Gully's Bar hat für mich eine ganz besondere Bedeutung.«

»Für mich auch. Ich war hier in der Nacht, als das Lokal eröffnet wurde. Alles, was ich besaß, war ein Haufen Schulden und die paar Dollars, die ich in der Tasche hatte.«

»Und?«

»Er muß mir Glück gebracht haben. Am nächsten Tag zog die Börse stark an, und ich machte ein kleines Vermögen.«

»Vielleicht haben Sie wieder Glück.«

»Das habe ich schon. Sehen Sie doch nur, was ich gefunden habe.«

»Und jetzt werden Sie fragen, was ein Mädchen wie ich in so einem Lokal zu suchen hat.«

»Nein, das werde ich nicht. Ich sage nur, dies ist eine einsame Stadt, und es ist nett, ein Lokal zu haben, wo man sich wohl fühlt und wo niemand fragt, wer man ist oder was man tut. Es ist jedenfalls besser, als eine Nummer in einer Datenbank zu sein.«

»Ein Philosoph dazu!«

»Nein. Ein nicht mehr ganz junger Mann mit Vergangenheit.«

»Ich finde, Sie haben sich recht gut gehalten.«

»Und Sie, kleine Valerie, sind noch wie aus dem Ei gepellt.«

»Gestern haben Sie aber anders gedacht.«

»Ich bin heute einen Tag älter.«

»Es tut mir leid, daß ich Ihnen so hart zusetzen mußte.«

»Die übliche Praxis?«

»Nein. Weisung. Und ich bekomme siebenhundertfünfzig die Woche mit Sonderzulagen dafür, daß ich tue, was man mir sagt.«

Wenn es ein Köder war, so war ich nicht bereit, anzubeißen. War es eine Indiskretion, so würden schon noch weitere folgen. Ich hatte das Gefühl, es sei jetzt Zeit, zu gehen.

»Sehen Sie, Valerie, ich reiße mich hier nur ungern los, aber ich muß. Mein Chef ist heute nachmittag angekommen. Ich muß mich noch umziehen, weil ich um acht mit ihm zu Abend essen muß. Es bleibt mir aber noch so viel Zeit, Sie nach Hause zu begleiten, wenn Sie wollen.«

»Vielen Dank, aber ich werde noch etwas bleiben.«

»Also dann bis morgen.«

»Ich freue mich darauf. Gute Nacht, Paul!«

Es endete mit einem Lächeln und einer flüchtigen Berührung der Hand. Ich bezahlte und brachte Gully noch einen Drink ans Klavier. Er spielte mit der linken Hand weiter, während er mir zutrank.

»Prost, mein Lieber! Du bleibst doch noch etwas hier, oder?«

»Ich komme bald wieder, Gully. Kümmer dich einstweilen um die Dame!«

»Bei meiner Ehre, Sir! Ich wünsche dir einen netten Abend.«

Als ich zum Dinner im *Salvador* ankam, traf ich Harlekin und Julie in gelöster und heiterer Stimmung an. Harlekin hatte während der Fahrt größtenteils geschlafen. Er hatte wieder Farbe im Gesicht. Er war begierig, meinen Bericht zu hören, aber Julie erklärte bestimmt, beim Essen werde über geschäftliche Dinge nicht gesprochen und sie würde uns anschließend allein lassen – vorausgesetzt, ich würde George vor Mitternacht ins Bett schicken. Ich hielt das für ein ausgezeichnetes Arrangement. Ich hatte keine Lust, von Aaron Bogdanovich während der Hammelkoteletts zu sprechen; und außerdem gab es einige unangenehme Dinge, die mit Harlekin persönlich beredet werden mußten. Ich erstattete ihm während des Mokkas Bericht.

Er hörte mir schweigend zu und stellte dann eingehende Fragen. »Wir führen also zwei Untersuchungen durch, die parallel nebeneinander herlaufen: eine durch Lichtman Wells, die sich der üblichen Methoden bedient, und die andere mit Aaron Bogdanovich, die illegal ist und zu Gewalttätigkeiten führen kann. Richtig?«

»Ja.«

»Währenddessen sind unsere Mitarbeiter unzufrieden und müssen irgendwie bei der Stange gehalten werden?«

»Das ist deine Aufgabe, George. Das läßt sich nicht durch einen Vertreter machen.«

»Und draußen haben wir Yanko, der jetzt auf eine Entscheidung binnen sechzig Tagen drängt?«

»Vielleicht in noch kürzerer Zeit. Er will sich mit dir eingehend unterhalten, sobald du dazu körperlich in der Lage bist.«

»Ich bin schon jetzt fit. Ich werde ihn in ein oder zwei Tagen anrufen.«

»Warum lassen wir ihn nicht noch etwas zappeln?«

»Weil er nicht zappelt, Paul – wir tun es. Mir gefällt das nicht. So, wie wollen wir jetzt weiter vorgehen?«

»Zunächst müssen wir uns über das, was wir haben, klarwerden. Die Leute von Lichtman Wells untersuchen die Manipulation des Computers. Das ist eine Abwehrmaßnahme, um die Bank und dich zu rehabilitieren. Aaron Bogdanovich ermittelt gegen Yanko. Das ist eine Offensivmaßnahme, um ihn und seine Gesellschaft als Urheber dieser Betrügereien zu überführen und in Mißkredit zu bringen.«

»Aber das ist noch nicht genug, nicht wahr?«

»Nein. Für mich bedeutet es achtundvierzig Stunden Arbeit; aber ich trete nur als Beauftragter, nicht als Chef auf.«

»Schön, kommen wir zur nächsten Frage. Yanko will eine Bank kaufen. Warum gerade die unsrige? Warum nicht Herman Wolff oder Laszlo Horvath, die beide gern verkaufen würden?«

»Harlekin et Cie. ist eben eine ältere und eher konservativ eingestellte Firma. Wir haben mehr Zweigniederlassungen – London, Paris und Hamburg, New York, Buenos Aires, Rio, Lissabon, Mexico City.«

»Das spielt sicher eine Rolle, reicht aber noch nicht aus.«

»Wir verwenden seine Systeme. Deshalb sind wir verwundbarer.«

»Weiter.«

»Das ist nach bestem Gewissen alles, was ich im Augenblick dazu sagen kann, George.«

»Dann werde ich dir zwei weitere Gründe nennen. Als Rückversicherer besitzen wir erhebliche Aktienpakete von Created Systems und deren internationalen Tochtergesellschaften. Deshalb stellen wir für die geschäftlichen Angelegenheiten der Firma eine oppositionelle Stimme dar.«

»Mir ist irgendeine Opposition bis jetzt nicht aufgefallen.«

»Glaub mir, sie besteht. Sie gilt zwar noch nicht als offiziell, aber sie sitzt tief und ist persönlich motiviert. Die größten Projekte von Creative Systems – diejenigen, an denen Yanko ganz persönlich besonders interessiert ist – liegen auf zwei miteinander verwandten Gebieten: in der Polizeidokumentation und in dem, was man ganz harmlos mit Städtewesen bezeichnet. In Wirklichkeit handelt es sich um die Überwachung, Erfassung, strategische Kontrolle und Manipulierung riesiger Menschenmassen auf allen Kontinenten der Erde. Das Instrumentarium existiert bereits, die Ausbildung des Personals ist schon angelaufen, bestehende Systeme werden erweitert und verbessert. Sie werden nicht nur gegen kriminelle Elemente, sondern auch gegen politisch Andersdenkende eingesetzt und sollen dazu dienen, das Schicksal des einfachen Mannes zu bestimmen. Sie führen unweigerlich zu Terror, Unterdrükkung, Gegenterror und Folterkammern. Die Firma, die solche Systeme entwickelt und baut, befindet sich in einer ungeheuren Machtposition; sie genießt weitgehende Privilegien, auch unter gegnerischen Systemen und Staatsformen. Wenn sich eine solche Firma jetzt Zugang zum internationalen Geldmarkt verschaffen und die Probleme des

Währungs- und Kreditwesens manipulieren kann, dann haben wir ein Imperium vor uns, für das es keine geographischen Grenzen mehr gibt... Ich beobachte diese Entwicklung seit geraumer Zeit. Ich habe letztes Jahr in London während eines Dinners im Kreise von Bankiers darüber gesprochen. Dabei habe ich versucht, zwischen dem gesetzlich legitimen Einsatz von Computern und denjenigen Fällen zu unterscheiden, wo die persönliche Freiheit bedroht wird. Über meine Rede ist, glaube ich, viel berichtet worden. Ich habe sie drucken lassen und an Freunde verschickt. Sie fand nicht bei allen eine freundliche Aufnahme. Auch Yanko erhielt ein Exemplar, aber er hat mir den Empfang nie bestätigt. Ich glaube jetzt, daß diese Rede sein augenblickliches Vorgehen gegen mich und gegen unsere Firma maßgeblich beeinflußt hat.«

»Ich gebe zu, daß dies durchaus möglich ist, George. Yanko ist ein zynischer Hund. So etwas scheint mir typisch für ihn zu sein. Aber ich sehe nicht, wie sich unsere gegenwärtige Lage dadurch ändern könnte.«

»Sie ändert sich dadurch auch nicht. Aber ich weiß jetzt wenigstens, wie ich vorzugehen habe.«

»Aber laß dir sagen, George, daß wir ohne Beweise nichts unternehmen können – Beweise, die dich entlasten und Yanko hinter Gitter bringen.«

»Ich bin anderer Meinung, Paul. Ich muß eine große Gesellschaft leiten. Ich muß mich ganz offen mit einer bestimmten Situation in der Öffentlichkeit auseinandersetzen. Ich kann es mir einfach nicht leisten, daß Yanko, du oder irgend jemand anders mich in eine bestimmte Rolle hineinzwingt.«

»Aber wir haben Bogdanovich angeheuert. Du gibst mir recht, daß wir ihn brauchen. Ich finde, du solltest dich mit ihm aussprechen, damit ihr eure Maßnahmen koordinieren könnt.«

Er dachte einen Augenblick darüber nach, dann lächelte

er auf seine spitzbübische, entwaffnende Art. »Die Maulwürfe unterhöhlen die Mauern, während Harlekin auf dem Marktplatz seine Späße treibt, um die Bevölkerung abzulenken. Das hat Sinn. Verabrede einen Termin so bald wie möglich.«

Beim Weggang betrat ich im Foyer die Telefonzelle und rief Bogdanovich an. Ich weiß nicht, warum – vielleicht weil ich müde war und gern etwas plaudern wollte –, jedenfalls zitierte ich den Satz über die Maulwürfe und die Komödianten. Bogdanovich schien einigermaßen belustigt. Er fügte ergänzend hinzu: »Ja, ja, die Komödianten! So gehen wir alle lachend in den Tod! Wir treffen uns um zehn, beim Affenhaus im Central Park.«

Merkwürdigerweise war die Begegnung dieser beiden so grundverschiedenen Charaktere ein voller Erfolg. Einen langen Augenblick maßen sie einander, während die Affen schnatternd herumtollten; dann lächelten sie, schüttelten sich die Hand und schritten in den Sonnenschein hinaus; ich selbst ging einen Schritt hinter den beiden, während die Leibwächter, zwei unrasierte junge Männer, zehn Schritt entfernt zu beiden Seiten die Abschirmung übernahmen. Harlekin und Bogdanovich schlenderten langsam dahin, als habe die Zeit keinerlei Bedeutung für sie. Sie sprachen zunächst tastend und zurückhaltend, dann flüssiger, aber stets so, daß man die Achtung spürte, die sie voreinander empfanden, und merkte, daß es jedem darauf ankam, beim anderen Verständnis zu erwecken. Harlekin, der Beredsame, war ruhig und hielt mit seinen Vorbehalten nicht hinterm Berg; Bogdanovich, der Mann der Gewalt, fühlte sich gezwungen, nach einer Rechtfertigung für sich und seinen Beruf zu suchen.

»... Sehen Sie, Mr. Harlekin, die Gewalt fängt an, wenn man mit vernünftigen Argumenten nicht mehr weiterkommt.«

»Ich weiß. Aber die Sache hat auch noch eine andere Seite. Ich kann stundenlang über dem Cognac debattieren, während Sie vor meiner Tür nach einem Glase Wasser lechzen und verdursten. Und zwischen uns steht mein Butler, der Verräter, der mir um den Bart geht und Sie sterben läßt, um sich zu bereichern. Wie lösen wir dieses Problem?«

»Ich habe es mit Hilfe der alten Formel gelöst: Auge um Auge, Zahn um Zahn. Leben um Leben. Keine Fragen, kein Mitleid, keine Schuld.«

»Während ich für alles, was ich tue, nach einer Absolution suche. Ich will Ihnen ein Geheimnis verraten. Ich suche Zuflucht in meinem Namen: Harlekin, ein Clown. Dem Clown wird immer verziehen, denn sogar mit seinen Bosheiten bringt er die Leute zum Lachen.«

»Während der Scharfrichter ein Mann ohne Namen ist, der hinter einer Maske lebt. Glauben Sie, daß Sie einen Menschen töten könnten, Harlekin?«

»Ja, ich könnte in Versuchung geraten.«

»Aber die eigentliche Tat – der letzte, unwiderrufliche Akt–, der Finger, der am Abzug zieht, der Daumen auf der Klinge und die Hand, die den Schlag führt – ja oder nein?«

»Wie kann ich das vor dem entscheidenden Augenblick wissen?«

»Sie können es nicht. Hinterher, ja. Dann ist es eine einfache Sache: Reiz, Reaktion, rationale Überlegung, Schlaf. Mörder haben, wie Ehebrecher, stets einen guten Schlaf; aber ein Brotkrümel im Bett treibt sie zum Wahnsinn.«

»Mr. Bogdanovich, was sollte ich Ihrer Ansicht nach tun?«

»Ihr Freund hier, Mr. Desmond, sagt mir, daß Sie sich als Komödianten betrachten. Sie unterhalten die Stadt, während wir die Festung unterminieren.«

»Das war eine Selbstgefälligkeit. Aber es liegt auch ein Körnchen Wahrheit darin. Ich trage Verantwortung, man bringt mir Vertrauen entgegen, ich muß eine Rolle spielen. Die Rolle zieht das Vertrauen nach sich. Das Vertrauen schafft die Rolle. Basil Yanko sitzt im selben Boot. Er ist ein Genie. Wird er als solches erst einmal anerkannt, muß er sich jeden Tag und jede Stunde bewähren.«

»Wie wollen Sie also mit ihm verfahren, Mr. Harlekin?«

»Verhandeln, wenn ich kann, um Zeit für Ihre Ermittlungen zu gewinnen. Kann ich es nicht, werde ich ihm die Stirn bieten und bis zum Äußersten gehen, um sein Angebot zu Fall zu bringen.«

»Mr. Harlekin, Sie wissen, daß in dem, was wir vorhaben, Gefahren liegen.«

»Paul hat sie mir erläutert.«

»Sie haben eine Frau und ein Kind. Sie sind sich doch darüber im klaren, daß Sie beide einem Risiko aussetzen?«

»Meine Frau akzeptiert es – wünscht es.«

»Warum?«

»Weil es etwas ist, was sie ganz mit mir teilen kann.«

»Ist es Ihnen schwergefallen, das zuzugeben?«

»Das wissen Sie selbst. Fällt Ihnen eigentlich etwas schwer, Mr. Bogdanovich?«

»O ja.«

»Und zwar?«

»Das: im Sonnenschein spazierenzugehen und den Frauen nachzuschauen; sie besitzen zu wollen; zu wissen, daß ich, wenn ich mit ihnen schlafe, schreiend aufwache, weil ich mit den Toten geschlafen habe; die Kinder zu sehen und zu wünschen, sie wären die meinigen, und zu wissen, daß ich keine Kinder haben darf, denn die Ungeheuer werden sie schließlich auffressen. Wir sollten uns nicht zu oft treffen, Mr. Harlekin.«

»Nein. Das sehe ich ein.«

»Mr. Desmond wird die Verbindung zwischen uns aufrechterhalten.«

»Ja.«

»Wenn Sie mit Basil Yanko verhandeln, vergessen Sie eines nicht: Er hat kein Verständnis für Clowns. Er fürchtet sich vor ihnen.«

»Warum?«

»Er hat nie gelernt, über sich selbst zu lachen. Er wird jeden umbringen, der über ihn lacht.«

»Dann tut er mir leid.«

»Auch dafür wird er Sie töten. Ich freue mich, daß wir uns kennengelernt haben, Mr. Harlekin. Ich bedauere, daß der Preis so hoch ist.«

»Es ist doch nur Geld.«

»Gerade das ist ja so schändlich, Mr. Harlekin. In unserer Welt wird ein Mann mit Geld gemessen. Viel Glück!«

»Ich danke Ihnen, mein Freund.«

»Vielen Dank. Lassen Sie von sich hören, Mr. Desmond.«

Dann ging er, eine hagere, dunkle Gestalt, die sich, gefolgt von seinen Wächtern, über den Parkrasen entfernte.

George Harlekin sah ihm schweigend nach, bis er hinter dem Hügel verschwunden war; dann drehte er sich zu mir um und fragte schlicht: »Paul, wie sagen wir es Julie?«

»Müssen wir überhaupt?«

»Ja. Ich glaube, wir müssen.«

Ich war dabei, als er mit ihr sprach. Ich wollte eigentlich nicht, aber sie bestanden beide darauf, als wäre ich ein Lexikon, in dem sie beide nachschlagen konnten, um sich voreinander besser ausdrücken zu können. Juliette stellte nur wenige Fragen, sie protestierte nicht. Es war, als begriffe sie zum erstenmal die volle Bedeutung ihrer eigenen aggressiven Einstellung. Harlekin andererseits redete heftig und erregt, als sei ihm plötzlich eine persönliche Offenbarung zuteil geworden.

»... Julie, es war, als spräche man mit einem Mann, der aus dem Jenseits zurückgekommen war – mit jemandem, der die Kontinuität der Dinge verstand, die schreckliche Wiederholung der menschlichen Bosheit und Tragik. Bis jetzt haben wir beide uns damit nicht auseinandersetzen müssen. Jetzt müssen wir es. Und es geht um etwas Sinnloses – um eine Bank, um ein Depot aus Papier: Gulden, Franken, Dollars. Gerade das habe ich immer verachtet – das Vergängliche. Wir kommen ohne alles. Wir gehen ohne alles. Aber ich habe erkannt, daß es auch eine magische Kraft besitzt. Hältst du es in der Hand, wird es zum Zauberstab. Das ist es, was Männer wie Yanko wollen: den Zauberstab, der Heere aus der Drachensaat beschwören kann. Und wir sagen: nein! Wir sind die Zauberer des Guten. Wir wollen euch Weizen statt Kanonen geben. Wollen wir es? Geben wir ihn euch? Ich kann keinen Eid darauf ablegen. Und dennoch kann ich die Lampe nicht verkaufen und dann ruhig zusehen, wie sich die Janitscharen aus dem Staub erheben. Warum nicht, Julie? Die Janitscharen werden dich und mich und das Baby bewachen. Warum sollten wir uns um die anderen kümmern, um die wir uns noch nie gekümmert haben? Warum, Paul?«

Ich war müde geworden. Ich wollte den Monolog beenden und gehen. »Warum sollten wir? Ich weiß es nicht. Warum tun wir es?... Ja, bei Gott, das weiß ich! Weil eines Tages, noch vor Sonnenaufgang, die Glocke läutet und die Häscher an der Tür stehen. Sie wollen mich holen, weil ich die falsche Nase oder die falsche Hautfarbe habe, oder weil ich auf der falschen Liste stehe und niemand sagen wird, wer meinen Namen auf die Liste gesetzt hat. Dann brauche ich Freunde. Ich brauche Brüder und Schwestern. Schickt mich in die Hölle, und ich brauche sie!... Es gehört alles euch, Kinder. Ich habe noch zu tun. Wir treffen uns in der Bank nach dem Lunch, George. Der kleine Junge aus Boston will, daß du ihm die Hand hältst.«

Als ich durch das Foyer im *Salvador* ging, blieb ich vor dem Fernschreiber stehen, um die Börsennotierungen zu überfliegen. Etwa in der Mitte war eine Nachricht eingefügt:

Yanko macht Kaufangebot für europäische Bank. Mr. Basil Yanko, Präsident von Creative Systems Incorporated, gab heute morgen bekannt, daß er ein Barangebot von einhundert Dollar je Aktie für die gesamten Anteile der Schweizer Handelsbank Harlekin et Cie. abgegeben habe. Das Angebot, in dem eine größere Prämie enthalten ist, ist auf sechzig Tage terminiert. Mr. Yanko wies darauf hin, daß die Strukturierung seiner Gesellschaft es ihm ermögliche, die Bestimmungen der Schweizer Gesetze in bezug auf einheimische Firmen einzuhalten. Mr. George Harlekin, Präsident von Harlekin et Cie., der soeben nach einer ernsten Erkrankung aus dem Krankenhaus entlassen worden ist, stand für eine Stellungnahme nicht zur Verfügung. Andere Aktionäre erklären, sie hätten das Angebot erhalten, lehnen aber im gegenwärtigen Stadium jeden Kommentar ab.

Ich riß das Blatt ab, faltete es zusammen und gab es einem Pagen mit dem Auftrag, es George Harlekin zu bringen. Es kostete mich einen Dollar; aber was war schon ein Dollar gegen all die Janitscharen, die wie Pilze an allen Ecken und Enden aus der Erde schossen? Es war zwölf Uhr dreißig; draußen schien die Frühlingssonne. Ich riß mich zusammen und schritt, hocherhobenen Hauptes, in den Club, um unseren Kollegen entgegenzutreten.

In den ersten zehn Minuten nach meiner Ankunft wurden mir so viele Drinks angeboten, daß man damit einen Pharao hätte einbalsamieren können. In den nächsten zwanzig wurde ich von Freunden, Bekannten und namenlosen Gestalten belagert, die aus dem Unterholz hervorgekrochen zu sein schienen. Alle stellten dieselben Fragen: »Werdet ihr verkaufen? Sie meinen, die Prämie ist echt? ... Nicht an Yanko? ... Um Himmels willen, Paul, bevor ihr auch nur einen einzigen Schritt unternehmt, kommt lieber erst zu uns ... Ist Harlekin wieder auf den Beinen? ... Es ist nicht der große Unbekannte, oder?... Wir haben gehört...«

Sie hatten gehört, geraten, geträumt, und sie würden es bei jedem neuen Gerücht wieder tun. Da ich wußte, daß sie mir doch nicht glauben würden, erzählte ich ihnen die simple Wahrheit: »Ja, das Angebot ist echt. Ja, es enthält eine Prämie. Nein, wir akzeptieren nicht, und wir finden, daß es ein schmutziger Trick ist, mit dem Angebot an die Öffentlichkeit zu treten, bevor es zwischen den Parteien auch nur zur Sprache gekommen ist. Nein, es ist nicht der große Unbekannte. Harlekin ist auf den Beinen und wehrt sich seiner Haut. Wenn Sie mir nicht glauben, laden Sie ihn doch zum nächsten Clubabend ein.«

Ich weiß nicht, warum ich mich zu dem letzten kleinen Zusatz hinreißen ließ, aber Herbert Bachmann hörte ihn, zog mich aus der Menge mit sich fort und kommandierte mich zum Lunch an seinen Tisch. Herbert ist ein gewaltiger alter Haudegen, dessen Vorfahren noch wie wandelnde Wechselstuben die Kurszettel im Zylinder auf der Straße mit sich herumtrugen. Er war seinerzeit ein hartgesottener Geschäftsmann, aber er hat meines Wissens niemanden hintergangen, und ich würde seinen Handschlag einem Dutzend notariell beglaubigter Unterschriften seiner jüngeren Kollegen vorziehen. Seine Fragen waren scharf, fast verletzend, doch seine innere Anteilnahme war echt; und ich wollte ihm gegenüber so aufrichtig wie möglich sein.

»Dieser Bursche, Basil Yanko – was halten Sie von ihm, Paul?«

»Er ist ein Genie. Er ist gefährlich und hat Manieren wie ein Schwein.«

»Vielleicht kann ihm seine Mutter ein paar gute Seiten abgewinnen, eh? Er ist also ein Schwein; aber Harlekin kauft seine Aktien und verwendet seine Systeme. Warum?«

»Weil Sie und die anderen, wenn er es nicht täte, den Bissen wegschnappen würden.«

»Das macht aus Harlekin genauso eine Hure wie uns.«

»Nur steht es ihm besser, Herbert.«

»Ach was! Der Schweizer Hochglanz, die Leidenschaft für Präzision – das alles geht so ticktack genau wie ihre dummen Kuckucksuhren! So, was ist eigentlich an dem Gerücht über Defizite dran?«

»Ich weiß es nicht. Was haben Sie denn gehört, Herbert?«

»Sie haben Ermittler angeheuert, stimmt's?«

»Wo haben Sie das gehört?«

»Man spricht davon... Ärgern Sie sich nicht, Paul. Sie wissen doch, wie so etwas hier die Runde macht. Kneifen Sie Ihrer Sekretärin in den Po, und sofort wird daraus eine Schlagzeile in der Presse. Also, wie tief sitzt ihr drin?«

»Herbert, ist das nun eigentlich Busineß oder Vergnügen?«

»Für Sie, Paul, reines Vergnügen. Für mich – Busineß. Ich lebe hier. Ich sitze in Ausschüssen und versuche, unseren Beruf sauberzuhalten. Das ist ohnehin schon schwer genug, aber nach Vesco und Cornfeld hat uns Basil Yanko gerade noch gefehlt. Reden wir doch offen miteinander, Paul. Wenn Harlekin Hilfe braucht, werde ich dafür sorgen, daß er sie bekommt.«

»Was wir brauchen, sind Schweigen und Diskretion, Herbert.«

»Von meiner Seite sowieso selbstverständlich, das sollten Sie allmählich wissen.«

»Gut! Das Defizit beträgt fünfzehn Millionen.«

»Das reicht, mein Gott!«

»Wir können es decken, kein Problem. Das eigentliche Problem liegt darin, daß wir glauben, man hat unsere Computer manipuliert.«

»Das liegt auf der Hand – aber wer?«

»Der Bericht behauptet, Harlekin habe es selbst getan. Wir glauben, es war Yanko.«

»Solange Sie das nicht beweisen können, ist es üble Nachrede, Paul.«

»Ich weiß. Aber an demselben Tag, als Yanko mir den Bericht übergab, gab er außerdem bekannt, daß er Harlekin et Cie. aufkaufen wolle. Das Angebot ist jetzt da – einhundert Dollar je Aktie.«

»Was sind sie wirklich wert?«

»Fünfundachtzig... neunzig, wenn man ein Optimist ist.«

»Nicht schlecht. Unsere Kalkulatoren bewerteten sie mit dreiundachtzig bis siebenundachtzig. Wird Harlekin annehmen?«

»Nein.«

»Und die kleineren Aktionäre?«

»Einige werden wegen der Prämie verkaufen. Andere werden allein schon wegen des Gerüchts verkaufen, daß jemand die Finger in der Ladenkasse gehabt hat.«

»Warum kauft dann Harlekin die Anteile der Kleinaktionäre nicht auf?«

»Dazu müßten wir alles verpfänden. Er kann es sich nicht leisten, hundert Dollar je Aktie zu zahlen und gleichzeitig ein Defizit von fünfzehn Millionen abzudecken.«

»So kommt also Yanko in euren Aufsichtsrat.«

»Nur über unsere Leichen.«

»Meinetwegen... Was will Harlekin denn dagegen tun?«

»Tut mir leid, Herbert, aber das müssen Sie ihn selber fragen.«

»Das will ich auch. Sagen Sie ihm, er möchte mich heute abend zu Hause anrufen. Hier ist meine Nummer.«

»Danke, Herbert.«

»Keine Ursache. Ich bin ein Interessent. Wenn ich sehe, daß all diese Macht und all dieses Wissen in einer Maschine beschlossen liegen, fange ich an zu zittern. Man kann gegen den Computer nicht streiken. Man kann ihn nicht vor Gericht bringen. Aber ein Mann, den Sie nie gesehen haben, kann einfach ablesen, was Sie zu Abend gegessen haben und was Sie mit Ihrer Frau im Bett getrieben haben. Manchmal bin ich froh, daß ich ein alter Mann bin und den meisten Konsequenzen aus dem Weg gehen kann. Trinken wir noch einen Brandy. Sonst werde ich noch ganz trübsinnig.«

Es war kurz nach drei, als ich in die Bank kam. Harlekin war schon da und übergoß in seiner gewinnenden Art Larry Olivers verletzte Gefühle mit Balsam. Es war ein meisterhafter Auftritt, voll feinster Schmeicheleien und Appellen an Tradition und Ritterlichkeit und an die Einsicht, wie notwendig es doch sei, gerade jetzt gegen die Übergriffe von Leuten aus der Gosse fest zusammenzustehen. Zum Schluß schnurrte Larry wie ein Kater, dem man süße Sahne um den Bart geschmiert hat.

Draußen im Sitzungssaal steuerte Saul Wells die Arbeit zweier genialer Jünglinge, die dabei waren, Computerformulare mit dem Sicherheitsreport zu vergleichen. Er zog mich zum Fenster und sagte mit bedauernder Anerkennung in der Stimme:

»Es ist simpel, daß es geradezu eine Schande ist, dafür auch noch Geld zu nehmen. Drei verschlüsselte Instruktionen: erstens, die Abbuchungen vorzunehmen; zweitens, die betreffenden Summen auf ein vorläufiges Konto einzuzahlen; drittens, die Überweisungen jeden Montag fernschriftlich nach Zürich vorzunehmen. Die ursprünglichen Instruktionen wurden am 1. November des vergangenen Jahres in den Computer eingegeben. Wir haben die Eintragungen im Terminkalender des Managers überprüft. Mr. Oliver war auf Urlaub. Er wurde von Mr. Standish vertreten, der die Instruktionen nicht erwähnt. Allerdings befand sich Mr. Harlekin ungefähr zu diesem Zeitpunkt in New York. Das ist Punkt eins. Punkt zwei ist, daß der Programmierer des Computers im Januar aus Gesundheitsgründen ausgeschieden ist. Es handelt sich um eine Frau, Ella Deane; wir haben die Nummer ihrer Versicherungskarte und auch ihre letzte bekannte Anschrift in Queens. Sie wird sofort überprüft werden. So, wenn wir jetzt vielleicht ein wenig mit Mr. Harlekin plaudern könnten ...«

Aus der »Plauderei« wurde rasch ein Feuerhagel von Fragen, die sogar mich überraschten. Harlekin ließ die Vernehmung jedoch mit lächelndem Gleichmut über sich ergehen. Er sei in der fraglichen Zeit tatsächlich in New York gewesen. Er habe in der Tat Aktenvermerke angefertigt und Briefe zu verschiedenen Themen diktiert. Diese Schreiben befänden sich alle in einer Kassette im Tresorraum. Solle er sie vorlegen? Mit Vergnügen. Die Akte wurde vorgelegt. Gemeinsam gingen sie die Unterlagen durch; Harlekin bestätigte jedes einzelne Dokument und übergab es Wells, der auf jedes seine eigene Chiffre setzte. Alle handelten von Fragen der Geschäftsführung. Aus keinem dieser Papiere ließ sich eine Instruktion herauslesen, in den Computer einen Dauerauftrag einzugeben.

Dann bat Saul Wells Harlekin, seine Unterschrift und seine Initialen ein halbes Dutzend Mal in rascher Folge niederzuschreiben. Auch wenn er hastig schrieb, blieben seine Schriftzüge klar und offen und zeigten am Ende des letzten Buchstabens einen kleinen, fast trotzig wirkenden Schnörkel.

Wells brummte mißvergnügt: »Als ob man auf ein Scheunentor schießt. Ich könnte diese Unterschrift nach fünf Minuten Übung selber nachmachen. Schauen Sie zu!«

Fünf Minuten nach der Uhr übte er die Unterschrift und produzierte schließlich ein durchaus respektables Faksimile. Aber er war noch nicht befriedigt. Er bat um Harlekins Scheckbuch und unterzeichnete einen Scheck auf eintausend Dollar. Ich brachte ihn zu Larry Oliver und ersuchte ihn, den Scheck für die Kasse gegenzuzeichnen. Mit seiner gewohnten Genauigkeit prüfte er das Datum, die Summe, den Betrag in Worten und die Unterschrift. Dann zeichnete er den Scheck gegen und klingelte nach dem Hauptkassierer.

Ich nahm ihm den Scheck aus der Hand. »Verzeihung, Larry, es war nur ein Test. Der Scheck ist gefälscht.«

Wir versuchten das gleiche Manöver bei dem Kassierer – mit dem gleichen Ergebnis. Ich konnte der Bemerkung nicht widerstehen, daß der gute Ruf der anständigsten Menschen ohne ihr Wissen in den Dreck gezogen werden kann. Immerhin machte Oliver uns das Vergnügen, dumm dreinzuschauen. Saul Wells amüsierte sich. Harlekin machte einen sehr unglücklichen Eindruck.

»Aber so etwas könnte immer wieder geschehen. Wie viele Tausende meiner Unterschriften wohl auf Briefen, Schecks, Kreditkarten in der Welt herumgeistern? Das ist ja ein Alptraum!«

»Aber sehr lehrreich.« Saul Wells war plötzlich nachdenklich geworden. »Die Unterschrift ist so leicht zu fälschen. Warum haben Sie nicht auch ein Memo zu den Akten getan, nur um das Bild abzurunden?«

»Diese Frage kann ich beantworten.« Harlekin war seiner Sache sicher. »Es würde nicht meinem Stil entsprechen, ein solches Memo zu unterzeichnen. Ich würde den Manager übergehen – so etwas tue ich nie. Der Betrug wiederholte sich außerdem in anderen Zweigniederlassungen. Man hätte keine Garantie gehabt, daß ich mich zur fraglichen Zeit in, sagen wir, Buenos Aires aufgehalten habe. Es ist besser, Konfusion am Ausgangspunkt und völlige Sicherheit an der Stelle zu haben, wo das Geld eingeht: in der Züricher Unionsbank.«

Saul Wells steckte sich eine neue Zigarre in den Mundwinkel und umgab sich mit einer Rauchwolke. »Ja! Das nehme ich Ihnen ab. Erleichtert auch den Fall für den Staatsanwalt. Daran sollten wir auch denken, Mr. Harlekin. Bis jetzt sind wir sechs Millionen auf die Spur gekommen, die allein aus New York verschwunden sind. Jeder Ihrer Klienten ist mit illegalen Spesen belastet worden. Jeder einzelne könnte hier in New York Anzeige erstatten.

Die Anschuldigungen könnten sich als nicht stichhaltig erweisen, aber sie wären auf jeden Fall höchst peinlich.«

3

Es war halb sechs, als ich in meine Wohnung zurückkam. Auf meinem Schreibtisch lagen verschiedene Nachrichten: Miß Hallstrom möchte, daß ich sie um acht statt um sieben Uhr dreißig abhole; Mr. Francis Xavier Mendoza hatte von der Westküste angerufen; und Mr. Basil Yanko bat um meinen Anruf in seinem Büro vor sieben. Ich beschloß, mir zunächst die guten Nachrichten durchsagen zu lassen – wenn es solche überhaupt gab –, und deshalb rief ich Mendoza an. Er tat geheimnisvoll, aber es klang ermutigend.

»Wegen unseres gemeinsamen Bekannten... Ich habe Ihnen doch erzählt, daß drei meiner Freunde in Schwierigkeiten geraten sind. Einer davon ist ein sehr eigensinniger Mann. Er hat zwei Jahre damit zugebracht, ein Dossier zusammenzustellen. Ich habe es gesehen: faszinierendes Material, obwohl nicht alles nach den gültigen Bestimmungen als Beweismaterial zugelassen werden dürfte. Ich habe ihn überredet, zwei Fotokopien anzufertigen, eine in einem Banksafe zu deponieren und mir die andere zu geben. Ich werde sie Ihnen mit Kurier zustellen. Noch etwas: Es gibt Politiker und Leute im Pentagon, die Yanko lieben; andere hassen ihn wie die Pest. Ich habe eine Liste zusammengestellt. Die schicke ich gleich mit. Und vergessen Sie nicht, daß ich Sie gewarnt habe. Wenn Sie das Material gelesen haben, werden Sie verstehen, warum. Wie sieht es in New York aus?«

»Wir stehen unter Druck.«

»Das habe ich mir gedacht. Ich habe gerade die neuesten Presseberichte gelesen. Wenn Sie an der Westküste Hilfe brauchen sollten, stehe ich Ihnen zu Diensten. *Vaya con Dios!*«

Ich legte auf und segnete ihn im stillen für die anständige Art, die er sich in einer Welt der Gemeinheiten bewahrt hatte. Dann rief ich Basil Yanko an. Er war, wenigstens für einige kurze Augenblicke, beinahe menschlich.

»Vielen Dank für Ihren Anruf, Mr. Desmond. Ich war begierig zu hören, wie es Mr. Harlekin geht.«

»Er hat heute etwas gearbeitet, aber er ist jetzt sehr müde.«

»Das ist nur zu natürlich. Ich hatte daran gedacht, ihm meine Aufwartung zu machen.«

»Ich würde vorschlagen, daß Sie dies auf morgen bis zum späten Vormittag verschieben.«

»Selbstverständlich. Madame Harlekin geht es gut?«

»Ja, vielen Dank.«

»Sie haben unsere Presseerklärung gelesen?«

»Ja.«

»Irgendeine Stellungnahme?«

»Keine. Mein Chef hat die Sache in die Hand genommen.«

»Wie es sich gehört. Aber Sie haben heute in Ihrem Club einige sehr ungehörige Bemerkungen gemacht.«

»Was ich in meinem Club sage, Mr. Yanko, geht Sie einen Dreck an.«

»Ich zitiere, Mr. Desmond: ›Wir akzeptieren nicht, und wir finden, daß es ein schmutziger Trick ist, mit dem Angebot an die Öffentlichkeit zu treten, bevor es zwischen den Parteien auch nur zur Sprache gekommen ist.‹ In Wirklichkeit wurde das Angebot mit Ihnen als einem Direktor von Harlekin et Cie. besprochen. Sie könnten wegen dieser Bemerkung gerichtlich belangt werden.«

»Aufgrund des bloßen Geredes eines Informanten? Das bezweifle ich. Wenn Sie mir aber seinen Namen nennen, dann würde ich mit dem größten Vergnügen eine Gegenüberstellung vor dem Club-Komitee arrangieren. Noch etwas, Mr. Yanko? Ich habe eine Verabredung zum Abendessen.«

»Noch eine kleine Belanglosigkeit, Mr. Desmond. Harlekin et Cie. vertreten einige unserer Investmentfonds.«

»Sehr erfolgreich, glaube ich.«

»Ja, in der Tat. Aber Transaktionen mit diesen Fonds sind mit einer betrügerisch hohen Kommission belastet worden. Nach Auffassung unserer Anwälte besteht Grund zu zivil- und strafrechtlichen Maßnahmen.«

»Dann werden Sie diese Angelegenheit zweifellos morgen bei Mr. Harlekin zur Sprache bringen. Gute Nacht, Mr. Yanko.«

Ich knallte den Hörer auf die Gabel und wünschte, Yanko möge der Teufel holen. Dann war ich wütend auf mich selbst. Hier stand ich, der Veteran aus hundert Finanzschlachten, mit Narben auf dem Rücken und Profiten auf der Bank, und fange gleich an zu zittern, wenn Yanko einen Schreckschuß abgibt. Es war die einfachste Terrortaktik: der allgegenwärtige Informant, die rasche Verwarnung von seiten des großen Meisters, die Drohung, daß das Verhängnis an der nächsten Straßenecke lauere. Plötzlich brach ich in Lachen aus, hüpfte wie ein Schuljunge in der Wohnung herum, warf Kissen durcheinander, schrie nach Takeshi, er solle mir einen Drink mixen, ein Bad einlassen, meinen besten Anzug herauslegen, im *Côte Basque* einen Tisch und bei Colby Cadillac einen Wagen bestellen und vor acht Uhr einen Strauß Rosen bei Miß Valerie Hallstrom abgeben lassen. Es war alles verkehrt, dreimal verkehrt in einer hungrigen Welt; aber wenn ich das Geld sparte und es durch Yankos Computer laufen ließ, würde dann auch nur ein einziges Körnchen Reis mehr in eine indische Schüssel fließen? Ich wußte, daß dem nicht so war. Ich redete mir ein, daß es mir gleichgültig sei. Doch eins war jedenfalls sicher: Wenn ich mich wegen eines Telefonanrufs vor lauter Angst im Bett verkriechen würde, dann wäre es höchste Zeit, mich herzlichst zu bedanken, die Karten hinzuschmeißen und mir in der erstbesten Seitenstraße eine Kugel in den Kopf zu jagen.

Ich war gerade beim Rasieren, als mir einfiel, daß ich noch Bogdanovich anrufen müßte. Einen Augenblick war ich versucht, es zu unterlassen; aber dann besann ich mich eines Besseren. Ich wählte die Nummer, meldete mich als Weizman, und kurz darauf war Bogdanovich am Apparat.

»Von wo sprechen Sie?«

»Von meiner Wohnung.«

»Es wurde Ihnen doch gesagt, eine Telefonzelle zu benutzen.«

»Ich weiß. Es ist schon spät. Ich hätte beinahe vergessen, Sie anzurufen.«

»Diesmal haben Sie noch Glück gehabt. Ich war gerade dabei, Sie zu kontaktieren. Draußen steht ein Mann und beobachtet Ihre Eingangstür.«

»Einer von Ihnen?«

»Einer von mir und noch ein anderer. Er parkt auf der linken Seite in einer grünen Corvette.«

»Das ist unangenehm. Ich bin mit der Dame, über die wir gesprochen haben, zum Dinner verabredet.«

»Wie sieht das Programm aus?«

»Ich habe einen Wagen für sieben Uhr fünfundvierzig hierher bestellt. Ich hole sie um acht ab. Wir fahren dann zum *Côte Basque*.«

»Ändern Sie dieses Arrangement. Rufen Sie sie an und sagen Sie ihr, Sie seien aufgehalten worden. Schicken Sie den Wagen zu ihr, er soll sie zum *Côte Basque* bringen. Sie gehen zu Fuß zum St. Regis und gehen in die King Cole Bar. Dort werden Sie eine Nachricht erhalten.

Danach können Sie sich zum *Côte Basque* begeben. Klar?«

»Soweit, ja. Wie steht es mit dem Heimweg?«

»An welches Heim denken Sie dabei?«

»An das ihrige, hoffe ich.«

»Wenn ein Problem auftauchen sollte, erhalten Sie von mir Bescheid. Wenn nicht, verhalten Sie sich ganz normal.«

»Das ist eine angenehme Handlungsvollmacht.«

»So angenehm auch wieder nicht. Die Wohnung der Dame ist Feindgebiet, bis wir Zeit gehabt haben, jeden Zentimeter genau zu untersuchen.«

»Durchsichtige Spiegel und Mikrophone in den Cocktail-Oliven, wie?«

»Ich freue mich, daß Sie lachen können. Aber was sagen Sie zu diesem Witz: Der Mann in der grünen Corvette ist Bernie Koonig. Er hat bereits zwei Männer und eine Frau umgelegt. Viel Spaß, Mr. Desmond.«

Es ist typisch für den Wahnwitz des amerikanischen Lebens, daß diese Neuigkeit mir zwar beträchtliche Furcht einflößte, mich aber eigentlich nicht überraschte. Wenn ein angesehener Soziologe scheinheilig über »das akzeptable Ausmaß der Gewalttätigkeit« schreiben kann, wenn man im Fernsehen einen maskierten Mann interviewen darf, der zugegebenermaßen achtunddreißig Menschen im Auftrag und ungestraft getötet hat, dann gibt es keine Überraschungen mehr, sondern nur noch einen allgegenwärtigen Terror, als ob eine Bresche in die Schutzmauer geschlagen worden sei und die Bestien aus dem Dschungel brüllend durch die menschliche Enklave rasen. Ich tat also, wie mir befohlen.

Als ich die Wohnung verließ, sah ich, daß die grüne Corvette durch einen Funkstreifenwagen am Rinnstein blockiert war und zwei Polizeibeamte den Fahrer an die Kühlerhaube gestellt hatten und untersuchten. Ich, der kluge Affe, sah nichts, hörte nichts. Ich ging zum St. Regis, setzte mich in die King Cole Bar und wartete, bis ein Neuankömmling mir eine Schüssel Erdnüsse unter die Nase schob und mir zuflüsterte, ich könne jetzt gehen.

Als ich im Restaurant eintraf, saß Valerie Hallstrom bereits am Tisch, hatte einen Cocktail vor sich stehen und plauderte mit dem Oberkellner. Sie schenkte mir ein freundliches Lächeln und berührte mich zur Begrüßung leicht mit der Hand. Sie dankte mir für die Blumen; großzügig ging sie über mein Zuspätkommen hinweg. Wir unterhielten uns zwanglos bei den Drinks und dem Studium der Speisekarte. Als das Essen serviert wurde, saßen wir gemütlich beisammen; ich spulte mein Repertoire an Reiseerzählungen ab, sie hörte interessiert und amüsiert zu und sagte, sie sei dankbar für diese Erholung von den üblichen Mühen und Plagen des Berufslebens.

»...Nach einer gewissen Zeit, Paul, fühlt man sich von dieser Stadt geradezu bedrückt. Alles ist so bedrängend, so unpersönlich – und dann so sinnlos. Ich bin auf dem Land aufgewachsen. Mein Vater züchtet noch immer Pferde in Virginia. Ich konnte gar nicht schnell genug fortkommen und mein Glück in der Großstadt suchen. Schön, ich habe es geschafft. Und jetzt möchte ich wieder nach Hause zurück. Aber das geht nicht mehr, finden Sie nicht auch? Das Zuhause hat sich nicht verändert, aber man selbst ist anders geworden. Und Sie, Paul?«

»Ich bin da zu Hause, wo ich meine Kanji-Rolle an die Wand hänge.«

»Davon haben Sie mir ja noch gar nichts erzählt.«

Ich tat es. Ich erzählte ihr das alte Märchen von den Frauen, die sich in Füchse verwandeln und ihre Geliebten verstümmelt und verzweifelt zurücklassen. Ich redete von den Bilddruckern und den Töpfern und den Handwerkern von Japan, die mit Liebe an ihrem Beruf hängen, und von den Menschen auf den Flußbooten in Thailand und von dem Mann in Rangun, der mich lehrte, gute von schlechten Rubinen zu unterscheiden, und von der überwältigenden Schönheit des Arnhem-Dschungels, wo dunkelhäutige Menschen am Lagerfeuer ihre Lieder singen.

Dann fragte sie: »Und was sind Sie jetzt?«

»Ein Händler, ein Geldmann.«

»Nicht nur das.«

»Nein. Aber wenn ich nicht gehandelt hätte, wäre ich auch nicht gereist, und wenn ich nicht gereist wäre, hätte ich alles übrige nicht erfahren.«

»Und Ihr Freund, Harlekin – was ist er für ein Mensch?«

»George? Oh, George ist ganz anders. Er ist ein Wissender. Er besitzt die Art von Bildung, für die ich viel geben würde – Sprachen, Geschichte, Malerei ... Wenn wir gemeinsam auf Reisen sind, fühlt er sich überall sofort heimisch. Ich muß mich erst in alles hineindenken oder mich seiner Führung überlassen. Letztes Jahr segelten wir durch die griechischen Inseln. Der Kapitän war ich; aber sobald wir an Land gingen, plauderte George mit den Fischern und dem Priester und dem einheimischen Antiquitätenhändler wie mit seinesgleichen. Darum beneide ich ihn.«

»Aber Sie lieben ihn?«

»Wie einen Bruder.«

»Dennoch sitzen Sie hier bei mir.«

»Na und ...?«

»Ich bin der Feind. Ich arbeite für Basil Yanko.«

»Die ganze Zeit?«

»Zum größten Teil.«

»Auch wenn Sie zu Gully Gordon gehen?«

»Nein ... dort nicht.«

»Jetzt?«

»Jetzt nicht. Vielleicht morgen. Ich weiß es nicht.«

»Weiß Yanko, daß Sie mit mir ausgegangen sind?«

»Nein. Wenn er dahinterkäme, würde ich meinen Job verlieren.«

»Das ist doch nicht Ihr Ernst.«

»Es ist wahr, und ich würde in dieser Branche nie wieder eine andere Stellung finden. Wohin ich auch ginge, er hätte mich immer in der Hand.«

»Sie sind im System karteimäßig erfaßt?«

»Das sind wir alle. Es ist Yankos Arbeitsmethode. So arbeiten alle großen Firmen. Die Karteieintragungen verfolgen einen; aber man bekommt sie nie zu sehen. Und solange die Karteikarte existiert, ist man nie frei.«

»Das ist Erpressung, Tyrannei und Versklavung.«

»Ich habe mich damit abgefunden.«

»Um welchen Preis? Siebenhundertfünfzig die Woche und Sonderzulagen?«

»Für meine persönliche Sicherheit ist gesorgt.«

»Sind Sie sich dessen so sicher? Ein Mann hat heute abend mein Appartement beobachtet. Ich habe Grund zu der Annahme, daß er im Dienste von Basil Yanko steht.«

Die Farbe wich ihr aus dem Gesicht. Klirrend fiel ihr die Gabel aus der Hand. Einen Augenblick dachte ich, sie würde ohnmächtig. Dann nahm sie sich gewaltsam zusammen. »Ist das wahr?«

»Ja.«

»O Gott!«

»Beruhigen Sie sich, Mädchen! Man ist mir nicht hierher gefolgt, auch Ihnen nicht. Deshalb habe ich das Arrangement geändert. Sehen Sie, wir haben unseren eigenen Sicherheitsapparat, der Tag und Nacht im Einsatz ist. Trinken Sie Ihren Wein!... So ist es besser! Womit Yanko Sie auch in der Hand haben mag – es kann nicht schlimmer sein als dieser ständige Terror.«

»Bitte, ich möchte nicht darüber sprechen.«

»Schön! Jetzt wollen wir mal ein kleines Spielchen machen. Ich sage zu Ihnen: Valerie Hallstrom, verraten Sie mir Ihr dunkles Geheimnis, und ich befreie und beschütze Sie. Dann sagen Sie zu sich selbst:

›Paß auf, er will dich nur für seine Zwecke benutzen. Man ist sicherer bei dem Teufel, den man kennt.‹ Dann versuche ich, Sie zu überreden. Sie bleiben standhaft. Und am nächsten Morgen gehen Sie wieder ins Büro und erzählen alles Onkel Basil, der Sie ein wenig dafür bestraft und Sie dann tröstet und Sie beauftragt, als reuige, aber glückliche Sünderin alles in einem vertraulichen Bericht niederzuschreiben... Aber lassen wir dieses Spielchen. Trinken wir noch Kaffee und Calvados, und dann fahre ich Sie in meiner auf Hochglanz polierten Limousine nach Hause und setze Sie wohlbehalten an Ihrer Haustür ab.«

»Sie sind ein Schuft, Paul Desmond.«

»Nein, Sie sind schon wieder auf dem Holzweg. Der Schuft ist mein Zwillingsbruder.«

Und wieder trat ein kleines, ungewisses Lächeln auf ihre Züge, und wir saßen, uns bei den Händen haltend, da und beobachteten das Kommen und Gehen der Kellner zwischen den Tischen und versuchten, in den Gesichtern der anderen Gäste zu lesen, bevor wir es wagten, uns selber wieder in die Augen zu schauen. Man brachte uns den Kaffee und den Calvados, und während wir an dem scharfen, starken Branntwein nippten, sagte Valerie Hallstrom:

»Paul, ich muß Sie warnen. Basil Yanko ist ein sehr gefährlicher Mann.«

»Das weiß ich bereits.«

»Und George Harlekin ist für ihn geradezu eine fixe Idee geworden.«

»Warum?«

»Aus denselben Gründen, glaube ich, aus denen Sie ihn bewundern. Er ist unter einem Glücksstern geboren. Er ist überaus kultiviert. Die Menschen fühlen sich zu ihm hingezogen. Yanko hat sich aus den Slums von Chicago emporgearbeitet. Er ist ein Genie, ein echtes Genie – aber er ist häßlich und rüde. Er ist wie ein Frosch mit einer Goldkrone auf dem Haupt, und das weiß er auch. Das ist es, was ihn so grausam und pervers macht. Früher tat er mir leid. Eine Zeitlang habe ich sogar geglaubt, ihn zu lieben. Romantisch, nicht wahr?... Und die wunderschöne Prinzessin küßte den häßlichen Frosch, und siehe da – der Frosch verwandelte sich in einen wunderschönen jungen Mann.«

»Aber dazu kam es nicht?«

»Nein.«

»Sitzen Sie deshalb jede Nacht bei Gully Gordon? Aber Sie können sich nicht verlieben, denn der Froschkönig ist immer dabei und lacht, denn Ihr Leben ist in seinem mechanischen Gehirn gefangen.«

»Das ist kein Scherz, Paul.«

»Hören Sie mich lachen?«

»Ich glaube, wir sollten jetzt gehen.«

Wenn das 'ne Liebesgeschichte wäre – was sie wahrhaftig nicht ist! –, dann würde ich jetzt erzählen, wie wir zu ihrer Wohnung fuhren und sie mich aufforderte hereinzukommen, wie wir bei leiser Musik tanzten und uns dann bis zum ersten Vogelgezwitscher am nächsten Morgen geliebt haben, und als ich schließlich ging, lagen alle Geheimnisse Basil Yankos in meiner Hand. In Wirklichkeit geschah nichts dergleichen. Einen Häuserblock vor ihrer Wohnung bat sie den Fahrer, anzuhalten. Sie wolle den Rest des Weges zu Fuß gehen. Ich bot ihr an, sie zu begleiten. Sie lehnte mit einem Lächeln und einer einzigen, geheimnisvollen Bemerkung ab:

»Zuweilen möchte Gott gern wissen, wie seine Kinder ihre Abende verbringen. Vielen Dank für das Essen. Gute Nacht, Paul.«

Sie küßte mich flüchtig auf die Wange und stieg aus. Ich sagte dem Fahrer, er solle ihr langsam folgen, damit sie vor herumlungerndem Gesindel sicher sei. Als sich die Tür hinter ihr schloß, drehten wir um und fuhren zu Gully Gordon, wo ich unter meinesgleichen bei trauriger, einschmeichelnder Musik bis ein Uhr morgens sitzen blieb.

Irgendwann in den frühen, kalten Morgenstunden hatte ich einen Traum. Ich sah eine riesige, kreisrunde Ebene, die nackt unter einem blassen Mond dalag. In der Mitte der Ebene hockte eine kleine, einsame Gestalt – ob Mensch oder Tier, konnte ich nicht sagen. Ich wußte nur, daß ich mich mit einer tiefen Sehnsucht zu ihr hingezogen fühlte und gleichzeitig durch eine sichtbare Drohung zurückgehalten wurde. Am äußeren Rand des Kreises stand eine große Zahl von Reitern; einige hoben sich schwarz gegen den Mond ab, andere leuchteten geisterhaft weiß auf. Neben jedem Reiter stand regungslos ein Hund. Sie waren unendlich weit entfernt, doch konnte ich sie so klar erkennen, als brauchte ich nur die Hand auszustrecken, um sie zu berühren. Die Reiter hatten keine Gesichter, nur Masken, die so leer wie Eierschalen waren. Ich versuchte, die Gesichtszüge der hockenden Gestalt zu erkennen, aber es war, als stünden meine Augen unter einem unerklärlichen Druck, so daß ich sie nicht auf die Entfernung einstellen konnte.

Dann setzten sich die Reiter und die Hunde in Bewegung, langsam, wie bei einem Begräbnis, und rückten unaufhaltsam gegen die einsame Figur vor. Die Reiter waren stumm. Die Hunde gaben keinen Laut von sich. Weder Hufschlag noch Klappern oder Klirren des Geschirrs waren zu hören. Die Gestalt bewegte und streckte sich, sie erhob sich und gab sich als eine nackte Frau zu erkennen, die sich langsam umwandte, indem sie sich wie eine Gliederpuppe auf einem Ständer um die eigene Achse drehte, bis ich ihr Gesicht sehen konnte.

Es war Valerie Hallstrom – sie lächelte, sie sah verführerisch aus und war sich der Gefahr nicht bewußt.

Ich spürte eine starke sexuelle Begierde in mir aufsteigen. Ich rief sie an, aber ich brachte keinen Ton heraus. Ich streckte die Arme nach ihr aus, wurde aber von Riesenhänden zurückgehalten. Dann fiel die Kavalkade in Galopp, und die Hunde sprangen neben den Reitern mit, und ich spürte, ohne etwas zu hören, den wilden Tumult und das Gebell und die Erschütterung des Bodens unter den Hufen, als sie sich anschickten, sie zu zertrampeln…

Ich war gerade mit den ersten morgendlichen Ritualen beschäftigt, als Saul Wells anrief. Er war aufgeregt und redete schnell. Ich sah förmlich die Zigarre in seinem Mundwinkel. Jedenfalls konnte ich hören, wie er an ihr kaute. In der Einbildung konnte ich sie fast in meinem Zimmer riechen.

»Was ist los, Saul?«

»Ella Deane.«

»Wer?«

»Sie wissen doch, die Programmiererin am Computer. Die, die im Januar ausgeschieden ist. Aus gesundheitlichen Gründen.«

»Ach ja, Saul. Und?«

»Sehr traurig. Für uns sehr schlecht. Sie ist gestorben.«

»Wann?«

»Vor zwei Wochen. Autounfall. Der andere hat Fahrerflucht begangen.«

»Was sagt die Polizei?«

»Das übliche. Sie haben eine Untersuchung eingeleitet. Bequem, nicht wahr?«

»Das übliche. Sonst noch etwas?«

»Telegrafische Bestätigungen. Unsere Mitarbeiter rücken morgen in Ihre anderen Filialen ein.«

»Schnelle Arbeit, Saul. Vielen Dank.«

»Und noch etwas. Ella Deane war reich.«

»Wie reich?«

»Dreißigtausend etwa.«

»Woher hatte sie das Geld und wann hat sie es bekommen?«

»Ich bin dabei, das rauszukriegen. Das Unmögliche dauert einen Tag länger. Ich lasse wieder von mir hören. Bis später!«

Kurz darauf, während ich mir das Frühstücksei vom Kinn wegtupfte, traf Aaron Bogdanovich, wie ein Lieferant gekleidet, mit einem Korb frischer Blumen ein und sagte geschäftsmäßig:

»Blumen verschönern Ihr Leben, Mr. Desmond.«

»Und ich dachte, das wäre Ihnen gleichgültig, Mr. Bogdanovich.«

»Was ist gestern abend geschehen?« Die Frage klang hart, als ob er hoffte, mich zu irgendeinem belastenden Geständnis durch das Überraschungsmoment zu verleiten.

»Nichts ist geschehen. Wir haben gegessen. Wir haben uns unterhalten. Sie sagte mir, sie würde ihren Job verlieren, wenn Yanko dahinterkäme, daß wir uns privat getroffen hätten. Sie sagte mir ferner, sie habe früher einmal mit ihm ein Verhältnis gehabt, aber es habe ein schlechtes Ende genommen. Sie warnte mich, er sei gefährlich und was George Harlekin angehe, geradezu besessen. Dann bat sie mich, sie nach Hause zu bringen. Sie bestand darauf, die letzten hundert Meter allein zu Fuß zurückzulegen. Wir folgten ihr im Wagen. Ich fuhr weiter zu Gully Gordon, um noch einen zu trinken.«

»Und wie sind Sie nach Hause gekommen?«

»Mit dem Wagen.«

»Um wieviel Uhr?«

»Ein Uhr fünfzehn.«

»Können Sie das beweisen?«

»Klar. Ich habe das Fahrtenbuch unterschrieben. Takeshi war noch auf, als ich heimkam. Ich habe geduscht, meinen Pyjama angezogen, und er brachte mir eine Tasse Tee, bevor ich zu Bett ging. Warum die ganze Fragerei?«

»Valerie Hallstrom ist tot. Sie wurde gleich nach ihrer Heimkehr umgebracht.«

»Allmächtiger!«

»Hoffentlich können Sie ebenso entsetzt aussehen, wenn Ihnen die Polizei diese Nachricht mitteilt!«

»Die Polizei ...? Ich verstehe nicht.«

»Sie und ich, Mr. Desmond, waren die letzten, die sie lebend gesehen haben ... Haben Sie noch etwas Kaffee übrig?«

»Bitte, bedienen Sie sich ... Hören Sie, Sie müssen ganz von vorn anfangen. Ich kenne mich nicht mehr aus ...«

Er lächelte mich an, mit seinem kalten Friedhofslächeln,

schenkte sich Kaffee ein, nahm Sahne und Zucker und erzählte mir dann:

»Während Sie beide zu Abend aßen, ging ich in Valerie Hallstroms Wohnung. Sie kennen sie ja von außen. Es ist ein alter Klinkerbau mit einem Keller und drei Stockwerken. Er gehört ihr allein; die ganze Inneneinrichtung ist sehr aufwendig. Im Schlafzimmer hängt ein Matisse und im Wohnzimmer ein Armodio. Da gibt's Meißner Porzellan und eine Menge Schmuckstücke, die man, glaube ich, Bijouterie nennt. In einem Schrank hängen Pelze und hochelegante Kleider. Sie hat zwei Telefone – eins hat eine Geheimnummer. Das andere ist angezapft. Der Geheimapparat ist hinter den Kleidern im Schrank versteckt; dort befindet sich auch ein Wandsafe, den ich aufmachen konnte. Ich werde Ihnen gleich sagen, was ich darin gefunden habe. Also diese kleine Inspektion dauerte von etwa acht Uhr dreißig bis neun Uhr dreißig. Um neun Uhr dreißig klingelte das normale Telefon. Ich wartete, bis das Klingeln aufhörte, und verließ das Haus durch den Keller. Ich setzte mich in meinen Wagen auf der gegenüberliegenden Straßenseite und wartete. Etwa um zehn Uhr dreißig betrat ein Mann, der eine kleine Aktentasche trug, das Haus. Er benutzte einen Schlüssel. Er kam nicht wieder heraus. Er machte kein Licht an. Ich wartete, bis ich Valerie Hallstrom nach Hause kommen sah. Ich sah, wie Sie in dem Auto vorbeifuhren. Ich sah, wie im Wohnzimmer und im Schlafzimmer Licht gemacht wurde, aber ich konnte nichts erkennen, weil die Vorhänge zugezogen waren. Ungefähr zehn Minuten später kam der Mann, die Aktentasche noch immer in der Hand, heraus. Er ging in westlicher Richtung davon. Ich folgte ihm. Er hielt ein Taxi an und fuhr bei Rot über die nächste Kreuzung; deshalb verlor ich ihn aus den Augen, aber ich notierte mir die Nummer des Taxis. Ich blieb bei einer Telefonzelle stehen und rief Valerie Hallstroms Nummer an. Niemand antwortete. Ich fuhr zum Haus zurück. Die Lichter brannten noch.

Ich verschaffte mir wieder Einlaß und fand sie im Wohnzimmer, sie lag auf dem Boden. Sie hatte einen Kopfschuß… Alles weitere ist sehr einfach. Ich ging zur Telefonzelle zurück und gab der Polizei einen Tip. Die Beamten waren noch bei der Arbeit, als ich heute früh dort vorbeifuhr. Und ich frage mich noch immer, was wohl geschehen wäre, wenn Sie mit ihr ins Haus gegangen wären.«

»Wer war der Mann? Haben Sie ihn erkannt?«

»Nein. Aber ich würde ihn wiedererkennen.«

»Was fanden Sie in dem Safe?«

»Geld – ungefähr fünfundzwanzigtausend Dollar. Eine Akte mit Computerformularen. Ein Notizbuch mit einer Liste von Gesellschaften und deren Computercodes. Alle Zweigniederlassungen von Harlekin et Cie. sind hier verzeichnet, jede mit ihrem eigenen Code. Ich glaube, daß sämtliche anderen Gesellschaften Klienten von Creative Systems sind. Ich nahm das Buch mit und ließ alles übrige dort.«

»Was haben Sie getan?«

»Stärkung der Verhandlungsposition, Mr. Desmond. Vorher hatten wir nichts in der Hand. Jetzt haben wir etwas… an einem absolut sicheren Ort.«

»Aber das Ganze ergibt doch keinen Sinn.«

»Ich glaube, wir werden schon noch feststellen, daß es durchaus Sinn und Zweck hat, Mr. Desmond. Angenommen, Miß Valerie Hallstrom hat ihr eigenes, privates Spielchen getrieben: die Computer angezapft und die Ergebnisse draußen verkauft. Angenommen, Yanko ist ihr auf die Schliche gekommen. Was würde er tun?«

»Sie verhaften lassen.«

»Und ihr den Prozeß machen, wobei die ganze schmutzige Wäsche vor Gericht gewaschen wird? Das wäre ein vernichtender Schlag für Creative Systems und für Yanko selbst. Es würde Jahre dauern, bis er sich davon erholt. Nein, Mr. Desmond, dafür gibt es Beispiele, zu viele Beispiele. Manche Gesellschaften haben sogar Angestellten, die sich etwas zuschulden haben kommen lassen, hohe Abfindungssummen gezahlt und erstklassige Referenzen ausgestellt, statt sie vor Gericht zu stellen und Millionenverluste einzustecken. Aber ich glaube nicht, daß Yanko dies tun würde, finden Sie nicht auch?«

»Das glaube ich auch nicht.«

»Er entledigt sich ihrer also auf die billige Tour. Der Safe wird leer vorgefunden. Die Polizei nimmt an, daß Miß Hallstrom einen Einbrecher überraschte und dabei erschossen wurde. Das kommt bei alleinstehenden, wohlhabenden Damen tagtäglich vor. Und Miß Hallstroms Lebensgewohnheiten unterstützen diese Theorie.«

»Aber wir wissen ...«

»Ich weiß, Mr. Desmond.« Er sagte es beinahe sanft. »Was Sie gehört haben, ist ein Märchen, das Sie wieder vergessen werden, wenn ich gegangen bin. So lautete unsere Abmachung, erinnern Sie sich? Später, wenn ich den Mann gefunden habe, der Miß Hallstrom getötet hat, werden wir weitersehen.«

»Glauben Sie, daß Sie ihn finden werden?«

»Ich bin ganz sicher, Mr. Desmond. Es ist zwar ein sehr exklusiver Berufszweig, aber die wirklichen Könner sind alle bekannt. Ich werde ihn finden.«

Er ging lächelnd hinaus; aber er hinterließ einen Hauch von Schwefel und eine Andeutung von ewiger Verdammnis. Allmählich fühlte ich mich in dasselbe Dilemma wie George Harlekin gedrängt. Wir waren Bankiers; wir wuschen das Geld so rein wie Verbandsmull; aber wir konnten uns nie ganz dem Makel entziehen, der dem Geld anhaftete. Dann rief George Harlekin an, forsch, geschäftsmäßig und so ganz anders als sonst, daß ich die Rolle, die er an diesem Tage spielen wollte, nicht einmal erraten konnte.

»Paul? Könntest du vielleicht gleich ins *Salvador* kommen, sagen wir, in zwanzig Minuten? Ich bin mit Herbert Bachmann zum Lunch verabredet. Ich muß etwas mit dir besprechen. Dann kommt Basil Yanko um drei hierher. Ich möchte, daß du dabei bist. In der Zwischenzeit sind ein paar weitere Leute da, die sich gern mit dir unterhalten möchten... In einer halben Stunde? Schön, versuch doch, schon früher zu kommen, wenn du kannst. Ach, noch etwas. Hättest du etwas dagegen, Juliette zum Lunch auszuführen? Mit mir ist es ihr zu langweilig, und das kann ich gut verstehen. Vielen Dank, Paul. *Abientôt.*«

Die Leute, die mit mir zu sprechen wünschten, waren zwei sehr höfliche, junge Kriminalbeamte aus dem New Yorker Polizeipräsidium. Sie erklärten, in einer Art Wechselgesang, sie hätten die Bank angerufen, und die Bank habe sie an Mr. Harlekin verwiesen, der sich liebenswürdigerweise bereit erklärt habe, mich anzurufen, und sie hofften aufrichtig, mir keinerlei Ungelegenheiten bereitet zu haben. Ich versicherte ihnen, dies sei nicht der Fall. Sie fragten, ob Mr. Harlekin etwas dagegen habe, uns eine Weile allein zu lassen.

Harlekin hatte durchaus etwas dagegen. Er formulierte seine Ablehnung äußerst diplomatisch. Ich sei mit ihm seit langem befreundet, ein Direktor, der sein volles Vertrauen habe, der Mitarbeiter einer internationalen Bank. Wir stünden jetzt auf dem Grund und Boden dieser Bank, einer außerordentlich angesehenen Bank. Wenn ich nicht ausdrücklich seine Abwesenheit wünschte, würde er bleiben. Seine Ausführungen nahmen nicht viel Zeit in Anspruch, gaben mir aber genügend Spielraum, um meine Gedanken zu ordnen und mir einen einfachen und klaren Rechenschaftsbericht zurechtzulegen.

»Ich verließ meine Wohnung um Viertel vor acht und ging zu Fuß zum St. Regis. Ich trank etwas in der King Cole Bar. Gegen acht Uhr fünfzehn ging ich hinüber ins *Côte Basque*, wo ich mit einer Dame zu Abend aß. Wir verließen das Restaurant etwa um elf Uhr dreißig in einem Colby-Wagen. Ich setzte die Dame zu Hause ab. Der Fahrer brachte mich zu Gully Gordons Bar in der First Avenue. Ich blieb bis eins dort. Der Fahrer brachte mich zu meiner Wohnung. Mein Diener kann mein Eintreffen um etwa ein Uhr fünfzehn bestätigen. Er bereitete sich selbst gerade ein spätes Abendessen. Ich habe mitgegessen... So, darf ich jetzt den Grund für Ihr Interesse erfahren?«

»Wenn Sie noch etwas Geduld mit uns haben könnten, Mr. Desmond, bitte... Sie aßen mit einer Dame zu Abend. Ihr Name?«

»Miß Valerie Hallstrom.«

»Kennen Sie sie schon lange?«

»Seit drei Tagen. Miß Hallstrom arbeitet für Creative Systems Incorporated, deren Systeme wir verwenden und für die wir Rückversicherer und Investment-Bank sind. Sie hatte einen Bericht über unsere Computeroperationen ausgearbeitet. Wir hatten uns getroffen, um den Bericht durchzusprechen. Sie war hilfreich und kooperativ. Ich lud sie zum Essen ein.«

»Aber Sie haben sie nicht zu Hause abgeholt?«

»Nein. Ich habe den Colby-Wagen hingeschickt.«

»Aus einem besonderen Grund?«

»Es war einfacher, und ich wollte mir noch ein wenig die Beine vertreten. Ich hatte den ganzen Tag am Schreibtisch gesessen.«

»Sie sagen, Sie hätten Miß Hallstrom nach Hause gefahren. Hat sie Sie aufgefordert, noch hereinzukommen?«

»Im Gegenteil. Sie bat darum, einen Block vor ihrem Haus abgesetzt zu werden.«

»Hielten Sie das nicht für ungewöhnlich?«

»Sehr. Aber andererseits...«

»Ja, Mr. Desmond?«

»Miß Hallstrom ist eine Geschäftsbekanntschaft. Ich kenne ihre – hm – häuslichen Verhältnisse nicht. New York ist eine seltsame Stadt. Ich halte es für das einfachste, ihre Absonderlichkeiten hinzunehmen und keine Fragen zu stellen. Ich beauftragte also den Fahrer, Miß Hallstrom bis zu ihrem Haus zu folgen. Sobald wir wußten, daß sie ihre Haustür sicher erreicht hatte, fuhren wir weiter. Ich bin überzeugt, daß Sie all dies bei der Autovermietung von Colby und dem Fahrer des Wagens sich bestätigen lassen können.«

»Was haben Sie in den nächsten Tagen vor, Mr. Desmond?«

»Das hängt ganz von Mr. Harlekin hier ab.«

»Mr. Harlekin?«

»Im Augenblick kann ich mich unmöglich dazu verbindlich äußern, meine Herren. Wir stehen zur Zeit in schwierigen internationalen Verhandlungen. Vielleicht sind wir eine Woche hier. Eventuell muß ich Mr. Desmond kurzfristig nach Europa oder Südamerika entsenden. Warum fragen Sie?«

Einer der Beamten zog einen Umschlag aus der Tasche, nahm einen Stapel Fotografien heraus und reichte jedem von uns ein Bild.

Obwohl ich darauf vorbereitet war, überkamen mich Abscheu und Entsetzen schockartig. Valerie Hallstrom lag wie eine Stoffpuppe auf dem Boden ihres Wohnzimmers. Ihr Gesicht war eine blutige Masse.

Der Kriminalbeamte nahm mir das Foto wieder aus der Hand. »Sie wurde erschossen, Mr. Desmond. Aus kurzer Entfernung mit einer 38er Pistole.«

»Ich – ich verstehe nicht … Wann? Wie denn?«

»Wir sind dabei, es herauszubekommen. Hätten Sie etwas dagegen, Mr. Desmond, wenn wir in Ihre Wohnung gehen, mit Ihrem Diener sprechen und uns bei Ihnen umsehen?«

»Was immer Sie wollen. Aber Sie glauben doch nicht etwa …«

»Reine Routine, Mr. Desmond. Sie kommt auch Ihnen zugute.«

»Natürlich.«

»Bevor Sie gehen, meine Herren!« George Harlekin hatte sich erhoben, eine dominierende Gestalt, die uns alle überragte. »Ich bin Zeuge dieses Gesprächs geworden. Mr. Desmond hat alle an ihn gerichteten Fragen offen beantwortet. Er hat Ihnen, meine Herren, freien Zugang zu seiner Wohnung ohne Durchsuchungsbefehl angeboten. Er hat Ihnen Tatsachen mitgeteilt und Ihnen Möglichkeiten aufgezeigt, diese zu überprüfen. Aber jetzt muß ich Mr. Desmonds Dienste in Anspruch nehmen. Ich wünsche, daß er hierbleibt, um Geschäftsangelegenheiten mit mir zu besprechen, die die Interessen internationaler Klienten unmittelbar berühren. Bei allem Verständnis für die Pflichten und Rechte der Polizei möchte ich deshalb einen Vorschlag machen: Mr. Desmond ruft seinen Diener an und gibt ihm die Weisung, Ihnen Zutritt zu seiner Wohnung zu verschaffen. Er bleibt hier zu Ihrer Verfügung, falls Sie ihm noch weitere Fragen vorlegen wollen... Also, meine Herren?«

Sie waren der neue Typ: vorsichtig, gebildet und vernünftig. Nach einer kurzen Besprechung stimmten sie zu. Ich rief Takeshi an, übergab ihnen meine Schlüssel und versprach, ihre Rückkehr im *Salvador* abzuwarten.

Sobald Harlekin und ich allein waren, stellte er mir eine einzige, direkte Frage: »Du hast etwas ausgelassen, Paul. Was war es?«

»Da ist nichts, George.«

Er war verletzt, gab sich aber alle Mühe, es sich nicht anmerken zu lassen. Gelassen sagte er: »Vergiß nicht, du brauchst dich meinetwegen nicht zu kompromittieren.«

»Ich bin nicht kompromittiert, George. Reden wir nicht mehr davon, ja? Du sprichst heute nachmittag mit Yanko. Wie willst du dich ihm gegenüber verhalten?«

»Ich werde das Angebot ablehnen.«

»Und dann?«

»Ich werde aufgrund meines Vorkaufsrechts die Minoritäts-Aktien aufkaufen.«

»Das kannst du dir doch gar nicht leisten.«

»Herbert Bachmann glaubt, er könne mir die Mittel zur Verfügung stellen. Wir wollen beim Lunch darüber sprechen.«

»Auch wenn er es kann, verschuldest du dich auf zehn Jahre, ja, bei der heutigen Zinsentwicklung vielleicht noch länger. Und was geschieht, falls Yanko sein Angebot anhebt? Du weißt, er könnte es tun, falls er Anteile an Creative Systems statt Bargeld einsetzt. Auch Bachmann sind in Wall Street Grenzen gesetzt, wenn er nicht die Pferde scheu machen will.«

»Dann wollen wir einmal sehen, wo die Grenze liegt, Paul. Und wieviel Zeit wir für unsere anderen Pläne gewinnen können. Ich glaube, Bogdanovich hat noch einiges für uns in petto.«

»Er hat sich klar ausgedrückt, George. Er will nicht, daß du es gerade jetzt zu einer Konfrontation kommen läßt.«

Harlekin war gereizt. Seine Antwort war scharf und abschließend.

»Wir zahlen für Informationen, Rat und Unterstützung. Ich entscheide, was wir daraus machen. Ich lasse mich einfach nicht manipulieren.«

»Nichts für ungut, George; es ist dein Geld. Aber wir sind hier nicht in Europa; und die amerikanische Szene ist im Augenblick ziemlich undurchsichtig.«

»Dann sollten wir uns wenigstens über eines im klaren sein, Paul: Ich trage das Risiko und treffe die Entscheidungen.«

»Brauchst du mich bei diesem Gespräch mit Yanko?«

»Ja. Ich habe ihm gesagt, du würdest dabeisein. Ich habe ihm anheimgestellt, jemand von seinen eigenen Leuten mitzubringen, wenn er will. Er meinte, er brauche keine Unterstützung; aber er verstehe natürlich, daß ich mich noch unter ärztlicher Aufsicht befinde.«

»Arroganter Kerl!«

»Das hilft, Paul. Ich kann ihn jetzt nicht zwingen. Ich bin Verpflichtungen eingegangen; mit allem, was ich bin und was ich besitze. Wenn Männer wie Yanko die Kontrolle über die Maschinen übernehmen, besteht für uns alle keine Hoffnung mehr.«

»Wie nimmt es Julie auf?«

»Wir sind uns nähergekommen. Obgleich ich mich manchmal frage, ob sie nicht glücklicher geworden wäre, wenn sie einen weniger komplizierten Mann geheiratet hätte...«

Wir bewegten uns auf gefährlichem Boden. Ich wollte mich nicht darauf einlassen. Bevor ich dazu kam, darauf zu antworten, klingelte das Telefon. George Harlekin gab mir ein Zeichen, den Hörer abzunehmen.

Basil Yanko war am Apparat. »Mr. Harlekin?«

»Nein, hier ist Paul Desmond...«

»Ach, Mr. Desmond, wie Sie wissen, hatten wir für heute nachmittag eine Besprechung angesetzt. Leider ist ein tragisches Ereignis eingetreten, das jemanden aus meinem Mitarbeiterkreis betrifft. Könnten wir das Zusammentreffen vielleicht auf morgen verschieben?«

»Gewiß. Ich werde mit Mr. Harlekin sprechen. Im *Salvador* zur selben Zeit, einverstanden?«

»Ja, bitte...« Er zögerte einen Augenblick und fuhr dann fort: »Unter den gegebenen Umständen sollte ich Ihnen vielleicht sagen, daß es sich bei der fraglichen Person um Miß Valerie Hallstrom handelt. Sie wurde gestern abend ermordet.«

»Ich weiß. Ich habe mit der Polizei gesprochen. Ich habe die Fotos gesehen.«

»Sie, Mr. Desmond?« Entweder war er ein hervorragender Schauspieler, oder er war bis ins Mark getroffen. »Ich verstehe nicht.«

»Ich habe gestern mit Miß Hallstrom zu Abend gegessen. Ich bin offenbar der letzte, der sie lebend gesehen hat.«

»Hat sie etwas gesagt? Haben Sie gesehen ...«

»Nichts, Mr. Yanko. Die Polizei ist jetzt im Besitz der wenigen Informationen, die ich geben konnte. Ich bin tief erschüttert. Ich wünschte, es gäbe etwas, was ich sagen oder tun könnte ... Also dann bis morgen.«

»Bis morgen ...« Seine Stimme verebbte zu einem undeutlichen Murmeln. »Leben Sie wohl, Mr. Desmond.«

Als ich den Hörer auflegte, fragte Harlekin ruhig: »War das klug, glaubst du?«

»Es war unvermeidlich.«

»War er beunruhigt?«

»Ich glaube, ja. Ich hoffe es wenigstens.«

»Ich finde, du solltest unseren Freund Bogdanovich anrufen.«

»Ich möchte lieber noch warten, bis die Polizei mit meiner Wohnung fertig ist.«

Fünfzig Minuten später waren die Beamten wieder da. Sie hatten die Wohnung durchsucht; sie hatten mit dem Fahrer des Wagens gesprochen; sie hatten sich mit Gully Gordon unterhalten. Sie dankten mir für meine Unterstützung. Das einzige, worum sie mich jetzt noch bitten müßten, sei eine schriftliche Erklärung. Ich schrieb sie mit der Hand auf ein Blatt Papier mit dem Briefkopf des *Salvador*, setzte meinen Namen darunter und ließ mir die Unterschrift durch George Harlekin bestätigen. Auch dafür dankten sie mir, und dann gaben sie der Hoffnung Ausdruck, daß sie mich nicht wieder belästigen müßten.

Da sei nur noch ein kleiner Punkt. Warum ich mein Zusammentreffen mit Valerie Hallstrom in Gully Gordons Bar nicht erwähnt hätte? Ich erzählte ihnen halb Dichtung, halb Wahrheit. Das Zusammentreffen sei rein zufällig zustande gekommen und habe keinerlei Bedeutung gehabt. Dafür hätten sie natürlich volles Verständnis, aber ich hätte eigentlich einsehen müssen, daß Mädchen, die solche Bars aufsuchten, oft merkwürdige Bettgenossen aufgabelten. Ich pflichtete ihnen bei, daß so etwas durchaus möglich sei, aber sie hätten hoffentlich damit nicht mich gemeint. Natürlich nicht; aber auch dem ehrbarsten Junggesellen falle es gelegentlich schwer, zu beweisen, daß er die ganze Nacht in seinem eigenen Bett geschlafen habe…

George Harlekin machte sich über meine Verlegenheit lustig. Er brachte es sogar fertig, die Beamten davon zu überzeugen, daß sie sich außer Dienst befanden und einen Cocktail vor dem Lunch annehmen könnten. Ich war gar nicht zu Späßen aufgelegt, aber es gelang mir, ein unbeschwertes Junggesellenlächeln aufzusetzen und eine zweideutige Geschichte aus meiner bewegten Vergangenheit in Tokio zu erzählen. Wer uns lachen hörte, wäre kaum auf die Idee gekommen, daß uns alle ein Mord zusammengeführt hatte.

Um ein Uhr kam Juliette zurück. Der Vormittag hatte ihr gutgetan. Sie war angeregt und heiter. Sie war beim Friseur gewesen, hatte mit einer Freundin Kaffee getrunken, hatte allerlei eingekauft und war entzückt, daß ich sie zum Lunch ins *Fleur de Lys* führen würde. Wenn Julie so fröhlich und ausgelassen war, konnte sie den Männern noch immer den Kopf verdrehen und meinen besonders leicht. Arm in Arm schlenderten wir die Fifth Avenue entlang. Wir sahen uns die Auslagen von Bergdorf, Van Cleef und Harry Winston an. Wir spielten »Weißt du noch…« und »Wäre es nicht herrlich, wenn…« Wir tranken große Martinis und überlegten uns die Speisenfolge so gründlich, als ob es unsere letzte Mahlzeit auf dieser Welt wäre. Während wir aßen, machten wir Pläne für einen Theaterabend und für eine Fahrt am Sonntag aufs Land. Wir sprachen von einer Cocktailparty, die wir für Freunde und Kollegen geben würden, und welche von den Frauen eine gute Partie für mich wäre. Es war ein nettes, amüsantes Spiel, und ich spielte gern mit, solange ich damit meine Dame glücklich machen konnte.

Sie wußte nichts von den dramatischen Ereignissen des Vormittags, und es gehörte nicht zu meinen Aufgaben, sie ins Bild zu setzen. George Harlekin wollte seine Entscheidungen selber treffen. Hierzu gehörte auch, wieviel seine Frau wissen sollte. Außerdem hatte ich meine Rolle als Patenonkel, Freund des Hauses und Mädchen für alles allmählich satt. Mein Geld war verpfändet; die Polizei schnüffelte in meinem Privatleben herum; ich bekam lauter ominöse Telefonanrufe; und dabei wollte ich doch nichts anderes als ein guter Kumpel sein und mich jederzeit auf französisch empfehlen können, wenn die Mädchen nicht hübsch genug waren oder es nichts mehr zu trinken gab. Es schien nicht zuviel verlangt, aber schließlich habe ich die Frauen nie so ganz verstanden. Als wir uns bis zu den Crêpes Suzettes durchgegessen hatten, war Juliette des Geplauders müde geworden und wollte ein Geständnis ablegen.

»... Ich bin glücklich, Paul – so glücklich, wie ich es schon lange nicht mehr war. George geht es täglich besser. Er freut sich über diesen Kampf. Wir sprechen offener miteinander. Wenn er in Erregung gerät, merkt man es ihm jetzt an. Es gab Zeiten, da er so glatt und unnahbar war, daß ich das Gefühl hatte, auch ein Hurrikan könne ihm nichts anhaben. So gefällt er mir besser. Auch mit mir hat er es jetzt leichter ...«

Also, was würden Sie sagen, wenn Sie in meiner Lage wären? Sie wären entzückt. Sie hatten es ja schon immer gewußt, daß sich alles zum Guten wenden würde. In der Ehe ist man nun einmal nicht immer auf Rosen gebettet. Und was man eben so sagt. Aber es ist natürlich nicht genug. Die Beichte hatte kaum erst begonnen. »... Paul, ich will dir ganz ehrlich sagen ...«

Wenn man von einer Frau hört, daß sie einem ganz ehrlich etwas sagen will, sollte man schleunigst in volle Dekkung gehen, aber man tut es doch nicht. Man bleibt sitzen, ist geduldig und lächelt. Man tätschelt ihr die Hand und versucht sie zu trösten und hört sich zum hundertstenmal den Sirenengesang an.

»... Ich bin auf George eifersüchtig. Ich bin unsicher. Ich liebe ihn über alle Maßen, aber mit einem Mann wie ihm verheiratet zu sein ist eine ständige Bedrohung. Er weiß zuviel. Er sieht zu klar. Ich habe das Gefühl, daß er bei mir ständig einen bestimmten Wertmaßstab anlegt, und nie werde ich seinen Ansprüchen gerecht. Diese Krise hat uns zusammengeführt; aber sie könnte ihn auch noch weiter von mir entfernen, so weit, daß ich ihm nicht mehr folgen kann. Wenn er unterliegt, ja, dann bin ich da und hebe ihn auf, klopfe ihm den Staub ab und bin lieb zu ihm. Aber wenn er gewinnt, ist er wieder weit, weit weg. Kannst du das verstehen?«

Eine alberne Frage. Wozu ist man denn sonst da, wenn nicht, um zu verstehen, und man spreche nie das Unaussprechliche aus: daß Julie Gerard einen gottbegnadeten Mann geheiratet hat; daß sie damit nicht zufrieden war, daß sie immer weiter kratzen und bohren müsse, um zu wissen, wie es ihm mit uns anderen in der Hölle ergehen würde. Aber so etwas kann man im *Fleur de Lys* nicht sagen. Ebensowenig kann man ihr klarmachen, daß sie, wenn sie Paul Desmond geheiratet hätte, als brave Hausfrau mit einer Schar Kinder am Rockzipfel glücklich dahinleben und weder den Cézanne im Salon noch den Hieronymus Bosch über dem Eingang zum Bankettsaal vermissen würde. Also lächelt und nickt man und fragt sich, was geschehen wird, wenn George Harlekin einmal mit Blut an den Händen und Dreck auf seiner Dichterzunge nach Hause kommt.

Draußen war die Luft schwül und gewittrig. Die New

Yorker hasteten immer noch laut und ärgerlich zu einem unbekannten Ziel. Der Ärger stand ihnen auf den verschlossenen Gesichtern geschrieben, als wären sie ständig vor etwas auf der Hut. Ihre Überzeugung war so klar, als trügen sie sie auf Plakaten vor sich her: Manhattan ist ein Alptraum. Es kann nicht besser werden. Es kann nur noch schlimmer werden. Es ist eine verrückte Stadt – geldgierig, männergierig, weibergierig. Sie knurrt einen an, jede Stunde, jede Minute, und wenn man nicht zurückknurrt, wird man von ihr mit Haut und Haaren gefressen. Aber es liegt auch eine Herausforderung darin. Wenn man sich in dieser Stadt behaupten kann, lebt man überall sonst mit hocherhobenem Haupt wie ein König. Aber man muß sich jeden Tag behaupten, von morgens bis abends. Wenn man dazu nicht imstande ist, wenn man spürt, daß man nachläßt oder auf ein Lächeln wartet, dann ist es besser, seinen Hausverstand zu behalten, aufs Land zurückzukehren und dort zu bleiben.

Es gehört nicht viel Logik dazu, um zu dem Schluß zu gelangen, daß man schließlich einfach verlieren muß. Das Alter macht sich bemerkbar, und die jungen Draufgänger sind versessen darauf, sich zu verbluten. Das Geld wird zum rasenden Ungeheuer, das sich selbst in den Schwanz beißt und auffrißt. Der Besitz ist etwas, das man verpfändet, um Kredit zu erhalten, um damit neuen Besitz zu erwerben, den man dann wieder verpfändet, um wieder etwas Neues zu kaufen, und das alles in der Hoffnung, schließlich doch noch auf diesem gewundenen Weg eine letzte Zuflucht zu finden. Wir sind alle zur Tretmühle verdammt: ein bißchen Wachsein, ein bißchen Schlaf, eine Läuterung durch Angst und Mitgefühl, ab und zu ein wenig Liebe, viel Einsamkeit und zwei Waschungen am Tag, damit wir uns sauber vorkommen, auch wenn wir es nicht sind. Und schließlich kommt der Augenblick, wo wir uns fragen, ob wir nicht bloß die Zeit totschlagen, bis diese uns totschlägt.

Harlekins Mittagessen mit Herbert Bachmann eröffnete nur sehr bescheidene Hoffnungen. Die notwendigen Geldmittel ließen sich aufbringen, um das Defizit zu decken und die kleinen Aktionäre aufzukaufen; aber auch bei günstigen Sätzen wäre die Zinslast enorm, und die Gewinne der Bank würden auf lange Zeit hinaus praktisch gleich null sein. Noch gravierender wäre der zu befürchtende Verlust eines großen Teils der Emissionsgarantien, ein Geschäft, das stets auf der Zusage basiert, daß der Garant, falls die Emission auf dem Markt nicht vollständig untergebracht werden kann, den Rest selber übernimmt. Es würde auch zu anderen Einbußen kommen. Leute, die ihr Geld anlegen wollen, hüten sich vor Banken, die selbst Geld borgen müssen, um sich über Wasser zu halten.

Basil Yanko hatte schlau kalkuliert. Die Prämie war gerade so hoch, um den geldgierigen Verkäufer anzulocken und den vorsichtigen Käufer abzuschrecken. Es war noch nicht so viel durchgesickert, daß es für einen Skandal ausgereicht hätte; aber es war gerade so viel bekannt geworden, daß sich neue Kunden lieber anderweitig orientierten. George Harlekin konnte alles verkaufen und als reicher Mann dastehen, oder er konnte den Kampf aufnehmen, um nach einem Pyrrhussieg bettelarm zu sein. Harlekin erkannte dies ebenso klar wie ich, nur konnte er die Lage deutlicher definieren; aber er sah eine Chance, wenn auch nur eine geringe, seine Position zu verbessern.

»...Bis jetzt, Paul, sind wir vom Schlimmsten ausgegangen – daß jeder Kleinaktionär verkaufen will. Wir haben alle unsere Berechnungen auf dieser Annahme aufgebaut. Immerhin – ich besitze das Vorkaufsrecht; ich habe daher vor, jedem Aktionär mein Angebot zu unterbreiten und ihm zu empfehlen, überhaupt nicht zu verkaufen. Ich will persönliche Besprechungen abhalten, um nicht zuviel Schriftliches von mir geben zu müssen. An diesem Programm arbeite ich jetzt. Dabei brauche ich natürlich deine Hilfe. Ich habe Suzanne ersucht, von Genf hierherzukommen. Wir drei sollten in der Lage sein, mit allen Aktionären zeitgerecht in Verbindung zu treten. Sobald ich die Listen zusammengestellt habe, werden wir einen Operationsplan ausarbeiten.«

»Aber du bist immer noch entschlossen, Yankos Angebot rundweg abzulehnen?«

»Absolut. Ich fühle mich von diesem Mann und allen seinen Machenschaften beleidigt. Warum bist du so skeptisch, Paul?«

»Weil wir, bis die Ermittlungen abgeschlossen sind und Bogdanovich uns einige harte Fakten geliefert hat, keine Trumpfkarte in der Hand haben. Yanko wiederholt also sein Angebot. Du sagst nein, nein, nein; und damit ist die Diskussion zu Ende. Dann aber ist unsere Lage schlechter als jetzt. Yanko ist bösartig. Wenn du ihn in die Enge treibst, springt er dich an wie eine Ratte, die keinen Ausweg sieht.«

»Paul, du mußt mir einfach vertrauen.«

»Klar, George. Ich habe ja nur gesagt, was ich mir denke. Ich ruf dich morgen früh an und treffe dich hier um drei.«

»Was hast du jetzt vor?«

»Ich gehe in den Club, um ein Dampfbad zu nehmen. Dann rufe ich Mandy Ducaine an, um festzustellen, was heute abend so geboten wird, und gehe dann hin. Es wird mir allmählich zuviel, George. Ich brauche eine Atempause.«

»Also dann bis morgen. Grüß Mandy von mir.«

Ich war verärgert, als ich mich verabschiedet hatte. Ich hatte das Gefühl, ausgeschlossen worden zu sein, daß es ihm auf meinen Rat nicht mehr ankam. Ich vermißte die alte Umgänglichkeit, die alte Feinsinnigkeit, den Sinn für Humor und Proportionen. Jetzt war er kurz angebunden und unbeugsam, eben auch nur ein gerissener Geschäftemacher unter vielen in dieser Stadt der gerissenen Geschäftemacher. Ich wünschte sehnlichst, mich von der Last dieser Freundschaft befreien und zur angenehmen, wenn auch ziemlich sinnlosen Routine des Junggesellenlebens zurückkehren zu können.

Nach einer Stunde Fitness-Training war meine Laune wieder bedeutend gestiegen. Ich rief Mandy an; sie ist eine lustige Witwe mit einem Herzen so groß wie ihr Vermögen, und ihre einzige Angst besteht darin, daß auf ihrem Veranstaltungskalender ein Tag unbesetzt bliebe. Sie wolle in die Oper gehen; aber wenn ich Lust hätte, zu einem späten Abendessen bei ihr vorbeizukommen, würde ich Harold und Louise und Monty und diese neue brasilianische Koloratursängerin treffen und, oh, noch ein Dutzend andere. Ich sagte ihr, ich würde versuchen zu kommen; wenn ich aber nicht könnte, herzlichste Grüße bis zum nächsten Mal. Womit ich für das Abendessen noch ungebunden, aber überzeugt war, für den Paarungstanz der Schmetterlinge allmählich zu alt zu sein; deshalb ging ich ins Billardzimmer hinunter und gewann zehn Dollar von Jack Winters, der in seinem ganzen Leben noch nie eine schwerere Arbeit geleistet hat, als Rosen zu beschneiden und der Ehe aus dem Weg zu gehen. Er flößte mir Angst ein. Das tat er immer. Ich konnte mir vorstellen, wie ich selbst in zehn oder fünfzehn Jahren aussehen würde: als erster kommen, als letzter gehen und geradezu versessen auf einen Robber Bridge oder einen Klatsch an der Bar.

Als ich unter den ersten Neonlichtern der hereinbrechenden Dämmerung und durch das letzte Ameisengeschwirr der Stadt zu Fuß nach Hause ging, überkam mich ein schreckliches Gefühl der Einsamkeit, eine panische Furcht vor Gewalt und Unheil. Der Boden des Gesetzes, auf dem ich mich seit Jahren so sicher bewegt hatte, bekam unter meinen Füßen Risse, wie die Eisdecke eines Flusses bei plötzlich einsetzendem Tauwetter. Ich war in Diebstahl, Verschwörung und Mord verwickelt. Ich hatte Verträge für Terrorakte abgeschlossen und zwar deshalb, weil ich selbst in einem System jenseits der Grenzen des Gesetzes gefangen war, einem System, das das Gesetz bis zur Impotenz und totalen Abhängigkeit korrumpierte.

Die Maschine sagte: »Voralarm«; die Großmächte leiteten die Mobilmachung ein. Die Maschine spie eine astronomische Berechnung aus; eine Währung wurde abgewertet. Auch Gott würde dir deine Sünden vergeben; aber die Maschine würde dir bis zum Jüngsten Tag nicht verzeihen – und auch diesen würde sie noch zeitgerecht herbeiführen... So wurde die große Illusion genährt: daß der Mensch keine Verantwortung beanspruchen solle, weil er keine ausüben könne; daß er sich in alles fügen müsse, weil sein Schicksal sowieso bereits vorbestimmt und festgelegt sei; und nur die Maschine könne die kosmischen Ströme kontrollieren. Was niemand sagte, weil alle ängstlich bemüht waren, es zu verheimlichen, war die Tatsache, daß die Maschinen von menschlichen Mechanikern gespeist wurden, die so böse, so gut, so weise, so dumm wie alle übrigen Menschen waren – und die Maschine multiplizierte ihre Fehler zu irren Kalkulationen, gegen die es keine Berufung gab... Es sei denn natürlich, daß man der Maschine mit Äxten und Bomben und Raketen und einer tödlichen Verachtung zu Leibe ging; hierin lag das eigentliche Wesen des modernen Terrors, die Natur der allgemeinen Verzweiflung, die er hervorrief.

Ich erkannte flüchtig mein Spiegelbild in einem Schaufenster. Ich sah einen mürrischen, abweisenden Mann mittleren Alters, der sich vor jeglichem menschlichen Kontakt verschloß. Ich wandte mich ab und bahnte mir hastig einen Weg durch die Menschenmenge in dem vergeblichen Bemühen, den Doppelgänger abzuschütteln.

Als ich zu Hause ankam, wurde das ganze Elend dieses Tages durch die häusliche Misere noch übertroffen. Takeshi hatte einen seiner schlechten Tage. Ich muß an dieser Stelle erläuternd hinzufügen, daß Takeshi, wenn er gut aufgelegt ist, die Vorzüge von Wein, Weib und Gesang noch in den Schatten stellt. Er kocht besser als Escoffier. Er kann Hemden so bügeln, daß sie sich wie eine zweite Haut anfühlen. Er staubt ab, bohnert und poliert, als ob er der Hüter der kaiserlichen Schatzkammer wäre. Auf der anderen Seite ist Takeshi, wenn er schlecht gelaunt ist, eine unerträgliche Nervensäge. Dann schlurft er herum wie ein Greis, der an Verkalkung leidet. Er brummt düster wie ein Tempeldämon vor sich hin. Er seufzt und jammert in einer Symphonie von Klagelauten. Wenn er geruht, den Mund zu öffnen, kommt entweder etwas Kindisches oder etwas Aufsässiges heraus. Das einzige Heilmittel dagegen, das ich bis jetzt entdeckt habe, besteht darin, ihn aus dem Haus zu bugsieren, damit er sich mit Sake, Poker und einem Besuch bei der Mamasan, die in er 49th Street ein Haus für japanische Gentlemen führt, moralisch wieder aufrichtet. Ich hatte kaum die Wohnung betreten, als ich auch schon wußte, was die Uhr geschlagen hatte. In genau fünf Minuten war er draußen.

Eine halbe Stunde später hatte ich es mir – gebadet, rasiert und wieder einigermaßen menschlich aussehend – auf dem Sofa bequem gemacht und hörte mir, mit einem Drink in Reichweite, die Pathétique unter Herbert von Karajan an. Das Päckchen von Francis Xavier Mendoza war eingetroffen, aber ich ließ es ungeöffnet liegen. Ich hatte mich lange genug vor den Wagen der Mächtigen spannen lassen. Jetzt konnte ich auch einmal ein wenig an mich selber denken.

Ich blätterte in einer Jacht-Zeitschrift und gab mich Träumereien über eine lange Kreuzfahrt hin, von Europa ins Karibische Meer, durch den Panamakanal bis zu den Galapagosinseln und hinüber nach Papeete, Tonga und den Fidschiinseln. Ich könnte es mir leisten. Ich sollte es sogar tun, statt im Dreck des Marktplatzes herumzuscharren. Ich könnte ein Jahr Urlaub nehmen – zwei, wenn ich wollte.

Die Mannschaft war kein Problem. An angenehmer Gesellschaft würde es mir nicht fehlen. Jenny Latham war frei und zugänglich... vielleicht Paulette... Aber warum sollte ich mich binden? Warum nicht bei jeder Landung nach der langen Dünung des Ozeans als freier Mann die Ruhe genießen...? Der Türsummer weckte mich aus meinen Träumereien, und ich stolperte verärgert hinaus, um zu öffnen. George Harlekin stand vor der Tür und lächelte entschuldigend. »Ich bin eine Stunde spazierengegangen. Ich bin auf gut Glück hergekommen. Wenn du nicht zu Hause gewesen wärst, hätte ich dir eine Nachricht hinterlassen.«

»Komm doch herein, um Himmels willen! In dieser Stadt geht man nachts nicht spazieren!«

»Ich weiß. Aber ich mußte nachdenken. Wir haben uns heute gestritten, Paul. Es hätte nicht passieren sollen. Es tut mir leid.«

»Schwamm drüber, George. Es war für uns beide nicht leicht. Kaffee?«

»Ja, bitte. Du bist nicht ausgegangen?«

»Mandy ist in der Oper. Sie lud mich zum Souper ein, aber das wäre mir zuviel geworden. Takeshi hat wieder einmal seinen Koller. Wo ist Julie?«

»Sie wartet auf Suzanne, die mit einer späten Maschine kommen soll.«

»Hast du Julie erzählt, was vorgefallen ist?«

»Ja.« Er lächelte spitzbübisch. »Sie hat sich gewundert, daß du ihr beim Lunch überhaupt nichts gesagt hast. Ich glaube, sie hat dir inzwischen verziehen.«

»Hoffentlich... Schau, im Vorzimmer liegt ein Päckchen Es ist ein Dossier über Basil Yanko. Mendoza hat es mir aus Kalifornien geschickt. Vielleicht machst du es auf und siehst dir den Inhalt an, während ich den Kaffee mache?«

Ich rumorte zehn Minuten in der Küche herum, froh, daß er gekommen war, aber auch bekümmert, weil ich ihm noch nichts von meinem Gespräch mit Bogdanovich erzählt hatte. Nicht Furcht hatte mich davon abgehalten. Es war gekränkte Eitelkeit und Eifersucht, der kleine Triumph, im Besitz von Informationen zu sein, die ihm im Augenblick noch vorenthalten waren. Es war nicht einfach zu erklären; aber ich mußte es tun – um so mehr, als er mich mit seiner Bitte um Verzeihung beschämt hatte. Er war erschüttert, als er die Einzelheiten über Valerie Hallstroms Tod erfuhr, aber er wollte mir jede Demütigung ersparen.

»Nein, Paul! Ich habe dich zu lange die ganze Last allein tragen lassen. Du hast alle Risiken auf dich genommen. Ich habe mich zum Kritiker und Richter aufgespielt. Von jetzt an arbeiten wir zusammen. Keine Geheimnisse und Auseinandersetzungen. Einverstanden?«

»Ja.«

»Ich habe heute abend schlechte Nachrichten erhalten. Larry Oliver hat mich aufgesucht. Ihm ist eine andere Stellung angeboten worden. Er hat gekündigt.«

»Wann will er gehen?«

»Am Ende des Monats. Er hat noch drei Monate Urlaub, das entspricht gerade der Kündigungsfrist.«

»Verflucht! Das tut uns weh, George.«

»Ich habe Standish gebeten, Larrys Posten zu übernehmen. Für ihn ist es eine Beförderung. Er ist natürlich glücklich darüber.«

»Er ist zwar nicht die größte Leuchte, aber er wird es schon schaffen.«

»Etwas macht mir Sorge, Paul. Juristisch befinden wir uns in einer schwachen Position. Zunächst einmal kann ich als Präsident jederzeit angezeigt werden. Indem wir Lichtman Wells beschäftigen, versuchen wir so viel Zeit zu gewinnen, daß wir unsere Verteidigung aufbauen können; aber jeder unserer Klienten, der sich irgendwie geschädigt fühlt, könnte uns in jedem Lande, wo wir tätig sind, gerichtlich belangen. Oliver weiß das, und er will sich seine blütenweiße Weste nicht beschmutzen. Ich kann ihm eigentlich keinen Vorwurf daraus machen. Ferner haben wir Bogdanovich engagiert, der außerhalb der Gesetze operiert und in Wirklichkeit illegaler Agent einer fremden Macht ist. Dir, Paul, kann man jederzeit den Vorwurf machen, daß du den Behörden Beweismaterial bei der Untersuchung eines Mordfalls vorenthältst. Und als ob das noch nicht genug wäre, rief Basil Yanko an. Er stehe vor einem Problem, sagte er, einem Problem des Berufsethos ...«

»Es geschehen Zeichen und Wunder! Berufsethos!«

»Das waren seine Worte. Er wies darauf hin, daß Miß Valerie Hallstrom Zugang zu Geheimmaterial, das die Sicherheit der Nation berühre, gehabt habe. Er sei daher gezwungen gewesen, das FBI einzuschalten. Es sei unvermeidlich, daß das FBI Einblick in alle Geschäftsunterlagen, einschließlich der von Harlekin et Cie., fordern werde. Er hoffe, ich würde dies nicht als feindseligen Akt von seiner Seite oder als einen Versuch auslegen, während der schwebenden Verhandlungen Druck auf mich auszuüben. Er habe darauf keinen Einfluß mehr ... So, jetzt verstehst du vielleicht, warum ich einen Spaziergang nötig hatte.«

Ich verstand aber noch mehr: Ich sah die Schlagzeilen und den Skandal an der Börse, und ich sah ganze Divisionen unserer Kunden zum Rückzug blasen, als handele es sich um die Schlacht bei Mons. Und hier stand George Harlekin, die Kaffeetasse ruhig in der Hand haltend, seelenruhig und gelassen wie ein Zen-Meister, der seinen Schülern gerade ein unlösbares Rätsel aufgegeben hat.

Ich suchte mit stockenden Worten nach einer Antwort. »Reden wir zunächst einmal über die juristische Seite. Wir beide sind Ausländer. Es gibt keinen Beweis dafür, daß du dich in New York irgendeines Verbrechens schuldig gemacht hättest. Es gibt jedoch Beweise dafür, daß deine Unterschrift dazu verwendet wurde, den Erlös aus verbrecherischen Machenschaften in der Schweiz beiseite zu schaffen ... Ich weiß nur vom Hörensagen, daß ein Mord geschehen ist. Niemandem ist bekannt, daß ich Beweise habe, außer dir und Bogdanovich. Niemand weiß, daß wir Bogdanovich engagiert haben, außer Saul Wells, und der arbeitet mit ihm zusammen. Auch wenn es bekannt würde, wäre es schwer, uns dabei irgendwelche verbrecherischen Absichten zur Last legen zu wollen. Es steht uns frei, jeden x-beliebigen Lumpensammler unserer Wahl anzuheuern, solange wir ihn nicht zu einem Verbrechen anstiften. Beim FBI sieht die Sache schon anders aus. Sie können sich hier Zugang zu allen unseren Geschäftsunterlagen verschaffen, wenn sie der Auffassung sind, daß die nationale Sicherheit auf dem Spiel stehe. Sie werden uns bestimmt einen Besuch abstatten. Was werden wir ihnen dann sagen?«

»Die Wahrheit, Paul. Wir untersuchen einen Betrugsfall auf internationaler Ebene. Ich bin in den Fall verwickelt, wenn auch ohne meine Schuld. Eine frühere Angestellte, Ella Deane, sei bei einem Autounfall ums Leben gekommen und habe verdächtig viel Geld hinterlassen. Wir können dann meines Erachtens noch hinzufügen, daß wir gewisse Vorbehalte gegenüber dem Bericht haben, der Creative Systems lediglich durch die Feststellung entlastet, daß ihre Mitarbeiten mehrmals überprüft worden seien.«

»Ist es klug, diese Frage anzuschneiden?«

»Ich glaube, ja. Wir erheben keine Anschuldigungen. Wir bringen lediglich berechtigte Zweifel zum Ausdruck. Wir können sogar noch einen Schritt weitergehen. Wir können auf das zeitliche Zusammentreffen mit Yankos Angebot, uns aufzukaufen, hinweisen.«

»Damit lassen wir die Katze aus dem Sack, George.«

»Schuldig oder unschuldig – Yanko wird jedenfalls unruhig werden. Auch das FBI wird sich seine Gedanken machen – weil Valerie Hallstrom Zugang zu geheimen Unterlagen besaß und eines gewaltsamen Todes gestorben ist.«

»Sobald wir einmal in dieses Wespennest gestochen

haben, könnte man uns in unserer Handlungsfreiheit beschränken.«

»Aber warum denn, Paul? Wir sind Leute, die durchaus auf dem Boden des Gesetzes stehen.«

»Bogdanovich muß davon wissen, bevor wir irgend etwas sagen.«

»Einverstanden. Warum rufen wir ihn nicht gleich an?«

»Ich darf nur von einer Telefonzelle aus mit ihm sprechen.«

»Es ist ja noch früh. Zieh dich doch an und fahr mit mir zu Gully Gordon. Du kannst unterwegs telefonieren, und wenn Bogdanovich Zeit hat, können wir uns heute abend mit ihm treffen.«

»Was machen wir mit Mendozas Bericht?«

»Ich werde ihn mitnehmen und genau studieren. Wenn ich ihn nicht brauche, hebe ich ihn im Banksafe auf. So etwas sollte man nicht irgendwo herumliegen lassen. Besonders jetzt...«

Ich konnte ihm ein Grinsen und einen kleinen ironischen Nadelstich nicht ersparen. »Du hast schon viel dazugelernt, George!«

Zu meinem Erstaunen nahm er die Bemerkung ernst. »Nein... Ich habe es schon immer gewußt, Paul. Es war nur meine persönliche Eitelkeit, ich könne den Gaunern und Ganoven ein Schnippchen schlagen, mich gegen Bosheit und Mißgunst durch freundliches Entgegenkommen absichern und Gewalt durch Geld und Privilegien fernhalten. Heute abend, draußen auf den Straßen, sah ich, daß dies eine Illusion war. Das Böse ist eine Realität. Es verfolgt dich. Es lauert dir auf. Es dringt bis in dein eigenes Heim vor. Früher oder später mußt du dich mit ihm auseinandersetzen, ihm die Stirn bieten. Für mich ist dieser Zeitpunkt jetzt gekommen. Ich bin froh, daß wir wieder Freunde sind...«

Wir hörten uns bei zwei Drinks eine halbe Stunde die

Musik von Gully Gordon an. Als wir gingen, wartete draußen ein Wagen mit Chauffeur auf uns. Aaron Bogdanovich saß hinten. Wir fuhren langsam durch die Stadt bis zum Washington Square, dann auf Umwegen wieder zurück, während sich Bogdanovich unsere Neuigkeiten anhörte und seinen eigenen Kommentar dazu abgab.

»Ich bin auch Ihrer Meinung, Mr. Harlekin. Mit dem FBI spielt man nicht Katz und Maus. Geben Sie ihnen alle Informationen, die die Leute sowieso aus Ihren Unterlagen ableiten könnten. Ich glaube, es dürfte nicht schaden, ein gewisses Unbehagen über das Geschäftsgebaren von Creative Systems zum Ausdruck zu bringen. Glauben Sie mir, auch beim FBI spürt man so ein gewisses Unbehagen. Aber vergessen Sie nicht: Sie sind Ausländer; Sie sind mit den amerikanischen Gepflogenheiten nicht vertraut. Das hilft, wenn Sie es mit Regierungsbehörden zu tun haben... Das einzige, was Sie nicht erwähnen, ist Ihre Verbindung mit mir. O ja, man weiß, daß ich existiere! Die Regierungspolitik ist pro-israelisch. Solange ich den Leuten nicht auf die Füße trete und ihnen ab und zu einen guten Tip zukommen lasse, habe ich meine Ruhe. Aber sie lassen sich ungern hinters Licht führen. Für Sie habe ich wenig Neues. Wir haben das Taxi ausfindig gemacht. Der Fahrer gibt zu, unseren Passagier gefahren zu haben. Er hat ihn zum TWA-Terminal auf dem Kennedy Airport gebracht. Weiter weiß er natürlich nichts. Er könnte mit TWA geflogen sein. Er könnte aber auch in die Stadt zurückgefahren oder zum Terminal einer anderen Fluglinie übergewechselt sein. Das läßt sich nicht mehr feststellen. Aber wir setzen die Nachforschungen fort... Übrigens durchleuchten wir außerdem Yankos unmittelbare Umgebung – seinen Chauffeur, seinen Hausmeister, das Zimmermädchen und seine Privatsekretärin. Die Polizei durchforstet Miß Hallstroms Privatleben. Ein Freund von mir wird mir die Akte zu gegebener Zeit beschaffen. Das dauert alles seine Zeit, wenn wir sorgfältig vorgehen und keinen Fehler begehen wollen. Ach, noch etwas, Mr. Desmond. Der Kerl in der grünen Corvette, der Ihre Wohnung beobachtet hat...«

»Bernie Koonig. Was ist mit ihm?«

»Meine Leute haben ihn aufgegabelt für ein kleines Plauderstündchen. Er sagte, er sei von einem Freund beauftragt worden, Ihnen zu folgen und über Ihre Bewegungen zu berichten.«

»Wer war der Freund?«

»Ein Mann namens Frank Lemmitz. Er ist Yankos Chauffeur.«

»Das ist wenigstens der erste Hinweis. Können wir ihn verwenden?«

»Ich habe darüber nachgedacht. Es ist ein Risiko; aber vielleicht sollten wir es eingehen. Lassen Sie den Namen ruhig fallen, wenn Sie mit Yanko sprechen.«

»Ausgezeichnet«

»Laß es mich tun«, sagte George Harlekin eifrig. »Dann ist die Überraschung vielleicht noch größer. Sagt man nicht im Theater, daß nach jedem Witz zweimal gelacht wird?«

»Dreimal«, erwiderte Aaron Bogdanovich. »Aber Sie müssen sicher sein, daß man zum Schluß nicht über Sie selbst lacht.«

Wir verspäteten uns etwas zum Abendessen im *Salvador*. Suzanne war da, und ich nahm sie in die Arme und hielt sie etwas länger als sonst fest, weil Harlekin es nicht tat und weil sie sich ebenso wie ich nach etwas Liebe sehnte. Ihr Bericht aus Genf klang nicht gerade ermutigend.

Die Unionsbank war sehr zurückhaltend und hielt sich genau an die Rechtslage. Das Konto Harlekin sei vollkommen korrekt eröffnet worden; alle Kontenbewegungen seien in einwandfreier Form getätigt worden; die Geldbeträge seien in bar gegen Vorlage einer bestätigten Unterschrift ausgezahlt worden. Hier ende die Verantwortlichkeit der Bank. Solange man diesen Standpunkt anerkenne, werde die Bank in jeder vertretbaren Weise gern behilflich sein.

Die Schweizer Polizei erwies sich als etwas kooperativer. Sie hatte die Fälschung mit einer echten Unterschrift verglichen. Sie bewunderte das Können des Fälschers. Sie wies darauf hin, daß der Verbleib von Bargeld schwer festzustellen sei, denn man könne es legal aus der Schweiz ausführen. Harlekins Position war klar, aber nicht angenehm: Die Verluste waren gedeckt; solange nicht von dritter Seite gerichtliche Schritte eingeleitet wurden, konnte ihm niemand etwas anhaben.

Die Nachrichten aus der Branche sahen düster aus. In der Stadt des guten alten Calvin war die Arbeit heilig; Geld galt als ihre geheiligte Frucht; alles, was die Reinheit des Geldes beflecken konnte, war des Teufels. George Harlekin war noch nicht aus der Gemeinschaft ausgestoßen; formell war noch kein Tadelsantrag gegen ihn gestellt worden. Aber innerhalb der Schweizer Bankiers-Vereinigung wiegte man bereits bedenklich den Kopf und raunte sich allerlei zu. Bis jetzt waren zwar noch keine Kunden abgesprungen; aber der Zustrom von Investitionsmitteln hatte beträchtlich nachgelassen.

Suzanne gab den Bericht in dem nüchternen, prosaischen Stil ab, den wir bei ihr gewohnt waren, als zähle sie Kohlköpfe und keine Unglücksbotschaften auf. Juliette war wütend und strich einen Namen nach dem anderen aus ihrer Einladungsliste heraus. Harlekin zog ein kurzes Fazit.

»Eines ist klar: Wir können es uns nicht leisten, bloß zu gewinnen und dann schwer angeschlagen nach Hause zu humpeln. Was wir brauchen, ist ein Sieg mit Pauken und Trompeten, bei dem wir den Gegner in Grund und Boden trampeln. Für schöne Worte ist es jetzt zu spät. Morgen früh um zehn halten wir Kriegsrat ab... Gute Nacht, Kinder. Süße Träume!«

Es war ein frommer Wunsch; er brachte mir wenig Gutes ein. In dem Augenblick, da ich das Taxi vor meiner Wohnung bezahlt hatte, drangen drei Männer aus der Dunkelheit auf mich ein. Einer von ihnen sagte: »Wir sollen dir etwas von Bernie ausrichten.« Ein anderer schlug mit einem Knüppel auf mich ein. Ich versuchte, mich zur Wehr zu setzen, aber sie verstanden ihr Handwerk. Ich wachte in meinem eigenen Bett wieder auf; um meine Rippen lag ein strammer Verband, die Nieren taten mir weh, ein Arzt stand neben dem Bett, und hinter ihm warteten zwei Polizeibeamte auf eine Aussage von mir.

4

Die Worte des Arztes klangen ermutigend. Ich hätte eine angebrochene Rippe, zahlreiche Hautabschürfungen und eine große Beule auf dem Kopf. Im übrigen, meinte er, sei ich in Ordnung; wenn mir aber übel werden sollte, wenn ich Atmungsbeschwerden bekäme oder Blut im Urin feststellen sollte, müßte ich ihn sofort wieder anrufen. Er gab mir Tabletten, seine Visitenkarte und eine Rechnung für den dringenden Hausbesuch, der natürlich teurer sei als eine Konsultation in der Praxis. Er empfahl mir ein paar Tage völliger Ruhe und verabschiedete sich dann, um wieder seiner eigenen Ruhe zu pflegen.

Die Polizisten gaben mir eine knappe Darstellung der jüngsten Ereignisse. Takeshi habe mich bei seiner Rückkehr vom Stadtbummel bewußtlos vor der Haustür liegen sehen. Er habe die Polizei und den Arzt herbeigerufen, und diese hätten mich gemeinsam saubergemacht und ins Bett gelegt. Ob ich mich kräftig genug fühlte, ihnen ein paar Fragen zu beantworten? Ich hatte das Gefühl, von einem Panzer überfahren worden zu sein, aber ich versuchte, ihnen den Gefallen zu tun.

Sie kamen sofort auf den Namen Bernie zu sprechen. Ob ich jemanden dieses Namens kenne? Nein. Sage mir der Name Bernie Koonig etwas? Nein. Warum? Hm, in der vergangenen Nacht hätten sie direkt gegenüber meiner Wohnung einen Mann dieses Namens überprüft. Irgendeine Verbindung? Keine. Vielleicht sei ich mit jemandem verwechselt worden? Wahrscheinlich. Ich sei zwar häufig in New York, bewege mich aber nicht in Verbrecherkreisen, wie meine zahlreichen angesehenen Freunde bestätigen könnten. Ob ich die Leute, die mich überfallen haben, wiedererkennen würde? Das bezweifelte ich. Es sei alles so schnell gegangen. Ja, das sei meistens der Fall. Ob ich wohl den Inhalt meiner Brieftasche einmal untersuchen würde? Ich tat es. Es fehlte nichts. Gut, sie würden einen Bericht abfassen. Und wenn mir noch irgend etwas einfiele, sollte ich den Wachhabenden im Polizeirevier anrufen. So, und jetzt, Mr. Desmond, schlafen Sie sich einmal richtig aus; das Ganze war keine Kleinigkeit für Sie!

Takeshi führte sie hinaus, brachte mir einen Whisky, um die Wirkung der schmerzstillenden Mittel zu erhöhen, stellte mir das Telefon neben das Bett, gab besorgte Laute von sich und überließ mich, wie Hiob auf seinem Misthaufen, meinem Elend. Ich verfiel bis sieben Uhr morgens in einen unruhigen Schlaf und kletterte dann aus dem Bett, um mir den Schaden zu besehen. Ich bot wirklich keinen schönen Anblick. Mein Gesicht war zerschunden und geschwollen. Die Beule auf dem Kopf hatte die Größe eines Hühnereis. Die Fingerknöchel waren aufgeschürft, und der Verband um den Leib verlieh mir das Aussehen einer Roulade. Jeder Muskel tat mir weh; aber ich konnte wenigstens atmen, mir wurde nicht übel, und es gab kein Blut im Urin. Als ich mich gewaschen und rasiert hatte, war ich überzeugt, daß ich weiterleben würde, zweifelte aber, ob es der Mühe wert wäre. Doch nach einer Tasse Kaffee und einer Scheibe Toast beschloß ich, es noch einmal zu versuchen.

Ich rief Aaron Bogdanovich an und erzählte ihm von dem traurigen Schicksal eines Mannes namens Paul Desmond. Er sagte, er würde gleich bei mir sein, und legte auf.

Er kam ohne Blumen und zeigte keinerlei Mitgefühl. »Schlägerarbeit! Meine Leute haben Bernie Koonig bearbeitet. Er hat Ihnen die Schuld gegeben und sich revanchiert.«

»Warum bei mir?«

»Wen gäbe es sonst? Wir machen in der Unterwelt für uns keine Reklame, Mr. Desmond.«

»Ich dachte, wir zahlen dafür, daß wir rund um die Uhr beschützt werden.«

»Werden Sie auch. Mein Mann fuhr hinter Ihrem Taxi her. Als er sah, daß Sie vor Ihrer Tür ausstiegen, fuhr er weiter. Das war ein schwerer Fehler. Er wird dafür zur Rechenschaft gezogen werden. Es tut mir leid.«

»Wir zahlen Ihnen ein Honorar von einer halben Million. Ich werde zusammengeschlagen, und Ihnen tut es leid. Großartig.«

»Meines Erachtens können Sie aus der Sache Vorteile herausholen, Mr. Desmond.«

»Wie denn?«

»Wir haben doch gestern beschlossen, Yanko zu sagen, daß wir Koonig und den Mann kennen, der ihn angeheuert hat. Jetzt liefern wir den augenfälligen Beweis. Sie sind das Opfer eines heimtückischen Überfalls, als dessen Urheber Yanko festgestellt werden kann.«

»Aber ich habe der Polizei gesagt, daß ich Bernie Koonig nicht kenne.«

»Das weiß Yanko ja nicht. Er weiß nur, daß Sie Informationen zurückgehalten haben und entschlossen sind, diese zu gegebener Zeit als Trumpfkarte auszuspielen.«

»Was mich in noch größere Gefahr bringen könnte.«

»Allerdings. Aber Sie werden durchblicken lassen, daß es eine notariell beglaubigte Erklärung gibt, die jederzeit der

Polizei zugänglich gemacht werden kann. Ich möchte gerne dabeisein, wenn Sie es ihm sagen.«

»Sie pissen wohl Eiswasser, Mr. Bogdanovich?«

»Es gab Zeiten, da war es Blut, Mr. Desmond. Dann aber machen Sie sich ernsthafte Sorgen. Ich möchte wissen, wie das Treffen verläuft. Rufen Sie mich heute am späten Abend an. Ich habe viel zu tun.«

»Mit dem Blumenhandel, natürlich.«

»Nein, Mr. Desmond. Diesmal sind es SAM-Raketen. Drei Stück davon befinden sich in der Hand von Terroristen, die dem Schwarzen September angehören. Wir wissen, daß zwei Raketen in Europa sind. Unserer Meinung nach befindet sich die dritte hier in New York. Wenn wir sie nicht finden, könnten sehr viele Menschen durch einen Anschlag aus der Luft getötet werden.«

Dem war natürlich nichts hinzuzufügen. Ich zog mich unter Schmerzen an, las die Morgenzeitungen und erschien um zehn Uhr im *Salvador*; ich kam mir wie ein Clown vor, der den Zirkuszug verpaßt hatte. Juliette war bereits gegangen, um den Tag mit Freunden zu verbringen; deshalb blieb mir die peinliche Situation erspart, ihr meinen Zustand erklären zu müssen. Harlekin und Suzanne erzählte ich die ganze Geschichte sowie Bogdanovichs Vorschlag, wie wir sie ausnutzen könnten.

Harlekin dachte stirnrunzelnd eine Weile nach und stimmte dann uneingeschränkt zu. »Schön, so wird es gemacht! Wir wollen doch einmal sehen, ob Yanko hart im Nehmen ist! So, und jetzt zum Programm für heute vormittag. Suzy, es ist in Europa jetzt vier Uhr nachmittags. Wir wollen alle Personen auf Ihrer Liste anrufen. Ich will mit jedem einzelnen persönlich sprechen. Paul, wir beide werden ein Telegramm an alle Aktionäre sowie einen Brief entwerfen, der das Kabel bestätigt. Dann werden wir zwei Erklärungen formulieren – eine für Yanko und die andere für die Finanzpresse. Beide haben denselben Inhalt: Wir lehnen das Angebot ab, empfehlen auch den Aktionären, das Angebot nicht anzunehmen, und geben unsere Gründe bekannt. Unsere Anwälte werden um ein Uhr dreißig hier sein, um die Entwürfe zu prüfen.«

Es war eine mühselige und frustrierende Arbeit. Die Leitungen nach Europa waren überlastet. Von den fünfzehn Leuten auf Suzannes Liste waren nur fünf erreichbar, und von diesen waren drei zum Verkauf entschlossen, zwei wollten noch etwas abwarten, falls Harlekin gute Gründe für seine Einstellung ins Feld führen konnte. Aber gerade darin lag das Problem: Gründe hatten wir genug, aber wir konnten sie nicht verwenden, ohne uns eine Verleumdungsklage zuzuziehen. Wir konnten dagegen sein, daß ein traditionsreiches europäisches Unternehmen unter amerikanische Kontrolle geriet. Wir konnten darauf hinweisen, daß es wenig sinnvoll sei, eine Bank einer Gesellschaft in die Hand zu spielen, die Überwachungssysteme für Polizeiorganisationen entwickle. Wir konnten Yankos Polypentaktik öffentlich demonstrieren. Aber ohne einen einwandfreien Wahrheitsbeweis und den Hinweis auf das öffentliche Wohl konnten wir es nicht wagen, seinen persönlichen Charakter in Frage zu stellen. Es war das alte Lied: Geld macht den Mann; es macht ihn reiner als die Engel – und wenn man das Gegenteil beweisen will, braucht man mindestens so viel Geld, wie er selber hat.

Wir füllten einen ganzen Papierkorb mit untauglichen Entwürfen; beim Eintreffen der Anwälte aber waren wir sicher, ein Meisterwerk in maßvoller Untertreibung produziert zu haben. Die Anwälte waren entsetzt. Was in Genf reine Vernunft sein möge, gelte in New York als fürchterliche Verleumdung. Sie könnten uns in gar keiner Weise gestatten, den Text herauszugeben oder ihn auch nur im Rahmen der Korrespondenz zu verwenden. Nein, meine Herren, nein! Sie würden die Entwürfe mitnehmen und neu formulieren.

Harlekin erklärte sich widerstrebend damit einverstanden, bat sie dann aber, noch einen Augenblick zu warten.

»Meine Herren, sehen Sie sich doch bitte Mr. Desmond an.«

Sie blickten mich an. Sie gaben mit leiser Stimme ihr Mitgefühl zu erkennen. Ich öffnete mein Hemd. Da verfielen sie in ein verlegenes Schweigen.

Harlekin fuhr fort: »Mr. Desmond wurde gestern abend schwer mißhandelt. Wir können beweisen, daß Basil Yanko der Anstifter dieses Verbrechens war.«

»Wie, Mr. Harlekin?«

»Sein Chauffeur heuerte den Mann an, der die Tat ausführen ließ.«

»Können Sie das beweisen?«

»Ja.«

»Können Sie beweisen, daß der Chauffeur auf Yankos Anweisung gehandelt hat?«

»Wir wissen, daß es so ist. Einen juristischen Beweis haben wir nicht.«

»Dann kommen Sie vor Gericht damit nicht durch, Mr. Harlekin.«

»Genau. Das Gesetz ist ohnmächtig. Mr. Desmond hat keine Möglichkeit, sich schadlos zu halten, auch gegenüber einem gedungenen Handlanger. Wie lautet also Ihr Rat, meine Herren? Wie kommen wir zu einer Entschädigung, und wie können wir uns, Mr. Desmond und mich, gegen weitere Überfälle dieser Art sichern? ... Ich kenne die Antwort. Die Herren wollen sich nicht dadurch kompromittieren, daß sie den Einsatz illegaler Mittel empfehlen. Sie gehen sogar noch weiter. Sie verlangen von mir, daß ich auf Yankos Ruf Rücksicht nehme, damit er mich nicht wegen Verleumdung verklagt. Ich tue das. Er verstärkt seine Angriffe. Wenn die Justiz impotent ist, meine Herren, wo bleibt dann die Gerechtigkeit? Denken Sie einmal darüber nach, ich bitte Sie. Und sorgen Sie dafür, daß die neuen

Dokumente noch vor sechs Uhr abends in meinem Besitz sind.«

Sie gingen. Man sah ihnen den Zweifel und ihre Verlegenheit an; sie waren über die ihrer Meinung nach sinnlose kleine Tirade entsetzt.

Suzanne machte aus ihrem Herzen keine Mördergrube.

»George, was hast du eigentlich von ihnen erwartet? Sie können doch das Gesetz nicht in Frage stellen. Sie sind seine Diener. Das weißt du doch, hast es immer gewußt.«

Seine Antwort war heftig und leidenschaftlich.

»Nein! Das ist doch gar nicht das Kernproblem, Suzy. Die Frage muß beantwortet werden, weil überall das gleiche Dilemma besteht. Der Palästinenser kann nicht heimkehren, weil jetzt ein Kibbuz an der Stelle liegt, wo einstmals seine Heimat war. Der Jude kann nicht nachgeben, weil er sonst in einem syrischen Keller ermordet werden würde. Der Vietnamese im Käfig kann nicht sprechen, weil sie ihm Urin zu trinken und Ätzkalk zu essen geben. Aus den Hungernden in den philippinischen Dörfern werden Verbrecher, weil sie keine Arbeit finden und kein Brot für ihre Kinder bekommen können; und ihre Anführer baumeln in den Folterkammern von der Decke. Mein persönliches Anliegen ist nichtig! Was auch immer geschehen mag – ich werde weiterleben und bei meinem Tod ein Vermögen hinterlassen, auf das ich eigentlich keinen Anspruch habe. Und trotzdem ist das Gesetz nicht imstande, mein primitivstes Recht zu verteidigen – das Recht auf meinen eigenen, guten Namen. Darum geht es letzten Endes. Das ist der Punkt, an dem ich zum Bruder des Geächteten – vielleicht sogar selbst zum Geächteten werde...«

Ich hatte bei ihm noch nie einen so leidenschaftlichen und so hemmungslosen Ausbruch erlebt. Es war, als sei ein Damm in ihm gebrochen, und er könne die Wassermassen nicht mehr zurückhalten.

Die Herausforderung galt nicht nur uns, seinen Gefolgsleuten, sondern auch ihm selbst. Dann sagte er etwas seltsam Unheimliches:

»Ich blicke in die Mündung des Gewehrlaufs. Ich kann die Kugel in der Kammer sehen. Ich weiß nicht, was ich empfinden werde, wenn ich der Mann mit dem Finger am Abzug bin.«

Basil Yanko traf um fünfundzwanzig Minuten nach drei ein – zu spät, als daß man ohne Kommentar hätte darüber hinweggehen können, und gerade so spät, daß es eine absichtliche Brüskierung sein mußte. Er entschuldigte sich natürlich, aber so von oben herab, daß der Affront nur noch unterstrichen wurde. Er hoffte, einigermaßen rasch zu einem Abschluß zu kommen, denn er habe um sechs eine Verabredung in Pleasantville und wolle den Berufsverkehr in der Stadt meiden. Sein Wagen stehe in der Tiefgarage, und man möge seinem Chauffeur kurz vor dem Ende der Besprechung Bescheid sagen. Alles war darauf angelegt, uns in Harnisch zu bringen und die Konferenz in einer Atmosphäre der Gereiztheit beginnen zu lassen. Ich kochte innerlich, aber Harlekin ließ sich nicht aus der Ruhe bringen.

Erst als wir uns am Tisch niedergelassen hatten, machte Yanko eine Bemerkung über mein Aussehen. »Was ist mit Ihrem Gesicht geschehen, Mr. Desmond?«

»Ein kleiner Unfall. Ich habe mir auch eine Rippe angebrochen. Der Arzt meint, ich bliebe am Leben.«

»Sie sind hoffentlich versichert.«

»Ja, ich bin versichert.«

»Also dann, kommen wir zum Geschäftlichen. Ich nehme an, Sie haben sich mein Angebot überlegt, Mr. Harlekin?«

»Ja, Mr. Yanko, ich habe es mir überlegt.«

»Sie stimmen sicher mit mir darin überein, daß es ein großzügiges Angebot ist?«

»Ja.«

»Dann kann ich wohl annehmen, daß Sie es akzeptieren?«

»Nein, Mr. Yanko, ich lehne es ab.«

»Erwarten Sie von mir, daß ich das Angebot erhöhe?«

»Im Gegenteil. Ich hoffe, daß Sie es zurückziehen werden.«

Einen Augenblick huschte ein Anflug von Staunen über sein Gesicht, aber dann verzogen sich seine dünnen Lippen zu einem Lächeln. »So, warum sollte ich denn das tun, Mr. Harlekin?«

»Sie werden es schon merken, daß es ein Gebot der Klugheit ist.«

»Soll das eine Drohung sein, Mr. Harlekin?«

»Es ist ein guter Rat, Mr. Yanko. Im gegenwärtigen Augenblick ein freundschaftlicher.«

Basil Yanko lehnte sich in seinem Sessel zurück, legte die Handflächen zusammen und hob die Fingerspitzen an seine blassen Lippen. Seine Augen überzogen sich mit einem Schleier. Er schien in tiefes Nachdenken versunken. Dann lächelte er wieder und sagte sanft:

»Mr. Harlekin, ich weiß, was Sie jetzt denken. Ich bin in Ihren Augen ein ungehobelter, verschlagener und habgieriger Mann, kein geeigneter Geschäftspartner für einen europäischen Gentleman wie Sie. Sie wollen mir Ihre Anteile nicht verkaufen. Sie glauben, genug Geld beschaffen zu können, um mit Ihrem Vorkaufsrecht die Aktien der Minorität übernehmen zu können – auch wenn Sie selbst dabei fast vor die Hunde gehen. Wenn Sie das tun, dann habe ich zwei Möglichkeiten: Ich erhöhe das Gebot so weit, daß Sie außerstande sind, ein Gegenangebot abzugeben. Oder ich bringe Sie in jedem Lande, wo Sie tätig sind, mit Prozessen – straf- und zivilrechtlichen – zur Strecke: mit Schadensersatzklagen, mit Anzeigen wegen Betrugs und Veruntreuung, mit allem, was das Gesetzbuch zu bieten hat! Ich brauche die Prozesse gar nicht zu gewinnen, Mr. Harlekin. In dem Augenblick, da die Klage gerichtsnotorisch ist, sind Sie ruiniert. Die Bank steht vor einer Vertrauenskrise. Letzten Endes bekomme ich sie sowieso ... Also, wollen wir nicht vernünftig sein?«

Es war die arroganteste Zurschaustellung nackter Gewalt, die ich je erlebt hatte. Ich fühlte mich so gedemütigt und so zornig, daß ich den Mann auf der Stelle hätte umbringen können.

George Harlekin schien völlig ungerührt. Weder seine Hände noch seine Stimme zitterten, und in seiner Erwiderung lag nicht die geringste Spur von Leidenschaftlichkeit. »Ich bin überrascht, Mr. Yanko. Ich habe anscheinend mehr Achtung vor Ihnen als Sie selbst. Sie sind doch ein Mann von überragender Intelligenz. Ich kann es einfach nicht verstehen, wie Sie sich einer derart rüden Taktik verschreiben können – es sei denn natürlich, daß Sie sich in einer ausweglosen Situation befinden.«

Basil Yanko lachte. Dieses Lachen klang nicht angenehm, sondern höhnisch und brutal. »Ausweglose Situation! Da kann ich ja nur lachen! Harlekin, Sie sind ein halbes Jahrhundert hinter dem Mond! Das ist ein Geschäft! Mitte der siebziger Jahre, *American-style*! Ich bin kein Schweizer Zwerg, der im Bankiers-Club mit dummem Geschwätz die Zeit vertrödelt. Ich biete Ihnen ein besseres Geschäft, als Sie es je woanders abschließen können. Sie wollen darüber diskutieren – schön! Ich höre. Lehnen Sie es ruhig ab – dann greife ich nach der Bonbonschachtel.«

»Entschuldigen Sie mich einen Augenblick.« Harlekin erhob sich und ging zur Tür. »Ich möchte ein Glas Wasser haben.«

Yanko wandte sich mir zu. »Verdammt noch mal, Mr. Desmond! Sie sind doch sein Freund. Sie wissen, was gespielt wird. Reden Sie ihm gut zu.«

»Womit denn, Mr. Yanko? Ich besitze nur einen Proforma-Anteil. Wenn ich als Direktor zurücktrete, gebe ich ihn zurück. Das ist Ihr Bier.«

Einen Augenblick später kam Harlekin zurück und betupfte sich die Lippen mit einem Taschentuch. Er setzte sich, streckte die Beine unter dem Tisch aus und nahm den Gesprächsfaden wieder auf.

»...Ach ja! Wir waren bei dem Punkt angelangt, wo ich ablehne und Sie, wie Sie es ausdrückten, nach der Bonbonschachtel greifen. Bevor Sie dies tun, Mr. Yanko, bevor Sie sich zu einer unüberlegten Handlung entschließen, darf ich Ihnen einige Fakten bekanntgeben. Erstens: Ich habe in meinem Besitz ein Dossier über Ihr bisheriges Leben und Ihre Geschäftspraktiken – ein Dossier, das in zwei Jahren zusammengestellt worden ist. Nicht alles, was darin steht, spricht für Sie. Einige Angaben darin lassen Sie als einen höchst unerwünschten Kollegen erscheinen. Zweitens: Ich bin, wie Sie wissen, ein sehr namhafter Aktionär von Creative Systems Incorporated und deren Tochtergesellschaften. Ich habe Stimmrecht und besitze außerdem gewisse Rechte, gerichtliche Untersuchungen über das Geschäftsgebaren Ihrer Gesellschaften durchführen zu lassen. Drittens: Creative Systems hängen ebenso wie Harlekin et Cie. vom Vertrauen der Öffentlichkeit ab. Creative Systems sind aber in noch höherem Maße vom Vertrauen politischer Kreise abhängig, um größere Regierungsaufträge zu erhalten und auszuführen. Viertens: Das Vertrauen politischer Kreise würde schwer erschüttert, wenn nachgewiesen werden könnte, daß leitende Angestellte von Creative Systems, oder sogar Sie selbst, Mr. Yanko, in kriminelle Machenschaften verwickelt sind. Fünftens: Wenn ich der Auffassung wäre, daß derartige Beweise existierten, wäre es meine Pflicht als Aktionär und ehrbarer Geschäftsmann, eine Untersuchung von seiten der Regierung zu verlangen. Sechstens: Ein derartiges Beweismaterial existiert, Mr. Yanko, und es befindet sich in meinem Besitz.«

Basil Yanko zuckte mit den Achseln und machte mit den Händen eine Bewegung, die seine Verachtung ausdrücken sollte.

»Dann tun Sie doch Ihre Pflicht, Mr. Harlekin. Machen Sie doch Gebrauch von Ihrem Beweismaterial!«

»Ich fürchte, Sie glauben mir nicht, Mr. Yanko.«

»Offen gestanden, nein.«

»Dann lassen Sie mich auf eine Kleinigkeit hinweisen. Ihr Chauffeur wartet unten. Meine Sekretärin hat ihn soeben benachrichtigt, wie Sie es gewünscht haben. Sein Name ist Frank Lemmitz. Aufgrund Ihrer Weisung beauftragte er einen bekannten Verbrecher namens Bernie Koonig, die Wohnung von Mr. Desmond zu beschatten. Er hat dies gegenüber Ermittlern, die in meinem Dienste stehen, zugegeben. Und dieser Bernie Koonig hat Mr. Desmond gestern abend zusammenschlagen lassen. Wir besitzen notariell beglaubigte Erklärungen, aus denen dieser Sachverhalt einwandfrei hervorgeht und die jederzeit der Polizei übergeben werden können ... Das ist aber nur die Spitze des Eisbergs. Unter der Wasserlinie liegt noch viel mehr. Sie sehen also, warum ich Ihnen geraten habe, klug zu sein, Mr. Yanko?«

Zu seiner Ehre muß gesagt sein, daß Yanko diesen Schlag besser einsteckte, als ich erwartet hatte. Er rang sich sogar ein frostiges, anerkennendes Lächeln ab. Seine ersten Worte waren an mich gerichtet.

»Es tut mir leid, daß Sie verletzt worden sind, Mr. Desmond. Ich habe damit nichts zu tun. Ich muß mich auch bei Ihnen entschuldigen, Mr. Harlekin. Ich habe Sie anscheinend unterschätzt.«

»Auf einem unsicheren Markt ist das immer gefährlich.«

»Es wird nicht wieder geschehen, das verspreche ich. Ihr Rat lautete, mein Angebot zurückzuziehen, nicht wahr? Angenommen, ich ziehe die Drohung zurück und lasse das Angebot bestehen?«

»Dann bestehen wieder normale Geschäftsbeziehungen zwischen uns, gegen die weder rechtlich noch nach den üblichen Usancen irgendwelche Einwände erhoben werden können.«

»Und von Ihrer Seite aus, Mr. Harlekin?« – »Ich gehe davon aus – da Creative Systems vom FBI untersucht werden und solange unsere Geschäftsbeziehungen in normalem Rahmen verlaufen –, daß von meiner Seite offiziell keinerlei Maßnahmen erforderlich sind. Die mir zur Verfügung stehenden Informationen bilden, sagen wir, eine Art Versicherungspolice.«

»Und Sie würden sie nicht zum Rückkaufswert einlösen?«

»Nein.«

»Das habe ich auch nicht erwartet. Kommen wir also zum Schluß. Ich habe ein Angebot unterbreitet, Sie haben es abgelehnt. Sie empfehlen Ihren Aktionären, das gleiche zu tun. Schade, daß wir an einem toten Punkt angelangt sind, aber in sechzig Tagen kann noch viel geschehen... Guten Tag, meine Herren.«

Für Leichenreden war keine Zeit. Die Telegramme an die Aktionäre mußten aufgegeben werden. Schriftliche Bestätigungen mußten geschrieben und auf die Post gebracht werden. Die Anwälte erschienen wieder, mit einer Erklärung, die so schwach und jämmerlich aussah, daß Harlekin sie verächtlich von sich wies; und so ließen wir unseren eigenen, zweiten Entwurf in Druck gehen. Julie kam inmitten dieses Tohuwabohus nach Hause und verlangte, über die Tagesereignisse unterrichtet zu werden. Außerdem wollte sie wissen, warum ich wie ein Kriegsversehrter aussehe; hierdurch wurde in entscheidender Weise das Problem akut, wieviel man ihr sagen sollte.

Harlekin vertrat die Auffassung, daß sie alles wissen müsse. Ich nahm dieses Vorrecht allein für mich in Anspruch, denn ich hatte meinen Kopf verpfändet, und Aaron Bogdanovich würde ihn abhacken, wenn wir die mit ihm getroffene Vereinbarung nicht einhielten. Julie erklärte verständlicherweise, es sei schwer, mit einem Mann zu schlafen, wenn man sich nicht mit ihm aussprechen könne; wenn man die Risiken teilen müsse, sollte man sie auch verstehen; wenn man einer Sekretärin trauen könne, warum nicht einer Ehefrau? Mein Gegenargument, bei dem es mir kalt den Rücken herunterlief, lautete: Je mehr du weißt, desto gefährdeter bist du; und meine Narben waren der Beweis dafür, daß wir nicht »Backe, backe Kuchen« spielten. Worauf Julie mit seltener Zurückhaltung erwiderte, daß wir eine kleine Gruppe von Freunden seien, die es mit einer feindlichen Welt zu tun habe. Wenn man sich nicht gegenseitig vertrauen könne, falle die Gruppe auseinander. Da kapitulierte ich, und Harlekin erzählte ihr die ganze Geschichte. Sie war erschüttert, als sie erkannte, worauf wir uns eingelassen hatten und wie dicht wir am Abgrund standen. Sie schämte sich ihrer eigenen Gedankenlosigkeit und war zugleich verärgert darüber, daß wir sie so lange in Unwissenheit gehalten hatten. Sie wollte einfach nicht mehr nur geschont und verhätschelt werden.

Harlekin fühlte sich glücklicher. Er konnte im Familienkreis offen über alles sprechen. Er konnte seine Nöte eingestehen, statt sie hinter einer Maske höflichen Lächelns zu verbergen. Sogar sein Äußeres hatte sich verändert. Seine Sprechweise war lebhafter, seine Bewegungen freier geworden. Er war gewissermaßen einfacher, wenn auch irgendwie entschiedener geworden – wie ein Mönch, der plötzlich den Schlüssel zu seinem eigenen Herzen gefunden hat.

Unser Abendessen bei *Bertolo* bestand aus Spaghetti und Wein. Die Spaghetti waren Juliettes Idee gewesen. Sie fand – man höre und staune! –, sie wären für mich leichter zu kauen als Beefsteak. Wir ließen uns von dem Akkordeonspieler alte und sentimentale Lieder vorspielen. Wir hielten uns an den Händen und sangen mit. Wir tranken auf Tod und Verdammnis für die Gottlosen, während Harlekin in allen Sprachen, deren er mächtig war, Verwünschungen ausstieß, daß Basil Yanko nicht ungeschoren davonkommen dürfe. Wir waren wie Menschen während der Pest, die sich mit der Flasche in der Hand um den häuslichen Herd zusammenhockten und Lieder sangen, um das Böse von der Türschwelle zu verjagen. Aber das Böse war da, und wir wußten es alle: die ansteckende Kraft von Gewalt und Terror. Sobald wir unseren Zauberkreis verließen, würden wir ihr wieder zum Opfer fallen.

Als wir Arm in Arm zum *Salvador* zurückgingen, wurde ich plötzlich von den Anstrengungen des Tages überwältigt, und ich fühlte mich schwach und übel. Ich ruhte mich eine Weile in Harlekins Appartement aus, aber ich spürte keine Besserung. Suzanne erklärte, sie würde mich in einem Taxi nach Hause bringen und die Nacht bei mir bleiben. Ich protestierte, wurde aber überstimmt. Eine halbe Stunde später lag ich im Bett und hatte ein Beruhigungsmittel eingenommen, während Suzanne und Takeshi in der Küche Tee kochten. Es würde nicht dazu kommen, das wußte ich genau; aber ich fragte mich doch in meinem Dämmerzustand, wie es wohl sein würde, für immer eine Frau um sich zu haben.

Am nächsten Morgen, viel zu früh, erschien überraschend Aaron Bogdanovich. Takeshi führte ihn herein, und er setzte sich auf die Bettkante, hielt eine Tasse Kaffee in der Hand und begann das Verhör mit der Frage: »Sie haben mich gestern abend nicht angerufen. Warum nicht?«

»Ich war krank. Harlekins Sekretärin hat mich nach Hause gebracht. Sie ist im Gästezimmer.«

»Wenn ich Sie bitte, anzurufen, dann tun Sie es gefälligst. Mein System beruht auf ordnungsgemäßer Berichterstattung. Was ist gestern geschehen?«

Ich erzählte es ihm, Satz für Satz.

Nach kurzem Nachdenken äußerte er sich anerkennend: »Gut! Ich war gespannt, wie Harlekin auftreten würde. Was geschieht jetzt als nächstes?«

»Wir warten die Antworten unserer Aktionäre ab. Wir haben in New York ein gewisses Kapital bereitgestellt, um die Zauderer aufzukaufen. Was haben Sie an Neuigkeiten?«

»Wir wissen, wer Valerie Hallstrom getötet hat. Er heißt Tony Tesoriero und sitzt in Miami. Wir werden uns bald mit ihm unterhalten.«

»Wie haben Sie ihn gefunden?«

»Schlechte Frage, Mr. Desmond.«

»Tut mir leid. Um diese Zeit bin ich noch nicht ganz zurechnungsfähig.«

»Saul Wells hat mich über Ella Deane informiert. Sie hat im November, Dezember und Januar dreimal große Geldsummen auf der Bank eingezahlt. Während dieser Zeit war sie mit Frank Lemmitz befreundet.«

»Man sollte sich mit diesem Herrn jetzt einmal unterhalten.«

»Wir haben es gestern abend versucht. Er war nicht nach Hause gekommen. Er ist heute morgen nicht zur Arbeit erschienen.«

»Er ist wahrscheinlich nach Yankos Gespräch mit uns fristlos entlassen worden.«

»Er ist mit der Mitternachtsmaschine nach London geflogen. Freunde von mir werden ihn dort in Empfang nehmen.«

»Falls er nicht in ganz Europa herumreisen wird.«

»Er hat nur einen einfachen Flug nach London gebucht, in der Economy Class. So, Mr. Desmond, wie sind Ihre Nerven?«

»Angeschlagen. Warum?«

»Heute morgen werden Sie in Ihrem Briefkasten einen einfachen Umschlag mit Ihrer Anschrift finden. Er wird Valerie Hallstroms Notizbuch und einen Zettel mit der gedruckten Aufschrift ›Beste Empfehlungen von Valerie Hallstrom‹ enthalten. Sie werden dann sofort Mr. Harlekin und Ihren Ermittler, Saul Wells, anrufen. Mr. Wells wird in Ihrem Auftrag die Polizei verständigen. Sie werden das Buch der Polizei übergeben. Mr. Harlekin wird Mr. Yanko anrufen und ihm die Neuigkeit mitteilen.«

»Dann ist der Teufel los! Die Polizei und das FBI werden mich in die Zange nehmen.«

»Ganz richtig. Und Sie sagen ihnen die Wahrheit. Sie haben das Buch im Briefkasten gefunden. Dann werden sie natürlich Ihre kurze Verbindung mit Miß Hallstrom noch einmal durchgehen. Während dieser Befragung – aber nicht zu früh – wird Ihnen eine kleine Einzelheit einfallen, die Sie der Polizei zu melden vergessen haben: Miß Hallstroms Angst vor Basil Yanko.«

»Und wie soll ich mein schlechtes Gedächtnis erklären?«

»Ganz einfach – eine derartige Bemerkung könnte den Verdacht auf einen Unschuldigen lenken. In der Zwischenzeit werden wir uns mit unserem Freund Tony Tesoriero in Miami unterhalten. Alle Informationen, die wir von ihm erhalten, werden an das FBI weitergeschleust. Dadurch werden alle eine Zeitlang voll beschäftigt sein.«

»Ich möchte Sie, weiß Gott, nicht zum Feind haben, Mr. Bogdanovich.«

»Dieser Fall wird auch sicher nicht eintreten, Mr. Desmond. Übrigens, diese Sekretärin ...«

»Sie ist seit langem mit mir eng befreundet.«

»Gut! Es könnte nicht schaden, wenn sie sähe, wie Sie die Post öffnen. Vielleicht könnte sie sie sogar für Sie aus dem Kasten nehmen?«

»Das tut immer Takeshi.«

»Noch besser. Also, viel Glück, Mr. Desmond ... Ach, noch etwas. Bei unserem nächsten Treff übergeben Sie mir bitte einhunderttausend.«

»In Ordnung. Wann soll ich Sie anrufen?«

»Diesmal werde ich anrufen. Ich bin vielleicht für ein paar Tage auf Reisen ... Viel Glück!«

Ich hatte mich dem Irrsinn verschrieben und wußte es; aber in einer Welt der Irren waren die Verrückten sicherer als die Normalen. Sie waren an das Chaos gewöhnt. Sie erwarteten das Ungeheuerliche: Bomben im Postsack, Gift im Wasser, geköpfte Kinder auf den Straßen, Massenmorde durch Generale. Sie wußten, man konnte auf Flugplätzen erschossen, in Fahrstühlen vergewaltigt und von Profis gefoltert werden, die mit dem Geld des Steuerzahlers bezahlt wurden. Es war ebenso normal, daß Präsidenten logen, wie daß Polizeibeamte meineidig wurden und Telefongesellschaften Revolutionen unterstützten.

In dieser Welt des Massenirrsinns war Aaron Bogdanovich der vernünftigste aller Menschen. Die kalte Berechnung, mit der er zu Werke ging, war das einzige System, das in einer Welt widersprüchlicher Moralgrundsätze und einer zweifelhaften Gesetzgebung funktionierte. Wenn Gott nicht existierte oder sich zu lange von dieser Welt zurückzog, waren Aaron Bogdanovich und seinesgleichen der einzige, logische Ersatz. Auch in der Hölle mußte Ordnung herrschen, und der Terror war dafür ein höchst verfeinertes Instrument. Man durfte ihn nicht zu oft gebrauchen, sondern nur ständig mit ihm drohen und gelegentlich ein blutiges Exempel statuieren. Das einzige Gegenmittel war noch größerer Terror. Zu guter Letzt mußte sich die Menschheit damit abfinden, wenn auch nur, um friedlich in der klaren Helligkeit einer eisigen Leere dahinzuvegetieren. Es war eine alptraumhafte Logik; aber sobald man die Prämisse akzeptierte, gab es vor der Schlußfolgerung kein Entrinnen mehr.

Dann kam Suzanne herein, und der Alptraum löste sich wenigstens vorübergehend auf. Sie war ruhig und um mich besorgt. Wir küßten uns, hielten uns an den Händen und gedachten ohne Bedauern vergangener Zeiten der Leidenschaft.

Als ich leichthin fragte, ob sie jene Tage noch einmal durchleben möchte, schüttelte sie lächelnd den Kopf. »Nein, Chéri. Wir würden nicht mit dem Herzen dabeisein, und wir sind nicht mehr jung genug, um uns gegenseitig etwas vorzumachen. Wir beide haben den Zug verpaßt. Wir stehen auf dem Bahnhof und schauen ihm nach. So habe ich uns beide gestern nacht im Traum gesehen.«

»Ich war froh, daß du hier warst. Vielen Dank, Suzy.«

»Wofür? Ich freute mich, dem Hotel zu entrinnen. Ich lächle, wenn ich sehe, wie ihr beide, Juliette und du, euch wie zwei Verliebte zankt. Ich vergesse, wie ich mich jedesmal verstellen muß, wenn George ins Zimmer kommt. Unter demselben Dach ist es unerträglich ...«

»Du kannst hierher zu mir ziehen, wenn du willst.«

»Vielen Dank, Paul, aber ich möchte nicht. Wenn du nicht allein sein willst, komme ich zu jeder Zeit.«

»Du bist ein prima Mädchen! Aber jetzt verschwinde, denn ich will mich anziehen. Vor uns liegt ein schwerer Tag. Ich werde dir beim Frühstück davon erzählen.«

Es war ein Glück für unsere Planung, daß Takeshi mit sklavischer Genauigkeit seiner Tagesarbeit nachging. Wenn er den Frühstückstisch deckte, war der Toast wie ein Hochzeitsgeschenk eingepackt, die Butter war zu kleinen Röllchen geformt, und die Kanne mit dem Orangensaft stand in einer Schüssel mit Eis. Die Post und die Morgenzeitungen brachte er nach den Spiegeleiern auf Speck mit der zweiten Tasse Kaffee herein. Takeshi schlitzte die Umschläge auf und riß die ausländischen Briefmarken für seinen Neffen in San Francisco ab. Er sortierte die den Haushalt betreffenden Rechnungen aus und bezahlte sie von seinem Wirtschaftsgeld. Ich nahm die Zeitungen und meine Privatbriefe mit in die Halle, wo Takeshi die dritte Tasse Kaffee servierte. Danach machte er sich an seine häuslichen Arbeiten.

Der dicke Umschlag lag als letzter unter einem Stapel von Briefen. Takeshi merkte sofort, daß er keine Marke und keinen Stempel trug. Ich tat überrascht. Abwägend hielt ich ihn in der Hand, bemerkte, daß kein Absender angegeben war, und gab ihn Takeshi wieder zum Öffnen zurück. Ich paßte genau auf, daß er den beiliegenden Zettel las und ebenso erstaunt wie ich war, eine Mitteilung von einer Toten zu erhalten. Dann beauftragte ich ihn, mich mit George Harlekin zu verbinden und zu warten. Ich sagte zu Harlekin:

»George, es ist etwas sehr Merkwürdiges geschehen. Wir müssen sofort handeln. Suzy und ich werden in etwa dreißig Minuten bei dir sein. Nein, wir sprechen besser nicht am Telefon darüber. Ich glaube, es ist eine Sache für die Polizei. Wir brauchen auch Saul Wells ...«

Saul Wells sprach hundert Wörter in der Minute, ging dabei ständig auf und ab, blies den Rauch in Wolken von sich und verstreute Asche und Fragmente guter Ratschläge wie Konfetti um sich her.

»Sie sind zwei ausländische Gentlemen. Sie bezahlen mich, um etwas in Erfahrung zu bringen. Wenn die Polizei kommt, lassen Sie mich lieber reden ... Alles, was Sie dazu sagen können, ist, daß das Notizbuch aus heiterem Himmel in Ihren Briefkasten gefallen ist. Sie wissen natürlich, was es enthält. Ich auch. Ich habe jede Seite fotokopiert. Das ist ganz normal. Ich bin Privatdetektiv, bin registriert und habe eine ordnungsgemäße Lizenz. Ich bin außerdem Geschäftsmann und suche neue Klienten. Deshalb setze ich mich mit den anderen Firmen, die in dem Notizbuch aufgeführt sind, in Verbindung – selbstverständlich nur mit der Firmenleitung, streng vertraulich und nur mit Ihrer Genehmigung, Mr. Harlekin. Sie sind hereingelegt worden, Mr. Harlekin. Das könnte den anderen auch passieren. Sie sind mir dankbar. Aber sie haben auch Angst. Kaum bin ich aus der Tür, rufen sie Basil Yanko an. Er ist beunruhigt. Gerade das wollen wir ja ... Inzwischen hat die Polizei das Buch, und damit hat es auch das FBI. Die Polizei interessiert sich nur für den Mord. Dem FBI geht es in erster Linie um die nationale Sicherheit, Betrug auf internationaler Ebene und eine Reihe von Großunternehmen, die ihm die Hölle heiß machen. Ihnen, Mr. Desmond, wird man zwei peinliche Fragen stellen. Wer könnte Ihnen möglicherweise das Buch geschickt haben – und aus welchem Grund? Man wird diese Fragen in immer neuem Zusammenhang stellen und dauernd wiederholen. Ihre Antwort bleibt immer dieselbe: Sie wissen es nicht.«

»Dann lüge ich.«

»Haben Sie gesehen, wie Ihnen das Buch zugestellt wurde?«

»Nein.«

»Können Sie Gedanken lesen?«

»Nein.«

»Wieso lügen Sie dann? Haben Sie bloß kein schlechtes Gewissen, mein Freund. Das ist tödlich. Sie haben niemanden umgebracht. Sie haben nichts gestohlen. Sie sind ein ausländischer Bankier, der sich hier am Ort einheimischer Hilfe versichert hat und strikt auf dem Boden des Gesetzes bleiben will... Und jetzt zu Ihnen, Mr. Harlekin. Sie haben Yanko gesagt, daß Sie ein Dossier über ihn besitzen. Lassen Sie umgehend eine Fotokopie anfertigen. Wenn das FBI nach dem Original fragt, müssen Sie es abliefern – vorausgesetzt, daß Yanko dem FBI von der Existenz des Dossiers Mitteilung gemacht hat.«

»Halten Sie ihn für so dumm?«

»Nicht dumm, Mr. Harlekin. Eher schlau. Er führt äußerst heikle Regierungsaufträge durch. Er ist hundertmal überprüft worden. Wenn Sie für die Regierung arbeiten, brauchen Sie keine weiße Weste zu haben – solange Sie nur ehrlich Auskunft geben, wenn Sie dazu aufgefordert werden. Sie sind schockiert? Mein lieber Herr, wenn Sie einen Mann einstellen, damit er Ihnen ein Raketensystem entwirft, dann kaufen Sie sein Wissen und Können und begraben seine Sünden. Solange sie karteimäßig festgehalten sind, kann Ihnen beiden nichts passieren. Tja, auch Sie müssen sich jetzt auf ein paar peinliche Fragen gefaßt machen. Zum Beispiel auf die Frage, ob Sie den Verdacht haben, Yanko könne in die Betrügereien verwickelt sein. Sehen Sie irgendeine Verbindung zwischen den Veruntreuungen und dem Tod von Miß Hallstrom?«

»Ich bin über das zeitliche Zusammentreffen mit seinem Angebot, mein Unternehmen aufzukaufen, besorgt.«

»Gut. Und dabei sollten Sie bleiben. Auch die Tatsache, daß Sie sich an die Schweizer Polizei gewandt haben, kommt Ihnen dabei zugute.«

»Da ist noch ein anderer Punkt, Mr. Wells. Ich habe Yanko gesagt, meine Nachforschungen hätten eine Verbindung zwischen Bernie Koonig und Frank Lemmitz ergeben. Mr. Desmonds Verletzungen sind immer noch deutlich zu sehen. Man wird sich bestimmt danach erkundigen.«

»Das ist berücksichtigt, Mr. Harlekin. Sie haben einen schriftlichen Vertrag mit Lichtman Wells. Können Sie noch einen ähnlichen Vertrag mit einer anderen Detektei vorweisen?«

»Nein.«

»Also beruhigen Sie sich.«

»Ich habe das Gefühl, Mr. Wells, als lebte ich auf einem anderen Planeten.«

»Nein, Mr. Harlekin«, erwiderte Saul Wells unbekümmert. »Es ist die gute, alte Erde. Sie sind nur noch nicht genug herumgekommen. So, jetzt holen Sie einmal tief Atem. Ich werde die Polizei herrufen. Dann zählen wir bis zehn und rufen Mr. Yanko an. Ich kann es kaum erwarten, sein Gesicht zu sehen, wenn er herkommt.«

Aber dieses Vergnügen war ihm nicht vergönnt. Mr. Basil Yanko war nicht erreichbar. Er sei gestern abend nach Europa abgereist. Seine Sekretärin konnte nicht sagen, wann er wieder zurück sein werde. Die Polizei war zwar dankbar, aber in ihren Äußerungen unbestimmt. Die Beamten hörten sich schweigend Saul Wells' wortreiche Erklärungen an. Sie baten mich um Bestätigung. Sie machten sich Notizen. Sie untersuchten den Umschlag, übernahmen das Notizbuch, stellten eine Quittung dafür aus, dankten uns für unsere Hilfe und gingen wieder.

Saul Wells stand vor einem Rätsel und machte einen wenig glücklichen Eindruck. »... Wir übergeben ihnen Dynamit, und sie gehen damit um, als wäre es eine Büchse Erbsen. Yanko steckt bis über den Hals in Schwierigkeiten und fliegt nach Europa. Irgendwas ist hier oberfaul. Das gefällt mir gar nicht.«

Aber Harlekin ließ sich nicht aus der Ruhe bringen. »Alles Theater, Mr. Wells. Schweigen wirkt beängstigender als Reden. Wenn man uns in Zweifel stürzen und einschüchtern will, müssen wir uns dagegen wehren. Die Zeugenaussagen, die wir bisher abgegeben haben, lassen sich in jedem Punkt beweisen. Also bitte, nur nicht aufregen.«

Da läutete das Telefon. Ich nahm den Hörer ab.

Karl Krüger rief aus Hamburg an. »Hallo, Paulchen! Wie geht's?«

»Wir kämpfen, Karl. Und wir halten die Stellung.«

»Vielleicht dort drüben. Hier verliert ihr rasch an Boden. Deshalb rufe ich an. Ich bin gebeten worden, eine Garantiegruppe für die Emission neuer Kommunalobligationen in der Bundesrepublik zusammenzustellen. Keine große Sache, aber wichtig, du verstehst schon. Ich habe Harlekins Namen auf die Liste gesetzt. Sie haben ihn gestrichen.«

»Mit welcher Begründung?«

»Wer gibt da schon Gründe an? Du weißt doch, wie so etwas gemacht wird, Paul. Wie geht es dem alten Knaben?«

»Ausgezeichnet.«

»Wie ich höre, macht er von seinem Optionsrecht zum Kurs von hundert Gebrauch. Das tut doch nur ein Idiot. Wo ist er?«

»Er ist hier. Willst du mit ihm reden?«

»Gleich. Morgen findet in Frankfurt eine Besprechung statt. Yanko hat sie anberaumt. Einige von euren Aktionären werden da sein.«

»Kleinaktionäre – Harlekin hat das Vorkaufsrecht. Dann kommst du. Was können sie schon tun?«

»Sie können Zetermordio schreien und die ganze Börse rebellisch machen – das meine ich damit. Harlekin sollte das wissen. Er sollte dort dabeisein. Sag ihm das.«

»Sag's ihm doch selbst. Ich geb ihn dir ... George, es ist Karl Krüger.«

Er nahm mir den Hörer aus der Hand und begann eine lange und angeregte Unterhaltung auf deutsch, während Saul Wells mich ins Vorzimmer hinausführte und mir bittere Vorhaltungen machte.

»... Jetzt hören Sie mir mal zu, Mr. Desmond. Ich kenne diese Stadt. Ich kenne die Polizei und das FBI mit seinen Arbeitsmethoden. In der Presse hatten wir bis jetzt eine halbe Spalte, weiter nichts. Was haben wir von der Polizei gehabt? Ein Dankeschön für die Informationen, Routinefragen, nichts als Gewäsch! Passen Sie von jetzt ab auf Ihre Telefonapparate auf und reden Sie nicht in Anwesenheit der Angestellten. Ich werde dieses Appartement und das Ihrige durch einen meiner Leute jeden Tag auf Abhörgeräte untersuchen lassen. Wenn Sie persönliche Dinge zu besprechen haben, gehen Sie in den Park oder in eine Buchhandlung.«

»Gut, Saul, wir werden Ihren Rat beherzigen. Aber, zum Teufel, wir sind doch keine Verbrecher!«

»Nein. Aber Sie haben jetzt allerwichtigste Informationen in der Hand. Sie kennen zwar nicht alle Firmen, die in dem kleinen Notizbuch stehen. Aber ich. Das gehört nun mal zu meinem Geschäft. Mindestens fünf davon arbeiten an streng geheimen Projekten für das Verteidigungsministerium. Und wenn Sie der leibliche Bruder des Präsidenten wären – man würde trotzdem Ihr Telefon anzapfen. Sie beide sind Ausländer; und Ausländer sind uns irgendwie unheimlich, Mr. Desmond. Wir würden eher eine einheimische Hure wie Yanko als zwei ausländische Jungfrauen in Schutz nehmen... Sie wissen ja gar nicht, wie leicht es ist, in den Dreck gezogen zu werden. Hatten Sie schon mal geschäftlich mit Ländern hinter dem Eisernen Vorhang zu tun? Sind Sie schon mal in China gewesen? Haben Sie jemals mit Agenten einer fremden Macht zu tun gehabt? Und wie wollen Sie jemals aus Yankos Datenbank gelöscht werden? Es brauchen nicht einmal Tatsachen zu sein, wissen Sie. Auch Meinungen werden gespeichert; und was dort drin ist, wird zum Evangelium. Seien Sie mir nicht böse – aber es bedarf nur eines einzigen Wortes, um aus der Jungfrau Maria eine Maria Magdalena zu machen. Mr. Harlekin wird es vielleicht nicht verstehen, und...«

»Ich verstehe das sehr gut, Mr. Wells.« George Harlekin stand mit gerötetem Gesicht in der Tür. Er war empört. »Man will uns in die Knie zwingen.«

»Nichts für ungut. Sie zahlen mir Geld, weil Sie die Wahrheit wissen wollen. Und nichts anderes versuche ich Ihnen zu liefern.«

»Das weiß ich, Mr. Wells. Ich bin Ihnen dafür dankbar. Und ich bin auch gar nicht wütend auf Sie; ich rege mich über diese ganze schmutzige Affäre auf – über diese Konferenz in Frankfurt, diese Bestechung von Kollegen. Ich fahre lieber zur Hölle, als daß ich die Spiegelfechtereien von Basil Yanko mitmache. Wie viele Fotokopien haben wir von Valerie Hallstroms Notizbuch?«

»Sie haben eine, ich habe drei.«

»Geben Sie mir noch eine.«

»Was haben Sie vor?«

»Mr. Wells, ich bin ein sehr angesehener Schweizer Bürger. Ich werde meinem Botschafter in Washington einen Besuch abstatten. Ich glaube, wir werden alle hinfahren, Paul. Die Abwechslung wird uns guttun. Ich habe Ihre Nummer,

Mr. Wells. Ich werde Sie wissen lassen, wo Sie mich erreichen können.«

»Nur noch eine Kleinigkeit, Mr. Harlekin. Basil Yanko hat viele Freunde in Washington.«

»Ich weiß. Aber wir haben eine Liste seiner Feinde.«

»Sehen Sie sich die Leute genau an, bevor Sie ihnen sagen, wieviel Uhr es ist. Washington hat ein komisches Klima. Manche Leute vertragen es nicht. Ich wünsche Ihnen viel Glück! Es waren kaum zehn Minuten vergangen, seit er sich verabschiedet hatte, als vom Empfang angerufen wurde: Ein Herr wünsche mit Mr. Harlekin zu sprechen. Suzanne ging hinunter, um den Herrn nach seinem Anliegen zu fragen. Ein paar Minuten später stellte sie ihn persönlich vor: Mr. Philip Lyndon vom FBI. Er war jung, braungebrannt, außerordentlich gepflegt und hatte, wenigstens zu Beginn, untadelige Manieren. Er war hocherfreut, auch mich anzutreffen. Das würde ihm Zeit und unnütze Wiederholungen ersparen. Er wolle zunächst darauf hinweisen, daß es sich um ein vertrauliches Gespräch handele, und zwar für beide Seiten. Es betreffe Creative Systems Incorporated, ein Unternehmen, mit dem Harlekin et Cie. als Aktionäre, Bankiers und Klienten Verbindungen unterhielten. Es sei bekannt, daß Creative Systems ein Angebot zur Übernahme von Harlekin et Cie. vorgelegt haben. Mr. Harlekin sei Präsident und Hauptaktionär, nicht wahr? Und Mr. Desmond hier ...

»Sie sind kein Schweizer, nicht wahr, Mr. Desmond?«

»Nein, Australier. Ich habe ein Geschäftsvisum, meine Personaldaten müssen Ihnen also bekannt sein.«

»Ja, das stimmt. Welche Stellung bekleiden Sie bei Harlekin et Cie.?«

»Ich bin geschäftsführender Direktor.«

»Er ist außerdem mein hochgeschätzter Kollege und ein alter Freund.«

»Ich danke Ihnen, Mr. Harlekin. Also, um gleich auf das

Wesentliche zu kommen: Ihre Probleme sind uns bekannt, Mr. Harlekin; das heißt, wir haben den Bericht über Ihre Computeroperationen gesehen. Wir wissen, daß Sie Lichtman Wells mit einer Untersuchung beauftragt haben. Vielleicht sind wir für diesen Fall in anderer Beziehung zuständig.«

»Es ist Ihnen vielleicht nicht bekannt, Mr. Lyndon, daß die Schweizer Polizei voll informiert worden ist und den Fall bearbeitet. Die Programmiererin, die in New York mit der Sache zu tun hatte, Miß Ella Deane, ist tot. Unsere Anwälte erklären, daß es in New York für uns keine weiteren Rechtsmittel gibt – es sei denn, daß unsere Untersuchungen neues Beweismaterial zutage fördern.«

»Das ist zweckmäßig. Da Sie Lichtman Wells diesen Auftrag gegeben haben, nehme ich an, daß Sie mit dem Bericht von Creative Systems nicht einverstanden waren?«

»Das habe ich nicht gesagt, Mr. Lyndon. Der Bericht stand im Einklang mit dem Vertrag, in dem es heißt, daß das Sicherheitssystem überprüft und alle Unregelmäßigkeiten im Programmablauf aufgezeigt werden sollen.«

»Richtig. Aber in allen Ihren Zweigniederlassungen sind Veruntreuungen vorgekommen, und bis jetzt haben Sie nur einen einzigen Programmierer identifiziert.«

»Die Untersuchungen bei den anderen Zweigniederlassungen sind noch im Gange.«

»Sind Sie überzeugt, daß Creative Systems in diese Veruntreuungen nicht verwickelt ist?«

»Es ist schwer, diese Frage zu beantworten, ohne einen falschen Eindruck hervorzurufen. Man muß auf zweierlei hinweisen. Erstens: Der Bericht entlastet alle Mitarbeiter von Creative Systems, liefert dafür aber keine stichhaltigen Beweise. Zweitens: Es ist ein merkwürdiges Zusammentreffen, daß ein Übernahmeangebot zur selben Zeit gemacht wurde, da der Bericht vorgelegt wurde.«

»Hierbei könnte es sich natürlich um einen geschäftlichen Schachzug handeln – zwar nicht besonders moralisch, aber auch nicht kriminell.«

»Das könnte sein.«

»Ich nehme an, daß Sie, Mr. Desmond, in dieser Angelegenheit als Beauftragter von Mr. Harlekin gehandelt haben?«

»Soweit ich gehandelt habe, ja.«

»Als Sie zum Beispiel über den Bericht mit Miß Valerie Hallstrom sprachen?«

»Ja.«

»Und als Sie bei zwei anderen Gelegenheiten mit ihr zusammentrafen?«

»Nein. Die eine Begegnung war zufälliger Natur. Die andere war rein gesellschaftlich.«

»Und unmittelbar nach dieser zweiten Begegnung wurde sie ermordet. Darüber besitzen wir selbstverständlich den Polizeibericht. Mr. Desmond, haben Sie Miß Hallstrom gebeten, sich zu dem Sicherheitsbericht näher zu äußern?«

»Ja.«

»Hat sie es getan?«

»Sie hat seine Bedeutung erläutert. Ich habe sie aufgefordert, Schlußfolgerungen aus dem Bericht zu ziehen. Sie lehnte das mit der Begründung ab, hierzu nicht befugt zu sein.«

»Haben Sie versucht, sie umzustimmen?«

»Nein.«

»Haben Sie versucht, von ihr irgendwelche Informationen über Creative Systems zu erlangen?«

»Nein.«

»Hat sie erkennen lassen, daß sie unter bestimmten Bedingungen bereit wäre, Ihnen solche Informationen zu liefern?«

»Nein.«

»Warum haben Sie sich privat mit ihr verabredet?«

»Ich bin Junggeselle. Sie ist – war – eine attraktive Frau.«

»Ich glaube«, sagte Harlekin freundlich, »wir könnten

Mr. Lyndon Zeit ersparen, wenn wir ihn über die Ereignisse des heutigen Vormittags unterrichten.«

»Bitte, Mr. Harlekin.«

»Heute morgen fand Mr. Desmond in seinem Briefkasten einen dicken Umschlag, ohne Briefmarke und ohne Absenderangabe. Der Umschlag enthielt ein schwarzes Notizbuch und einen Zettel, auf dem die Worte ›Beste Empfehlungen‹ von Valerie Hallstrom gedruckt standen. Das Notizbuch enthält die Namen einer Reihe von Firmen, auch der unsrigen, und eine Liste ihrer Computercodes. Mr. Desmond rief mich an. Wir trafen uns hier mit Mr. Wells und übergaben gemeinsam das Notizbuch der Polizei. Wir nahmen an, die Polizei würde es an das FBI weitergeben. Aus Ihren Fragen an Mr. Desmond geht aber hervor, daß dies offenbar bisher nicht geschehen ist.«

»Allerdings nicht, Mr. Harlekin.« Mr. Philip Lyndon war fassungslos. »Das – das ist mir völlig neu. Sind Sie sich über den Inhalt des Notizbuches ganz sicher?«

»Ja. Wenn Sie mich einen Augenblick entschuldigen wollen, werde ich Ihnen die Quittung der Polizei und eine Fotokopie der Eintragungen bringen. Ich habe Mr. Wells vorgeschlagen, er möge sich eventuell mit den aufgeführten Firmen in Verbindung setzen, falls auch deren Sicherheit gefährdet ist...«

»Ich fürchte, dies ist durchaus regelwidrig.«

»Regelwidrig!« Harlekin blieb wie angewurzelt stehen. »Wie regelwidrig, Mr. Lyndon?«

»Computercodes sind vertrauliche Informationen.«

»Das hatte ich auch gedacht, Mr. Lyndon. Ein Irrtum, der meine Bank fünfzehn Millionen Dollar gekostet hat... Das ist die Quittung. Und hier ist die Fotokopie.«

»Ich werde diese Unterlagen behalten müssen.«

»Nein, Mr. Lyndon. Sie sind mein Eigentum. Sie werden mich höflicherweise fragen, ob ich Ihnen gestatten will, sie zu behalten.«

»Ich bitte um Verzeihung. Darf ich sie behalten?«

»Ja, Mr. Lyndon, Sie dürfen. Aber Sie werden mir natürlich eine Quittung ausstellen.«

Er blätterte das Notizbuch durch, runzelte die Stirn und gab kurze Laute des Unwillens von sich; dann wandte er sich mir zu. »Mr. Desmond, können Sie mir im einzelnen sagen, wie das Notizbuch in Ihren Besitz gelangt ist?«

Er wollte Einzelheiten; er bekam sie: meine morgendlichen Gewohnheiten, Takeshis Routine, die Briefmarkensammlung seines Neffen und als Draufgabe eine Wiederholung durch Suzanne. Dann stellte er die Preisfrage:

»Wer hat Ihnen das Buch geschickt, Mr. Desmond?«

»Ich weiß es nicht.«

»Aber Sie müssen sich doch Gedanken darüber gemacht haben.«

»Wieviel Uhr ist es, Mr. Lyndon?«

»Gerade Mittag. Warum?«

»Das Notizbuch landete vor vier Stunden auf meinem Frühstückstisch. Seither drehe ich mich ununterbrochen im Kreise, mit Mr. Harlekin, mit Saul Wells, mit der Polizei und jetzt mit Ihnen. Ich hatte nicht viel Zeit zum Nachdenken. Bitte, halten Sie sich doch an die Tatsachen. Was hätte ich denn mit dem Notizbuch anfangen sollen? Verkaufen? Auffressen? Es ist dokumentarisches Beweismaterial in einem Mordfall. Ich konnte es gar nicht schnell genug wieder loswerden.«

»Sie haben es nicht zufällig gekauft?«

»Von wem, Mr. Lyndon?«

»Vielleicht von Miß Hallstrom.«

»Verkaufte sie denn geheime Unterlagen?«

»Man spricht von der Möglichkeit.«

»Warum sollte ich sie kaufen?«

»Eventuell, um Creative Systems zu diskreditieren. Ich habe heute morgen Ihre Presseerklärung gelesen, meine Herren. Sie sind nicht bereit, zu verkaufen, wie ich annehme; aber der Preis ist für einige Aktionäre offenbar sehr attraktiv.«

»Ist das eine Frage oder eine Feststellung?«

»Nur eine Hypothese, Mr. Desmond – um die Diskussion anzuregen.«

»Hierüber gibt es keine weitere Diskussion.« George Harlekins Worte klangen hart und endgültig. Er stand auf, ging zum Telefon und bat die Hotelvermittlung, ihn mit dem Schweizer Botschafter in Washington zu verbinden.

Mr. Philip Lyndon war zwar ein sehr guter Vernehmungsbeamter, aber seine Nerven ließen ihn im letzten Augenblick im Stich. »Bitte, Mr. Harlekin! Ich bin aus der Rolle gefallen. Ich bitte um Verzeihung.«

»Es tut mir leid, Mr. Lyndon.« Harlekin blieb eisern. »Die Besprechung ist zu Ende. Sie haben die Wahrheit gehört. Wenn Sie sie nicht akzeptieren, können wir Ihnen nicht helfen. Ich finde Ihre Anspielungen in höchstem Maße verletzend. Ich habe Grund zu der Annahme, Sie könnten von dritter Seite dazu angeregt worden sein. Wenn ja, dann spricht das gegen Sie als Regierungsbeamten ... Hallo! Ah, Erich! George Harlekin in New York. Eine diplomatische Angelegenheit von erheblicher Bedeutung. Wir reden am besten in unserer Heimatsprache.« Er ratterte fünf Minuten lang sein Schwyzerdütsch herunter und legte dann wieder auf. »Paul, wir fahren nach Washington. Ich finde, du solltest deine eigene Botschaft anrufen, während wir dort sind. So, Mr. Lyndon, damit wir uns recht verstehen: Wir werden Ihnen mit Vergnügen jederzeit alle uns zur Verfügung stehenden Fakten mitteilen, die Ihre Untersuchungen berühren. Diese haben, wie mir Mr. Yanko mitgeteilt hat, mit Fragen der nationalen Sicherheit zu tun. Andererseits werden wir uns keine Einschüchterungsversuche gefallen lassen und uns nötigenfalls durch diplomatische Intervention dagegen zu schützen wissen.«

»Das ist Ihr gutes Recht, Mr. Harlekin.« Mr. Lyndon

hatte sich wieder in der Gewalt. »Unter uns gesagt – ich habe dafür volles Verständnis. Sie sprachen von Anspielungen, zu denen ich ›von dritter Seite angeregt‹ worden sei. Würden Sie das vielleicht näher erläutern?«

»Ich will Ihnen sagen, was ich damit meine, Mr. Lyndon. Es ist eine Art von Mord. Man erstickt einen Menschen unter einem Lügengespinst. Guten Tag, mein Herr.«

Ich hatte Harlekin noch nie so zornig gesehen. Er war kreidebleich. Seine Augen waren hart wie Kiesel. Er stürmte im Zimmer auf und ab, schlug sich mit der Faust in die Handfläche und stieß eine ganze Flut von Verwünschungen aus, während Julie und Suzanne stumm und fassungslos in der Tür standen.

»...Ich bin empört! Karl Krüger will, daß ich nach Frankfurt fliege... Wozu? Um als Bittsteller vor Leute hinzutreten, die ich reich gemacht habe... um ihnen zu beweisen, daß ich kein Gauner und kein Idiot bin!... Jetzt sollen wir von Bürokraten und von Agenten in die Zange genommen werden, damit wir Angst bekommen wie Kinder in der Dunkelheit... Nein! Nein! Nein! Eher verrecke ich in der Gosse... Julie, pack die Koffer. Wir fahren nach Washington. Suzanne, besorge für uns alle Platzkarten. Wir fahren mit der Bahn. Bestell Hotelzimmer im...«

»Einen Augenblick, George! Für die Reservierungen sorge ich. Das ist mit Bogdanovich so vereinbart.«

»Dann mach du es, Paul. So! Suzy, verbinde mich mit Herbert Bachmann. Wenn das geschehen ist...«

»George, bitte!« Julie stellte sich vor ihn hin und legte ihm beschwörend die Hände auf die Schultern. »Du benimmst dich wie ein Stier. Es steht dir nicht, Darling. Hör auf!«

Es dauerte lange, bis er sich wieder in der Gewalt hatte, und man merkte ihm die Anstrengung an. Als er schließlich sprach, klang seine Stimme rauh und gepreßt. »Wenn ich dich verletzt habe, bitte ich um Verzeihung. Du hast ja gewollt, daß ich kämpfe. Ich habe dich gewarnt, daß dir der Mann, der in meiner Haut steckt, vielleicht nicht sympathisch ist. Ich muß jetzt mit ihm leben. Du kannst noch wählen.«

Juliette starrte ihn an, bleich und entsetzt; dann brach sie in Tränen aus und rannte aus dem Zimmer. Suzanne warf Harlekin einen raschen, vorwurfsvollen Blick zu und eilte ihr nach.

Ich fuhr ihn an: »Verdammt noch mal, George! Es war brutal, so etwas zu sagen.«

»War es das wirklich? Sie wird es vielleicht noch als freundliche Geste empfinden. Vielleicht auch du, Paul.«

Das Reisebüro Apex war keineswegs der Ort, wo man Reisen erster Klasse glaubte buchen zu können, geschweige denn Appartements im *Embassy Row*. Es war ein muffiger, kleiner Laden im schlechtesten Viertel von Greenwich Village, mit billigen Plakaten, zerlesenen Prospekten und einer zigeunerhaften Empfangsdame, die hippieartig gekleidet und mit Glasperlen behängt war. Als ich ihr jedoch meinen Namen nannte und erwähnte, ich sei im Blumenhandel tätig, wurde es in dem Laden auf einmal lebendig. Die Zigeunerin sah plötzlich zehn Jahre jünger aus. Ihr Lächeln verhieß mir Glück. Washington sei ein übles Loch, aber sie würde schon etwas arrangieren: Die Fahrkarten würden binnen einer Stunde im Hotel abgegeben werden; ein Wagen würde uns vom Bahnhof abholen.

Die übrigen Arrangements waren nicht so schnell erklärt. Unsere Kontaktperson in Washington sei ein Mann namens Kurt Saperstein, der auch in der Blumenbranche tätig sei; seine Firma heiße Bernard's Blooms. Er verfügte offenbar über ein ausgedehntes Netz von Beziehungen; die Verbindung stellte also kein Problem dar. Sobald wir im Hotel abgestiegen seien, solle ich ihm unsere Zimmernummern mitteilen. Eventuell stünde auch eine Kontaktperson im

Embassy Row selbst zur Verfügung; aber Kurt würde mir das noch zu gegebener Zeit sagen. Er würde auch für die Weiterleitung von Informationen an Aaron Bogdanovich verantwortlich sein. Man mahnte mich zur Vorsicht: Washington sei eine Stadt, in der man auf der Hut sein müsse; es wimmele dort nur so von Agenten, wie von Löwenzahn auf einer grünen Wiese; Sicherheitsmaßnahmen würden streng gehandhabt; es zahle sich aus, besonders vorsichtig zu sein. Ich reichte der Zigeunerin meine Kreditkarten und fuhr in mein Appartement zurück.

Takeshi war froh, mich wiederzusehen. Auch er war von Mr. Philip Lyndon aufgesucht worden, der ihn über die Post verhört hatte. Er habe von dem Überfall gehört; auch darüber wollte er mehr wissen; aber was ihn am meisten zu interessieren schien, waren die Namen und die Personenbeschreibungen meiner Besucher aus der letzten Zeit. Er ärgerte sich, weil Takeshi ihn vor der Tür stehen ließ, statt ihn zu einem Plauderstündchen hereinzubitten.

Das war natürlich ein schwerer Fehler von Mr. Lyndon. Takeshi ist besonders stolz auf seine amerikanische Staatsbürgerschaft und hat ein echt japanisches Gefühl für Würde und für die Wahrung des Gesichts. Wenn seine Gefühle verletzt werden, fällt es ihm schwer, das einfachste Englisch zu verstehen, und noch schwerer, es verständlich zu sprechen. Sich an Namen und Gesichter zu erinnern wird dann völlig unmöglich. So war Mr. Lyndon recht unzufrieden und nicht sehr viel klüger wieder gegangen. Da ich verreisen wollte, schien es mir angezeigt, Takeshi auf Geschäftskosten eine Weile in Urlaub zu schicken. Sein Neffe würde ihn sicher gerne wieder einmal sehen. Takeshi war auch dieser Meinung. Er packte meinen Koffer und seinen eigenen, und wir verließen gemeinsam die Wohnung.

Die Reise nach Washington verlief in einer trübsinnigen Stimmung. George saß am einen Ende des Abteils und diktierte Suzanne Briefe. Ich saß am anderen, trank Bourbon und spielte Rommé mit Juliette. Sie war äußerlich ruhig, aber bleich und entrückt wie eine Schlafwandlerin. Sie spielte wie ein Profi, einsilbig und mit äußerster Konzentration. Ich war froh, mich aus der Ehekrise, die da ganz offensichtlich entstanden war, heraushalten zu können. Noch immer ärgerte ich mich über Harlekin. Ich nahm ihm die Anmaßung übel, mit der er mich wie einen Handlanger und wie einen bloßen Unterhalter für seine Frau behandelte. Ich hatte mit meinem Vermögen gebürgt, um ihm zu helfen. Ich hatte mich selbst gefährlichen Risiken ausgesetzt. Es gehörte nicht zu unserer Abmachung, daß ich jetzt auch noch den Prügelknaben spielen sollte.

Außerdem gefiel es mir gar nicht, daß er so plötzlich die Selbstbeherrschung verloren hatte. Wir hatten uns auf eine komplizierte und gefährliche Strategie eingelassen. Und bis jetzt hatten wir es noch mit harmlosen Scharmützeln zu tun; wenn er aber so schnell die Nerven verlor, war für die Zukunft wenig Gutes zu erwarten. Sogar Suzanne, die immer so tolerant und verständnisvoll war, machte sich große Sorgen. Der lächelnde und stets gutgelaunte Kavalier, den sie so lange geliebt hatte, war plötzlich wortkarg und arrogant geworden und spürte offenbar die Zuneigung nicht mehr, die ihm entgegengebracht wurde.

Juliette neigte sich vor und legte mir ihre kühle Hand auf den Arm. »Du bist dran, Paul.«

»Verzeihung. Ich war ganz woanders.«

»Sollen wir aufhören?«

»Wenn es dir nichts ausmacht, ja.«

»Du siehst so verbissen aus.«

»Das ist ja auch keine ausgesprochene Vergnügungsreise, Mädchen.«

»Paul, bitte, gib nicht George die Schuld.«

Ich blickte sie entgeistert an. Vor mir saß eine andere Julie; sie war ernst und in sich gekehrt wie eine Nonne, leidenschaftslos, eine Fremde.

Leise fuhr sie fort: »Das ist schwer zu begreifen; aber versuch es, bitte. Es ist auch für mich schwer. Aber ich habe mich heute damit abfinden müssen. Wir alle haben George immer ganz oberflächlich gesehen. Er kann einfach alles, aber wir haben nie gefragt, wieso eigentlich; ich am wenigsten von allen. Du hast ja gehört, was ich ihm im Krankenhaus gesagt habe: Alles sei ein Geschenk; er habe nichts selbst verdienen müssen. Doch das stimmt ja gar nicht ... Wenn er etwas tut, dann muß es vollkommen sein, so vollkommen, daß es mühelos wirkt und wir vergessen, daß er sich große Mühe gegeben hat. Reiten, segeln, Sprachen – überall war es dasselbe. Mir fällt jetzt wieder so manches ein. Lange bevor er nach China fuhr, saß er nächtelang am Tisch und übte die Schriftzeichen und summte den Singsang vor sich hin, wie ein Opernsänger, der Tonleitern übt. Ich habe ihn auf dem See gesehen, wie er ganz allein bei starkem Wind im Trapez hing und in einer kleinen Nußschale von Boot, das völlig übertakelt war, unermüdlich auf und ab kreuzte. Wenn du ihn beim Galopprennen siehst, vergißt du, daß er das Stutbuch auswendig kennt. Ich habe das alles schon zu lange als selbstverständlich hingenommen; und wenn ich ihn angegriffen habe, dann habe ich nie gemerkt, wie tief die Wunde war, die ich schlug ... Er tut jetzt dasselbe, und das ist ein schrecklicher Anblick. Aber er hat uns ja gewarnt. Er sagte: ›Ich könnte der größte Pirat auf der ganzen Welt sein und noch lächeln, wenn ich das Blut vom Entermesser wische.‹ Auch das übt er jetzt. Er stößt uns von sich, weil unsere Liebe zu ihm ein Handikap ist. Er verhärtet sich, um genau das zu werden, wovor er sich am meisten gefürchtet hat. Er hat uns die Wahrheit gesagt. Wir waren nur zu blind, sie zu erkennen ...«

Es war die längste Rede, die ich jemals von ihr gehört hatte, und die traurigste. Es war ein Eingeständnis menschlichen Versagens und ein Vorbote des Desasters, das noch viel schrecklicher sein würde als der Verlust eines Finanzimperiums. Hier kam eine Vereinsamung zum Ausdruck, die jenseits unserer Erfahrungswelt lag: die Verlassenheit des Exorzisten, der den Teufel austreibt und dabei weiß, daß er vielleicht selbst vom Teufel besessen ist.

»... Du siehst also, Paul, du darfst ihn nicht einfach aufgeben. Was immer er sagt, was immer er tut – du mußt ihm immer beistehen. Du liebst ihn, aber du hast ihn noch nicht verloren. Auch ich liebe ihn, doch er ist jetzt schon weit von mir entfernt, und ich weiß nicht, ob ich ihn je wieder zurückholen kann. Vielleicht wird mir das Baby dabei helfen. Ich weiß es nicht. Vielleicht könnte auch Suzanne... Nein, schüttle nicht den Kopf. Ich habe immer gewußt, daß sie ihn liebte. Ich habe nie verstanden, warum er es nicht gemerkt hat.«

»Er hat nur dich geliebt, Julie. Er liebt dich auch heute noch.«

»Paul, du verstehst nicht!« Sie wirkte jetzt regelrecht verzweifelt. Ihre Finger umklammerten mein Handgelenk. »Er weist die Liebe zurück. Er versucht, sie sich aus der Seele zu schneiden, weil er in diese neue Welt eingetreten ist, wo es keine Liebe gibt, nur Habsucht und Mißgunst und Terror. Du bist eine andere Art von Mann, Paul, mein Lieber. Du trägst das Leben wie einen alten Anzug – mit allen Flecken die nun einmal dazugehören. George kann das nicht. Er hat es nie getan. Für ihn gibt es nur Himmel oder Hölle, und dazwischen ist gar nichts... Ich weiß, daß du mich liebst, Paul. Ich bitte dich inständig – bleib bei ihm!«

Ich suchte noch nach Worten, als der Schaffner erschien und verkündete, wir würden in Kürze in die Union Station einfahren.

5

In Washington merkte ich, daß die Zigeunerin es gut mit mir gemeint hatte. Harlekin und Juliette waren im vierten Stock in einer geräumigen Suite untergebracht, wo sie ein ganzes Regiment hätten empfangen können. Suzanne und ich hatten einen Stock tiefer zwei Schlafzimmer mit einem gemeinsamen Salon. Dieses Arrangement hatte sehr viel für sich. Wir konnten uns abkapseln, wenn wir wollten. Suzanne hatte einen Platz, wo sie arbeiten konnte. Wir konnten allein bleiben oder uns zusammentun, je nachdem, wie uns zumute war. Von der Direktion waren Pralinen und Obst zu uns heraufgeschickt worden und speziell für mich ein exotisches Blumenarrangement von Bernard's Blooms. Auf der Karte stand: »Willkommen in Washington. Grüße von Aaron.« Ich hatte gerade meinen Koffer ausgepackt, als das Telefon läutete.

»Mr. Desmond? Hier spricht Arnold, stellvertretender Portier. Ich rufe an, um sicher zu sein, daß Sie die Blumen und die Nachricht erhalten haben.«

»Ja, vielen Dank.«

»Das war alles, Sir. Wir stehen in regen Geschäftsbeziehungen mit Bernard. Wir möchten, daß sich seine Klienten bei uns wohl fühlen. Wenn Sie etwas brauchen, rufen Sie mich bitte persönlich an.«

Das wünschte ich mir auch; aber ich hegte gewisse Zweifel. Kurz darauf kam Suzanne herein; sie wirkte erregt und gereizt. Sie war noch müde von der Reise, und Harlekin wollte seine ganze Korrespondenz geschrieben und zur Unterschrift fertig haben, bevor er um zehn Uhr am nächsten Morgen in die Botschaft ging. Gegen die Arbeit hatte sie nichts, sie konnte es nur nicht leiden, wenn er sie so von oben herab behandelte. Er war noch nie so zu ihr gewesen, und sie sah auch nicht ein, warum er so sein mußte. Ich setzte mich neben sie, flößte ihr Scotch ein und tröstete sie.

Dann erzählte sie mir, ganz beiläufig, Harlekin treffe Vorbereitungen, die gesamten Anteile der Bank an Creative Systems und deren Tochtergesellschaften auf den Markt zu werfen. Was ihn bis jetzt noch davon abhielte, seien einzig und allein die Interessen seiner Klienten und die Tatsache, daß auch ich im Besitz eines größeren Aktienpaketes sei.

Ich war wütend – weil er nicht mit mir darüber gesprochen hatte und weil ein solches Vorgehen moralisch genauso zu bewerten ist wie Mord, oft sogar noch schlimmer. Das Prinzip ist das gleiche, obwohl man viel Geld benötigt und starke Nerven braucht, um den Gegner zur Strecke zu bringen. Wenn man bestimmte Aktien plötzlich in großen Mengen verkauft, drückt man auf den Börsenkurs. Wenn man die Verkaufsaktion fortsetzt, erzeugt man eine Panik unter den anderen Aktionären, die ebenfalls schleunigst verkaufen wollen. Die Kurse sinken in den Keller. Dann kauft man wieder, und wenn man den richtigen Zeitpunkt gewählt hat und über genügend Bargeld verfügt, kann man mit einem beachtlichen Profit abschließen und eventuell so viele Stimmen auf sich vereinigen, daß man einen Sitz im Aufsichtsrat bekommt. Das mag für einen selbst sehr vorteilhaft sein, für andere, weniger glückliche Menschen jedoch den völligen Ruin bedeuten, denn sie müssen hilflos zuschauen, wie die Ersparnisse ihres ganzen Lebens über Nacht dahin sind oder wie ihre Kreditfähigkeit mit einem Federstrich zunichte gemacht wird.

Ich konnte Harlekins Argumentation verstehen. Die Bank besaß große Anteile an Creative Systems. Ebenso viele ihrer Klienten. Einige hatten der Bank freie Hand bei der Verfügung über ihre Anteile gegeben; Harlekin konnte also verkaufen, ohne bei diesen Klienten rückfragen zu müssen. Wenn alle diese Aktien plötzlich auf den Markt geworfen würden, käme es zu einem vernichtenden Run auf die Börsen. Basil Yanko selbst wäre um Millionen ärmer; und um das Unheil aufzuhalten, müßte er kaufen und immer weiter kaufen, bis sich der Markt wieder stabilisiert hätte. Und wenn man seine übrigen Schwierigkeiten noch hinzunahm – eine Untersuchung durch das FBI, eine ganze Reihe argwöhnischer Klienten und seine politischen Probleme in Washington –, dann wäre seine Drohung in ihr Gegenteil verkehrt: eine Vertrauenskrise globalen Ausmaßes.

Ich hatte so etwas schon früher erlebt. Ich hatte gehört, wie man ein solches Vorgehen mit dem Zynismus von Zuhältern als normale Börsenoperation gerechtfertigt hat. Ich hatte auch einige der Konsequenzen erlebt: Ein Freund von mir sprang aus dem Fenster im zehnten Stock, ein anderer landete im Irrenhaus, und verschiedene angesehene Schurken führen seither, reich wie Midas, ein herrliches Leben. Die Tatsache, daß Harlekin eine solche Taktik auch nur in Erwägung zog, erfüllte mich mit Abscheu und tiefer Enttäuschung. Ich war drauf und dran, in seine Suite hinaufzustürmen und ihn zur Rede zu stellen, doch Suzy hielt mich zurück.

»Bitte, Paul! Wenn er erfährt, daß ich es dir gesagt habe, wird er mir nie wieder vertrauen. Außerdem bin ich sicher, daß er so etwas nie täte, ohne sich mit dir zu beraten. Ich weiß, daß er mit Herbert Bachmann gesprochen und ihn gebeten hat, einige Berechnungen über die mutmaßlichen Auswirkungen auf die Börse anzustellen. Er hat sie noch nicht bekommen, und er hat auch noch keine Instruktionen an die verschiedenen Direktoren herausgegeben. Es ist eine große Operation. Er muß sie sorgfältig vorbereiten.«

»Wenn er es tut, Suzy, bin ich mit ihm fertig. Für immer! Das ist mein Ernst. Ich weiß nicht, was in ihn gefahren ist.«

Sie sah mich lange mit prüfenden Blicken an und sagte dann rundheraus: »Ist es denn etwas anderes, als was du jetzt tust, Paul – außer daß du es stellvertretend durch Aaron Bogdanovich erledigen läßt? Ist es etwas anderes, als was Basil Yanko tut – außer daß er auf Hausse statt auf Baisse spielt?«

»Nein, Suzy, es ist etwas anderes. Wir führen einen privaten Krieg. Yanko hat uns angegriffen; wir kämpfen gegen ihn mit seinen eigenen Waffen. Wenn aber George so etwas tut, kommen viele unschuldige Zuschauer dabei ums Leben.«

»Wenn sie an der Börse spekulieren, müssen sie auch das Risiko tragen.«

»Es ist glatte Piraterie. Und George weiß das.«

Plötzlich brach der Zorn der Gerechten aus ihr heraus. »Warum spielst du plötzlich das Unschuldslamm und machst aus George das große Ungeheuer? Ich werd' dir sagen, warum! Weil du ihn auf ein Podest stellen willst, als wäre er der Beschützer der Rechtgläubigen! Er gibt dir das Gefühl, als seist du ein guter Mensch, auch wenn du es nicht bist. Er ist etwas, auf das man gleichzeitig stolz und eifersüchtig sein kann. Du bist wie Julie. Du willst einfach nicht glauben, daß er ein menschliches Wesen ist. Du willst aus dem Fenster schauen und ihn dort stehen sehen, jeden Tag, bei Sonne und Regen, und die Tauben sitzen auf seinem Haupt. Er ist wie der bronzene Reiter auf dem Kapitol. Solange er dort steht, ist Rom in Sicherheit. Aber George ist nicht aus Bronze oder Marmor. Er ist ein Mensch aus Fleisch und Blut, und er ist heißblütiger, als du wahrhaben willst. Wenn er kämpfen will, so laß ihn doch kämpfen! Binde ihm nicht die Hände. Ich will nicht, daß er in der Räuberhöhle, die sich Börse nennt, zum Gespött der Leute wird! Es ist mir gleich, ob es recht ist, was er tut, oder nicht. Ich liebe ihn, verstehst du denn nicht? Ich liebe ihn ...«

Herrgott! Von allen dummen Ochsen auf der Welt war ich der dümmste. Von allen Liebenden war ich mit Sicherheit der am meisten mit Blindheit Geschlagene. Da hatte ich diese Frau monatelang, Nacht für Nacht, in den Armen gehalten, und nie hatte ich den Zauberschlüssel gefunden, der mir die Schatzkammer ihrer Liebe öffnen würde. Schön, jetzt hatte ich ihn; aber ich hätte ihn genausogut in den Potomac werfen können. Ich goß uns noch einen Drink ein und brachte den abgedroschenen Toast aus:

»Trinken wir auf das Verbrechen!... Ich frage mich nur, wie weit er gehen will?«

»Wie weit willst du denn gehen, Paul?«

»Ich glaube, so weit es mein Nervenkostüm erlaubt.«

»Oder dein Gewissen.«

»Glaubst du, ich habe eines?«

»Ja, es ist nur etwas durcheinandergeraten.«

»Was soll das heißen?«

»Es steht dir im Weg – es tritt zwischen dich und George, zwischen dich und Julie... Jetzt reg dich bitte nicht auf, Chéri! Wir waren eine lange Zeit beisammen. Sie war gut, aber es war nicht die allerbeste, und wir wissen beide, warum. Wir sehen beide, was an dieser Ehe nicht stimmt. Sollte sie zerbrechen, würdest du wahrscheinlich Julie bekommen. Ich würde George bestimmt nicht bekommen. Ich bin nichts weiter als ein Büromöbel, das er kaum noch sieht, und ich bin schon zu alt, um noch auf Männerfang auszugehen. Deshalb möchte ich ihn lieber glücklich als unglücklich sehen.«

»Mir wäre es lieber, wenn beide glücklich wären. Julie hat mit mir im Zug darüber gesprochen. Sie weiß, daß sie viele Torheiten begangen hat. Sie weiß nicht, wie sie alles wieder ungeschehen machen soll. Ich glaube, du könntest ihr dabei helfen.«

Sie warf mir jenen harten Blick zu, auf den auch die begehrenswerteste Frau im Augenblick der Enttäuschung nicht verzichten kann. Sie schüttelte den Kopf und sagte kalt:

»Nein, Paul! Ich bin zwar die gute, alte Suzy, aber so gut bin ich nun auch wieder nicht. Wenn du Julies Minnesänger sein willst, werde ich in die Hände klatschen und frohlocken und dir dabei helfen, dein Schlachtroß zu satteln. Aber sonst – nein! Nein! Nein!... Ich habe wenigstens noch etwas Anstand im Leib, Chéri. Willst du mich zum Abendessen einladen?«

Um acht am nächsten Morgen rief mich George Harlekin zu sich. Er wollte um neun Uhr fünfundvierzig seinem Botschafter einen frühen Besuch abstatten. Er würde sich freuen, wenn ich mit ihm zu Mittag essen wolle. Ich sei hoffentlich gut ausgeruht. Ja. Ob ich aus New York etwas Neues gehört hätte? Nein, nichts; ich würde während des Vormittags unterwegs sein. Ob es nicht ein wunderschöner Morgen sei? Ich hätte ihn zwar noch nicht gesehen, wäre aber froh, daß auch in unserem Leben die Sonne scheinen würde. Also, bis später… Und wenn das alles war, was er mir zu sagen hatte, konnte er sich zum Teufel scheren!

Nebenan schrieb Suzanne Harlekins Briefe im gleichmäßigen Rhythmus einer guten Schweizer Schreibmaschine. Ich steckte den Kopf durch die Tür, um ihr einen guten Morgen zu wünschen. Sie grüßte kurz zurück und schrieb weiter. Ich kam mir wie der letzte Lanzenträger beim Triumphmarsch vor, schmutzig und ungeliebt. Deshalb ging ich in die Hotelhalle hinunter und hoffte, die Bekanntschaft von Arnold, dem stellvertretenden Portier, zu machen. Es herrschte ein wüstes Durcheinander, lauter abreisende Gäste, die alle nach ihren Rechnungen, dem Gepäck und Taxis verlangten. Ich ging in den Sonnenschein hinaus und fuhr, gemächlich wie ein Tourist, mit dem Taxi zum Tidal Basin, um mit dem alten Thomas Jefferson in seinem Schrein inmitten der Kirschbäume stille Zwiesprache zu halten.

Ich will Ihnen ein sentimentales Geheimnis verraten: Dies ist ein Ort in Amerika, den ich wirklich liebe. Dies ist ein Mann in Amerikas bewegter Geschichte, der mir Bewunderung abverlangt und mich, leider nur allzu selten, zum Nachdenken anregt. Bruchstücke aus seinen Reden und Schriften klingen länger in meiner Erinnerung nach als die gellenden Stimmen meiner eigenen Zeit. Er haßte »den krankhaften Taumel der Debatte«: »Wenn ich nur mit einer Partei in den Himmel kommen kann, möchte ich lieber gar nicht dorthin... Manche Menschen schauen auf die Verfassung mit frömmelnder Verehrung und halten sie, wie die Bundeslade, für so geheiligt, daß man sie nicht anrühren dürfe...« Ich nehme an, daß ich, als ich noch jünger und offener war, in ihm diejenigen Züge gesehen hatte, die ich in George Harlekin gefunden – und wieder verloren hatte: eine geistige Größe, Intelligenz, Humor und eine Seele, die das ganze Menschheitserleben in sich aufnehmen konnte.

Selbst zu dieser frühen Morgenstunde tummelten sich Liebespaare und Familien auf den Rasenflächen, und ich beneidete sie. Ich war dankbar dafür, daß der Schrein leer war, so daß ich in der Einsamkeit der Vergangenheit meinen Gedanken nachhängen konnte, einer Einsamkeit, die wie die Einsamkeit des Meeres ist, reinigend und heilend. Allerdings gehörte die Vergangenheit leider nur denjenigen, die sie erlebt hatten – und Jefferson hat auch das gewußt: »...Ich habe jene Zeit gut gekannt; ich gehörte zu ihr und rang mit ihr. Sie hat sich um dieses Land verdient gemacht...« Ich, Paul Desmond, gehörte zu meiner eigenen Zeit und zog meinen Nutzen aus ihr und habe mich um niemanden verdient gemacht. Ich würde von diesem Ort hier woandershin gehen, wo man Blumen verkaufte und Grüße per Telegramm versandte und wo man Menschen erschoß, wenn sie die Tür öffneten, um die Botschaft entgegenzunehmen. Andere Zeiten, andere Sitten! Tom Jefferson hatte Glück, sie nicht mehr erlebt zu haben; sonst hätte er viele seiner edlen Illusionen verloren.

Mr. Kurt Saperstein von Bernard's Blooms hatte mit Thomas Jefferson von Albemarle County keinerlei Ähnlichkeit. Er war klein, rundlich und schwammig. Seine Glatze war von einem schwarzen Haarkranz umgeben. Er trug einen mitternachtsblauen Anzug, einen Querbinder und dicke Brillengläser. Seine fleischige Hand war feucht und sein Lächeln breit wie der Einschnitt in einer Wassermelone. Er sprach rhythmisch akzentuiert, als sage er ein Gedicht auf.

»*My dear Sir*...! Willkommen, willkommen! Ich hoffe sehr, daß Ihnen die Blumen gefallen haben. Eine unserer besten Leistungen, wenn ich so sagen darf. Eine unserer allerbesten. Hat Arnold Sie angerufen? Ausgezeichnet. Ein guter Mann – ein sehr guter. So, mein Herr, wollen wir jetzt etwas spazierengehen? Es ist ein himmlischer Tag...«

Sobald er auf die Straße trat, veränderte er sich völlig. Er ging mit raschen Schritten voran, sprach leise und war, trotz seines merkwürdigen Äußeren, so unauffällig wie eine Eidechse auf einem Felsbrocken. Ich schwöre, ich wäre jederzeit an ihm vorbeigegangen, ohne mich auch nur einen Augenblick umzusehen. Seine Ausführungen waren knapp und lakonisch:

»Zunächst die Instruktionen, Mr. Desmond. Kein weiterer Kontakt zwischen Ihnen und mir. Ich habe Sie gesehen. Ich kenne Sie. Arnold überbringt mir Ihre Mitteilungen. Ich übermittle meine mit Blumen. Die meisten Ihrer Wünsche können wir erfüllen: Mietwagen, zuverlässige Begleitung, eine Leibwache, falls Sie eine solche benötigen. Wir haben fast überall Freunde: im Pentagon, im Sicherheitsdienst, in den Botschaften. Wir können Ihnen auch Papiere ausstellen, aber vergessen Sie nicht: So etwas dauert seine Zeit... Ich habe ein paar Neuigkeiten für Sie. Aaron ist auf Reisen; aber Tony Tesoriero ist in Miami festgenagelt. Er kann nicht mal ausspucken, ohne einen Schatten zu treffen. Das FBI hat mit Saul Wells geredet. Er ist sicher, daß man Sie auch hier besuchen wird. Er hat außerdem die versprochenen Anrufe getätigt, und nun treibt die Katze mit den Mäusen ihr Spiel. Er glaubt, Ihr Präsident dürfte einige Anrufe von anderen besorgten Präsidenten erhalten... Das ist vorläufig alles. Brauchen Sie im Augenblick irgend etwas...?«

»Kennen Sie einen guten Journalisten, der eine Story lancieren könnte und dann vergißt, woher er sie hat?«

»Klar. In dieser Stadt wimmelt es von Presseleuten, guten und schlechten. Lassen Sie mich darüber nachdenken. Wann möchten Sie mit ihm sprechen?«

»Heute abend, wenn möglich. Aber ungestört, nicht im Hotel.«

»Überlassen Sie das nur mir. Arnold wird Ihnen Bescheid sagen.«

»Ich brauche einen Mann, der den Mund halten kann.«

Diese Bemerkung kränkte ihn. Er ging zehn Schritte stumm weiter, bis er sich gefaßt hatte. Dann sagte er tadelnd:

»Sind Sie je in Yad Vashem gewesen, Mr. Desmond?«

»Ich weiß nicht einmal, was das ist.«

»Es liegt in Israel. Ein Denkmal für sechs Millionen Tote. Wir wollen nicht noch einmal solch ein Denkmal bauen müssen.«

»Es tut mir leid.«

»Wie könnten Sie es auch wissen? Wie kann es überhaupt jemand wissen, der nicht den Rauch der Krematorien in den Vernichtungslagern eingeatmet hat? Ich muß jetzt zu meinen schönen Blumen und meinen lieben, lieben Kunden zurück... Merkwürdige Leute, Mr. Desmond! Die Dachbalken der Welt beginnen über ihren Köpfen zu bersten, und sie hören nicht das geringste! Shalom!«

Ich konnte mir noch etwas die Zeit vertreiben, deshalb schlenderte ich zu der kleinen Gruppe von Nichtstuern und Touristen in der Nähe des Weißen Hauses zurück, wo der Präsident unter den Ruinen seines eigenen guten Rufes und den Hoffnungen eines großen Volkes wie ein Belagerter wohnte. Ich hatte kein Recht, über ihn zu Gericht zu sitzen; ich war ein Ausländer, ein Freibeuter aus weiter Ferne; aber die peinigende Vorstellung drängte sich mir auf, daß auch dieser Mann versucht hatte, einen Terrorapparat aufzubauen. Er hatte sich mit einer schäbigen Mannschaft aus Zwischenträgern, Spionen, Erpressern, Dieben und Meineidigen umgeben und diese mit dem Deckmantel der Macht geschützt, den ihm seine eigenen Landsleute am Tag der Amtseinführung verehrungsvoll um die Schultern gelegt hatten.

Zu guter Letzt war der Apparat zusammengebrochen; seine Häscher hatten ihn verlassen; aber der Terror herrschte weiter. Wenn der Präsident das Gesetz verhöhnte, worauf konnte man sich dann überhaupt noch verlassen? Wenn die Autorität in Mißkredit geraten war, hielten die Zenturionen das Fort, und die Anarchie herrschte auf den Straßen. Wenn der Mensch nicht sein eigenes Leben führen, in Sicherheit über die Straße gehen und nach Gottes Ratschluß in Frieden sein Leben beschließen konnte, dann regierte rohe Schurkerei, und die Aasgeier konnten ungestraft das Land zur Wüste machen … Es war fast Mittag. Ein bitterer Nachgeschmack lag mir auf der Zunge. Ich wandte mich um und ging rasch zum Hotel zurück. Ich mußte mich Arnold vorstellen; als ich aber gerade dabei war, mir meinen Schlüssel geben zu lassen, wurde ich von Mr. Philip Lyndon begrüßt, der sich in Begleitung eines behäbig wirkenden Herrn, eines gewissen Mr. Milo Frohm, befand; dieser entsprach eher der Vorstellung von einem Bankier als die meisten unserer Kollegen, und redete wie der liebe Onkel Doktor bei einem Hausbesuch. Mr. Frohm hoffte, ich könnte ein wenig Zeit für sie erübrigen. Ich sagte ihm, ich sei bis zwölf Uhr dreißig frei; dann hätte ich allerdings eine Verabredung mit Mr. Harlekin. Wo ich mich mit ihnen zu unterhalten wünsche? In der Bar? Sie würden lieber etwas ungestörter sein. Also in meinem Appartement? Ja, dafür wären sie sehr dankbar. Während wir im Fahrstuhl hinauffuhren, erzählte ich ihnen von meinem morgendlichen Besuch bei Thomas Jefferson, den Mr. Frohm offensichtlich ebenso verehrte wie ich selbst. Ich war entzückt, eine verwandte Seele gefunden zu haben, die alles über das Leben, die Freiheit und das Streben nach Glück sowie über die moralischen Grundlagen des Staatswesens wußte.

Suzy war noch bei der Arbeit, aber sie war bereit, den Vertretern des Gesetzes das Zimmer zu überlassen. Ich fragte sie betont, ob Harlekin schon von seinem Besuch beim Botschafter zurückgekommen sei. Sie ging auf das Stichwort ein und meinte, er sei noch nicht wieder da, denn er habe mit einer langen Besprechung gerechnet. Und da wäre übrigens auch eine Nachricht, ich möchte doch meine eigene Botschaft anrufen. Sie fragte, ob wir Kaffee oder lieber einen Cocktail haben wollten. Mr. Frohm und Mr. Lyndon baten um Tomatensaft. Ich entschied mich für Bourbon mit Wasser. Mr. Frohm lobte meinen Geschmack für einen guten Drink aus dem Süden. Mr. Lyndon lächelte und sagte nichts. Nachdem wir uns zugetrunken hatten, ging Mr. Frohm zum Angriff über.

»Zunächst, Mr. Desmond, darf ich Ihnen sagen, wie sehr wir Ihre Offenheit in einem früheren Gespräch mit Mr. Lyndon zu schätzen wissen. Wir bedauern, daß die Formulierung bestimmter Fragen auf Sie und Ihren Chef verletzend gewirkt hat. In unserem Beruf haben wir es mit einer solchen Vielzahl verschiedener Menschen zu tun, daß gelegentliche Taktlosigkeiten unvermeidlich sind. Ich hoffe, Sie verstehen?«

»Durchaus, Mr. Frohm. Weder Mr. Harlekin noch ich selbst tragen Mr. Lyndon irgend etwas nach; aber als Ausländer sind wir manchmal über amerikanische Methoden schockiert. Doch ... was kann ich jetzt für Sie tun?«

»Weitere Fragen, Mr. Desmond, so leid es mir tut.«

»Darf ich zunächst eine stellen?«

»Selbstverständlich.«

»Mr. Lyndon, haben Sie die Antworten, die ich Ihnen bei unserem ersten Gespräch gegeben habe, überprüft?«

»Ja, Mr. Desmond.«

»Und Sie haben herausgefunden, daß sie stimmten?«

Diesmal antwortete Mr. Frohm für ihn. »In allen Einzelheiten, Mr. Desmond. In Ihrer Darstellung gibt es jedoch noch einige Lücken. Wir würden diese, wenn wir können, gern ausfüllen. Kehren wir noch einmal zu Ihrem Dinner mit Valerie Hallstrom zurück. Es war eine rein gesellschaftliche Angelegenheit?«

»Ja.«

»Könnten Sie uns sagen, worüber Sie gesprochen haben?«

»Die üblichen Banalitäten. Ich erzählte ihr meine Lebensgeschichte. Sie hat mir die ihrige nicht erzählt – außer daß ihr Vater in Virginia Reitpferde züchte und sie sich oft frage, ob siebenhundertfünfzig die Woche wirklich ein Äquivalent für das aufreibende Leben in New York seien.«

»Sie hat also von Geld gesprochen?«

»Siebenhundertfünfzig die Woche – ach ja, und Sonderzulagen.«

»Hat sie sich näher über das aufreibende Leben geäußert?«

»In gewisser Weise, ja.«

»In welcher Weise, Mr. Desmond?«

»Hm ... Zunächst sagte sie, wenn ihr Chef wüßte, daß sie mit mir ausgegangen sei, würde sie ihre Stellung verlieren und nie wieder eine andere bekommen.«

»Ist Ihnen diese Bemerkung nicht seltsam vorgekommen?«

»Sehr sogar. Ich sagte ihr, dies sei Erpressung, Tyrannei und Versklavung.«

»Warum Erpressung, Mr. Desmond?«

»Sie erzählte, sie habe früher einmal ein Verhältnis mit ihrem Chef gehabt, und es habe kein gutes Ende genommen. Sie nannte ihn – warten Sie – einen Frosch mit einer Goldkrone auf dem Kopf. Sie warnte mich davor, daß er sehr gefährlich werden könne.«

»Noch etwas?«

»Nur noch eines. Als sie ausstieg, um zu Fuß bis zu ihrer Wohnung zu gehen, sagte sie: ›Zuweilen möchte Gott gern wissen, wie seine Kinder ihre Abende verbringen.‹«

»Das sind ja ganz erstaunliche Sätze.« – »Nicht wahr?«

»Warum haben Sie sie dann nicht in Ihrer ersten Erklärung gegenüber der Polizei und in Ihrer zweiten Aussage gegenüber Mr. Lyndon erwähnt?«

»Ich werde Ihnen sagen, warum, Mr. Frohm. Die Polizei untersucht einen Mord. Diese Sätze hätten, obwohl sie keine Beweiskraft besaßen, den Verdacht auf einen Unschuldigen lenken können. Mit der Bemerkung über Gott wollte sie wahrscheinlich andeuten, daß es Basil Yanko war, der in ihrer Wohnung wartete. Wenn mir auch nicht gefällt, was er geschäftlich tut, so habe ich doch kein Recht, ihn für einen Mörder zu halten. Sie fragen mich, warum ich nicht mit Mr. Lyndon darüber gesprochen habe. Ganz einfach. Mit seiner letzten Frage – mit der nämlich, die das Gespräch zu einem jähen Ende brachte – deutete er an, wir hätten vielleicht Valerie Hallstroms Notizbuch gekauft, um einen geschäftlichen Konkurrenten zu diskreditieren ...«

Mr. Frohm ließ sich Zeit, diese Worte auf der Zunge zergehen zu lassen und sie auf Gehalt und Geschmack zu testen. Aber schließlich schien er sie mir abzunehmen. »Was Sie sagen, Mr. Desmond, hat etwas für sich. Kommen wir jetzt zu dem Notizbuch. Wir akzeptieren Ihre Darstellung, wie es in Ihren Besitz gelangt ist. Mangels gegenteiliger Beweise müssen wir Ihnen abnehmen, daß Sie nicht wissen, wer es Ihnen zugeschickt hat und aus welchem Grunde. Allerdings ...« Er machte eine kleine Pause. »Allerdings ist es eine Tatsache, daß Sie – oder die in Ihrem Auftrag tätigen Ermittler – im Augenblick Kapital daraus schlagen.«

»Inwiefern Kapital, Mr. Frohm?«

»Mr. Saul Wells verbreitet den Inhalt des Notizbuchs an andere Interessenten. Erst heute morgen haben uns fünf größere Firmen angerufen, um einen Sicherheitsverstoß zu melden. Ich bin sicher, daß andere folgen werden. Läßt Ihr Vorgehen, wenn man es im Hinblick auf Ihr Verhältnis zu

Creative Systems und zu Basil Yanko betrachtet, nicht den Schluß zu, daß Sie sich auf diese Weise einen taktischen Vorteil sichern wollen?«

»Es ist der von uns unaufgefordert unternommene, unentgeltliche Versuch, andere angesehene Firmen vor demselben Schicksal zu bewahren, das uns heimgesucht hat.«

»Wäre es nicht angemessener gewesen, dies Mr. Basil Yanko zu überlassen – oder uns zu bitten, es für Sie zu tun?«

»Wir haben gegenüber der Geschäftsmoral von Herrn Basil Yanko gewisse Vorbehalte.«

»Wären Sie bereit, diese näher zu erläutern?«

»Nicht im gegenwärtigen Zeitpunkt.«

»Dann also die zweite Frage, Mr. Desmond: Warum haben Sie sich nicht an uns gewandt?«

»Ich bin Gast in Ihrem Land, Mr. Frohm. Ich möchte Sie nicht in Verlegenheit bringen.«

»Das können Sie gar nicht, Mr. Desmond. Seien Sie, bitte, so offen, wie es Ihnen beliebt.«

»Um es also möglichst höflich auszudrücken: Sie arbeiten für eine inneramerikanische Behörde, die für viele, politische wie kriminalistische Fragen zuständig ist. Wir repräsentieren eine europäische Organisation, deren Interessen in bestimmten Punkten den Ihren zuwiderlaufen können. Statt Ihre Hilfe in Anspruch zu nehmen, hielten wir es für besser, von unserem gesetzlichen Recht der freien Kontaktaufnahme Gebrauch zu machen. Das ist die Auffassung meines Chefs. Es ist auch meine Ansicht.«

»Mit anderen Worten, Mr. Desmond, Sie trauen uns nicht.«

»Nach dem Bild, das Ihre Ausschüsse und Gerichte liefern, Mr. Frohm, trauen Sie sich nicht einmal untereinander.«

Zu meiner Überraschung lächelte er und nickte zustimmend. »Ich habe Ihre Antwort selbst herausgefordert, nicht wahr? Sie sind ein guter Beobachter, Mr. Desmond.«

»Das macht die Übung. Die Kempetai hat mich einen Monat lang in Singapur gehörig durchgewalkt.«

»Hoffentlich halten Sie uns für etwas zivilisierter.«

»Allerdings.«

»Vielen Dank. Lassen Sie uns jetzt zu einer weiteren Lücke in Ihrer Aussage kommen: Sie wurden vor Ihrem Haus überfallen. Sie sagten der Polizei, Sie könnten die Täter nicht identifizieren. Ist das wahr?«

»Damals war es wahr. Ich habe inzwischen erfahren, daß sie von einem Mann namens Bernie Koonig angeheuert waren, der seinerseits im Auftrag eines gewissen Frank Lemmitz handelte.«

»Woher haben Sie diese Information, Mr. Desmond?«

»Von unseren Ermittlern. Ich nehme an, daß Sie diese Angelegenheit bereits mit Mr. Saul Wells erörtert haben.«

»Ja, allerdings.«

»Dann wissen Sie wohl ebensoviel wie ich – vielleicht noch mehr.«

»Was wissen Sie denn, Mr. Desmond?«

»Nur vom Hörensagen, daß Frank Lemmitz, Mr. Yankos Chauffeur, Bernie Koonig beauftragte, mich zu beschatten; daß unsere Ermittler Koonig deshalb zur Rede stellten – und daß Koonig mich aus Rache überfallen ließ.«

»Haben Sie das gegenüber Mr. Yanko erwähnt?«

»Es kam bei unserer Besprechung mit ihm im *Salvador* zur Sprache.«

»Was sagte er dazu?«

»Es täte ihm leid, daß ich verletzt worden sei und daß er mit diesem Überfall nichts zu tun habe.«

»Aber er gab zu, daß er Sie beschatten ließ?«

»Sagen wir lieber, er umging diese Frage.«

»Warum sind Sie nicht deutlicher geworden?«

»Ich hatte es nicht nötig. Er wurde unterrichtet, daß ich mir das Recht vorbehielte, Anzeige gegen die beteiligten Personen zu erstatten.«

»Sie haben es aber nicht getan – warum nicht?«

»Ich behalte mir auch das Recht vor, erst zu gegebener Zeit meine Gründe dafür bekanntzugeben.«

»Mr. Desmond, warum hat Basil Yanko Sie beobachten lassen?«

»Ich weiß es nicht. Rückblickend könnte es den Anschein haben, als habe er eine Verbindung zwischen mir und Valerie Hallstrom vermutet.«

»Und warum könnte er das vermutet haben?«

»Mr. Lyndon hat mich auf den Gedanken gebracht. Er meinte, daß Valerie Hallstrom vielleicht Unterlagen aus der Datenbank verhökert haben könnte. So war es doch, nicht wahr, Mr. Lyndon?«

Mr. Lyndon war peinlich berührt, aber er machte gute Miene zum bösen Spiel. »Sie könnten meine diesbezügliche Bemerkung in diesem Sinne gedeutet haben.«

Mr. Frohm lächelte dünn, dann wandte er sich wieder an mich. »Basil Yanko könnte Sie also für einen möglichen Käufer gehalten haben.«

»Eventuell.«

»Aber Sie waren es nicht?«

»Ich erkläre hiermit, Mr. Frohm: Es wurde kein Angebot gemacht, und es wurde auch keines verlangt.«

»Womit wir zu dem großen Loch in der Front kommen, Mr. Desmond. Wer hat Ihnen das Notizbuch zugeschickt und warum? Wir möchten auch hierüber eine offizielle Erklärung von Ihnen haben. Was halten Sie denn zum Beispiel davon: Valerie Hallstrom sagt Ihnen, sie fürchte sich vor Basil Yanko. Sie verhält sich so, als wisse sie, daß jemand in ihrer Wohnung auf sie warte. Sie übergibt Ihnen das Notizbuch zur Aufbewahrung. Sie wissen, daß es ein heißes Eisen ist. Sie spielen eine kleine Komödie, indem Sie es sich selbst zuschicken, damit Sie die darin enthaltenen Informationen vollkommen legal verwenden können... Nun, Mr. Desmond?«

»Darauf gibt es nur eine Antwort, Mr. Frohm: Unsinn! Und da wir schon von Löchern in der Front sprechen – das größte haben Sie übersehen. Wer hat Valerie Hallstrom getötet und warum?«

»Das untersuchen wir gerade. Das Loch wird kleiner. Wir wissen, daß zwei Männer an jenem Abend ihre Wohnung betreten haben. Einer davon war offensichtlich der Mörder. Der andere war der Mann, der die Polizei anrief. Vielleicht hat er Ihnen das Notizbuch geschickt ... Falls Ihnen hierzu irgend etwas einfallen sollte, lassen Sie es uns bitte wissen.«

»Das werde ich gern tun, Mr. Frohm. Noch etwas Tomatensaft?«

»Nein, vielen Dank. Wir müssen jetzt gehen. Sie haben uns sehr geholfen, Mr. Desmond ... Das sind übrigens wunderschöne Blumen. Woher haben Sie sie?«

»Das, Mr. Frohm, ist etwas, wonach nicht einmal Sie fragen sollten.«

»Ach, so ist das! Normalerweise ist es ja der Mann, der sie kaufen muß. Vielleicht ist an der Frauenemanzipation also doch etwas dran. Kommen Sie, Lyndon, wir sind jetzt außer Dienst, ich lade Sie zu einem Drink und einem Hamburger ein.«

Wenn das ein Wink mit dem Zaunpfahl war, so ging ich jedenfalls nicht darauf ein. Ich machte die Tür hinter ihnen zu und blieb dann gegen den Türpfosten gelehnt stehen, wobei mir der Schweiß aus allen Poren rann. Milo Frohm war kein Anfänger; er war ein alter Hase, was Verhöre betraf – listig und intelligent und nie aus der Rolle fallend. Ich brauchte kein Hellseher zu sein, um zu wissen, daß ich wieder von ihm hören würde. Aber ich machte mir darüber keine allzu großen Sorgen. Eigentlich fand ich ihn ganz sympathisch. Wir sprachen dieselbe Sprache und bedienten uns derselben elementaren Logik. Das Problem war nur, daß die Logik nicht mehr funktionierte. Ich konnte nicht sagen, wieso; ich hatte irgendwie das Gefühl, daß der

Hauptsatz unserer Logik voller Löcher und der Untersatz spurlos versunken war. Was natürlich keine Logik mehr war, sondern nur noch reiner, animalischer Instinkt.

Harlekin verspätete sich zum Lunch. Um zwölf Uhr fünfundvierzig lud ich die Damen zu einem Drink ein und bugsierte sie in den Grillroom. Um ein Uhr fünfzehn rief Harlekin an und befahl mir, ein Taxi zu nehmen und mich mit ihm in einer Trattoria in Foggy Bottom zu treffen. Als ich ihn fragte, warum, meinte er, er habe einen Heißhunger auf *spaghetti al carbonara* und *cervelli al burro* – was mich zu der Ansicht brachte, daß sein eigenes Gehirn mit Butter beschmiert sein müsse. Punkt ein Uhr vierzig setzten wir uns in dem Bistro, das im ganzen District of Columbia wohl das trübseligste und verlassenste war, in eine Ecknische. Die Spaghetti waren zu lange gekocht, der Wein war der reinste Essig; aber es spielte keine Rolle. Mir war ohnehin der Appetit vergangen, nachdem Harlekin zu sprechen begonnen hatte.

»... Bevor wir aus New York abfuhren, rief ich Herbert Bachmann an und bat ihn um seine Meinung darüber, was geschehen würde, falls wir unsere Anteile an Creative Systems auf den Markt werfen würden. Er rief mich heute früh um sieben wieder an. Jeder Makler in der Stadt hat eine Liste mit Kaufaufträgen, die so lang wie dein Arm ist – Großaufträge, Paul – insgesamt über zehn Millionen, nach Herberts Berechnung.«

Ich konnte nicht mehr an mich halten. Ich sagte ihm ins Gesicht, was ich von solchen Dumping-Verkäufen und von ihm selber hielte, wenn er das auch nur in Betracht zöge. Er ließ mich ruhig ausreden und fuhr dann unbeirrt fort:

»... Diese Anhäufung von Kaufaufträgen ist bezeichnend. Ich werde dir gleich sagen, warum. Heute morgen war ich drei Stunden lang in der Botschaft. Erich Reimann ist ein alter Freund von mir. Er zeigte sich mitfühlend, war aber zunächst nicht sehr hilfsbereit. Erst als ich ihm die Fotokopien des Notizbuchs zeigte, änderte sich seine Haltung vollkommen, Paul, um hundertachtzig Grad! Er wollte alles wissen…«

»Hoffentlich hast du ihm nichts erzählt!«

»Zwar nicht alles, aber mehr, als du wahrscheinlich für richtig gehalten hättest.«

»O Gott!«

»Ich habe mit ihm gehandelt, Paul – ich mußte es tun –, Punkt für Punkt.«

»Du hast mit meinem Leben gehandelt, George.«

»Ich habe das gewußt. Jetzt weiß es auch Erich.«

»Und als guter Diplomat wird er es wieder vergessen, sobald es ihm in den Kram paßt. Ich bin nicht einmal Schweizer. Ich bin ein jederzeit entbehrlicher Niemand vom anderen Ende der Welt… So, und jetzt erzähl mir von den dreißig Silberlingen.«

Dieser Hieb saß immerhin. Der Stiel des Weinglases zerbrach zwischen seinen Fingern, und der Chianti floß wie Blut über das weiße Tischtuch. Aber schon im nächsten Moment hämmerte er mit harten und schneidenden Worten auf mich ein.

»…Du wirst mich erst anhören, Paul, und dir hinterher ein Urteil bilden! Wenn du dann gehen willst, dann geh. Was ich heute vormittag gehört habe, führt all unsere Überlegungen ad absurdum. Wir sind nichts als Schachfiguren in einem globalen Spiel, das ich bisher noch gar nicht begriffen hatte. Es wurde mir heute morgen von einem Freund erläutert – er steht mir nicht so nahe wie du, aber er ist trotzdem mein Freund –, und ich glaube ihm, denn er wird dafür bezahlt, so etwas zu wissen, und er sitzt hier, an einem der letzten Orte der Welt, wo man noch alles mögliche weiß… Kellner!« Er schnippte herrisch mit den Fingern, und der Kellner eilte herbei. »Bitte, machen Sie das hier sauber und bringen Sie mir ein neues Glas.«

Ich erwartete, daß der Kellner vor ihm ausspuckte, und ich hätte mich geradezu darüber gefreut. Statt dessen holte er eiligst saubere Servietten und legte sie übereinander auf den Tisch, bis der Fleck völlig verdeckt war. Er brachte ein neues Glas und eine frische Karaffe mit Wein und schenkte ihn mit größerer Ehrerbietung ein, als es der Wein verdiente. Er mußte erst vor kurzem aus der alten Heimat herübergekommen sein, denn er verneigte und entschuldigte sich, bevor er sich zurückzog. Harlekin trank das Glas mit einem Schluck aus und wischte sich die Tropfen von den Lippen. Er war jetzt ruhiger, aber nicht weniger eindringlich.

»Wir haben – aber die meisten von uns wollen es nicht glauben – das Ende eines Jahrtausends erlebt. Es endete, wo es begann, im Mittelmeerraum... O nein! Das ist kein politischer Vortrag. Das sind harte Fakten. Die Wüstenfürsten haben erkannt, daß sie die Welt zum Stillstand bringen können, indem sie den Ölhahn zudrehen. Der Abschaum der Bevölkerung aus dem Nahen Osten hat erkannt, daß er die Welt mit Maschinenpistolen, Handgranaten und Plastikbomben terrorisieren kann. So ist es! Du weißt es selbst! Jeder Flugplatz auf der Welt ist ein Heerlager. Man muß sich einer Leibesvisitation unterziehen, bevor man seine im Sterben liegende Mutter besuchen kann!... Und dann das andere – dieses Fabeltier, das man ›Energiekrise‹ nennt. Was bedeutet es? Es bedeutet, daß, wenn die britischen Bergarbeiter die Arbeit niederlegen, die ganze Nation erfriert. Es bedeutet, daß, falls Japan sich nicht den Scheichtümern gefügig zeigt, seine Industrie zum Stillstand kommt und auf den Straßen von hundert Großstädten der Schrecken regiert. In Afrika und Südamerika hört der Fortschritt, der dort so langsam und schmerzhaft sich vollzogen hat, für ein Jahrzehnt oder länger vollends auf. Was dann? Diejenigen, die mit dem Terror umzugehen wissen, stehen bereit, um Panik und Verwirrung zu verbreiten. Diejenigen, die die

Macht in Händen halten, werden versuchen, den Sturmwind zu ersticken und das ist dann wieder eine neue Art von Terror. Die Privatarmeen der Sicherheitsdienste werden die Blockwarte und die *forces de frappe* von morgen stellen... Weißt du, wie die Nachrichtendienste das nächste Jahr in ihren Kalendern nennen? Das Jahr der Meuchelmörder! Und jetzt, Paul, mein Freund, wo stehen wir du und ich und die Handelsbank Harlekin et Cie.?«

Ich wußte es nicht, also konnte ich es ihm auch nicht sagen. Seine edle Beredsamkeit hatte meine vulgäre Zunge verstummen lassen. Er hatte meine Bastionen allein durch Leidenschaft und Überzeugungskraft im Sturm genommen. Ich konnte nur mit den Achseln zucken und sagen: »Sag es mir. Ich höre.«

»Der Ölpreis hat sich verdoppelt und verdreifacht. Was geschieht mit dem Geld? Die Wüstenfürsten sind keine Narren. Sie haben gelernt, daß Geld ein Traum der Besessenen ist – ein Alptraum aus Papier. Was werden sie haben wollen, wenn ihre Rüstkammern gefüllt sind, ihr strategisches Straßennetz ausgebaut ist und ihre Flugplätze zum Arsenal von Kampfflugzeugen geworden sind? Eigene Industrien? Eigene technische Entwicklungen? Einige, ja. Aber die Industrie erzeugt ein Proletariat und gebiert ein Heer von Gelegenheitsarbeitern, die sehr rasch die Technik des Terrors erlernen werden. Deshalb wollen die Fürsten Sicherheit – einen Rückhalt in Europa, einen Rückhalt in Amerika. Nicht nur Aktien und Obligationen – auch wieder Papier! –, sondern Kontrolle! Der Beweis? Die Araber drehen den Holländern den Ölhahn zu. Dann nehmen sie Verhandlungen auf, um eine arabische Raffinerie auf holländischem Boden zu errichten. Was hinter verschlossenen Türen besprochen wird, hat eine noch weiter reichende Bedeutung. Die Italiener bieten eine fünfundzwanzigprozentige Beteiligung an ihrer nationalen Ölgesellschaft gegen die Garantie laufender Belieferung mit Rohöl an. Du kannst so viele Gesetze erlassen, wie du willst, um der ausländischen Kontrolle einheimischer Wirtschaftszweige entgegenzuwirken, aber Gesetze sind Papierdrachen, die von käuflichen und unsichtbaren Männern durch die Straßen getragen werden. Womit wir bei Basil Yanko angelangt sind... Er weiß all das, Paul! Er sieht es! Die ganze Welt ist von seiner Datenbank erfaßt. Er wird mich gegen eine Prämie aufkaufen und dann für das Doppelte an die Araber weiterverkaufen, wobei er ihr Geld verwendet. Er wird auch einen Teil von sich selbst verkaufen. Herbert Bachmann hat die Hintermänner von einigen dieser Kaufaufträge identifiziert. Diese Aufträge kommen auf verschlungenen Pfaden aus dem Nahen Osten. Yanko geht noch weiter. Er kann die Terroristen und die Scheichs gegeneinander ausspielen, denn bei allen Börsen liegen auch Angebote aus Libyen vor... Mein Freund Erich hat mir alles in großen Zügen erklärt; die Einzelheiten sprechen für sich selbst. Nimm zum Beispiel Karl Krüger. Warum steht er mit den Israelis auf so vertrautem Fuß? Das Bankgeschäft ist dabei nicht einmal halb so wichtig; Gefühlsregungen spielen nur eine unbedeutende Rolle. Hamburg lebt von der Schiffahrt. Schiffe leben von ihrer Fracht. Wirtschaftliche Depression in Europa bedeutet für Hamburg den Tod. Die Israelis sind der letzte Außenposten Europas in der Levante. Sie machen kein Geheimnis aus ihrer Entschlossenheit, Terror mit Terror zu begegnen. Warum war Aaron Bogdanovich sofort bereit, uns zu helfen? Aus Freundschaft? Nein! Mit unserem Geld finanziert er seine Tätigkeit. Er behauptet, für uns zu arbeiten; aber gleichzeitig arbeiten auch wir für ihn.« Der Anflug eines Lächelns umspielte seine Mundwinkel. »Es ist eine schmutzige Welt, Paul; die einzige stabile Währung ist die politische Lüge. Wenn du dir dabei dumm vorkommst, Paul, dann denke daran, daß du nicht der einzige bist. Ich kam mir auch wie ein Narr vor; denn das FBI hatte sich mit Erich Reimann, und zwar schon lange vor meinem

Gespräch mit ihm, in Verbindung gesetzt. Sie wollten wissen, wieviel ich weiß. Er überzeugte die Leute davon, daß es nur sehr wenig sei; aber er war selbst darüber entsetzt, wie wenig es in Wirklichkeit war. Weißt du, was er zu mir sagte? ›George, du bist im falschen Theater. Das ist nicht die Commedia dell'arte. Hier werden ernste Dramen aufgeführt. Du hast nicht mehr viel Zeit, den neuen Text zu lernen.‹«

»Warum sollen wir immer nur die Worte anderer Leute nachsprechen? Schreiben wir doch selbst ein Buch!«

»Und wie sollten wir das deiner Meinung nach tun, Paul?«

»Wir brauchen es nur durch die Presse schreiben zu lassen.«

Es dauerte eine halbe Stunde, bis ich ihn mit meinen Argumenten überzeugt hatte und er sich damit einverstanden erklärte. Vielleicht gruben wir uns damit unser eigenes Grab; aber wir würden wenigstens ein prächtiges Leichenbegängnis haben.

Als ich wieder im Hotel war, hatte ich mein erstes Zusammentreffen mit Arnold, dem stellvertretenden Portier. Er war groß und hatte ein melancholisches Pferdegesicht wie ein Komiker aus der Stummfilmzeit. Er hatte zwei Nachrichten für mich. Die erste war eine Einladung zum Cocktail um sieben in einem Haus in Arlington. Die Unterschrift lautete L. Klein. Ich kannte keinen Klein; auch Arnold nicht, aber die Einladung war durch Bernard's Blooms übermittelt worden, deshalb schien es ratsam, hinzugehen. Die zweite Nachricht war eine Telex-Meldung. Sie stammte von UPI in London und war am Donnerstag aufgegeben. Der Text war kurz, aber informativ:

»Ein amerikanischer Tourist, der als Frank Lemmitz aus New York identifiziert werden konnte, wurde heute morgen in seinem Appartement in einem eleganten Westend-Hotel erschossen aufgefunden. Die Londoner Polizei sucht eine junge Frau, die Lemmitz zu zwei bekannten Spielklubs begleitete und wahrscheinlich mit ihm ins Hotel zurückkehrte. Weitere Nachrichten folgen …«

Wenigstens diesmal hatte Aaron Bogdanovich die Wahrheit gesagt. Ich zerriß das Blatt in kleine Stücke und spülte sie in der Toilette hinunter. Ich kam mir wie ein einsamer Schuljunge vor, der sich in der Krankenstube Spionagegeschichten ausdenkt. Dann kam Juliette herein. Harlekin diktierte Briefe; sie suchte Gesellschaft. Warum nicht? Ich wollte auch nicht allein sein. Sie schlüpfte aus den Schuhen und machte es sich auf dem Sofa bequem. Ich stellte im Radio ein Programm mit alten Schlagern ein und ließ mich in einem Lehnsessel nieder, die Füße auf dem Tisch und bereit, mich zu entspannen. Es war leichte Musik: ohne Tränen, ohne Leidenschaft, ohne Probleme – lediglich ein kleiner Spaziergang in die Vergangenheit, mit einem gelegentlichen sentimentalen Einschlag. Juliette sah heute besser aus; sie wirkte ruhiger und gefaßter. Ich fühlte mich älter, und man muß es mir angesehen haben, denn plötzlich runzelte sie die Stirn und sagte: »Du siehst müde aus, Paul. Ist irgend etwas nicht in Ordnung?«

Nein, es war nichts. Meine Rippen taten zwar manchmal weh. Ich konnte noch immer kein Beefsteak kauen; aber ich fühlte mich schon wieder so, als könnte ich Bäume ausreißen. Ich fand, daß auch George wieder besser aussah. Kaum zu glauben, daß er erst vor vierzehn Tagen …

»Paul!«

»Was ist, geliebter Schatz?«

»Ich glaube, ich sollte bald heimfahren.«

»Wie denkt George darüber?«

»Er hat es mir überlassen. Ich wünschte, er hätte es nicht getan.«

»Onkel Paul rät: Bleib noch eine Weile hier.«

»Besondere Gründe?« – »Ja, ein paar. Für die nächste Zukunft ist sehr schlechtes Wetter vorausgesagt.«

»Das habe ich nicht gewußt. Als George zurückkam, rief er gleich Suzanne zu sich und fing an, Briefe zu diktieren. Als ich ihn fragte, wie es in der Botschaft gewesen sei, sagte er, er würde es mir später erklären. Ich fühlte mich gekränkt, wollte es mir aber nicht anmerken lassen. Deshalb bin ich heruntergekommen.«

»Du lernst langsam dazu, findest du nicht auch, Liebling?«

»Weich mir nicht aus, Paul, bitte.«

»Das tue ich nicht, wirklich nicht. George wird dir alles erzählen; aber es ist eine lange Geschichte, und dazu braucht er Zeit.«

»Aber dir hat er es erzählt.«

»Ja ... Und ich habe ihm gesagt, daß er mich für dreißig Silberlinge verschachert hat.«

»Oh, Paul, nein!«

»Es war falsch; aber ich habe es nun mal gesagt. Also mach ihm keinen Vorwurf, wenn er schlecht gelaunt sein sollte – und verschieb deine Heimreise noch ein wenig.«

»Paul, ich muß auch an das Baby denken und ...«

»Das Baby hat noch sein ganzes Leben vor sich und außerdem einen weitgereisten Patenonkel, der ihm dabei helfen wird. Hör zu, mein Liebes! Wenn du draußen im Regen stehst und niemand da ist, der dich nach Hause bringt, dann bin immer noch ich da. Aber wenn Colombine Harlekin liebt, dann geht sie jetzt besser in die Garderobe und richtet sich für ihren Auftritt her. Wenn sie nicht ...«

»Springt eine andere ein, das meinst du doch?«

»Genau das, Julie. Und es gibt viele reizende Mädchen, die nur auf diese Chance im Showgeschäft warten. Also, dann geh doch jetzt hinauf und bestell Kaffee für zwei und sag George, daß ich mir Suzanne für eine halbe Stunde ausleihen möchte. Er sollte die Sekretärin nicht mit Beschlag belegen, auch wenn er der Präsident ist.«

Sie ging nicht sofort. Sie kam zu mir, setzte sich auf die Armlehne meines Sessels, nahm mein Gesicht in ihre Hände und küßte mich auf die Stirn; und sagte mir, wie lieb und nett und zartfühlend ich sei und der beste aller nur möglichen Freunde. Noch drei Worte mehr, und wir hätten Purzelbäume auf dem Teppich geschlagen. Ich bin kein Heiliger – Gott bewahre! Aber das – nein, vielen Dank, Liebling! Höchstens, wenn es pechschwarze Nacht wäre, und dann auf Nimmerwiedersehen. Ich war für den Kuß dankbar; ich dankte ihr für das Kompliment; ich begleitete sie in aller Ruhe bis zur Tür und schickte sie nach oben. Ich versuchte mir einzureden, ich sei besonders tugendhaft gewesen; aber ich konnte es nicht. Ich kam mir wie ein Judaspriester vor, der um Mitternacht vor dem Tor des Nonnenklosters herumschleicht.

Man muß es mir angemerkt haben, denn als Suzanne herunterkam, stand sie, die Hände in die Hüften gestützt, da und betrachtete mich von oben bis unten, als sei ich eine sehr seltene und auf einer ganz niedrigen Stufe stehende Kreatur. Dann umspielte ihren weichen Mund jenes verhaltene, wissende Lächeln, und sie sagte honigsüß:

»Es ist schwer, nicht wahr, Chéri?«

»Wenn du es weißt, frag nicht.«

»Ich weiß es, Darling. Ich weiß es. Je eher wir heimfahren, desto besser.«

»Es könnte noch ganze sechzig Tage dauern.«

»Hältst du es denn so lange aus?«

»Ich bezweifle es. Und du?«

»Nein... Sag mir etwas Liebes, Paul.«

»Suzy, Liebling, warum lieben wir uns nicht?«

»Ich will es versuchen, wenn du mitmachst.«

»Wie fangen wir an?«

»Du küßt mich.«

Danach hielten wir uns nicht mehr so strikt an die Spielregeln; und obwohl wir beide aus der Übung waren, war es ein angenehmer Zeitvertreib für einen warmen Nachmittag in Washington, D.C. Wenn Sie über zwei Menschen lächeln wollen, die schon der reiferen Jugend angehören und Liebesspiele im *Embassy Row* treiben, dann lassen Sie sich diesen Spaß keineswegs entgehen – und versuchen Sie einmal, in diesem Spiel eine bessere Figur zu machen, wenn die Einsamkeit an Ihnen zehrt.

Punkt sieben Uhr klingelte ich an der Tür eines bescheidenen, doch recht hübschen alten Hauses in Arlington. Die Tür wurde von einer großen, blassen Frau geöffnet, die mit ihrer Hornbrille wie eine feindselige Eule wirkte. Ich nannte ihr meinen Namen und fügte hinzu, ich hätte eine Verabredung mit Mr. Klein. Sie verbesserte mich, ich sei mit Mrs. Leah Klein verabredet, und sie sei die betreffende Dame. Sie führte mich in ein kleines Zimmer, das mit Büchern, Zeitschriften und ungeordneten Stapeln von Zeitungsausschnitten angefüllt war. Zwei Sessel standen da; auf einem lag eine große Schildpattkatze. Ein Besenstiel war zwar nicht zu sehen, aber Mrs. Leah Klein hatte etwas von einer Hexe: eine mächtige Figur mit wogendem Busen, dicken, nikotinfleckigen Fingern und einer tiefen, rauhen Stimme. Ihre Cocktails bestanden aus einem halben Glas Bourbon für mich und einer Mischung aus billigem Rumverschnitt mit Cola für sie. Nach dem ersten langen Schluck kam sie sofort zur Sache.

»Wie ich von Kurt Saperstein höre, wollen Sie eine Geschichte lancieren. Richtig?«

»Richtig.«

»Tatsachen oder Gerüchte?«

»Einige Tatsachen, einige Hypothesen. Wenn möglich, sollte die Story aus London stammen.«

»Warum?«

»Aus bestimmten politischen Gründen.«

»Können Sie den Text diktieren?«

»In groben Umrissen, ja.«

»Mehr brauche ich nicht.«

Sie setzte sich an die Schreibmaschine, spannte ein Blatt Papier ein, zündete sich eine Zigarette an, schob sie in den Mundwinkel und sagte: »Kein Kommentar, nur die Fakten. Okay?«

»Okay!... UPI London brachte heute eine Story über einen gewissen Frank Lemmitz, einen amerikanischen Touristen, der erschossen in einem Westend-Hotel aufgefunden wurde. Die Polizei sucht eine Frau, die in zwei Spielklubs mit ihm gesehen wurde. Das ist das Ende der UPI-Story. Jetzt kommt meine. Frank Lemmitz war Chauffeur bei Basil Yanko, dem Präsidenten von Creative Systems Incorporated. Es ist bekannt, daß er Beziehungen zur Unterwelt besessen hat, insbesondere zu einem Gangster namens Bernie Koonig. Basil Yanko ist zur Zeit in Frankfurt und nimmt an einer internationalen Bankierskonferenz teil. Können Sie mir folgen?«

»Ich bin Ihnen voraus. Reden Sie weiter.«

»Eine Mitarbeiterin von Creative Systems, Miß Valerie Hallstrom, wurde vor drei Tagen in ihrem Appartement ermordet. Über diesen Vorfall wurde in der Presse berichtet. Über folgende Tatsachen nicht: Das FBI untersucht undichte Stellen in der Datenbank von Creative Systems. Mehrere amerikanische Großfirmen sind betroffen. Die Namen dieser Firmen sind wie folgt...«

»Buchstabieren Sie sie, bitte.«

Ich buchstabierte sie ihr vor, eine nach der anderen, einschließlich unserer eigenen. Sie hämmerte auf der Maschine herum, als habe sie ihren Todfeind vor sich.

»...Harlekin et Cie. ist durch Mißbrauch des Computerservice um eine Menge Geld betrogen worden, die Datenverarbeitungsanlagen werden von Creative Systems und deren Tochtergesellschaften in anderen Ländern kontrolliert. Die Urheberin der Manipulationen in New York ist bekannt. Sie heißt Ella Deane. Sie starb vor vierzehn Tagen bei einem Autounfall. Sie hinterließ eine große Summe Geld, das während der letzten drei Monate ihrer Tätigkeit auf ihr Konto überwiesen wurde. Einer ihrer Freunde war Frank Lemmitz. Zufällig zum selben Zeitpunkt bemüht sich Basil Yanko, Harlekin et Cie. aufzukaufen. Das Angebot ist öffentlich bekannt. Der Hauptaktionär lehnt einen Verkauf ab. Die kleineren Aktionäre haben sich noch nicht entschieden. Bis hierhin ist alles aktenkundig. Sie können es selbst überprüfen. Was folgt, ist teils Tatsache, teils Hypothese.«

»Also, was ist Tatsache?«

»Jeder größere Börsenmakler in New York ist mit Kaufaufträgen für Anteile an Creative Systems überhäuft. Einige der größten Aufträge stammen von Kunden im Nahen Osten ...«

»Ölgeld!«

»Klar! Und einiges davon kommt aus Libyen.«

»Und die Hypothesen?«

»Die Araber suchen in den USA und in Europa einen Rückhalt im Bankenwesen und in der Industrie. Das ist öffentlich bekannt. Sie haben genug Geld und Ellbogenfreiheit, um ihn sich zu beschaffen. Wir sind davon überzeugt, daß Basil Yanko sie dabei unterstützt. Das Vorhaben ist legal, die Methode dubios und, in unserem Fall, kriminell. Ich habe Ihnen die Kopie eines Dossiers mitgebracht, das wir über sein Vorleben zusammengestellt haben. Sie müssen ihn auch in Ihren Karteien führen ... Ende der Story.«

»Jetzt sagen Sie mir, warum Sie die Sache lancieren wollen.«

»Wir wollen den Druck, unter dem wir stehen, verringern und ihn gegenüber Yanko verstärken. Wir wollen Yanko völlig unmöglich machen.«

»Das wollen auch eine Menge andere Leute.«

»Reicht dieses Material dafür aus?«

»Nein, aber es wird ein Stich ins Wespennest sein. Können Sie mir noch etwas über Valerie Hallstrom erzählen?«

»Ja, aber ich möchte es nicht. Wenn Sie den Grund wissen wollen, fragen Sie Kurt Saperstein.«

Sie drehte sich auf ihrem Stuhl zu mir um. Dann tat sie einen langen Zug an ihrer Zigarette. Die Asche fiel ihr in den Schoß, und geistesabwesend wischte sie sie mit der Hand weg. Sie fragte: »Sind Sie Jude?«

»Nein. Ich bin ein Goi.«

»Mr. Desmond, das ist eine sehr heiße Story. Es könnte noch heißer werden – für Sie.«

»Ich weiß. Wann wird sie erscheinen?«

»Heute ist Freitag. Mit etwas Glück habe ich sie für die Sonntagspresse in England fertig. Dort wird sie verbreitet. Dann haben wir sie fernschriftlich rechtzeitig für die hiesigen Montagsausgaben wieder hier. Dasselbe gilt für Europa. Aber dann ist der Teufel los. Es wäre vielleicht klug, wenn Sie für ein verlängertes Wochenende verschwinden würden.«

»Vielen Dank für den Tip. Ich werde darüber nachdenken.«

»Noch einen Drink?«

»Nein, danke. Ich trinke diesen noch aus und muß dann gehen. Würden Sie mir, bitte, etwas sagen?«

»Was?«

»Sie gehen auf Treu und Glauben ein ganz schönes Risiko ein. Warum?«

Sie warf den Kopf zurück und lachte – ein Männerlachen, heiser, höhnisch und humorlos. »Auf Treu und Glauben! Ich würde nicht einmal meiner Schwester trauen, wenn sie mir sagt, wie spät es ist... Wenn Sie nicht genau überprüft worden wären, hätten Sie sich diesem Haus nicht auf hundert Meter nähern können! Bevor diese Story hinausgeht, wird sie von Experten geprüft werden. Wenn sie mit den Tatsachen nicht übereinstimmt, sind Sie erledigt. Wenn sie nicht in unsere Politik hineinpaßt, wird sie nicht erscheinen.«

»Dann bringe ich sie zu jemand anderem.«

»Auf jeden Fall aber brauchen Sie einen guten Redakteur und einen Ihnen wohlgesonnenen Herausgeber. In mir haben Sie beides. Treten Sie Ihr Glück nicht mit Füßen.«

»Ich lasse mich auch nicht gerne treten.«

»Wenn Sie sich nicht die Finger verbrennen wollen, dürfen Sie auch nicht mit dem Feuer spielen ... *L'chaim!*«

Im Hotelfach lag eine Nachricht für mich: Saul Wells sei soeben mit der Pendelmaschine aus New York eingetroffen und sitze in der Bar. Wie er da so auf dem hohen Hocker über seinen Drink gebeugt saß, sah er mehr denn je wie ein Frettchen aus: mürrisch, ruhelos und kampflustig. Sein Gesicht erhellte sich, als er mich sah, und wir setzten uns zusammen, außer Hörweite der anderen Gäste, in eine dunkle Ecke. Er entfernte die Cellophanhülle von einer Zigarre, schob sich diese in den Mundwinkel, zündete sie an und berichtete mir, in Rauchwolken gehüllt, das Neueste.

»... Erste Berichte von Ihren Zweigniederlassungen. Dieselbe Methode mit lokalen Variationen. Wo Ausfuhrbeschränkungen für die einheimische Währung bestehen, sind nur Ausländerkonten betroffen. In drei Fällen, beispielsweise in Mexico City, haben Ihre Computerleute zur fraglichen Zeit gekündigt, aber wir haben sie bis jetzt noch nicht ausfindig machen können. In zwei anderen Fällen sind sie weiter tätig. Dies deutet darauf hin, daß die Systeme manipuliert worden sind. In England haben wir mehr Glück gehabt. Die fragliche Angestellte dort war eine Frau namens Beverley Manners. Sie kündigte, weil sie heiraten wollte – große Büroparty, eine Prämie vom Manager. Es geht ihr recht gut, sie lebt auf einem großen Besitz mit Golfplatz in Surrey. Nach dem Bericht ist sie im fünften Monat schwanger.«

»Ist das von Bedeutung, Saul?«

»Ich glaube, ja. Wir können eine Dame, die ein Baby erwartet, nicht belästigen. Noch wichtiger aber ist die Tatsache, daß ihr Ehemann für Creative Systems, U.K. Limited, tätig ist.«

»Das ist ja reizend.«

»Es wird noch reizender. Die Dame und ihr Mann sind Nachbarn und Golffreunde Ihres Londoner Direktors – und die betrügerischen Transaktionen beruhen auf einer fernschriftlichen Instruktion aus Genf, die von George Harlekin unterzeichnet ist!«

»Haben Sie unsere Fernschreibunterlagen in Genf überprüft?«

»Ja. Keine Spur. Das Fernschreiben wurde von einer anderen Stelle abgesandt.«

»Eine ganz schöne Verschwörung!«

»Wenn Sie sie aufdecken wollen, müssen Sie wahrscheinlich die britische Polizei einschalten.«

»Noch nicht. Versuchen Sie, soweit wie möglich ohne die Polizei auszukommen. Wir können es uns nicht leisten, noch mehr Mitarbeiter zu verlieren und weiteres Aufsehen zu erregen. Wie ist es Ihnen mit dem FBI ergangen?«

»Die haben mich ganz schön in die Zange genommen. Und Sie?«

»Dasselbe.«

»Irgend etwas Neues?«

Ich erzählte ihm von meinem Gespräch mit Mrs. Leah Klein.

Er biß auf die Zigarre und starrte mich mit unverhohlener Verblüffung an. »Menschenskind! Da haben Sie sich aber was aufgeladen! In ganz Washington nennt man sie die Totengräberin, denn sie hat einige große Namen begraben und ein paar recht flotte Nachrufe geschrieben. Wenn sie auf Ihrer Seite steht, haben Sie Glück. Wenn nicht, dann ist es Zeit, das Weite zu suchen.«

»Sie will sowieso, daß wir verreisen, Saul.«

Plötzlich war er hellwach und todernst. »Wenn sie das gesagt hat, Mr. Desmond, dann besorgen Sie sich schleunigst die Tickets. Wenn Leah aus der Hüfte zu feuern beginnt, gehen sogar die Mitarbeiter des Weißen Hauses in volle Deckung. Sie gibt nur eine einzige Warnung – die letzte.«

»Ich will mit Harlekin darüber sprechen.«

»Ein Vorschlag, Mr. Desmond: Es gibt gute Flugverbindungen nach Mexico City. Ich habe die Unterlagen über Ihre dortige Zweigniederlassung. Das wäre eine gute Ausrede, wenn Sie eine brauchen.«

»Wenn's sein muß, werde ich davon Gebrauch machen. Wenn sonst nichts vorliegt, treffen wir uns in meinem Appartement zum Frühstück. Dann können wir die Berichte gemeinsam durchsehen.«

»Treffen wir uns lieber im Frühstückszimmer.«

»Gibt es dafür einen besonderen Grund?«

»Den allerbesten. Ihre Miß Suzanne hat mir erlaubt, mich in Ihren Zimmern etwas umzusehen. Sie sind so heiß wie das Innere eines Reaktors. Harlekins Suite ist sauber – was doch merkwürdig ist.«

»Nicht so merkwürdig. Dort ist den größten Teil des Tages jemand anwesend.«

Saul grinste und vollführte komische Bewegungen mit seiner Zigarre. »Wenn Sie dort oben ein kleines Spielchen getrieben haben, ist alles auf Band, und die Auswerter haben einen Mordsspaß.«

»Was für Auswerter, Saul?«

»Zwei Möglichkeiten, Mr. Desmond – das FBI oder Basil Yankos Leute.«

»Auf wen tippen Sie, Saul?«

»Meiner Meinung nach steckt Yanko dahinter. Grund:

Das FBI wußte, daß Harlekin seinen Botschafter aufsuchte und Sie die Absicht hatten, mit dem Ihrigen zu sprechen. Deshalb glaube ich, daß sie sich ganz an die Vorschriften halten.«

»Das FBI hat mich heute morgen in meinem Zimmer verhört.«

»Wenn die Leute wiederkommen, was wahrscheinlich der Fall sein wird, erzählen Sie ihnen von den Mikrophonen. Eines sitzt im Telefonapparat. Das andere ist unter dem Tisch neben dem Sofa.«

»Warum reißen wir das Zeug nicht einfach heraus?«

»Es muß so aussehen, als hätten Sie nichts gemerkt, Mr. Desmond... auch wenn es nicht stimmt. Mit Aaron Bogdanovich und Leah Klein spielen Sie um hohe Einsätze. Das ist ein weiterer Grund, warum ich Ihnen raten würde, diesen Trip nach Mexiko zu machen.«

Nach dieser tröstlichen Bemerkung trennten wir uns – Saul wollte den Sabbat-Abend bei Freunden verbringen, ich mußte George Harlekin Bericht erstatten und ihn überzeugen, daß Mexico City ein gesünderes Klima habe als Washington, D.C. Es war nicht einfach.

Er hatte meinen Text für die Presse gebilligt; aber er war nur zögernd bereit, den Artikel durch Leah Klein oder jemand anderen ändern zu lassen. Außerdem müsse er mit der New Yorker Börse in Verbindung bleiben. Vielleicht seien weitere Gespräche mit Herbert Bachmann erforderlich. Er wolle unter gar keinen Umständen bei Yanko den Eindruck entstehen lassen, als renne er vor ihm davon. Ich wandte ein, daß wir Mexiko sowieso besuchen müßten; warum also nicht während des Wochenendes, wo das Geschäftsleben zwei Tage hindurch ruhe? Wir gäben viel Geld für fachkundigen Rat aus – warum sollten wir ihn dann nicht auch beherzigen? Worauf Julie einwarf, sie könne ja bei dieser Gelegenheit nach Acapulco fliegen und Lola Frank besuchen. Wenn wir plötzlich nach New York zurückfliegen müßten, brauchten wir uns wenigstens um sie keine Sorgen zu machen. Schließlich war Harlekin einverstanden, und ich ging hinunter, um die Buchungen über Arnold vorzunehmen. Als ich meine Bitte vorbrachte, erwachte sein längliches, mürrisches Gesicht zu neuem Leben, und er fragte: »Wie haben Sie denn die Nachricht erhalten, Mr. Desmond?«

»Was für eine Nachricht? Das ist eine Geschäftsreise. Wir unterhalten in Mexico City ein Büro.«

»Ach!«

»Probleme, Arnold?«

»Keine Probleme. Reiner Zufall, nehme ich an. Ich hörte gerade, daß sich ein Freund von Ihnen auf dem Weg dorthin befindet, und er möchte, daß Sie Kontakt mit ihm aufnehmen. Ich habe hier seine Nummer.« Er gab mir die Karte und begann die Flugpläne durchzublättern, wobei er die ganze Zeit über mit monotoner Stimme weitersprach. »...Ich nehme an, Sie wollen im *Camino Real* wohnen. Derselbe Stil wie bei uns – gut? Ich werde dort anrufen, sobald der Flug bestätigt ist. Aha, hier haben wir es! Braniff fliegt um fünfzehn Uhr fünfzehn ab und kommt mit Zwischenlandungen in Dallas und San Antonio um einundzwanzig Uhr dreißig an. Erste Klasse und ein Wagen am Flugplatz? Nein, Sie werden wohl von Ihren eigenen Leuten abgeholt. Wie lange werden Sie bleiben? Vier, fünf Tage? Sagen wir, eine Woche. Sie können immer noch umbuchen. Postalische Nachsendeadresse? Ihre Bank, okay? Ich werde Ihren Freund über die Vorbereitungen unterrichten. Komisch, wie sich das trifft, finden Sie nicht auch ...?«

Je mehr ich darüber nachdachte, desto komischer wurde es – ein Galgenhumor, bei dem es einem kalt den Rücken hinunterlief. Wir waren wieder da angelangt, wo George Harlekin von Gespenstergeschichten zu reden pflegte: Geflüster im Dunkeln, Knacken in der Holztäfelung, eine ganze Blütenlese von Zeichen und Symbolen, um den Neuling zu verwirren. Als ich zum Fahrstuhl zurückging, sprach mich eine bekannte Stimme an. Ich fuhr herum und sah Mr. Milo Frohm zwei Schritte hinter mir. Er streckte mir die Hand zum Gruß hin; ich schüttelte sie geistesabwesend.

Er sagte: »Ich wollte gerade zu Mr. Harlekin hinauffahren.«

»Ich auch.«

»Hoffentlich ist es noch nicht zu spät.«

»Aber spät genug. Und morgen reisen wir nach Mexico City.«

»Kommt das nicht ziemlich plötzlich?«

»Eigentlich nicht.«

Der Lift kam, und wir machten das übliche Spielchen, um dem anderen den Vortritt zu lassen. Mr. Frohm war ein sehr rücksichtsvoller Mensch; er hob sich den Rest seiner Fragen für George Harlekin auf, der ihn mit Kaffee und Brandy bewirtete und ihm mit seiner alten, entwaffnenden Offenheit antwortete.

»... Daran ist gar nichts Ungewöhnliches, Mr. Frohm. Mr. Wells hat uns soeben seinen Bericht über unsere Zweigniederlassung in Mexico City übergeben. Wir müssen mit dem Direktor und den einheimischen Aktionären sprechen. Während wir bei der Arbeit sind, wird meine Frau Freunde in Acapulco besuchen. Sehen Sie darin irgendwelche Schwierigkeiten für mich?«

»Keine Schwierigkeiten, Mr. Harlekin. Ich bin höchstens ein wenig besorgt.«

»Ich freue mich, das zu hören. Nach meiner Unterredung mit dem Botschafter heute früh hatte ich nämlich das Gefühl, daß wir uns gewissermaßen in Feindesland befinden. Ihr Außenministerium ist im Augenblick über uns Europäer nicht besonders glücklich ... Ach, Julie! Das ist Mr. Frohm vom FBI. Mr. Frohm, meine Frau.«

»Ich freue mich, Sie kennenzulernen, Madame. Es tut mir leid, Sie zu dieser späten Stunde zu belästigen.«

»Ist irgend etwas nicht in Ordnung, George?« Sie sah ihn aus großen Unschuldsaugen an.

»Gar nichts, Darling. Bleib bitte bei uns. Fahren Sie fort, Mr. Frohm.«

»Hm, Mr. Harlekin, ich nehme an, daß Ihnen Ihr Botschafter etwas über die politischen Hintergründe gesagt hat.«

»Allerdings.«

»Er erwähnte sicher auch, daß in der gegenwärtigen Lage die Gewalt eine bestimmte Rolle spiele.«

»Ja.«

»Mr. Harlekin...« Er hüstelte verlegen und tat so, als suche er nach dem passenden Ausdruck. »Ich... das heißt, wir... haben da so gewisse Ansichten... Sie könnten sie sogar Überzeugungen nennen, über die ich mich im Augenblick allerdings nicht näher auslassen darf. Jedenfalls befinden Sie sich nicht, wie Sie es ausdrückten, in Feindesland. Sie haben – vielleicht mit einer gewissen Berechtigung – das Gefühl, in Basil Yanko einen persönlichen Feind zu haben. Wir halten vielleicht – ich darf nicht offiziell erklären, daß wir es tun – seine Geschäftspraktiken für hart oder sogar für verwerflich; solange aber nicht der Beweis für irgendwelche illegalen Machenschaften erbracht ist, können wir nicht intervenieren. Wir haben es mit zwei Mordfällen zu tun und befinden uns in einer aufs höchste gespannten politischen Lage, hier wie im Ausland. In unserer Gesellschaft ist die Gewalt endemisch, und sie kann zur Epidemie werden. Sie selbst könnten von ihr bedroht werden. Wir müssen Sie daher darauf hinweisen, daß wir Sie nicht immer schützen können. Es ist gut, daß auch Madame Harlekin das erfährt.«

Harlekin saß einen Augenblick schweigend da und betrachtete sich den Rücken seiner langen, schmalen Hände. Dann sagte er mit ernster Stimme: »Ist das nicht ziemlich allgemein ausgedrückt, Mr. Frohm? Von wem werden wir bedroht?«

»Fragen Sie sich doch selbst, Mr. Harlekin, wer aus Ihrem Tod den größten Nutzen ziehen würde. Und bedenken Sie außerdem: Wenn Sie oder Ihre Mitarbeiter sich mit einer bestimmten politischen Gruppe identifizieren, verdoppeln Sie Ihr persönliches Risiko. Sie wissen, daß Frank Lemmitz in London ermordet wurde?«

»Wir haben davon gehört. Wer hat ihn umgebracht?«

»Das haben Sie getan, Mr. Harlekin. Sie haben ihn mit einem Wort zur unrechten Zeit umgebracht.« Er runzelte die Stirn und spreizte abwehrend die Hände. »Gerade das versuche ich Ihnen zu erklären. Sie sind hier ein Fremder. Sie verstehen nicht den hiesigen Jargon. Sie sind Schweizer. Sie kommen aus einem kleinen, wohlgeordneten Land, wo man eine Lizenz braucht, um zu husten – obwohl Sie so gute Manieren haben, daß Sie davon keinen Gebrauch machen... Darf ich fragen, ob Sie für den Schutz Ihres Kindes gesorgt haben?«

»Ich habe Polizeischutz beantragt. Ich bin sicher, daß er ausreicht.«

»Ich hoffe es. Entschuldigen Sie, Mr. Harlekin, aber das hier ist Amerika auf der letzten Filmrolle des Amerikanischen Traums, der sich als ein Alptraum in Technicolor erweist. Es macht mir kein Vergnügen, hier zu sitzen und mich für meine Heimat – oder gar für mich selbst! – zu entschuldigen, aber ich will es tun, damit Sie die Wahrheit erkennen.«

»Und was ist die Wahrheit, Mr. Frohm?«

»Die Gesetze sind unzulänglich. Die Ordnungskräfte reichen noch weniger aus. Einige sind korrupt; aber nicht alle. Die Korruption verbreitet sich in demselben Maße, wie das Vertrauen sinkt. Ich bitte Sie, mir zu vertrauen, Mr. Harlekin. Auch Sie, Mr. Desmond.«

Jetzt war für mich der Augenblick gekommen. Ich wollte ihn nicht ungenutzt verstreichen lassen; ich konnte es einfach nicht.

»Mr. Frohm?«

»Ja, Mr. Desmond?«

»Ich glaube, weil ich es glauben will, daß Sie ein ehrlicher Mann sind. Wollen Sie mir zwei Fragen beantworten?«

»Wenn ich kann, gern.«

»Haben Sie den Auftrag, mein Telefon abzuhören und Mikrophone in meinem Zimmer zu installieren?«

»Nein, bestimmt nicht.«

»Haben Sie oder einer Ihrer Agenten das getan?«

»Soviel ich weiß, nein.«

»Jemand hat es aber getan, Mr. Frohm. Saul Wells hat es heute nachmittag festgestellt.«

»Hat er auch diesen Raum untersucht?«

»Ja. Er ist sauber.«

Er schüttelte langsam den Kopf. Er sah mich an, dann George Harlekin und Julie. Er stand auf, ging zum Telefon und wählte langsam und voll innerer Erregung eine Nummer.

»Cal?... Milo Frohm. Du weißt, wo ich bin. Schick Pete her, mit seinem Zauberkasten – aber dalli!«

Er setzte sich. George Harlekin schenkte ihm ein Glas Whisky ein. Er trank in kleinen Schlucken und setzte das Glas bedachtsam wieder hin.

»Sehen Sie jetzt das Problem, Mr. Frohm?« sagte Harlekin sanft. »Jetzt müssen Sie es doch eigentlich sehen.«

Milo Frohm nickte; sein Kopf ging auf und nieder, auf und nieder, wie bei jenen alten Porzellan-Buddhas, die die Matrosen früher aus Shanghai mitzubringen pflegten. »Ja... ja... ja. Ich sehe es allerdings, Mr. Harlekin. Im Augenblick bin ich mir noch nicht klar, was wir dagegen tun können. Aber eines ist sicher: Wenn Sie nach Mexico City kommen, müssen Sie alle sehr, sehr vorsichtig sein.«

Unser Auszug aus Washington war alles andere als glorreich. Es regnete aus tiefhängenden, bleiernen Wolken. Der Wochenend-Exodus hatte begonnen, und wir waren nur weitere vier Schafe, die durch den Desinfektionsmechanismus getrieben und so schnell wie möglich abtransportiert werden sollten. Unser Handgepäck wurde durchsucht; wir wurden durch eine Detektorschleuse geführt; wir wurden abgeklopft und geprüft und in einem Pferch festgehalten, während Sicherheitsbeamte das Flugzeug nach Bomben durchsuchten. Als gute Schafe, die wir waren, sagten wir uns, daß wir Verständnis für die Vorsichtsmaßnahmen hätten, die getroffen wurden, um unser Leben zu schützen. Wir klagten über die Gewaltakte, die diese Vorsorge notwendig machten, und wir überließen uns mit blindem Vertrauen der Obhut unserer anonymen Wächter und bewaffneten Schafhirten. Mein Vertrauen war mit den Jahren brüchiger geworden; deshalb bestellte ich, sobald wir in der Luft waren, die mir zustehenden Cocktails und vertiefte mich in Mendozas Bericht über die märchenhafte Karriere Basil Yankos.

Der erste Teil enthielt die übliche Geschichte: Als Sohn armer böhmischer Einwanderer hatte er Zeitungen verkauft und Lebensmittel ausgefahren, um seine Ausbildung zu bezahlen; dann hatte er sich mit eiserner Energie und mit Hilfe seiner Intelligenz in den neuen Wissenschaftszweig der Computertechnik eingearbeitet. In den Großfirmen machte er schnell und ohne Makel Karriere. Er wurde gut bezahlt. Er sparte sein Geld. Seine Sparsamkeit war das einzige bemerkenswerte Kennzeichen seines Privatlebens. Er hatte keine politischen Interessen und offenbar nur ein sehr geringes Bedürfnis, Freundschaften zu schließen. Er unterwarf sich, ohne zu klagen, den Regeln der Industriegesellschaft. Er nahm sich keine Vorrechte heraus. Seinen Untergebenen erwies er nie einen Gefallen. Er weigerte sich, am Intrigenspiel der Großfirma teilzunehmen, und ließ sich auch nicht dazu überreden. Die einzige dezidierte Äußerung, die der Bericht erwähnte, war eine knappe Bemerkung während einer Auseinandersetzung in der Firmenleitung: »Wir produzieren Gehirne und bringen den Leuten bei, wie man sie einsetzt. Benutzen wir zunächst einmal zum Denken unser eigenes Gehirn!«

Er war zweiunddreißig, als er den Dienst bei den Großunternehmen quittierte und sich anschickte, selbst einer der Riesen zu werden. Er besaß damals eine Viertelmillion Dollar; damit erwarb er ein Drittel einer kleinen Datenverarbeitungsfirma in New York. Im selben Jahr heiratete er die Tochter seines Seniorpartners. Ein Jahr später ging seine Frau nach Nevada und ließ sich von ihm scheiden. Der Bericht enthielt auch von ihr eine etwas hysterisch gefärbte Charakterschilderung: »Er war nicht grausam. Er war nicht freundlich. Er war einfach nicht da. Als ich ihn heiratete, erhoffte ich mir den Himmel auf Erden; aber ich sah nichts weiter als Signallampen und sich drehende Tonbänder... Wenn ich die Hand nach ihm ausstreckte, konnte ich nur kaltes Email berühren. Er war kein Mann. Er war ein mechanisches Ungeheuer.«

Sechs Monate vor seiner Scheidung gründete Basil Yanko eine Rahmengesellschaft mit dem Namen Creative Systems Incorporated. Sie tat weiter nichts als existieren. Sechs Monate nach der Scheidung starb sein Seniorpartner an einer Überdosis Schlaftabletten. Man witterte einen Skandal: Frisierung von Konten, Industriespionage, Verkauf von Material aus der Datenbank an die Konkurrenz seiner Kunden. Der Tote konnte sich nicht mehr verteidigen. Aber Basil Yanko setzte sich gerade so weit für ihn ein, daß er sich den Ruf eines aufrichtigen, treuen Freundes erwarb und die besten Klienten des Toten übernehmen konnte. Dann kauften Creative Systems Incorporated die Firma zu einem günstigen Preis. Basil Yanko war Alleineigentümer. Er konnte jetzt die Dienstleistungen eines Genies öffnen, das von der knechtischen Bindung an mindere Geister befreit war. Die Großunternehmen kamen mit ihm ins Geschäft. Er baute sein Unternehmen aus, zwar langsam, aber mit einer Art kühlen Zielsicherheit; er kaufte Talente, verkaufte Ideen und bot bei der Erfüllung seiner Verträge stets auch Extraleistungen.

Sein Lebensstil änderte sich ebenfalls. Er lebte aufwendiger, gab prächtigere Einladungen, umgab sich jedoch gleichzeitig mit einer Aura des Faustisch-Geheimnisvollen. Das aber forderte zur Kritik heraus, denn all das wirkte zugleich wie Scharlatanerie; doch dann machte es sich bezahlt, als der Scharlatan allen Skeptikern und Kritikern bewies, daß er ein echter Magier war. Finanzkräftige Unternehmen unterstützten seine Forschungsarbeiten. Hochgestellte Persönlichkeiten suchten seinen Rat, und er stattete sie seinerseits mit den Instrumenten der Macht aus.

Er heiratete die Tochter eines Angehörigen dieser Kreise, eine dreißigjährige, unscheinbare Person, die in dem Rufe stand, eine Vorliebe für junge Mädchen zu haben, aber reich genug war, sich diese exzentrische Neigung leisten zu können. Sie kam ums Leben, als sie den Anlasser ihres Rennbootes auf dem Lake Tahoe betätigte und das Benzin in der Bilge explodierte. Basil Yanko war in New York, als das passierte. Er flog zurück, um am Grab zu trauern, die Versicherungssumme zu kassieren und sich ein drei Monate altes Testament bestätigen zu lassen, das ihn um acht Millionen Dollar reicher machte.

Dann begann er sich zu vergrößern; er schluckte kleinere Unternehmen, übernahm deren Vermögen, behielt die besten Mitarbeiter bei sich und überließ den Rest seinen Konkurrenten. In der Blütezeit der sechziger Jahre, als jeder kleine Fürst ein Vermögen ausgab, um unerkannt zu bleiben, trat Basil Yanko ins Scheinwerferlicht der Öffentlichkeit und verschaffte sich noch ein Vermögen. Er kaufte Maschinen. Er hielt seinen Einzug in Europa, kaufte Aktien und Grund und Boden, schloß Bündnisse und gründete Tochtergesellschaften. Es gab bösartige Gerüchte, daß er auch verkaufe: Informationen gegen Kapitalbeteiligungen an europäischen Wirtschaftsunternehmen. Mendozas Bericht führte mehrere Beispiele auf, aber alle beruhten auf mangelhaften Beweisen. In einem besonders dunklen Fall wurde eine europäische Firma der pharmazeutischen Industrie des Diebstahls von Geheimmaterial bezichtigt; worauf drei Tage nach dem Bekanntwerden dieser Nachricht ein führender Systemanalytiker von Creative Systems bei einem Autounfall in den Dolomiten ums Leben kam. Eigentlich war alles ein alter Hut und längst schon einmal dagewesen: eine Neuauflage der Lebensgeschichte der Tabakbarone und der Ölmagnaten und der Waffenhändler. Man wußte, wie es gemacht wurde. Es würde ein Vermögen kosten und drei Generationen dauern, wenn man es beweisen wollte. Und auch wenn es gelänge, würde einem niemand einen Orden dafür geben – selbst wenn man das Glück hatte, die Ordensverleihung noch zu erleben … Das war alles ganz schön und gut, solange es gestern jemand anderem passierte. Tatsächlich aber passierte es heute, und zwar uns. Die Geschäftswelt wußte das; aber solange es unseren Kollegen oder Konkurrenten nicht an die eigenen Taschen ging, war es ihnen völlig einerlei. Wenn wir die Oberhand behielten, wären sie vielleicht sogar peinlich berührt. Wenn wir verlören, würden sie sich immer noch mit Basil Yanko im Bankers Club an einen Tisch setzen und uns mit dem abgedroschenen Nachruf abtun: Geschäft ist Geschäft.

Das Signal zum Anschnallen leuchtete auf. Die Stewardeß sagte, wir befänden uns im Anflug auf Dallas, wo man John Kennedy ermordet und die Wahrheit mit seinem Mörder begraben hatte, und alle lebten glücklich und zufrieden weiter.

6

Als wir den Rio Grande überquerten, war ich eingeschlafen und träumte. Als ich wieder aufwachte, sah ich den Popocatepetl unter mir liegen, der sich mit seinem ewigen

Schnee hell gegen den sternenübersäten Himmel abhob. Weiter unten lagen kleinere Felsklippen und Seen in der Dunkelheit, die mit den Lichtern verstreuter Dörfer gesprenkelt war. Vor uns in weiter Ferne deutete sich Mexico City an, ein goldenes Leuchten, das undeutlich durch den Dunst drang und sich hoch hinauf unter dem Sternenmeer ausbreitete. Ich empfand ein seltsames Gefühl der Befreiung, als sei ich aus einem langen Tunnel in einer riesigen, aber freundlichen Wildnis aufgetaucht. Neben mir strahlte auch Suzanne nur so vor lauter Staunen und Aufregung. Sie nahm meine Hand und plapperte wie ein Kind vor sich hin, angefüllt mit Phantasien und nur noch undeutlich erinnerten Geschichten – von der gefiederten Schlange, der goldenen Stadt im See, den Menschen, für die die Zeit ein geheiligtes Mysterium war, und von Cortez, der als Gott willkommen geheißen wurde und zu menschlich war, um es zu begreifen.

George Harlekin kam herüber, um diesen Augenblick mit uns zu teilen. Er war von den kleinen Lichtern in den großen Tälern gefangengenommen: den winzigen Fundgruben eines Volkstums, das nie überliefert werden würde, weil seine Mitglieder weder lesen noch schreiben konnten und ihre Sprache mit ihnen dahinsterben würde. Er sprach von dem seltsamen Vergessen, das die Menschheit befällt; wie das Wissen eines Zeitalters von einer einzigen Generation wieder in den Wind geschlagen wird. Zwischen Himmel und Erde hängend, erlebten wir Bruchstücke alter Visionen und hielten einen kurzen Augenblick lang die Unendlichkeit in unserer Hand.

Als wir landeten, lösten sich die Visionen in beißendem Smog auf; die Unendlichkeit wurde zu Erdenstaub, sandig zwischen den Fingern und trocken im Mund. Wir schoben uns wie Galeerensklaven durch die Paßkontrolle. Wie geduldige Bauern warteten wir auf das Gepäck und die Zollabfertigung. Wir gerieten in ein brodelndes Meer von Männern, Frauen, Kindern und allerlei Viehzeug. Gerade als wir unserer Verzweiflung lauthals Luft machen wollten, teilte sich das Meer, und José Luis Miramón de Velasco hieß uns im Land der Azteken willkommen.

In unseren Unterlagen stand über ihn: fünfunddreißig Jahre alt, unverheiratet, Absolvent der National Autonomous University und der Harvard School of Business Administration, Angehöriger einer alten Gachupin-Familie, was bedeutete, daß seine Vorfahren Schuhe trugen und Kastilisch sprachen, während die übrige Bevölkerung barfuß ging und Nahua sprach und spanisch radebrechte. Ferner bedeutete das, daß er von Hause aus reich, gutaussehend und stolz wie ein Spanier war und mit verbundenen Augen durch das Labyrinth des mexikanischen Behördenapparats schreiten konnte.

Seine Begrüßung war geradezu höfisch. Im Hotel führte er uns mit königlichem Pomp ein. Er stellte sich selbst, seine Dienste und sein Haus jederzeit zur Verfügung. Ich sah, wie die Frauen vor Erstaunen erblaßten, daß soviel schöne Männlichkeit so lange unverheiratet geblieben war. Ich verkniff mir die Bemerkung, daß ein reicher Gachupin, der eine Investmentbank in Mexico City besaß, die Ehe ebensowenig nötig hatte wie Pulque und Tamales zum Dinner.

Bevor er sich wieder verabschiedete, bat er Harlekin und mich um ein persönliches Gespräch. Er war empört über die Vorgänge in der Bank; er könne nicht mehr ruhig schlafen, solange der Schandfleck auf seinem guten Namen nicht getilgt sei. Da ich seinen geradezu wilden Stolz kannte, befürchtete ich schon eine Neuauflage des Falles Larry Oliver, diesmal auf kastilisch. Aber seine erste Sorge galt George.

»... Sie sind krank gewesen, mein Freund. Es ist eine Schande, daß Sie so schnell in diese – diese *sofistería* verwickelt werden! Aber so ist nun einmal das Geschäftsleben bei den *Yanquis*. Wenn Sie nicht zu ihrem Preis verkaufen wollen, setzt man Sie unter Druck, schüchtert Sie mit Drohungen ein und läßt durch Schnüffler Ihr Privatleben ans Tageslicht zerren. Hier wenigstens ist es uns gelungen, uns diese Leute noch vom Leibe zu halten. Wir haben Schaden gelitten. Das müssen Sie zunächst einmal wissen. Es wird behauptet, daß ein guter Bankier eine krumme Sache riecht, bevor sie überhaupt passiert. Es wird außerdem behauptet, daß wir Anteile an Creative Systems verkauft haben, daß wir uns vertraglich ihre Dienstleistungen gesichert haben; und daß es, falls es jetzt zum Bruch gekommen ist, unser Fehler und nicht der ihrige ist... Morgen sind Sie und Madame Harlekin zum Mittagessen mit Pedro Galvez und zwei weiteren Ihrer mexikanischen Aktionäre eingeladen. Galvez ist der starke Mann. Überzeugen Sie ihn, und Sie brauchen nichts mehr zu befürchten. Er sucht Kapitalgeber für neue Bergwerke und neue Zufahrtsstraßen; er würde sich diese lieber aus Europa oder Japan als aus den Vereinigten Staaten besorgen. Es gibt hier schwer zu fassende und schwer zu deutende Zwischentöne. Unsere Wurzeln liegen in Europa und im alten, überkommenen Leben dieses Landes. Unsere Loyalität gilt uns selbst. Unsere Feindschaften reichen zurück bis zum Alamo. Selbst Hernando Cortez ist noch nicht freigesprochen... Verzeihen Sie, ich kann mich nicht sehr gut ausdrücken. Da ist noch etwas anderes – es ist mir etwas peinlich, aber ich muß es Ihnen sagen...« Er brach ab und bat einen Augenblick um Entschuldigung, weil er sich seine Worte überlegen müsse. Schließlich fuhr er fort: »George, mein Freund, ich bin ein Narr gewesen!«

»Das kommt häufig vor, José«, sagte Harlekin lächelnd. »Wir alle haben darunter zu leiden.«

»Diesmal, George, sind Sie es, der die Folgen zu tragen hat. Während der letzten beiden Tage habe ich mit Ihren Ermittlern in der Bank gearbeitet. Es steht fest, daß die Angestellte, die die falschen Instruktionen verschlüsselte, eine junge Frau namens Maria Guzman war, die uns im Januar verlassen hat. Ich habe Ihren Ermittlern gesagt, sie sei spurlos verschwunden und es würde sehr schwierig sein, sie ausfindig zu machen... Das war eine Lüge.«

»Ich bin sicher, daß Sie gute Gründe hatten, so etwas zu sagen, José.«

»Ich überlasse das Urteil darüber Ihnen. Diese Maria war – ist – eine sehr attraktive Frau. Für eine Weile war ich – äh – mit ihr befreundet. Dann, als sie ernste Absichten zu haben schien, ließ ich sie fallen. Das war so im September, Oktober letzten Jahres. Sie blieb natürlich bei uns. Sie leistete gute Arbeit. Sie wurde gut bezahlt. Dann sagte sie mir im Januar, sie wolle kündigen. Man habe ihr eine bessere Stellung bei Petróleos Mexicanos angeboten. Ich gab ihr eine erstklassige Empfehlung mit und ließ sie gehen. Damit kam für mich die Angelegenheit zu einem glücklichen Ende. Es ist keine sehr einfache Situation, wenn Sie jeden Morgen einer alten Flamme begegnen – und Maria machte es mir auch nicht leichter!«

»Sie sind ein Idiot«, sagte George Harlekin sanft.

»Ich weiß. Sie können meinen Kopf auf einer Silberschüssel haben, wenn Sie wollen.«

»Ich hätte lieber die Fakten, José.«

»Ich habe sie, George. Bevor ich sie Ihnen mitteile, möchte ich Sie um einen Gefallen bitten; ich habe zwar kein Recht darauf, aber ich möchte Sie trotzdem darum bitten. Das Mädchen ist schuldig, daran besteht kein Zweifel. Aber ich bitte Sie, sie nicht gerichtlich zu belangen. Wenn Sie jemals ein mexikanisches Gefängnis von innen gesehen hätten, würden Sie das verstehen. Ich will alles, was ich besitze, zur Deckung Ihrer Verluste einsetzen. Aber ich bitte Sie...«

»Lieben Sie sie immer noch, José?«

»Um Himmels willen, nein! Ich halte sie für eine dumme Gans; aber ich war noch dümmer als sie.«

»Also gut! Keine Anzeige. Und das letzte, was ich von Ihnen will, ist Ihr Geld, José. Also, zur Sache.«

»Ein Geständnis auf spanisch, eine englische Übersetzung, zwei Fotos, alles notariell beglaubigt.«

»Wie haben Sie sich das beschafft?«

»Es wäre mir lieber, wenn Sie mich nicht danach fragen, George. Ich bin auch nicht sehr stolz darauf. Lesen Sie erst einmal das Dokument.«

George Harlekin las es langsam durch und reichte es dann mir. Die Erklärung war so durchsichtig und klar wie eine Träne.

»... Ich verliebte mich in einen Mann, der meine Liebe nicht erwiderte. Als er mir sagte, daß unser Verhältnis zu Ende sei, kam ich mir ganz blöd vor; ich war wütend und tief gekränkt. Aber ich blieb in meiner Stellung, weil ich wußte, daß es ihm unangenehm war, obwohl es für mich auch kein Trost war. Eines Tages suchte ein junger Mann unsere Bank auf, um unser Computersystem zu überprüfen. Sein Name war Peter Firmin. Er sagte, er bliebe einen Monat in Mexiko, um Klienten zu besuchen. Er lud mich zum Abendessen ein. Danach sahen wir uns ständig. Ich schüttete ihm mein Herz aus. Wir verliebten uns. Er sagte, er wolle mich heiraten; aber erst müsse er sich noch von seiner Frau scheiden lassen, und das würde eine Menge Geld kosten. Ich besaß nichts. Ich konnte ihm nicht helfen. Dann sagte er mir, falls ich bestimmte Instruktionen in den Computer eingäbe, dann würde dafür Geld gezahlt werden: zehntausend Dollar. Er sagte, das sei kein Verbrechen. Ich würde ja nichts stehlen. Wenn es herauskäme, wäre es ein Heidenspaß, denn José Luis würde dafür geradestehen müssen. Ich war einverstanden, aber ich wollte das Geld nicht annehmen. Ich gab es Peter, damit er es für die Scheidung verwenden konnte. Er ging fort. Seither habe ich ihn nie wieder gesehen. Ich habe ihm oft geschrieben, an seine Firma und an die Adresse in Kalifornien, die er mir gegeben hatte. Meine Briefe kamen alle zurück – Adressat unbekannt. Niemand erhob Bedenken gegen die Computerinstruktionen;

aber im Januar kam ich zu dem Schluß, daß ich kündigen müsse. Alles, was mir von Peter Firmin geblieben ist, sind ein paar Fotos, die ich eines Sonntags von ihm im Chapultepec-Park gemacht habe. Ich erkläre hiermit, daß diese Aussage der vollen Wahrheit entspricht und daß ich sie freiwillig im Beisein von...« Auf dem einen Foto war ein junger Mann zu sehen, der in leichter Sommerkleidung neben einem Ballonverkäufer stand. Auf dem anderen hockte er neben einem kleinen Indianermädchen, das ihm eine Blume anbot. Er wirkte fröhlich und unkompliziert, genauso wie jeder andere erfolgreiche, junge Angestellte, der mit seinem Mädchen an einem Sommernachmittag einen Ausflug macht. Ich hatte Dutzende seinesgleichen in Dutzenden von Städten gesehen – und doch...

»Erkennst du ihn, Paul?«

»Ich glaube, nicht. Aber irgendwie kommt er mir bekannt vor.«

»Ich kenne ihn«, sagte José Luis Miramón de Velasco. Er lächelte verlegen und zuckte mit den Achseln, als wolle er sich entschuldigen. »Ich habe auf eigene Faust einige Nachforschungen angestellt. Er mietete sich für einen Monat ein Appartement, eine von diesen möblierten Wohnungen, die gern von Touristen und Geschäftsleuten gemietet werden. Hierzu mußte er seinen Paß vorweisen und eine Referenz angeben. In Wirklichkeit heißt er Alexander Duggan und arbeitet für Creative Systems in Los Angeles in Kalifornien... Ich habe Ihnen ja gesagt, daß das Mädchen eine dumme Gans war. Sie hätte das auch selber feststellen können.«

Da erinnerte ich mich an ihn: an den naiv aussehenden jungen Mann in der Bar des *Bel Air Hotels,* den dreimalklugen Burschen, der glaubte, daß die Sonne aus Basil Yankos Hintern scheine und daß der Himmel voller Prämien und Aktien hänge. Ich redete aufgeregt drauflos, aber George Harlekin unterbrach mich mitten im Satz.

»Das ist sehr nützlich, Paul, sehr nützlich; aber es ist noch lange kein schlüssiger Beweis. Wir wollen erst einmal darüber schlafen... José, ich danke Ihnen. Julie und ich werden morgen mit Galvez zu Mittag essen, und wir werden uns Montag früh in der Bank treffen. Zu niemandem ein Wort darüber, was wir soeben besprochen haben. Verstanden?«

Er verstand. Er fühlte sich gemaßregelt, aber er vergaß dabei nicht seine Würde. Er bedankte sich mit kurzen Höflichkeitsfloskeln und verließ uns mit tiefen Verbeugungen wie ein Höfling, der gerade vor dem Scharfrichter bewahrt worden ist.

George Harlekin lehnte sich im Sessel zurück und seufzte müde. »Na also, Gott sei Dank... eh, Paul? Er wird diese Dummheit wie ein Büßergewand noch lange Zeit mit sich herumtragen.«

»Es spielt überhaupt keine Rolle, wie er mit seiner Dummheit fertig wird, George. Er hat uns jedenfalls das erste handfeste Beweismaterial gegen Basil Yanko geliefert.«

»Berichtigung! Wir besitzen eine von einer enttäuschten Frau abgegebene, durch nichts untermauerte schriftliche Erklärung.«

»Aber George! Bring Alexander Duggan in den Zeugenstand und laß ihn zu diesem Dokument ins Kreuzverhör nehmen – das gibt eine Sensation!«

»Und wie bringen wir ihn dorthin, Paul?«

»Wir lassen ihn wegen Anstiftung zu schwerem Betrug verhaften.«

»Die Tat wurde in Mexico City begangen. Eine Auslieferung ist ohne Schuldbeweis nicht möglich. Diesen Beweis können wir nicht beibringen, ohne Maria Guzman zu belasten, und wir haben versprochen, das nicht zu tun. Nein, Paul. Unser Freund, José Luis, ist ein sehr gewiefter Bursche. Er rechtfertigt sich; er gibt die Schuld einer jungen Frau, vergewissert sich aber, daß die Dame nicht als Zeugin herangezogen wird; er nennt uns den Namen eines Mannes, den wir nicht vor Gericht bringen können. Was sagt dir das alles?«

»Es sagt mir, daß ich Saul Wells anrufen und ihm eine Kopie des Dokuments und die Fotos schicken werde, damit er sich mit Alexander Duggan befassen kann.«

»Ist das alles?«

»Es ist jedenfalls das Beste, was mir um Mitternacht, nach einem langen Tag, einfällt.«

»Dann werde ich dir etwas geben, was du einmal beschlafen solltest, Paul. Man marschiert nicht einfach wie ein Telefonmechaniker in eine Bank und sagt, man sei gekommen, um das Computersystem zu überprüfen. Man meldet sich vorher telefonisch an. Man stellt sich dem Direktor vor. Die Ausweispapiere werden geprüft ...«

»Maria Guzman hat also gelogen.«

»Nein. So wie ich die Sache sehe, hat José Luis fahrlässig gehandelt. Er nahm den Telefonanruf eines gewissen Mr. Peter Firmin von Creative Systems entgegen, traf eine Verabredung und verzichtete nach bester südamerikanischer Art auf jede Rückfrage. Er nahm das, was ihm sein Besucher sagte, für bare Münze.«

»Er könnte auch selbst in die Verschwörung verwickelt sein.«

»Nein, Paul, dazu ist er zu reich.«

»In diesem Fall ist er auch für uns zu reich, George. Trenn dich von ihm.«

»Noch nicht, Paul. Laß ihn das Gesicht wahren. Das gilt im gegenwärtigen Augenblick ebenso für ihn wie für uns. Das ist ein anderes Land. Das Leben besteht nicht nur aus Geschäftemacherei. Auch die Lebensart spielt eine Rolle!«

Er hatte wahrscheinlich recht. Ich war zu müde, um mich mit ihm zu streiten. Ich konnte nur noch sagen, daß man eine ganze Menge Lebensart für fünfzehn Millionen Dollar kaufen könne und daß ein Manager, der seine Sekretärin nicht in Ruhe lassen könne, überhaupt nicht mein Fall sei. Das war natürlich glatte Heuchelei, denn als ich in mein Zimmer zurückkam, stand Suzanne da, fix und fertig angezogen, und wartete ungeduldig, darauf, daß ich ihr Mexico City bei Nacht zeige.

Ich erwachte, tot und ewiger Verdammnis anheimgegeben, und mein Mund schien voll heißer Kohlen zu sein. Blind war ich auch, was wahrscheinlich noch eine Gnade war. Taub war ich aber bestimmt nicht, denn das Läuten des Telefons dröhnte mir qualvoll in den Ohren. Ich fand den Apparat nach längerem Herumtasten und brachte schließlich ein wenig menschliches heiseres Krächzen hervor.

Der Anrufer war ein altvertrauter Bewohner der Unterwelt. »Guten Morgen, Mr. Desmond! Hier ist Aaron.«

»Oh ...«

»Ich habe gestern abend auf Ihren Anruf gewartet.«

»Wir kamen erst spät nach Hause.«

»Und es war noch viel später, als Sie einschliefen. Sie ist eine attraktive Frau.«

»Ich werde es ihr ausrichten.«

»Ich möchte Sie heute sehen.«

»Wann und wo?«

»Kennen Sie den Platz der Drei Kulturen?«

»Ich werde ihn finden.«

»Drei Uhr vor der Kirchentür.«

»Ich werde dasein.«

»Allein, Mr. Desmond.«

»Genau, wie Sie sagen. Kennen Sie ein gutes Mittel gegen Kater?«

»Das beste – nichts trinken. Besonders keinen Tequila. *Hasta luego amigo!*«

Es gab kein Mittel gegen das Leben, außer den Tod; deshalb war ich gezwungen, es zu erdulden. Ich rasierte mich unsicher, nahm langsam ein Bad und zog mich unter

Schmerzen an, wobei ich versuchte, die tanzenden Kobolde in meinem Schädel zu ignorieren. Als ich schließlich die lange Reise in die Hotelhalle antrat, war Suzanne schon dort; sie nahm, überraschend frisch und bereits für einen Straßenbummel angezogen, gerade die Deckel von den Frühstücksplatten ab. Sie tat flötend ihr Mitgefühl kund, entschuldigte sich dafür, daß es gestern abend so spät geworden sei, und wachte über mir wie eine Gorgo, während ich das, wie sie meinte, zivilisierte Frühstück aß. Und dann, als ich gerade die ersten Regungen neu erwachenden Lebens in mir verspürte, verkündete sie, ich brauchte frische Luft und körperliche Betätigung. Vergeblich wies ich darauf hin, die einzige frische Luft gebe es im Hotel, und auch diese sei bei 2240 Metern über dem Meeresspiegel für das Wohlbefinden noch zu dünn. Es gelang mir, die Strapaze noch um eine halbe Stunde hinauszuschieben, während ich Saul Wells anrief und ihn über Alexander Duggan ins Bild setzte. Ich gewann weitere zehn Minuten durch einen kurzen Besuch bei Harlekin und Julie. Dann wurde ich, immer noch protestierend, in die Sonnenglut des Feiertages hinausgehetzt.

Die Mexikaner werden Ihnen erzählen, ihre Hauptstadt sei eine verseuchte Stadt – verseucht von Reichen und Armen, Denkmälern, Kirchen, Geschichte, Krankheit, Tieren, Kindern, Farben, Lärm, Mythen, Polizei, Geistern, Touristen und hundert verschiedenen Sprachen. Versuchen Sie mal, dies alles in einem Zug in sich aufzunehmen – es wird Ihnen förmlich den Atem nehmen. Wandern Sie aber gemächlichen Schrittes, an einem Sonntag, mit einer gleichgesinnten Frau am Arm durch die Straßen, beginnt das bunte Mosaik einen Sinn zu bekommen. Die Azteken sind noch da; sie gehen über den Asphalt, der auf ihrer alten Hauptstadt Tenochtitlán liegt. Die Konquistadoren sind noch da; sie fahren im Mercedes oder im Fiat herum und leben wie die Herren der Schöpfung nur einen Steinwurf von verpesteten Elendsvierteln entfernt. Die Jungfrau von Guadaloupe wacht immer noch über der katholischsten aller Großstädte, und der Schlangengott rührt sich noch immer tief in der Seele des Volkes. Betreten Sie mal einen schattigen Innenhof und setzen Sie sich dort auf eine Steinbank, und dann werden Sie sich in das alte Sevilla zurückversetzt fühlen. Stecken Sie den Kopf durch eine Kellertür, und Sie werden zusammengekauerte Gestalten erblicken, denen noch weniger Hoffnung geblieben ist als den Opfern, die darauf warteten, daß ihnen auf der heiligen Pyramide das Herz herausgeschnitten wurde. Lauschen Sie einmal dem Gerede der Studenten, und Sie werden wildere Aufrufe zur Revolution vernehmen als aus dem Mund der Priesterin Dolores draußen im Land. Gehen Sie in die Direktionsräume der Industriellen, und Sie werden erfahren, daß unter der Erde ein größerer Reichtum verborgen liegt, als es sich Montezuma jemals träumen ließ. Kaufen Sie sich einen Luftballon und werfen Sie eine Kupfermünze den Mariachis zu, und sie fangen an zu spielen und lassen Sie glauben, daß es auf der Welt nirgends so viel Fröhlichkeit gibt wie in Mexico City an einem Sonntag.

Und dann kam der Moment, wo sogar Suzanne kapitulierte und wir uns zu einem eiskalten Bier in einem Straßencafé niederließen, die vorbeiflanierenden Menschen beobachteten und uns auf angenehme Art von allem, was um uns herum vorging, entrückt fühlten.

Doch plötzlich und ohne jeden Zusammenhang sagte Suzanne: »Paul, ich habe das Gefühl, daß man uns beobachtet.«

»Das ist doch ganz natürlich. Wir sind Fremde, Bleichgesichter ...«

»Im Ernst, Paul. Dreh dich nicht um, aber dort auf der anderen Straßenseite steht ein Mann neben einem roten Auto. Ich habe ihn heute schon mindestens viermal an verschiedenen Stellen gesehen.«

»Wie sieht er aus?«

»Ziemlich jung, mit blauen Hosen und einem offenen, weißen Hemd... Da kommt gerade ein Lieferwagen. Wenn er an ihm vorbeifährt, kannst du dich umdrehen... Jetzt!«

Ich drehte mich im Stuhl um, so daß mein Blick quer über die Straße fiel. Als der Lieferwagen vorbei war, sah ich den Mann gegen einen Laternenpfahl gelehnt stehen und eine Zigarette rauchen. Er konnte ebensogut irgendein Nichtstuer sein, der am Sonntag den Mädchen schöne Augen machte – allerdings gingen die Mädchen hinter ihm auf dem Bürgersteig vorbei. Ich gab dem Kellner ein Zeichen, zahlte und ging mit Suzanne rasch die Straße in Richtung auf den Paseo de la Reforma entlang. Der Bursche warf die Zigarette fort und eilte zum Café hinüber. Nach fünfzig Metern blieben wir stehen und stiegen in ein Taxi. Er war noch hinter uns. Als wir losfuhren, konnte ich sehen, wie er sich verzweifelt nach einem anderen Taxi umsah. Suzanne schien tief beunruhigt.

Ich versuchte, mir etwas einfallen zu lassen, um ihre Besorgnis zu entkräften. »Aaron Bogdanovich ist hier. Ich sehe ihn heute. Das war wahrscheinlich einer seiner Leute.«

»Und wenn er es nicht war?«

»Dann beschäftigt jemand einen sehr ungeschickten Beschatter.«

»Paul, was ist mit uns geschehen? Ich erkenne niemanden mehr, nicht einmal mich selbst. Wir sind wie Figuren von Kafka, die in einer Welt von Andeutungen und Anspielungen und namenlosem Terror leben. Wir dürfen nicht nachgeben. Keiner von uns – besonders George nicht. Warum, Paul... warum?«

Es war schwer, auf diese Frage in einem mit halsbrecherischem Tempo den Paseo entlangrasenden Taxi eine Antwort zu finden. Ich wartete, bis wir wieder im Hotel waren, die Füße hochlegen und die Ruhe unserer kleinen Zufluchtsstätte auf uns einwirken lassen konnten.

»... Suzy, ich kann dir nicht sagen, daß ich die richtige

Antwort weiß – oder überhaupt eine Antwort. Es ist wohl am besten, wenn ich mit dir darüber rede, so wie ich versuche, mit mir selbst darüber ins reine zu kommen, und George für sich dasselbe tut. Wenn du mich fragst, ob Harlekin et Cie. oder auch nur ein einziges Gemüsebeet ein Menschenleben wert sei, dann sage ich dir: nein. Wenn du mich fragst, ob wir das Recht haben, hier im *Camino Real* zu sitzen, während draußen zwölf kleine Kinder in einem Kellerloch hocken und ihr Vater keine Arbeit findet, um sie zu ernähren, so sage ich dir: natürlich nicht. Wir sind im Unrecht. Das System ist im Unrecht, und es zerbröckelt unter unseren Füßen. Es ist wie diese Stadt, die auf einem See von Abwässern schwimmt. Wenn die Pumpanlagen zusammenbrechen, steht die Kloake kniehoch in den Straßen ... Deshalb versuchen wir, das Unmögliche möglich zu machen. Wir versuchen, uns den Terror vom Leib zu halten, während wir für alle ein besseres Leben schaffen wollen. Es gibt Menschen, welche behaupten, dies sei nicht möglich; es sei besser, alles in die Luft zu sprengen und noch einmal bei null anzufangen. Aber das ist eine größere Illusion als Utopia; denn nach der Explosion sind die Plünderer wieder da und die Ausbeuter und die Sklaventreiber. Hier liegt der schreckliche Widerspruch: Die Sanftmütigen werden das Erdreich besitzen, aber die Tyrannen und Meuchelmörder werden es regieren. In einem gewissen Sinn sind sie aufeinander angewiesen. Aktion erzeugt Reaktion. Sobald man zu kämpfen beginnt, bleibt jemand auf der Strecke. Ein einziger Tod führt zur Blutrache. Und die meisten Menschen sind zu verwirrt, um erkennen zu können, was sich vor ihren Augen abspielt. Ich will dir etwas sagen, was ich noch niemandem erzählt habe. Ich war während des Krieges im Pazifik.

Wir hatten eine Stellung am Fuß eines Berges in Neuguinea besetzt. Die Japaner hatten uns drei Tage lang mit Artillerie beschossen. Für den nächsten Tag erwarteten wir ihre Offensive. Wir erhielten den Befehl, uns mit unseren Verwundeten zurückzuziehen. Die meisten brachten wir zurück. Zwei waren so schwer verletzt, daß sie nicht transportiert werden konnten. Sie hatten nur noch Stunden zu leben. Nahmen wir sie mit, würden sie umsonst die schwersten Leiden erdulden müssen. Wenn wir sie zurückließen, würden sie beim ersten Angriff in Stücke gerissen werden. Sie baten darum, getötet zu werden. Ich tötete sie – zwei Freunde! Recht oder Unrecht, Suzy? Ich bin mir nie darüber klargeworden. Es hat mir auch nie jemand sagen können, weder damals noch später. Es kommt der Augenblick, da die Vernunft versagt und nur das Herz spricht… Verzeihung, Liebes, mehr kann ich nicht tun.«

Sie sagte nichts. Sie kam zu mir, beugte sich über mich und küßte mich auf die Lippen. Dann ging sie hinaus. Ich sah auf die Uhr. Es war zwei Uhr dreißig: Zeit, mich etwas frisch zu machen und mich mit einem Mann zu treffen, der alle Antworten wußte, weil er in einem Grab schlief.

Der Platz der Drei Kulturen trägt seinen Namen zu Recht. Er liegt im Bereich des alten Tlatelolco, wo das letzte, blutige Massaker der Azteken stattfand. Eine Marmortafel feiert das Ereignis und die Ironie seiner Folgeerscheinungen:

> Am 13. August 1521 fiel Tlatelolco… in die Hand von Hernando Cortez. Das war weder ein Triumph noch eine Niederlage, sondern die schmerzhafte Geburt eines Mischvolkes, welches das heutige Mexiko bildet.

Das Mexiko von heute wird in langen Reihen von Blöcken aus Stahl und Beton und Glas gefeiert – quadratisch, gesichtslos und unpersönlich. Die Erinnerung an die Azteken ist in einer großen stumpfen Pyramide aus behauenem Stein bewahrt. Zwischen beiden, höher als die Pyramide, aber niedriger als die Betonblöcke, steht die Kirche von Santiago, deren ungleich hohe Türme und mit Zinnen versehene Mauern ihr das Aussehen einer düsteren Festung verleihen.

Als ich ankam, war es auf dem Platz still. Wer sich ein Essen leisten konnte, saß noch bei Tisch. Wer es nicht konnte, döste während der Siesta vor sich hin oder vertrieb sich schläfrig bis zum Beginn der Stierkämpfe die Zeit auf den Rasenflächen des Chapultepec-Parks. Aaron Bogdanovich saß gelassen und träge auf den Kirchenstufen und kaute an einem Stück Zuckerrohr. Ich setzte mich neben ihn.

Er begrüßte mich kurz und kam gleich zur Sache. »Wie ich höre, sind Sie sehr beschäftigt gewesen. Erzählen Sie mir davon.«

Ich schilderte ihm die Ereignisse, Tag für Tag und Stunde für Stunde. Gelegentlich unterbrach er mich und bat mich, einen Satz zu wiederholen oder die Atmosphäre, in der sich etwas abgespielt hatte, zu interpretieren. Die meiste Zeit saß er da, kaute an der süßen Rinde und starrte mit leerem Blick auf die unter uns liegende Pyramide. Als ich geendet hatte, warf er das Zuckerrohr weg, spuckte das Mark auf die Erde und sagte ohne Betonung:

»Ich habe Leah Kleins Story weitergegeben. Sie machte in der heutigen Londoner Morgenpresse eine halbe Seite aus. Die Reaktion war lebhaft. New York bringt die Sache morgen.«

»Sind Sie darüber glücklich?«

»Der Artikel hilft Ihnen – und dafür werde ich ja bezahlt.«

»Wie wird Yanko darauf reagieren?«

»Er hat bereits reagiert. Er ist auf dem Rückflug nach New York.«

»Das FBI hat uns gewarnt, wir könnten in Mexico City Ärger haben.«

»Ganz recht.«

»Wieviel weiß man beim FBI?«

»Worüber, Mr. Desmond?«

»Zum Beispiel über Frank Lemmitz und Valerie Hallstrom.«

»Weniger als ich, mehr als Sie.«

»Das sagt mir verdammt viel.«

»Ärgern Sie sich nicht, Mr. Desmond. Es beeinträchtigt die Urteilsfähigkeit. Sie sagen, Sie und Ihre Freundin seien heute morgen beschattet worden. Beschreiben Sie den Mann noch einmal.«

Ich beschrieb ihn.

Bogdanovich runzelte die Stirn und schüttelte den Kopf. »Ist mir neu. Auch mein Mann hat ihn nicht erkannt.«

»Ich habe Ihren Mann nicht gesehen.«

»Wenn er Ihnen aufgefallen wäre, würde er nicht für mich arbeiten. Aber ich will es Ihnen besser jetzt gleich sagen: Sie werden in dem Augenblick Schwierigkeiten bekommen, da Yanko wieder in New York ist. Von morgen an werden Sie und Harlekin eine Leibwache haben – Tag und Nacht. Und ich will von Ihnen beiden keine Einwände hören. Wenn die Frauen ausgehen, gemeinsam oder allein, werden auch sie begleitet werden.«

»Meinetwegen. Was gibt es Neues über Tony Tesoriero?«

»Wir haben ihn, und zwar hier in Mexiko. Ich möchte, daß Sie und Harlekin ihn morgen besuchen. Dann wird er soweit sein.«

Er hätte genausogut auch chinesisch reden können. Ich starrte ihn verständnislos an.

Zum erstenmal trat wieder jenes kalte, welke Lächeln auf sein Gesicht. »Der Vertrag über die Ermordung Valerie Hallstroms wurde in Mexico City abgeschlossen. Eine Menge derartige Geschäfte werden hier getätigt. Wir ließen also durch Freunde Tony Tesoriero wissen, daß über einen weiteren Auftrag gesprochen werden könne. Wir zahlten ihm die Reise und hohe Spesengelder und holten ihn auf dem Flugplatz ab. Seither ist er auf einer Hazienda draußen vor der Stadt untergebracht.«

»Warum brauchen Sie uns dabei?«

»Das gehört zu unserer Strategie. Übrigens schulden Sie mir Geld. Ich möchte morgen eine Viertelmillion, in Dollars, ausgehändigt bekommen.«

»Sie sprachen doch erst von hunderttausend.«

»Die Unkosten waren hoch.«

»Wir werden vierundzwanzig Stunden brauchen, um das Geld zu beschaffen.«

»Gut. Sagen wir also übermorgen. Ich werde um neun Uhr morgens einen Wagen zum Hotel schicken. Die Fahrt geht über achtzig Kilometer. Alles Weitere erfahren Sie, wenn Sie dort eintreffen.«

»Ich möchte noch über Alexander Duggan sprechen. Ich habe Saul Wells auf ihn angesetzt. Aber ich weiß nicht, ob das genug ist.«

»Warum denn nicht?«

»Sagen wir mal, Saul ist der landläufige Typ des Detektivs.«

»Und wir wenden andere Methoden an?«

»So etwa.«

»Könnten Sie mir ein Vorgehen nennen, das Ihrer Meinung nach sinnvoll wäre?«

»Hm... nein.«

»Gut! Sehen Sie, Mr. Desmond, die Ausbildung für unsere Art von Tätigkeit dauert sehr lange. Nur wenige Personen sind dafür geeignet. Sie dachten an Frank Lemmitz, nicht wahr? Ich sagte Ihnen doch, meine Leute würden ihn in London erwarten. Sie haben ihn dort auch in Empfang genommen. Das Mädchen, für das sich die Polizei interessiert, war eine unserer Mitarbeiterinnen. Wir suchen sie auch. Wir glauben, daß sie tot ist. Als die beiden nach ihrem Bummel durch die Spielklubs ins Hotel zurückkamen, wartete jemand im Schlafzimmer. Dieser Jemand erschoß

Lemmitz und zwang das Mädchen mit vorgehaltener Pistole, mit ihm das Hotel zu verlassen.«

»Warum hat er sie nicht auch getötet?«

»So sah das Ganze besser aus. Und unser Mädchen hätte man vielleicht dazu bringen können, zu reden. Nichts ist so einfach, wie es klingt. Sie kaufen Öl aus Libyen, um damit Flugzeuge fliegen zu lassen. Die Libyer stellen denjenigen Leuten Pässe aus und gewähren ihnen Asyl, die diese Flugzeuge in die Luft sprengen. Wir bilden Soldaten für den Schah von Persien aus, und japanische Fanatiker richten auf dem Flugplatz Lod ein Blutbad an ... In Israel hatten wir Juden, die für den Nachrichtendienst der Syrer arbeiteten. Die Briten wollen uns keine Ersatzteile für unsere Panzer schicken, während ihre eigenen Soldaten in Ulster von Guerillas getötet werden, die in arabischen Staaten ausgebildet worden sind. Basil Yanko macht dunkle Geschäfte wie ein Mafia-Boß, und Onkel Sam macht ihn mit Rüstungsaufträgen reich. Sagen Sie mir nicht, was ich zu tun habe, Mr. Desmond. Ich lerne ja selbst noch dazu! Und was Saul Wells betrifft – lassen Sie ihn nach seiner eigenen Methode vorgehen. Ich werde ihn anrufen und ihm sagen, was mit Alex Duggan zu geschehen habe – er soll nämlich nur dafür sorgen, daß er am Leben bleibt!« Für den Bruchteil einer Sekunde huschte etwas Weiches über seine Züge, und ich glaubte eine Spur von Menschlichkeit in seinen Augen zu sehen, als er mit einem sardonischen Lächeln hinzufügte: »Kopf hoch, Mr. Desmond! Der Krieg geht weiter, auch wenn die Kanonen schweigen. Wenn Sie zwanzig Prozent Zinsen haben wollen, geben Sie Ihr Geld nicht einem Waisenhaus; Sie investieren es bei den Leuten, die die Kanonen produzieren, damit die Waisenhäuser gefüllt bleiben. Dienstag früh, neun Uhr. Und das Bargeld, wenn ich bitten darf!«

Dann verließ er mich, und ich sah ihm nach, wie er die Betonrampe hinunter und an der aztekischen Pyramide vorbei zur anderen Seite des Platzes ging. Einer plötzlichen Eingebung folgend, betrat ich die Kirche. Drinnen war es kühl; der Raum war überladen mit Bildern und barocken Ornamenten, aber es herrschte eine tiefe Ruhe, als ob die Leidenschaftlichkeit, die diese Kirche geschaffen hatte, aufgebraucht und nur das Mysterium übriggeblieben war – noch immer ungelöst, für immer unlösbar. Ich konnte nicht beten. Es gab auf der ganzen Welt nichts zu preisen, am wenigsten mich selbst. Es gab nichts, worum ich hätte bitten können. Ich besaß alles, was man mit Geld kaufen konnte, und es war noch nicht genug. Wenn Aaron Bogdanovich recht hatte, gab es keine Hoffnung mehr – nur einen Aufschub vor der letzten Katastrophe. Der Glaube war noch da: Einige Menschen starben für ihn, andere töteten für ihn. Liebe?... Gewiß, ja, es gab noch Liebe: eine seltsame, verschlungene, selbstlose, edle oder perverse Art von Liebe; aber sie war da, der letzte Halt vor dem Sprung in das Chaos. Ich kniete nieder und begrub das Gesicht in den Händen und schloß mich mit dem bißchen Liebe, das ich mir noch bewahrt hatte, in eine Traumwelt ein.

Am späten Nachmittag trafen wir uns alle zu Drinks in Harlekins Suite. Zwanzig Minuten lang unterhielt uns Juliette mit ihrer Erzählung von einem Lunch mit den *hidalgos* Neu-Spaniens:

»... Mein Gott, Suzy! Suzy! Fall in die Hände Gottes, aber nicht in die Hände mexikanischer Matronen! Wie viele Kinder ich hätte, und ob ich keine weiteren haben wolle? Ob mein Gatte mir treu sei, und wie man sich in Genf mit einer Mätresse arrangieren müsse? Und Töchter! Ich solle Gott tagtäglich dafür danken, daß ich keine Tochter hätte. Söhne sind anders, wissen Sie. Bei einem guten Vater wie Pedro, der solche Dinge versteht, läßt sich alles ohne Risiko arrangieren – und der Junge lernt daraus. Am Anfang ist eine ältere Frau immer das beste! Ob ich mir schon einen Geliebten genommen hätte? Bei einem Gatten, der so viel auf Reisen ist, solle man einen Liebhaber unbedingt in Erwägung ziehen. *Ay de mí!* Diese Nordamerikaner mit ihrer Frauenbewegung! Was tun diese Frauen denn anderes, als sich selbst zu Arbeitssklaven machen?! Aber mein Pedro! ... Komm, George! Erzähl ihnen von unserem Pedro ...!«

George Harlekin führte jetzt seine eigene Komödie auf: die überall herumlungernden Domestiken, die herrischen Befehle, die geschliffenen Komplimente und Entschuldigungen, die Art, wie man langsam und auf Umwegen dem eigentlichen Kern der Sache näherkam.

»... Die ist komplizierter, als es aussieht, Paul. Unser Freund, José Luis, steht bei den alten Familien nicht in hohem Ansehen, denn diese versuchen schon seit zehn Jahren, ihn mit einer ihrer Töchter zu verheiraten. Sie behaupten auch, er spiele; was mir neu ist und recht unangenehm, falls es stimmt. Pedro Galvez ist wie eine Figur von Calderon. Er würde den Papst verwünschen und auf dem Totenbett das Sakrament empfangen. Er verachtet Yanko als Emporkömmling und *trampista*. Er wird mich noch mehr verachten, wenn ich nicht besser betrügen kann. Er haßt Computer und würde bereitwilligst auf sie verzichten, wenn er für seine Buchhaltung ehrliche Leute finden könnte. Als ich ihm sagte, ich würde alles aufs Spiel setzen, um von meinem Vorkaufsrecht Gebrauch zu machen, nannte er mich einen Romantiker des neunzehnten Jahrhunderts – aber er stieß trotzdem mit mir darauf an. Als ich von Gewalttätigkeiten sprach, zuckte er nur mit den Achseln und meinte, wenn man das Tier nicht umbringe, habe man kein Fleisch zum Abendessen. Seine Zusage ist gut. Er wird seine Anteile bis zum letzten Augenblick festhalten und dafür sorgen, daß seine Kollegen dasselbe tun. Wenn wir gewinnen, wird er uns seine Geschäfte tätigen lassen. Wenn wir verlieren, wird er für unsere armen Seelen eine Messe lesen lassen. Soweit meine Neuigkeiten, Paul. Was hast du zu bieten?«

»Die Story ist in London erschienen. Morgen kommt sie

in Amerika heraus. Basil Yanko ist auf dem Rückflug nach New York. Von morgen an haben wir alle eine Leibwache. Und am Dienstag übergeben wir eine Viertelmillion Dollar in bar.«

»Keine Leibwächter!« sagte Harlekin mit Nachdruck. »Ich bin ein zivilisierter Mensch. Ich will nicht mit lauter Gorillas herumreisen!«

»Bogdanovich besteht darauf. Ich gebe ihm recht. Suzanne und ich wurden während unseres Spazierganges heute morgen beschattet. Wir hätten jederzeit erschossen werden können. Du bist es uns allen schuldig – und deinem Kind!«

»Die Polizei paßt auf das Baby auf... Also schön, wir haben eine Leibwache – amen! Was noch?«

»Halte dir den Dienstag frei. Wir beide haben eine Verabredung auf dem Land.«

»Wozu?«

»Um den Mann kennenzulernen, der Valerie Hallstrom getötet hat.«

»Was soll das heißen, Paul?«

»Ich weiß es nicht. Bogdanovich wollte es mir nicht sagen.«

»Was sind wir denn eigentlich, verdammt noch mal – Marionetten?«

»Wir sind Fremde, George.« Juliette wies ihn mit fester Stimme zurecht. »Fremde in einer exotischen Stadt. Das hast du selbst gesagt, als wir zurückfuhren. Und ich möchte dich daran erinnern, lieber Mann, daß ich bisher von diesem Land nur eine ziemlich langweilige Ecke zu sehen bekommen habe!«

»Also gut, meine Liebe, heute abend gehen wir tanzen. Und du, Paul?... Suzanne? Wir sind uns also einig. Paul, ruf doch José Luis an und lade ihn ein, mitzukommen; er soll ruhig das Mädchen mitbringen, mit dem er gerade liiert ist.«

José Luis bedauerte unendlich; aber heute abend sei es ihm leider nicht möglich. Ein schon seit langem verabredetes Familienfest, an dem auch Freunde der Familie teilnehmen würden. Vielleicht könne er etwas später kommen – nur auf ein Stündchen. Ich sagte ihm, wir würden im *San Angel Inn* sein. Er meinte, das sei ein ausgezeichneter Entschluß: hervorragende Musik, erstklassiges Essen. Er entschuldigte sich noch einmal und wünschte uns gute Unterhaltung. Ich sprach ein stummes Gebet, daß ich noch auf den Beinen sein würde, um den Abend zu genießen.

Danach gingen die Frauen hinaus, und Harlekin hielt mich noch für ein Gespräch unter vier Augen zurück. Galvez hatte ihm eine Kopie von Yankos Brief an die Kleinaktionäre gegeben – ein Dokument, das sehr aufschlußreich war, wenn man zwischen den Zeilen zu lesen verstand.

»... Das Wachstum von Harlekin et Cie. ist geringer gewesen, als es sich die Gründerfamilie erhofft hatte; und der einzige Erbe ist ein unmündiges Kind. Mr. Harlekin hat sich als tüchtiger Präsident von beträchtlichem Unternehmungsgeist erwiesen, aber er hat es versäumt, einen Stellvertreter aufzubauen, der im Falle seines Todes oder seiner Geschäftsunfähigkeit in der Lage wäre, die Leitung des Unternehmens zu übernehmen. Sein engster Mitarbeiter ist Mr. Paul Desmond, der es durch Spekulationen zu einem großen Privatvermögen gebracht hat; aber er dürfte sich nicht als ruhender Pol im Vorstand empfehlen ...

Harlekin et Cie. bietet eine gesunde Basis für weiteres Wachstum. In seinem gegenwärtigen Zustand verfügt das Unternehmen jedoch weder über den erforderlichen Willen zur Expansion noch über den Zugang zu neuen Investitionsquellen, die Creative Systems Incorporated aber ohne weiteres bereitstellen könnten ...

Seine Informations- und Kontrollsysteme sind überholt

und gewährleisten, wie die jüngsten Ereignisse gezeigt haben, keine ausreichende Sicherung gegen betrügerische Machenschaften. In der neuen Unternehmensstruktur würden wir diese Systeme sofort auf den modernsten Stand bringen und damit eine sicherere und erfolgreichere Geschäftsführung ermöglichen...
Das Ansehen von Harlekin et Cie. ist durch jüngste, auf Mitarbeiter des Unternehmens zurückgehende betrügerische Manipulationen, die noch untersucht werden, geschädigt worden. Der Kaufpreis enthält einen Bonus, um diesen Schaden wiedergutzumachen, das Vertrauen der Börse wiederherzustellen und einem neuen Management die Möglichkeit zu geben, in einer Atmosphäre von Vertrauen und Harmonie und im Hinblick auf eine vorwärtsstrebende Entwicklung zu arbeiten...«

In diesem Ton ging es weiter; der Scharfrichter hätte keine sauberere Arbeit verrichten können – kein Blut, kein Haß, nur die saubere Arbeit eines professionellen Killers, sogar noch mit einem Anflug von Barmherzigkeit.

Ich faltete den Brief wieder zusammen und gab ihn Harlekin zurück. »Damit ist alles erklärt, nicht wahr? – Die Gerüchte, die Zweifel, der Rückgang der Geschäftstätigkeit. Alles, was wir jetzt brauchen, ist eine Glocke um unseren Hals.«

»Glaubst du, daß Leah Kleins Artikel die richtige Antwort darauf ist?«

»Wir werden es morgen wissen, George... Nein, warte! Gib mir das Telefonbuch!«

»Was hast du vor, Paul?«

»Ich will mal nachsehen, welche Nachrichtenagenturen hier in Mexico City tätig sind... Sie müßten die Story bereits im Fernschreiber haben...«

»Werden sie sie dir geben?«

»Wir können es wenigstens versuchen. Schlimmstenfalls

werfen wir ihnen einen Köder hin: Morddrohungen gegen George Harlekin und seine Begleitung. Dabei können wir uns auf das FBI berufen ...«

Wir warfen ihnen den Köder hin und erhielten die Story; sie wurde uns von einem eifrigen Redakteur überreicht, der die ganze Welt wissen ließ, daß der gegenwärtig in Mexico City weilende George Harlekin vor seiner Abreise aus Washington in der Tat vom FBI gewarnt worden sei, er könne sich in Lebensgefahr befinden. Er habe eine aus Profis bestehende Leibwache bei sich; aber er habe jede Stellungnahme dazu abgelehnt, wer der Urheber dieser Drohungen sei und ob eine Verbindung zu den jüngsten Presseveröffentlichungen bestünde. Der Redakteur ging. Wir setzten uns hin, um Leah Kleins chirurgischen Eingriff zu studieren. Für eine so ungehobelte Frau führte sie das Skalpell sehr sicher.

»... Die Londoner Polizei untersucht den Mord an einem gewissen Frank Lemmitz, der in der letzten Woche in seinem Hotelzimmer erschossen aufgefunden wurde ... Frank Lemmitz war ein Berufsverbrecher, der in Gangsterkreisen verkehrte. Er wurde 1960 in Chicago wegen eines bewaffneten Raubüberfalles verurteilt und verbüßte eine zweijährige Gefängnisstrafe. 1965 wurde er in Miami wegen schwerer Körperverletzung verurteilt. Die Vollstreckung wurde nach einem Einspruch aus verfahrenstechnischen Gründen ausgesetzt. Zum Zeitpunkt seines Todes war Frank Lemmitz als Chauffeur und Leibwächter für Mr. Basil Yanko tätig, den Präsidenten von Creative Systems Incorporated, einem internationalen Computerunternehmen, das für die amerikanische und andere Regierungen sowie für internationale Gesellschaften streng geheime Aufträge bearbeitet.

Zwei Tage vor Frank Lemmitz' Tod wurde eine Angestellte von Basil Yanko ermordet. Es handelte sich um die dreißig Jahre alte Valerie Hallstrom, eine hochbezahlte Systemanalytikerin und ehemalige Freundin von Mr. Yanko. Sie wurde in ihrer Wohnung erschossen. Die näheren Umstände ihres Todes werden zur Zeit von der New Yorker Polizei und dem FBI untersucht.

Ein Notizbuch, das Miß Hallstrom gehörte und die geheimen Computercodes von Klienten enthielt, wurde nach ihrem Tod einem dieser Klienten zugestellt, der es unmittelbar darauf der Polizei übergab. Die in dem Notizbuch namentlich aufgeführten Firmen sind über diesen Bruch in ihrer Sicherheit tief besorgt. Die amerikanische Regierung ist wegen des delikaten Charakters der von Creative Systems übernommenen Aufträge noch tiefer beunruhigt.

Man wird sich fragen müssen, ob Basil Yankos außerordentlich einträgliche Geschäftsverbindungen mit ausländischen Regierungen und seine Verflechtung mit der Ölpolitik im Nahen Osten mit seiner Rolle als Hüter von Staatsgeheimnissen und der Entwicklung von Systemen vereinbar sind, die für die Verteidigung der Vereinigten Staaten eine wesentliche Bedeutung besitzen...

Mr. Yanko hat vor kurzem ein aufsehenerregendes Angebot gemacht, um das alteingeführte europäische Bankhaus Harlekin et Cie. zu übernehmen. Das Angebot wurde von dessen Präsidenten Mr. George Harlekin eindeutig zurückgewiesen; aber trotz zweier ungelöster Mordfälle vor seiner eigenen Tür verbrachte Mr. Yanko noch einige Zeit in Frankfurt, um die Aktionäre des Bankhauses auf seine Seite zu ziehen...

Das Übernahmeangebot hat mehrere eigenartige Aspekte. Creative Systems stellen Harlekin et Cie. ihre Computersysteme zur Verfügung. Aus einem von Miß Valerie Hallstrom unterzeichneten Sicherheitsbericht geht hervor, daß das System auf betrügerische Weise manipuliert worden war, so daß Harlekin et Cie. einen Verlust von fünfzehn Millionen Dollar erlitten hat. An dem Tag, als dieser Bericht herauskam, machte Mr. Basil Yanko sein erstes Kaufangebot. Diese Taktik ist für diejenigen interessant, die sich mit der Laufbahn dieses hochintelligenten und einfallsreichen Mannes befaßt haben. Hierfür interessiert sich offenbar auch das FBI. Als sich der Autor dieses Berichts beim FBI erkundigte, was man von diesem Zusammentreffen halte, erwiderte der Sprecher des FBI wörtlich: ›Dieses zeitliche Zusammentreffen kann auf eine Verbindung hindeuten; wir gehen allen Möglichkeiten nach.‹ Die Karriere von Basil Yanko, der ...«

Es folgte die übliche, aus zahlreichen Einzelheiten bestehende Lebensbeschreibung, gewürzt mit den pikantesten Stellen aus Mendozas Bericht.

Harlekin lachte grimmig in sich hinein. »Wenn nicht all diese Kaufaufträge vorlägen, würde ich den Verkauf einleiten, sobald die Börse morgen früh aufmacht.«

In meiner ersten Begeisterung war ich geneigt, ihm beizupflichten.

Bei längerem Nachdenken war ich meiner Sache aber nicht mehr so sicher. »Gehen wir doch von den Tatsachen aus, George. Dieser Artikel stärkt unsere Stellung bei den Aktionären. Welche Rückwirkungen er auf die Börse haben wird, ist eine offene Frage. Es ist ja noch nicht zu einem Skandal gekommen, vergiß das nicht. Es scheint sich lediglich ein solcher abzuzeichnen. Nach mehr als zwei Jahren Watergate sind die Leute doch ziemlich skeptisch geworden. Politiker und Geschäftsleute sind wie Schauspieler; man erwartet von ihnen Kompetenz, nicht Enthaltsamkeit. Die einzige, wirkliche Sünde ist Dummheit; und Basil Yanko ist nicht dumm.«

»Ganz bestimmt nicht«, sagte George Harlekin nachdenklich. »Aber er versteht nichts von Clowns ...«

Sie kommen zum *San Angel Inn* nicht anders als ein Pilger in den Himmel – zu Fuß, durch enge, holprige Gassen und über uralte, schattige Plätze. Zunächst betreten Sie einen Garten voll plätschernder Wasserspiele. Dann werden Sie durch eine Reihe gepflasterter, mit Weinreben und blühenden Schlingpflanzen bewachsener Patios geführt und nach der zeremoniellen Begrüßung in die kaiserliche Vergangenheit geleitet. Nichts ist hier neu, außer dem Essen und den Menschen und der Mariachi-Musik. Alles übrige ist alt und verehrungswürdig: die geschnitzten Deckenbalken, die schmiedeeisernen Gerätschaften, das Silber, die Bilder, die schweren Tische und die prachtvollen Ledersessel, in denen einst die Granden Platz zu nehmen pflegten.

Die Beleuchtung ist gedämpft, und die Räume mit ihren vielen Nischen verschlucken jedes Geräusch, so daß Sie in Ruhe essen und sich auch über geheimste Dinge unterhalten können. Wenn Ihnen nach Musik zumute ist, spielen die Mariachis für Sie. Wollen Sie tanzen, dann folgen Sie ihnen hinaus in den Patio, wo es auch den wachsamsten Dueñas schwerfallen würde, den stürmischsten Liebhabern auf die Schliche zu kommen. Nach dem turbulenten Treiben in der City ist dieser Ort eine gesegnete Oase der Courtoisie und Entspannung.

Hier erlebte ich George Harlekin zum erstenmal seit Monaten wieder völlig gelöst und in seinem Element. Er kannte jeden beim Namen, vom Boy bis zum Kapellmeister. Er führte ein langes Zwiegespräch mit dem Küchenchef und erzählte dem Barmixer Witze. Um Mitternacht, als die Musikanten eine Pause einlegten, borgte er sich eine Gitarre und spielte zehn Minuten lang *sevillanas,* was ihm den Beifall der Gäste und eine Runde Getränke von der Geschäftsleitung einbrachte. Juliette schien im siebten Himmel; und als wir tanzten, gestand sie: »... Ich hatte schon ganz vergessen, wie einem zumute ist, wenn man einmal nach Herzenslust lachen und albern sein kann. Es ist fast so, als wären wir in verschiedene Teile gespalten gewesen und hätten uns nicht wieder zusammenfügen können. Ich bedaure es fast, daß ich nach Acapulco fahre...«

Suzanne war etwas skeptischer. »...Er tut doch nur so, Paul. Jeder Augenblick ist berechnet. Julie fährt weg. Er will, daß sie glücklich und zufrieden ist. Es ist derselbe Fehler, den er immer macht. Er nimmt das ganze Risiko auf sich; sie soll die Früchte genießen. Und sie dankt es ihm nicht, denn er nimmt ihr damit die Möglichkeit, als Frau sein Leben zu teilen. Mein Gott! Wie können intelligente Menschen nur so blind sein!«

Um ein Uhr war José Luis noch immer nicht erschienen. Wir machten uns daher unter einem Chor von Danksagungen und Segenswünschen wieder auf den Weg zur Hauptstraße, wo der Wagen auf uns wartete. Er war ein gemütlicher, verträumter Spaziergang. Die kleinen Plätze waren jetzt menschenleer. Überall waren die Jalousien heruntergelassen, und das Licht fiel bleich und spärlich durch die Ritzen der Fensterläden. Auf den Gassen herrschte Stille. Unsere Schritte hallten von dem Kopfsteinpflaster wider; unsere Stimmen verfingen sich in dem Mauergewirr. Suzanne und ich gingen, Arm in Arm, voraus, während Harlekin und Juliette uns im Abstand von ein paar Schritten folgten.

Als wir in die letzte Gasse einbogen, blieben wir unter einer Hängelampe stehen, um den seltsamen Blick in die Vergangenheit, der sich uns hier bot, zu bewundern: die kunstvoll mit schmiedeeisernen Gittern verzierten Balkons, von denen Blumenranken herabhingen; die an verrosteten Haltern pendelnden Lampen, der goldene Widerschein auf den Pflastersteinen und die erhabenen Verzierungen über den Toreinfahrten. All dies mündete hinten auf die Hauptstraße mit ihrer Neonbeleuchtung.

Eben war die Gasse noch leer gewesen, aber plötzlich stand da, als schwarze Silhouette vor dem Licht, ein Mann mit einer Maschinenpistole an der Hüfte. Ich schrie und warf mich auf die Frauen, um sie mit mir zu Boden zu reißen. Ich hörte das Rattern von Feuerstößen, das Aufklatschen und Vorbeizischen von Geschossen, ich hörte einen Mann fluchen und eine Frau aufschreien, dann schnelle Schritte, Stille. Als Harlekin und ich wieder auf den Beinen waren, war die Gasse leer; aber Suzanne kniete neben Julie, die stöhnend und blutüberströmt auf dem Kopfsteinpflaster lag.

Am nächsten Morgen um sechs verkündete im Hospital de Jesús Nazareno der Chirurg seine Diagnose:

»... Sie ist von zwei Kugeln getroffen worden, Mr. Harlekin: im Oberschenkel und im Unterleib. Glücklicherweise ist das Rückgrat nicht verletzt. Aber innen sieht es nicht gut aus – im Unterleib, im Darmtrakt und im Bauchfell. Wir haben im Augenblick unser Bestes getan. Falls keine Komplikationen eintreten, hoffen wir, alles übrige später in Ordnung bringen zu können. Ich fürchte aber, daß sie keine Kinder mehr haben kann... Lebensgefahr? Ja, Mr. Harlekin, es besteht Lebensgefahr. Schwerer Schock, massives Trauma und Blutungen. Wir werden sie in den nächsten Tagen unter sorgfältigster Beobachtung halten. Sie können sie, wenn Sie wollen, für ein paar Augenblicke sehen, aber sie wird Sie nicht erkennen...«

Er ging allein hinein, während Suzanne und ich auf dem Korridor mit einem Polizisten, einem Kriminalbeamten und zwei Reportern warteten. Als er wieder herauskam, wirkte er wie versteinert, grau, hart und unerbittlich. Als die Presseleute um eine Erklärung baten, sprach er mit monotoner Stimme:

»Sie wissen, daß man ein Angebot gemacht hat, meine Gesellschaft zu übernehmen. Sie wissen, daß ein Mann in London und eine Frau in New York ermordet worden sind und daß beide Personen etwas mit Creative Systems Incorporated zu tun hatten. Ich erkläre jetzt, daß dieser Anschlag auf unser Leben mit jenen Ereignissen in Zusammenhang steht... Ich werde nicht eher ruhen, bis der Mann, in dessen Auftrag das geschehen ist – und ich bitte Sie, sich diesen Satz genau einzuprägen – der Mann, in dessen Auftrag das geschehen ist, zur Rechenschaft gezogen ist. Diese Erklärung können Sie veröffentlichen. Weiter habe ich im Augenblick nichts zu sagen.«

Der Kriminalbeamte schnappte diese Worte auf und erhob heftige Bedenken.

Harlekin schnitt ihm mit mühsam unterdrückter Wut das Wort ab. »*Tenente*! Wir haben drei Stunden mit Ihnen gesprochen. Wir haben Sie an die Schweizer Polizei und das FBI verwiesen. Hier in Mexiko müssen Sie nach einem gedungenen Mörder suchen. Der eigentliche Schuldige ist außerhalb Ihrer Reichweite. Ich will ihn nicht nennen, denn ich kann nichts beweisen. Bringen Sie die Aussagen zum Hotel, und wir werden sie unterschreiben. Ich bin Ihnen für Ihre Hilfe dankbar – aber jetzt lassen Sie uns in Gottes Namen endlich fertig werden.«

Als wir wieder im Hotel waren, befahl er uns, erst einmal zu frühstücken und innerhalb einer Stunde zu einer Besprechung zu ihm zu kommen. Ich protestierte, und Suzanne bat ihn inständig, er solle sich doch ausruhen. Er weigerte sich. Er wollte auch uns nicht ruhen lassen, bevor nicht bestimmte wesentliche Dinge erledigt waren. Wenn wir Aufputschmittel brauchten, um uns auf den Beinen zu halten, würde er uns entsprechende Mittel durch einen Arzt verabreichen lassen. Er war wie ein von einem Winterdämon besessener Mann, vor Kälte erstarrt und blind, ein Mann ohne die geringste Gefühlsregung. Als wir in sein Zimmer zurückkamen, war er bereits bei der Arbeit. Was er von uns verlangte und was er bereits zum Teil in die Tat umgesetzt hatte, erfüllte mich mit Entsetzen.

»...Suzanne, gib folgendes Telegramm auf, dringend, in meinem persönlichen Code, an alle Zweigniederlassungen.

Ich diktiere. Meine Frau lebensgefährlich verletzt nach Mordanschlag Mexico City stop Dieser Anschlag in Verbindung mit jüngsten Aktivitäten Creative Systems Incorporated stop Sie werden hiermit angewiesen alle wiederhole alle unsere Anteile und alle in unseren Verfügungskonten enthaltenen Anteile an Creative Systems und Tochtergesellschaften zu verkaufen stop Sie werden Verkäufe fortsetzen gleichgültig welche Verluste eintreten stop Unterrichten Sie übrige Klienten von unseren Absichten stop Nichtbefolgung gleichgültig aus welchen Gründen oder auf wessen Rat zieht sofortige Entlassung nach sich. Gezeichnet George Harlekin Präsident.«

Ich konnte mich nicht mehr beherrschen. Es brach aus mir heraus: »George, das ist doch Irrsinn! Das kannst du doch nicht tun!«

»Ich habe es bereits getan, Paul. Ich habe mündliche Aufträge an London, Genf, Paris und New York erteilt. Ich habe auch Herbert Bachmann und Karl Krüger unterrichtet, damit sie Gelegenheit haben, sich abzusichern. Was deine eigenen Anteile betrifft, so hat Genf Weisung, sie zu verkaufen. Ich biete dir persönlich Deckung gegen jeden möglichen Verlust.«

»Um Himmels willen, du wirst dich ruinieren!«

»Vielleicht ... Im Augenblick, Paul, ist mir das völlig egal. Begreif das doch! Es ist mir egal! Suzanne, ein weiteres Telegramm an alle übrigen Aktionäre: Die ersten beiden Sätze sind gleich – ›Meine Frau etc. etc ...‹ Dann weiter, ich diktiere: Ich rate Ihnen dringend Yanko-Angebot abzulehnen oder Annahme wenigstens bis Ergebnis Polizeiuntersuchung aufzuschieben stop Kriminelle Handlungsweise auf seiten Käufer in gegenwärtiger Phase nicht auszuschließen. Gezeichnet George Harlekin.«

»George, wenn dieses Telegramm abgesetzt wird – und dann natürlich in aller Munde ist –, kann Yanko dich wegen schwerer Verleumdung verklagen.«

»Ich will ja gerade, daß er mich verklagt, Paul! So, du wirst jetzt Leah Klein anrufen – und ihr genau erzählen, was geschehen ist und was wir tun werden. Wenn das erledigt ist, ruf José Luis an. Er weiß noch nichts davon; sonst hätte er angerufen. Sag ihm, er solle die Dollars, die wir benötigen, beschaffen und mittags zu mir kommen. Dann verabrede einen Termin mit Aaron Bogdanovich, und zwar so früh wie möglich!«

Es war, als sähe man einem Mann zu, der sich für *seppuku* vorbereitet; der die rote Matte ausrollt, das kurze Schwert auf den Tisch legt und sich in ritueller Selbstversenkung darauf einrichtet, es sich in den Leib zu stoßen. Ich sollte der *Kaishaku* sein, der Freund, der ihm den Kopf in dem Augenblick abschlägt, da das Messer eindringt. Ich würde es nicht tun. Ich unternahm einen letzten, verzweifelten Versuch, ihn zur Vernunft zu bringen.

»George, ich bitte dich, hör mir zu! Ich bin dir zu tiefem Dank verpflichtet, aber du schuldest mir auch etwas. Darauf berufe ich mich jetzt. Ich will, daß du mich anhörst...«

»Suzanne, schreib bitte diese beiden Telegramme ab. Ach, du könntest uns viel Zeit sparen, wenn du bei José Luis und außerdem bei Pedro Galvez anrufen würdest. Erzähl Pedro, was geschehen ist, und frag ihn, ob er so liebenswürdig wäre, gleich einmal herzukommen.« Als sie das Zimmer verlassen hatte, stürzte er sich in einen raschen, hastigen Monolog. »Paul, du wirst jetzt nichts sagen! Ich weiß es sowieso schon. Wir können bis zum Jüngsten Tag miteinander streiten. Ich werde kein Wort, absolut nichts von dem ändern, was ich mir vorgenommen habe. Du glaubst, ich sei von Sinnen – völlig außer mir vor Schmerz. Das bin ich nicht. Wenn Julie stirbt, bin auch ich ein toter Mann. Ich habe sie auf eine Weise geliebt, die selbst sie nie ganz begriffen hat. Wenn sie am Leben bleibt, bin ich wie Lazarus, der von den Toten aufersteht und feststellt, daß sich seine Welt für immer verändert hat, obwohl kein Zweig und kein Stein anders aussieht. Im Augenblick kann ich für Julie nichts tun. Nichts! Sie weiß nicht einmal, daß ich sie liebe. Die Ärzte werden sie behandeln; die Schwestern werden für sie sorgen. Und wenn wir Glück haben, kann ich ihre Hand halten und ihr Blumen bringen ... Und während dieser ganzen Zeit sitzt Basil Yanko in New York und stellt daraus eine finanzielle Gleichung auf! Ich werde nicht dulden, daß er es tut. Ich will ihn keinen Augenblick länger in dem Glauben lassen, daß er es tun könnte. Seine stärkste Waffe ist das Geheimnisvolle und die Furcht, die alles Geheimnisvolle erweckt. Das hat jetzt ein Ende! Ich bringe ihn ans Tageslicht. Ich büße dabei etwas ein, gewiß. Aber es verschafft mir auch einen Vorteil. Ich kann in der Öffentlichkeit auftreten, und er kann es nicht. An der Börse wird man sagen, ich sei ein Narr, ein Clown! Meinetwegen! Ich wäre aber ein noch größerer Narr, wenn ich mich nicht der Ketten entledigen könnte, mit denen man mich fesseln will: Besitz, Prestige und was sonst noch dazugehört. Und noch eines, Paul, nur noch eines: eine Warnung an dich. Wenn Julie stirbt, werde ich Basil Yanko umbringen. Dann will ich nicht, daß du dabei bist ...«

Damit hatte er mir den Boden unter den Füßen entzogen, und es gab nichts, was ich noch hätte sagen können. Suzanne kam mit den Telegrammen zurück. Ich ging in mein Zimmer, um Leah Klein und Aaron Bogdanovich anzurufen.

Katastrophen waren ein Lebenselixier für Leah Klein. Sie bedauerte es – obwohl sie wenigstens so viel Anstand hatte, es nicht ausdrücklich zu sagen –, daß wir keine Leiche vorweisen konnten. Aber die medizinischen Details würden etwa die gleiche Wirkung zeitigen. Auch der Dumping-Verkauf an der Börse würde sich in der Presse gut machen. Ein Freund von ihr habe ein paar Aktien und würde sicher dankbar sein, wenn er sie noch vor dem Ausbruch der Panik loswürde. Sie würde jedenfalls alles tun, um Käufern abzuraten und den Maklern die Hölle heiß zu machen. Als ich Harlekins Ausdruck »kriminelle Handlungsweise« erwähnte, brach sie in ihr lautes, kehliges Lachen aus und sagte:

»Jetzt hat es ihn wohl gepackt, wie? Sagen Sie ihm, in Washington findet er Gesellschaft. Ich wurde außerdem von einem Ihrer Freunde besucht, von Milo Frohm. Er wollte wissen, woher ich meine Informationen hatte. Was ich ihm natürlich nicht gesagt habe. Bleiben Sie mit mir in Verbindung, Mr. Desmond. Sie liegen jetzt richtig. Und vergessen Sie nicht: Eine Exklusivstory von mir bringt Ihnen mehr Platz in der Presse ein, als irgendeine Agentur Ihnen bieten könnte. Und wenn die Dame stirbt, lassen Sie es mich zuerst wissen ...«

Aaron Bogdanovich war bereits im Bilde. Er drückte sein Beileid aus, zeigte aber im übrigen keinerlei Gefühlsbewegung. »... Ich hatte einen Mann eingesetzt, der Ihnen gestern abend zum Restaurant folgte. Während Sie aßen, ging er die Strecke noch zweimal ab. Er sagte, die Luft sei rein gewesen. Als Sie gingen, folgte er Ihnen wieder. Er war dicht hinter Ihnen, als es passierte. Nachher trat er nicht in Erscheinung, weil er sonst in das Verhör mit hineingezogen worden wäre. Offen gestanden, ich habe nicht so früh mit Gewaltakten gerechnet.«

Als ich ihm sagte, was Harlekin unternehmen wollte, schien er sich nur wenig dafür zu interessieren. Seine Hauptsorge galt der Sicherheit seiner eigenen Operation. Er weigerte sich, den Termin für die Verabredung abzuändern; die Einhaltung des Zeitplans sei zu wichtig. Ich war empört und ließ es ihn fühlen. Er blieb kühl und wies mich darauf hin, daß ich selbst die Prioritäten unseres Vertrages festgesetzt und Harlekin sie bestätigt habe. Der Wagen würde uns am nächsten Morgen um neun Uhr abholen, falls Madame Harlekin nicht in der Zwischenzeit sterben sollte. Zum

Trost meinte er nur, und es klang wie ein knapper Aphorismus:

»Ich kann Türen öffnen, Mr. Desmond. Ich kann nicht dafür garantieren, was Sie auf der anderen Seite vorfinden werden. Ich bin sicher, Mr. Harlekin wird das verstehen.«

Ich habe nie wieder eine Äußerung von ihm gehört, die einer Entschuldigung so nahe gekommen wäre wie dieser Ausspruch.

Als ich zu Harlekins Zimmer zurückkam, traf ich einen Mann bei ihm an, den ich noch nie gesehen hatte. Er war größer als ich, stämmig wie ein Baum, mit einer weißen Haarmähne und buschigen Augenbrauen und einem Gesicht, das, vom Wetter gegerbt, die Farbe alten Holzes angenommen hatte. Seine Kleidung wirkte altmodisch, stammte aber offensichtlich von einem erstklassigen Schneider. Er trug eine Smaragdnadel in der Krawatte und am Finger einen großen Siegelring aus aztekischer Jade. In einer Ritterrüstung hätte man ihn für einen Mitstreiter des alten Cortez persönlich halten können. Harlekin stellte ihn als Pedro Galvez vor. Wir setzten uns, und Galvez setzte seine unterbrochene Rede fort:

»... Wie ich gerade sagen wollte: Vergessen Sie die Polizei; vergessen Sie diesen gedungenen Verbrecher. Man wird ihn finden oder auch nicht – höchstwahrscheinlich nicht. In einer Stadt von dieser Größe, mit so vielen Obdachlosen und so vielen Arbeitslosen, lebt die Hälfte der männlichen Bevölkerung außerhalb des Gesetzes. Als wir uns gestern beim Mittagessen unterhielten, habe ich Ihnen, das muß ich gestehen, nicht viel zugetraut. Sie waren in meinen Augen immer zu weich, zu zivilisiert! Ich habe an sich gar nichts dagegen; ich will damit nur sagen, daß es hier, in der Neuen Welt, nicht genug ist. Man macht aus einem Gauner nicht einfach dadurch einen anständigen Menschen, daß man ihm Schlips und Kragen gibt. Wenn Sie mir also sagen, daß Sie kämpfen wollen und wie Sie kämpfen wollen, bin ich einverstanden! Ich stehe hinter Ihnen – zumindest hier, wo der Name Galvez noch etwas bedeutet. Und jetzt sagen Sie mir, was Sie brauchen. Ich werde Ihnen dann schon sagen, was Sie meines Erachtens unbedingt brauchen werden.«

»Ich will, daß ein Mann von Los Angeles nach Mexico City gebracht wird.«

»Sie wollen ihn kidnappen lassen?«

»Er soll über die Grenze nach Tijuana gelockt und nach Mexico City geschafft werden. Nötigenfalls bin ich auch bereit, ihn, sobald er mexikanischen Boden betritt, verhaften und wegen Mittäterschaft bei schwerem Betrug anklagen zu lassen. Mir wäre es jedoch lieber, wenn ich mit ihm sprechen könnte, bevor ihn die Polizei hat.«

»Lassen Sie mich darüber nachdenken. Alles ist möglich. Was noch?«

»Unser Freund José Luis. Sie sagten mir, er sei ein Spieler.«

»Hm – vielleicht habe ich mich da falsch ausgedrückt. Gewiß, er spielt. Er wettet beim Pferderennen und spielt Roulette – manchmal nur hohe Einsätze, aber er befindet sich nicht in Schwierigkeiten. Sein Vater hat ihm ein Vermögen hinterlassen. Er ist immer noch reich. Aber sein Lebensstil gehört sich nicht für einen Mann, dem anderer Leute Geld anvertraut ist. Er verkehrt in merkwürdigen Kreisen. Sie wissen schon, die Gestalten, die man hier antrifft – Promoter, Spekulanten, Geldverleiher. Er bewirtet sie wie Fürsten. Er läßt sich mit ihnen in der Öffentlichkeit sehen. Manchmal verwendet er den Namen der Bank, um diese Leute in die Gesellschaft einzuführen. Wir beide sind da ganz andere Menschen. Ich bin gegen Luis. Ich könnte Ihnen mindestens drei Leute empfehlen, die Ihre Interessen weit besser wahrnehmen würden.«

»Ich brauche ihn«, sagte George Harlekin entschieden. »Er muß so lange loyal und zufrieden sein, bis ich ihn Alex Duggan gegenüberstellen und eine notariell beglaubigte Erklärung ohne Anwendung von Zwang erlangen kann.«

»Warum nehmen Sie ihn denn nicht mit nach Kalifornien, um die Gegenüberstellung dort vorzunehmen?«

»Weil wir dort gegen Duggan nichts unternehmen können – und weil es keinen Weg gibt, ihn zu einer Aussage zu zwingen.«

»Ich habe den Eindruck, mein Freund«, sagte Pedro Galvez hintergründig, »daß Sie im Hinblick auf José Luis ebenso viele Zweifel hegen wie ich.«

»Zweifel, ja, aber mir fehlt die Gewißheit.«

»Dann wollen wir doch einmal sehen, ob ich Ihnen diese Gewißheit nicht verschaffen kann. Ich bin einverstanden, daß er vorläufig von unseren Zweifeln nichts erfahren darf. Was diesen Alex Duggan angeht...« Sein altes Gesicht verzog sich zu einem boshaften Lächeln. »...Da war einmal ein *Yanqui,* der mich um zwanzigtausend Dollar betrog und nach Florida zurückkehrte, um es sich gutgehen zu lassen. Wir schickten ihm mit der Post hundert Gramm Heroin. Als er den Umschlag beim Zoll öffnete... *he aquí!* Es führen viele Wege nach Rom!« Er drehte sich nach mir um und lächelte freundlich, ja, beinahe etwas leutselig. »Sie haben noch nicht viel gesagt, Mr. Desmond. Vielleicht kommt Ihnen dies alles etwas überspitzt vor?«

»Ja, irgend etwas stört mich, Mr. Galvez.«

»Warum?«

»Gestern war José Luis noch ein Spieler. Heute verkehrt er in schlechten Kreisen. Das ist eine Wandlung, wenn nicht sogar ein Widerspruch.«

»Es ist eine Redensart«, sagte George Harlekin scharf. »Ich verstehe, was damit gemeint ist.«

»Das genügt mir. Verzeihen Sie, Mr. Galvez.«

»Schon gut, Mr. Desmond. Wir alle sind das Opfer unserer eigenen Vergangenheit.« Er erhob sich, strich sich Jacke und Weste glatt und sagte zu George Harlekin: »Also gut, ich werde an die Arbeit gehen. Ich bitte Sie, lieber Freund, ruhen Sie sich etwas aus. Ich habe den Kardinal angerufen und ihn gebeten, Messen für die Genesung Ihrer Frau lesen zu lassen. Sie wissen, wie man hier sagt: ›Gott heilt, und der Arzt nimmt das Honorar.‹ Sie werden bald von mir hören…«

Er war kaum aus dem Zimmer, als José Luis von der Hotelhalle anrief. Harlekin ging unruhig auf und ab, und auch ich konnte nicht still sitzen. Suzy kam herein, bleich, aber gefaßt. Sie hatte mit dem Krankenhaus gesprochen. Julie lag noch auf der Intensivstation; unter den gegebenen Umständen wurde ihr Zustand als einigermaßen zufriedenstellend bezeichnet. Wir beschlossen, sobald wir José Luis abgefertigt hatten, uns etwas Ruhe zu gönnen.

Er kam wie ein reuiger Sünder herein und machte sich die schwersten Selbstvorwürfe. Wenn er gestern abend nur bei uns gewesen wäre; wenn er nur von der Gemeinheit in dieser Sache etwas geahnt hätte; wenn er nur…

Harlekin war nicht in der Stimmung, sich seine Klagelieder anzuhören. »Haben Sie das Geld, José?«

»Es wird heute nachmittag von der Zentralbank bereitgestellt werden.«

»Wir werden es um neun Uhr dreißig abrufen. Ich habe mein Versprechen gehalten: Die Polizei weiß nichts von Maria Guzman. Aber ich muß alles übrige wissen. Dieser Mann, der sich Peter Firmin nannte und den Computer überprüfen wollte – haben Sie ihn persönlich kennengelernt?«

»Nein. Ich war damals an Grippe erkrankt. Cristobal Enriques hat mich vertreten.«

»Wie konnte er einen Mann mit falschem Namen und gefälschten Ausweisen Zugang zum Computersystem gewähren?«

»Die Papiere waren in Ordnung. Es steht im Tagebuch. Cristobal hielt Rückfrage im Büro von Creative Systems. Dort bestätigte man den Namen und die Ausweisnummer. Die Fotos stimmten. Wir haben eine Kopie des Empfehlungsschreibens bei den Akten.«

»Hat Cristobal einen Reisepaß verlangt?«

»In den Sicherheitsbestimmungen wird nicht ausdrücklich die Vorlage eines Passes verlangt: nur ein Firmenausweis mit Bild und Nummer sowie ein Empfehlungsschreiben.«

»Vielen Dank, José. Jetzt stellen Sie mir bitte zwei notariell beglaubigte Erklärungen aus, eine von Ihnen selbst, die andere von Cristobal Enriques, in denen die Tatsachen dargestellt werden. Erkundigen Sie sich außerdem bitte bei Creative Systems, wieso ein Mann, der von Creative Systems als Peter Firmin ausgewiesen wurde, sich in Kalifornien in Alex Duggan verwandeln konnte.«

Hier unterbrach ich ihn. »Ich finde, George, wir sollten die Finger von Creative Systems lassen.«

Er zögerte einen Augenblick und gab mir dann recht. »Paul hat recht, José. Besorgen Sie mir nur die beiden Erklärungen.«

»Mit Vergnügen. Sie werden morgen früh fertig sein. Bitte, was kann ich für Sie tun, für Ihre arme Frau ...?«

»Beten, vielleicht.«

»Ay! Wenn man noch an Gebete glauben könnte!«

»José, sagen Sie mir ehrlich, wer könnte so etwas getan haben?«

»Ich weiß es nicht, George. Für eine Tasche voller Geld, Juwelen ... Ja! Wenn man entsprechend hungrig oder geldgierig ist, wird Mord zu einer einfachen Sache. Aus Rache, wegen einer Ehrenkränkung gegenüber einem selbst oder seiner Frau, ebenfalls ja! Aber das ... Nein, nein, nein! Das ist reine Gangsterarbeit. Ich glaube, da müssen Sie sich außerhalb Mexikos umsehen. Was sagt denn die Polizei?«

»Sie sucht einen Mann mit einer Waffe.«

»Eine Stecknadel in einem Heuhaufen! So kann man ihn nicht finden.«

»Haben Sie Freunde, die uns dabei helfen könnten?«

Er machte ein erstauntes Gesicht; dann schien er langsam

zu begreifen und lächelte bedauernd. »Aha! Meine bösen Spielgefährten! Ich habe eine Vorliebe für ordinären Umgang. Wenn Sie in meiner Familie aufgewachsen wären, hätten Sie vielleicht den gleichen Geschmack. Ich spiele mit ihnen. Ich schockiere meine Freunde mit ihnen. Manchmal, weil sie gerissen und unternehmungslustig sind, mache ich auch Geld mit ihnen. Aber es sind keine Gangster, George, mein Freund ... O nein! Seien Sie jetzt bitte ganz aufrichtig. Wünschen Sie, daß ich von meinem Posten zurücktrete? Ich kann es heute tun oder später – wann es Ihnen paßt.«

»Das ist großzügig, José. Aber ich brauche Sie – jetzt mehr denn je.«

»Sie machen mir ein Kompliment. Eines Tages werde ich es Ihnen zurückgeben. Wie ist es Ihnen denn mit Pedro Galvez ergangen?«

»Besser, als ich erwartet hatte. Wir haben jetzt eine Atempause.«

»Er ist ein merkwürdiger Mensch: ein guter Freund, ein gefährlicher Feind. Wenn Sie mich brauchen – ich bin in der Bank. Am Abend zu Hause.« Er lächelte schief. »Diesmal allein. Ich komme allmählich zu der Überzeugung, daß ich von der Jugendlichkeit geheilt bin. Aber jetzt sollten Sie sich wirklich ausruhen. Bitte!«

Kaum hatte er das Zimmer verlassen, als Suzanne das Kommando übernahm. Es würde jetzt nicht mehr geredet, und vor sechs würden keine Besucher mehr vorgelassen. Falls vom Krankenhaus angerufen würde, wäre sie am Apparat. Sie habe Beruhigungsmittel aus der Apotheke besorgt. Harlekin müsse eine Tablette nehmen und schlafen, bis man ihn aufweckte. Er stimmte müde zu und legte sich ins Bett. Ich sah auf die Uhr. Es war halb eins. Wir waren alle seit dreißig Stunden auf den Beinen.

Als wir in unsere Etage hinunterfuhren, begann Suzanne heftig zu zittern. Ich brachte sie eiligst in das Appartement, setzte sie hin und flößte ihr einen steifen Drink ein. Beim ersten Schluck wäre sie fast erstickt; sie lief in ihr Zimmer und schlug die Tür hinter sich zu. Ich ging in mein eigenes Zimmer, zog mir den Pyjama an, hängte mir den Morgenmantel über die Schultern und goß auch mir einen Whisky ein; dann ging ich zu Suzanne hinüber. Sie lag mit wirren Haaren und verweinten Augen auf dem Bett. Ich wußte, wie ihr zumute war. Das Ganze war eine verfahrene Situation, ein grausames, blutiges Durcheinander von Lügen und Brutalität und enttäuschten Hoffnungen. Für Julie konnten wir nichts tun; Harlekin hatte für sich jede Hilfe abgelehnt und sich in die Einsamkeit des Fanatikers zurückgezogen. Keine Liebe, und wäre sie auch noch so groß, kam jetzt an ihn heran. Auch mit Suzy konnte ich nicht anders reden als mit den einfachen, tröstenden Worten, mit denen man einem Kind gut zuredet. Ich konnte nichts weiter tun, als sie zu beruhigen, bis die Schmerzen und der Schock nachgelassen hatten. Dann ging ich wieder in mein Zimmer und schlief unruhig bis Sonnenuntergang. Am Abend fuhr Harlekin allein ins Krankenhaus, um Julie zu besuchen. Er rief an und sagte, sie sei zwar bei Bewußtsein, aber sehr schwach und habe trotz starker Beruhigungsmittel große Schmerzen. In der Klinik habe man ihm ein Bett für die Nacht angeboten, damit er in ihrer Nähe bleiben könne. Er bat mich, ihm einen Pyjama, Toilettensachen und Bettzeug zu schicken. Am nächsten Morgen solle ich das Geld von der Bank abholen und ihn vom Krankenhaus zu unserer Verabredung mit Bogdanovich mitnehmen. Suzanne würde bis zu unserer Rückkehr am Krankenbett Wache halten. Wenn sich Julies Zustand verschlechterte, sollte ich die Verabredung allein wahrnehmen.

Etwas später rief Saul Wells aus Los Angeles an. Er hatte unseren Freund, Alex Duggan, ausfindig gemacht, der mit einer hübschen Frau und einem Kind ziemlich aufwendig in einem Wohnblock am Olympic wohnte. In dem Block sei noch ein Appartement frei; Saul würde es als Operationsbasis für sich selber mieten. Er würde dafür sorgen, daß Alex Duggan nichts geschehe. Er hatte auch noch andere Neuigkeiten. Die Abendpresse und das Fernsehen hatten die Story aus Mexico City gebracht. Die Morgenzeitungen würden sie groß herausbringen. Leah Kleins Story war unter der Überschrift »Fusionen und Morde« veröffentlicht. In Washington redete man davon, daß der Kongreß die Sicherheit von Datenbanken untersuchen wolle. Basil Yanko habe bis jetzt jeden Kommentar abgelehnt. In der Wall Street seien die Kurse gefallen, und die Makler hielten sich zurück. Sie wollten abwarten, was am Dienstag geschehen würde … So weit, so gut. Man konnte den Donner schon hören, aber es hatte noch nicht zu regnen begonnen.

Danach verbrachten wir den Abend allein – und wir wünschten nichts sehnlicher, als ihn in Sicherheit zu verbringen. Wir setzten uns an die Bar, tranken Margaritas und lauschten dem Geplauder der Touristen. Wir aßen in einer entlegenen, ruhigen Ecke und sprachen ganz nüchtern über George und Juliette und die zweifelhafte Zukunft, die uns allen bevorstand.

Suzy faßte die Lage mit den düsteren Worten zusammen: »Alles ist anders geworden. Keiner von uns wird jemals wieder der alte sein.«

»Wenn sich Julie erholt, Liebling, wird es auch uns rasch bessergehen.«

»Und wenn sie stirbt?«

»Dann wüßte ich wirklich nicht, wie ich mit George fertig werden sollte. Wüßtest du es?«

»Es gab einmal eine Zeit, da träumte ich, es könnte mir gelingen.« Die Worte kamen langsam, als müsse sie sie aus einem tiefen Brunnen der Enttäuschung heraufziehen. »Jetzt weiß ich, daß es nicht möglich ist. Ich habe diese dunkle Seite seines Wesens noch nie zuvor gesehen. Julie kannte sie. Vielleicht ist es gerade das, was sie an ihm liebte und mehr als alles andere besitzen wollte … Komisch, ich war immer so sicher, daß sie die falsche Frau für George sei. Jetzt weiß ich, daß ich es bin; und trotzdem liebe ich ihn noch. Es ist die Hölle, findest du nicht auch? Wenn das alles vorbei ist, werde ich mir wohl eine andere Stellung suchen, bevor es zu spät ist. Wirst du mir ein gutes Zeugnis ausstellen, Paul?«

»Ich gebe dir einen Job, wenn du mit mir kommen willst. Einen besseren, als du jetzt hast.«

»Denkst du etwa auch daran, dich zurückzuziehen?«

»Ich wüßte nicht, wovon ich mich zurückziehen sollte, Liebling: eine Aktie und eine hübsche Abfindung, die ich nicht brauche. Ich habe den Beruf und die Kerle satt, die ihn verseuchen – mich selbst eingeschlossen; aber ich kann nicht gehen, bevor wir nicht George über den Berg und wieder in ruhigere Gefilde gebracht haben ...«

»Falls du ihn dahin bringen kannst.«

»Vertraust du mir, Suzy?«

»Das weißt du doch. Du hast mir nie weh getan, Paul. Du hättest es tun können, aber du hast es nicht getan. Warum fragst du?«

»Eines Tages – und wenn dieser Tag kommt, dann kommt er bald – werde ich dich vielleicht bitten, mir gegen George den Rücken zu stärken; nicht um meinetwillen, sondern um seinetwillen. Wirst du es tun?«

»Ich müßte dann erst wissen, warum.«

»Er könnte versuchen, Basil Yanko zu töten.«

Sie zeigte sich weder schockiert noch überrascht. Sie schwieg einen Augenblick, dann sagte sie leise: »Das habe ich eben gemeint. Keiner von uns wird je wieder der alte sein ... Ja, Paul, ich werde alles tun, was du von mir verlangst. Aber jetzt bestell mir bitte einen Brandy, und dann laß uns von etwas anderem reden.«

Der Rest war Geplauder und Geplänkel. Wir blieben noch lange sitzen und tranken zuviel und waren zum Schluß so nüchtern wie am Anfang. Als wir hinaufgingen und ich sie für einen Gutenachtkuß in den Armen hielt, sagte sie schlicht: »Bleib bitte bei mir, Paul. Ich könnte heute nacht das Alleinsein nicht ertragen.«

Das Traurige daran war nur, daß ich eigentlich allein sein wollte – und daß ich mich schämte, es ihr zu sagen. Wir liebten uns zärtlich; sie sah nicht die Gespenster, die in den dunklen Winkeln des Raumes lauerten. Dann fiel sie an meiner Schulter in tiefen Schlaf; ich zog die Decke über sie, und wir lagen die ganze Nacht eng beieinander: zwei einsame Menschen, die sich wie Kinder im dunklen Wald aneinanderkuscheln.

7

Um neun Uhr früh, pünktlich wie der Tod, erschien der Wagen am Hotel. Suzanne und ich fuhren zur Bank und holten eine Leinentasche mit einer Viertelmillion Dollar ab. Um neun Uhr dreißig trafen wir am Krankenhaus ein. George Harlekin erwartete uns am Eingang. Er hatte weder gute noch schlechte Nachrichten. Julies Zustand war unverändert. Es war zu einer postoperativen Infektion gekommen. Die Ärzte hofften, diese unter Kontrolle zu halten. Der Chirurg war nicht unzufrieden. Man hatte einen Raum bereitgestellt, wo Suzanne ruhen und lesen konnte. Wenn Juliette wach war, konnte sie einige Augenblicke zu ihr gehen. Wir fuhren aus dem Krankenhausareal hinaus, bahnten uns den Weg durch starken Verkehr und nahmen Kurs nach Norden, die Avenida de los Insurgentes Norte entlang. Unser Fahrer war ein älterer, wortkarger Mann mit einem dunklen, indianischen Gesicht. Er ließ sich jedoch herbei, uns zu sagen, daß unser Bestimmungsort sechzehn Kilometer hinter Tula liege und daß wir unterwegs einige höchst interessante Altertümer sehen würden: die gefiederten Schlangen von Tenayuca, die Pyramide der heiligen Cäcilia und die Treppe der Jaguare. Früher hätte Harlekin darauf bestanden, sich jeden Zentimeter davon genauestens anzusehen. Jetzt saß er, blind und stumm, in seiner Ecke und wollte nichts weiter, als daß wir schneller fuhren und die Sache so rasch wie möglich hinter uns brachten. Ich versuchte, sein Interesse an der Landschaft zu wecken. Er wollte nichts davon wissen. Als ich ihm von meinem Gespräch mit Saul Wells erzählte, brummte er zustimmend und verfiel dann wieder in Schweigen. Erst als ich mich nach Juliette erkundigte, wurde er etwas lebhafter.

»... Sie sah so bleich und klein aus, wie eine Wachspuppe. Ich wagte kaum, sie anzurühren. Sie erhält Infusionen, aber sie klagt, ihr Mund sei immer so trocken ... Sie fragte nach dir, Paul. Ich sagte ihr, du würdest kommen, wenn sie wieder bei Kräften sei. Sie macht sich auch über das Baby Sorgen. Ich überlegte mir, ob wir den Kleinen mit dem Kindermädchen herüberfliegen sollten. Der Arzt riet davon ab ... Das Personal ist sehr freundlich. Die Schwestern kommen jede halbe Stunde herein. Ich blieb fast die ganze Nacht bei ihr sitzen. Ich kam mir so hilflos vor; aber jedesmal, wenn sie aufwachte, griff sie nach meiner Hand ... Es kam auch ein Priester. Sehr jung. Er wollte ihr den Segen geben. Ich sagte ihm, wir seien Calvinisten. Er meinte, nur die Menschen führten Listen und träfen solche Unterscheidungen ... Ich sah zu, wie er ihr die Hände auflegte ... Ganz schlicht und primitiv, aber danach schien sie weniger Schmerzen zu haben ... O Gott! Warum ist das Leben nur so eine Blasphemie!«

Ich wünschte, ich hätte es ihm sagen können; aber mir fiel nicht das Richtige ein. Sein Gesicht verhärtete sich wieder, und er versank in brütendes Schweigen.

Nach Tula führte die Fahrt in nordwestlicher Richtung bergauf am Abhang eines gezackten Höhenrückens entlang und durch eine steile Schlucht, die sich in eine große kreisförmige Ebene öffnete – den Krater eines längst erloschenen Vulkans. In der Mitte der Ebene lag ein See mit sumpfigen, schilfbewachsenen Ufern, von dem aus das Gelände zu grünen Weiden und terrassenförmig angelegten Mais- und Getreidefeldern anstieg. Vor dem hinteren Rand des Kraters lag die Hazienda, ein langgestrecktes, niedriges Gebäude aus behauenem Stein, davor befanden sich Rasenflächen und Blumengärten und zu beiden Seiten die Wirtschaftsgebäude und die Unterkünfte für die Bauern, die Stallungen für die Pferde, die Schafe und das Vieh. Die ganze Anlage zeugte von Reichtum; sie wirkte feudal wie ein alter Herrschaftssitz, der die Revolutionen überdauert hatte und auch heute noch die Demokratie nicht zur Kenntnis nehmen wollte.

Am Eingang des Hauses erwartete uns Aaron Bogdanovich. Er begrüßte uns mit wenigen Worten und erkundigte sich dann angelegentlich nach Julie. Anschließend führte er uns in einen großen Raum, der mit Steinfliesen, einem offenen Kamin, bunten Bastmatten und schweren spanischen Kolonialmöbeln ausgestattet war. Er wies auf ein paar besondere Stücke toltekischen Kunsthandwerks hin und rief dann einen Diener herein, der uns Kaffee bringen sollte. Er machte einige vage Bemerkungen, daß die Hazienda Freunden von Freunden aus dem diplomatischen Korps gehöre. Mir fiel, wie schon in New York, auf, daß er gegenüber Harlekin eine besonders respektvolle Zurückhaltung an den Tag legte. Als der Kaffee hereingebracht wurde, stand er neben dem Kaminsims und erläuterte unsere bevorstehende Mission.

»... Sie werden einem Mann begegnen, der mir in mancherlei Hinsicht ähnlich ist. Das heißt, er macht den Mord zu seinem Lebensberuf. Der Unterschied zwischen uns ist nicht groß. Ich habe eine bessere Ausbildung genossen. Er ist ein intelligenter Gassenjunge. Ich berufe mich darauf, ein Patriot zu sein. Er behauptet gar nicht, etwas anderes als ein gedungener Handlanger zu sein. Wenn Sie ihn jetzt sehen, werden Sie glauben, er sei vollkommen klar. In Wirklichkeit ist er durch starke Beruhigungsmittel, durch teilweise Lähmung der Sinnesfunktionen und durch suggestive Maßnahmen weitgehend desorientiert. Er kann noch nicht zwischen Realität und Illusion unterscheiden. Sie, Mr. Harlekin, werden die Illusion bestätigen. Sie sind gekommen, um ihn zu engagieren, einen Mann in New York zu töten. Sie sind bereit, das Doppelte des von ihm geforderten Preises zu zahlen, aber Sie müssen sich zunächst ein klares Bild über ihn machen können. Ich werde die Unterhaltung führen. Sie werden Zwischenfragen stellen, wenn ich Ihnen ein Zeichen gebe. Sie, Mr. Desmond, werden schweigen, falls ich Sie nicht zum Reden auffordere. Irgendwelche Fragen, Mr. Harlekin?«

»Sollen wir ihm von Angesicht zu Angesicht gegenübertreten?«

»Ja.«

»Ist das nicht riskant?«

»Sie müssen mir glauben, daß dies nicht der Fall ist.«

»Sie sprachen von teilweiser Lähmung der Sinnesfunktionen. Weiß er, was mit ihm passiert ist?«

»Nur teilweise... Ich will es Ihnen erklären. Wir holten ihn wie gute Freunde vom Flugplatz ab und brachten ihn für dieses Zusammentreffen hierher. Er hatte nichts dagegen. Beim Abendessen wurde er betäubt. Als er erwachte, hing er in einem Keller zwischen Himmel und Erde, an Händen und Füßen gebunden und mit einer schwarzen Kapuze über dem Kopf. Nichts regte sich, die Temperatur blieb immer konstant. Wenn er sich bewegte, drehte er sich wie ein Kreisel im Leeren. Ergebnis: schnelle Desorientierung. Er erhielt wiederum Drogen und wurde durch Infusionen ernährt. Als er erwachte, hing er wieder in der Dunkelheit, war aber diesmal schrillen Geräuschen und Hochfrequenztönen mit eingestreuten Wortfetzen ausgesetzt. Ergebnis: tiefe Halluzinationen. Heute morgen erwachte er in seinem eigenen Schlafzimmer; neben dem Bett stand eine hübsche Krankenschwester, die ihm erklärte, er sei von einer in diesem Gebiet grassierenden virulenten Fiebererkrankung befallen worden. Bis jetzt glaubt er, er habe Fieberträume gehabt, sei aber mit Hilfe von Medikamenten in der Lage, seinen Auftraggebern entgegenzutreten ... Das ist, kurz gesagt, die moderne Verfeinerung der Folter. Man kann ihr durch entsprechendes Training eine ziemlich begrenzte Zeit lang Widerstand entgegensetzen. Tony Tesoriero hat ein solches Training nicht gehabt. Wir glauben, daß er für dieses Meeting ausreichend vorbereitet ist. Sollte das nicht der Fall sein, muß ich andere Maßnahmen ergreifen. Falls Sie Skrupel haben sollten, denken Sie einfach daran, wie er sich seinen Lebensunterhalt verdient – und nicht einmal schlecht, wie Sie feststellen werden. Bitte, warten Sie hier, meine Herren!«

Er ging und blieb etwa zehn Minuten fort. George Harlekin saß mit ausdruckslosem Gesicht still da und blickte auf die gestapelten Holzscheite im Kamin. Ich ging hinüber zur Terrassentür und schaute hinaus, über das abfallende Grünland hinweg bis zum hinteren Ende des Kessels, der sich dunkel gegen den weißlichen Mittagshimmel abhob.

Hinter mir sagte Harlekin: »Du brauchst wirklich nicht dazubleiben, Paul. Mir macht diese ganze Angelegenheit überhaupt nichts aus.«

Mir machte sie jedoch sehr wohl etwas aus; aber ich war zu feige, ihm das zu erläutern. Ich hatte ihn zu diesem Gang in die Hölle veranlaßt; jetzt mußte ich ihm wenigstens Gesellschaft leisten und versuchen, mit ihm aus dieser Hölle wieder herauszukommen, ohne das Menschliche in uns zu verlieren. Denn hierin lag das Entsetzliche an diesem Augenblick: Wir waren im gegenseitigen Einverständnis und nach reiflicher Überlegung gewillt, einem anderen menschlichen Wesen gegenüberzutreten, das zerbrochen und in einzelne Fragmente zerlegt worden war. Gleichgültig, wie verworfen und wie vertiert dieser Mann auch sein mochte – er war ein Mensch, von einer Frau geboren, an der Brust genährt und ein Symbol für die Unvergänglichkeit des Menschengeschlechts.

Als Tony Tesoriero, auf den Arm seiner Krankenschwester gestützt, in Begleitung seines Gastgebers und Patrons Aaron Bogdanovich hereinkam, sah er keineswegs vertiert aus. Er war ungefähr Mitte dreißig, schlank und feingliedrig, und besaß jene dunkle, adlerhafte Anmut, wie man sie oft bei den Albanesi von Apulien und Sizilien antrifft. Seine Augen waren leicht verquollen; er bewegte sich unbeholfen, und seine Stimme klang unnatürlich, als sei die Zunge in seinem Mund zu groß. Er sprach mit dem Akzent der italienischen Einwanderer von Brooklyn. Schwerfällig setzte er sich nieder. Die Schwester stellte sich hinter ihn. Aaron Bogdanovich stand an den steinernen Sims über dem Kamin gelehnt und spielte mit einer toltekischen Figur, einem Jaguar. Er hätte der Vorsitzende eines Wohltätigkeitsvereins sein können, der sich über die Vorbereitungen für eine gemeinnützige Veranstaltung am kommenden Sonntag ausließ.

»... Tony, das sind die Herren, die dir einen neuen Auftrag geben wollen. Meine Herren, das ist Tony Tesoriero. Er ist in den letzten Tagen krank gewesen. Moskitostiche. Wir fanden Einstiche an seinen Armen, die darauf hindeuten, daß er gestochen worden ist. In zwei oder drei Tagen wird er jedoch völlig wiederhergestellt sein. Zunächst einmal, Tony, hier ist das Geld ...«

»Wieviel?«

»Zeigen Sie es ihm, bitte.«

Harlekin öffnete die Leinentasche und ließ Banknotenbündel auf den Fliesenboden fallen. Er sagte: »Jetzt, Mr. Tesoriero, habe ich ein paar Fragen.«

»Nennen Sie mich Tony. Alle tun das. Was für Fragen?«

»Ich will einen Mann in New York umbringen lassen. Können Sie das tun?«

Tony versuchte, eine nachsichtig-belustigte Miene aufzusetzen. »Sie zahlen. Ich kille. So lautet das Geschäft.«

»Garantieren Sie den Erfolg?«

»Das ist mein Job. Bis jetzt habe ich dreiundzwanzig Treffer gelandet – alles saubere Arbeit.«

»Der Preis?«

»Fängt an bei zwanzig Riesen und geht hoch bis fünfzig – plus Spesen. Außerdem zahlen Sie die Versicherung.«

»Was heißt das?«

»Ich werde eingelocht, Sie zahlen die Anwälte und dreihundert die Woche an mein Mädchen, solange ich sitze – falls ich drinbleibe.«

»Wie kann ich wissen, daß Sie nicht reden werden?«

»Ich rede, Sie lassen mich umlegen; also rede ich nicht. Wenn Sie das nicht gewußt hätten, wäre ich doch nicht hier, oder?« Er stolperte über die letzten Worte, und ein Anflug von Erstaunen trat in seinen teilnahmslosen Blick. »Ja, das war es... Das wollte ich wissen. Wie kommen Sie gerade auf mich?«

Aaron Bogdanovich lächelte geduldig.

»Ich habe es dir doch gesagt, Tony... Der Hallstrom-Job. Die Frau in New York.«

»Ach ja... ja... Die blonde Hure. Der Auftrag kam aus Mexico City... Wie hieß doch der Kerl?«

»Basil Yanko.«

»Nein... Nein! Irgendwie anders... mexikanisch... Sagen Sie, wie kommt es, daß Sie ihn kennen und wissen nicht, wie er heißt?«

»Wir wissen es, Tony.« Bogdanovich war die Güte selbst. »Wir haben es dir doch gerade gesagt. Wir möchten nur feststellen, ob du auch wirklich so helle bist, wie du behauptest.«

Tony sah ihn verblüfft und feindselig an, wie ein von schweren Treffern halb betäubter Boxer. »Was meinen Sie damit – helle? Ich hab den Auftrag übernommen. Ich hab dreißigtausend gekriegt. Ich hab sie umgelegt. Bin ich deswegen etwa blöde oder was?«

»Das hast du doch gerade bewiesen, Tony. Das Honorar für diesen Auftrag war fünfzig. Ich weiß es, denn Basil Yanko hat es mir selbst gesagt. Mir scheint, man hat dich um zwanzig betrogen... Yanko wird darüber auch nicht besonders glücklich sein.«

»*Porca madonna!* So viele Jahre, und Tony Tesoriero läßt sich übers Ohr hauen! Okay, sobald ich hier rauskomme, habe ich noch eine private Rechnung zu begleichen.«

»Nicht, wenn du diesen Job haben willst, Tony.« Bogdanovich war wie ein Schulmeister, der einen übereifrigen Schüler zur Ordnung ruft. »Meine Freunde wollen saubere Arbeit haben, kein Risiko, und du bekommst sechzig Riesen.«

»Aber mich um zwanzig betrügen zu lassen! Das kann ich doch nicht auf mir sitzen lassen!«

»Gerade deshalb wollen wir ja wissen, wo die Sache schiefgelaufen ist, Tony.« Aaron Bogdanovich sprach mit viel Geduld. »Fünfzig Riesen kamen aus New York zu einem Mann in Mexico City. Wir kennen ihn. Er ist ein einwandfreier Geschäftsmann. Vielleicht hat er aber den Auftrag durch jemand anderen erledigen lassen, und dieser andere hat einen Teil in die eigene Tasche gesteckt... Das wollen wir ja gerade herausbekommen.«

Man konnte förmlich sehen, wie er mühsam versuchte, sich durch das Gewirr von Erinnerungen und Eindrücken in seinem Schädel hindurchzufinden. Dann begann er langsam zu reden, wobei er die einzelnen Fakten an den Fingern abzählte. »Okay, fangen wir noch einmal von vorne an. Ein Mann in Miami sagt mir, er habe einen Freund in Mexico City, der über einen Auftrag mit mir reden wolle – genau wie Sie. Ich komme. Ich treffe ihn. Ich übernehme den Job. Ich kriege das Geld. Ich treffe nicht zwei Männer – ich treffe nur einen. Er ist alt. Er sieht wie ein Don aus, mit weißen

Haaren und einem rötlich-grünen Ring und – ach, ja! Da fällt mir ein – er trug eine Smaragdnadel, so groß wie eine Nuß. Und dieser Mann hieß Pedro Galvez, derselbe Name, den man mir in Miami genannt hatte. Ist das der Kerl, von dem Sie reden?«

»Ja, derselbe.« Harlekins Stimme verriet nichts von innerer Erregung. »Pedro Galvez.«

»Ist er ein Freund von Ihnen?«

»Nicht mehr, Tony...«

»Und wie bekomme ich jetzt mein Geld zurück?«

»Übernehmen Sie meinen Auftrag«, sagte George Harlekin. »Und ich werde Ihnen das Geld beschaffen.«

»Ist das Ihr Ernst?«

»Natürlich. Sechzigtausend plus Spesen und Versicherung. Über die Einzelheiten reden wir morgen, wenn Sie frischer und klarer bei Kopf sind. Hier ist das Geld.« Er bückte sich und zählte die Banknotenbündel ab; dann stieß er sie mit dem Fuß über die Fliesen. »Wenn ich morgen zurückkomme, habe ich Ihre zwanzig Riesen bei mir; aber ich brauche eine kurze Notiz von Ihnen, um das Geld eintreiben zu können.«

»Was für eine Notiz?«

»Ach, ein paar Zeilen nur... ›An Pedro Galvez. Basil Yanko gab Ihnen fünfzigtausend Dollar, die Sie mir für den Auftrag Valerie Hallstrom zahlen sollten. Sie schulden mir noch zwanzig. Übergeben Sie das Geld dem Mann, der Ihnen diese Zeilen überbringt. Anderenfalls hole ich mir das Geld selbst.‹... Und dann setzen Sie Ihren Namen drunter. Na, wie klingt das?«

»Großartig – einfach großartig.«

Aaron Bogdanovich half ihm beim Aufstehen, führte ihn zum Schreibtisch und blieb bei ihm stehen, während Tony den Text langsam und ungelenk wie ein Schulkind schrieb.

Dann steckte Bogdanovich den Zettel in einen Umschlag,

klebte diesen zu und reichte ihn George Harlekin. Er fragte ihn: »Sind Sie mit Tony zufrieden?«

»Absolut.«

»Sonst wollen Sie nichts mehr wissen?«

»Nichts.«

»Tony, du mußt dich jetzt etwas ausruhen. Das ist ein wichtiger Job, und morgen mußt du frisch sein. Außerdem ist es Zeit für deine nächste Injektion, nicht wahr?«

»Heilige Kuh! Ich sehe ja schon jetzt wie ein Nadelkissen aus.«

»Das wird die letzte sein, Tony«, meinte die Schwester fröhlich. »Okay! Also dann bis morgen.«

Er bückte sich, sammelte die Banknotenbündel ein und stopfte sie sich vorne ins Hemd; dabei witzelte er, daß sie seiner Figur zugute kommen würden. Dann schlurfte er, vor sich hin kichernd, am Arm der Schwester hinaus.

Harlekin wandte sich Aaron Bogdanovich zu und fragte: »Was geschieht mit ihm jetzt?«

»Genau das, was Sie gehört haben, mein Freund. Er bekommt seine letzte Spritze: Luft in die Vene. Wenn sie das Herz erreicht, stirbt er.«

Ich konnte mich eines Ausrufs des Entsetzens nicht enthalten.

Bogdanovich fuhr herum und herrschte mich an: »Sie sind schockiert, Mr. Desmond? Sie haben doch gehört, wie er sagte, daß er dreiundzwanzig Menschen getötet hat. Glauben Sie, man könnte ihn lediglich aufgrund dessen, was in diesem Raum gesprochen worden ist, verurteilen? Nie!... Außerdem ist da noch etwas, was Sie nicht wissen. Valerie Hallstrom war meine Agentin. Ich habe sie ausgebildet. Ich habe sie eingeschleust. Tony Tesoriero hat sie umgebracht. Ein Leben für ein Leben. So lautet das Gesetz. Das haben Sie doch von Anfang an gewußt.« Er drehte sich zu George Harlekin um. »Dieser Pedro Galvez – wer ist das?«

»Ein Freund. Einer meiner Aktionäre.«

»Wieviel weiß er von Ihrer Tätigkeit?« – »Zuviel. Ich habe ihm von Alex Duggan erzählt.«

»Ach! Das ist nicht gut.«

»Auch meine Frau ist sein Opfer.«

»Wir können ihn liquidieren, aber dann verlieren wir ein Glied in der Beweiskette. Lassen Sie mich darüber nachdenken.«

»Ich möchte ihm ein Geschenk senden.«

»Was für ein Geschenk, Mr. Harlekin?«

»Tony Tesorieros Leiche. Glauben Sie, daß Sie das arrangieren könnten?«

»Ja, aber ich werde es nicht tun«, sagte Bogdanovich mit besonderem Nachdruck. »Erzählen Sie mir mehr von Pedro Galvez...«

»Alte Familie, Reichtum durch Bergwerke, einflußreich und arrogant...«

»Aber nicht verrückt oder dumm?«

»Nein.«

»Warum schließt er dann Verträge mit Killern ab – und zwar nicht einmal für sich selbst, sondern für Basil Yanko?«

»Er braucht Millionen für Entwicklungsvorhaben: kurz- und langfristige Kredite – die schwer zu haben und bei den heutigen Zinssätzen teuer sind. Ich könnte mir vorstellen, daß ihm Yanko Ölgelder in Aussicht gestellt hat, sobald unser Fall abgewickelt ist...«

»Was aber noch nicht erklärt, Mr. Harlekin, warum sich ein alter Aristokrat wie Pedro Galvez mit Tony Tesoriero an einen Tisch setzt.«

»Ach, das ist einfach zu erklären.« Harlekin zog eine Grimasse und meinte selbstironisch: »Irgend etwas daran würde ihn ansprechen, so wie es mir gerade ergangen ist. Es liegt doch etwas Exotisches darin, einen privaten Henker zu haben... Es ist ein königliches Privileg.« Er tippte mit der Fußspitze den Banknotenhaufen an. »Mit einem Stapel Papier erkauft man sich den Tod eines Menschen.«

»Was Sie sich damit aber nicht erkaufen können«, sagte Aaron Bogdanovich, »ist der Aufschub Ihres eigenen.«

George Harlekin ließ diesen Gedanken einen Augenblick in sich nachwirken. Man merkte ihm nicht an, ob er einen bitteren oder süßen Nachgeschmack hatte. Er fragte: »Wenn es Galvez war – warum benutzte er seinen richtigen Namen?«

Bogdanovich lächelte dünn. »Vergessen Sie nicht, Mr. Harlekin, das ist ein Geschäft für Profis. Es enthält eine Versicherung. Sie müssen sich vorher vergewissern, ob die Versicherungssumme auch wirklich ausbezahlt wird.«

»Ist hier ein Telefon im Haus?« fragte Georg Harlekin. »Ich würde gern das Krankenhaus anrufen.«

»Dort drüben in der Ecke. Die Verbindung ist schlecht. Sie werden etwas Geduld brauchen.«

Während er telefonierte, gingen Bogdanovich und ich draußen im Patio auf und ab.

Bogdanovich sagte: »Galvez ist eine böse Überraschung. Er ist außerdem eine Gefahr für Alex Duggan, der jetzt besonders wichtig wird. Wir müssen uns darüber klarwerden, was mit ihm geschehen soll.«

»Ich glaube, Harlekin ist jetzt gar nicht in der Lage, einen klaren Entschluß zu fassen.«

»Da bin ich anderer Meinung, Mr. Desmond. Wenn wir von moralischen Grundsätzen sprechen, so bewegt er sich natürlich in einem völlig neuen Wertsystem. Wenn es aber um seine Fähigkeit geht, eine bestimmte Strategie zu planen und durchzuführen, so glaube ich, daß diese bedeutend größer geworden ist, weil sie jetzt nicht mehr durch moralische Rücksichten eingeschränkt wird. Das bereitet Ihnen natürlich Schwierigkeiten. Ihr Handikap, Mr. Desmond, liegt darin, daß Sie nicht genau wissen, was Sie eigentlich wollen; Sie wollen sich nicht bedingungslos festlegen und suchen stets den Kompromiß. Ihr Freund Harlekin ist von ganz anderer Art. Er ergreift das Leben – oder den Tod –

mit beiden Händen. Aber ich verstehe Ihre Zweifel. Ich weiß, daß ich zur Sinnlosigkeit verdammt bin. Harlekin wird sich wegen eines bestimmten Zieles ewiger Verdammnis anheimgeben. Wenn aber das Ziel erreicht ist und er dessen Sinnlosigkeit erkennt – ja, was dann? Das ist doch Ihre Frage, nicht wahr?«

»Ja, ich glaube schon.«

»Ich habe darauf keine Antwort, Mr. Desmond. Man erwartet von mir auch keine. Wie Tony nehme ich den Auftrag an, führe ihn aus und bereite mich auf den nächsten vor... Ah, Mr. Harlekin. Sind Sie durchgekommen?«

George Harlekin stand in der Tür; sein Gesicht war blutleer, die Augen starr. »Ja, ich bin durchgekommen. Julie ist vor einer Viertelstunde gestorben. Sie sagen, es sei eine Embolie gewesen.«

Aaron Bogdanovich packte meinen Arm mit eisernem Griff und flüsterte: »Bringen Sie ihn in die Stadt zurück. Ich werde Sie anrufen. Ich kann mit trauernden Ehemännern nicht fertig werden!«

Jetzt kann ich es Ihnen sagen: Der eigentlich Trauernde war ich. An ihrem Bett schämte ich mich meiner Tränen nicht. Ich beugte mich hinab und küßte ihre kalten Lippen und sagte ihr Lebewohl und murmelte leise ein Requiescat. Harlekin stand währenddessen steif und tränenlos da und wartete, bis ich ging. Was dann geschah, ob er rasend wurde oder still vor sich hin weinte, weiß ich nicht – und es war mir zunächst auch ziemlich gleichgültig. Etwas Seltsames hatte sich ereignet. Ihr Tod war der große Tod. Ich spürte den kleinen Tod des Abschieds, das Pathos des Nie-Wieder, das Nie-Erfüllten, der auf immer unerfüllten Hoffnung. Und trotzdem – die Toten haben Glück, daß sie es nie erfahren! –, ich empfand auch Erleichterung. Sie brauchte nicht mehr zu leiden. Ich war von einer Fessel befreit, die ich schon zu lange getragen hatte, von einer Versuchung, die mir mit jedem Jahr mehr zu schaffen gemacht hatte. Ich war endlich frei – und war es auch in einer kalten, unfruchtbaren Wüste –, ich war frei.

Während wir auf Harlekin warteten, saßen Suzy und ich nebeneinander und führten jene leeren Gespräche, die auf einen Todesfall zu folgen pflegen. Ihre Tränen waren längst versiegt, und als Frau dachte sie zunächst an die Pflichten, die sich nach dem Begräbnis für den Haushalt ergaben.

»... Ich hoffe, er wird sie hier begraben. Sonst zieht sich alles zu sehr in die Länge. Wir brauchen ein Bestattungsinstitut, Paul. Willst du dich darum kümmern? Ich habe den Arzt um Beruhigungsmittel gebeten. George wird sie heute abend nötig haben. Du bleibst bei ihm in seinem Appartement, nicht wahr, Paul? Ich würde es auch gern tun, aber es wäre doch irgendwie taktlos ... Vielleicht ist er jetzt bereit, endgültig Schluß zu machen: den ganzen Schmutz abzuschütteln und heimzufahren. Bald kommt der Sommer. Du könntest ihn vielleicht auf deiner Jacht mitnehmen ... Ich muß auch ihre Kleider einpacken. Es wäre entsetzlich, wenn er es selber tun müßte ... Ach, Paul, er tut mir ja so leid ...«

Mir tat er nicht leid. Ich haßte ihn. Ich war versucht, ihm zu sagen, daß er jetzt noch eine zweite Leiche vor Galvez' Tür niederlegen konnte. Und warum auch nicht? Ein Tod war wie der andere. Blumen würden ebenso aus dem Mund von Tony Tesoriero wie aus dem toten Leib von Juliette sprießen. Und ich haßte mich selbst, denn ich war der tapfere Krieger mit der ehernen Trompete, der die Helden zum Kampf rief und dann den großen Zapfenstreich über dem Leichnam des Geschlagenen blies, um die Aasgeier zu verscheuchen.

Suzanne ergriff meine rechte Hand und hielt sie fest. »Paul ... bitte! Mach dir keine Vorwürfe. Und gib auch George nicht die Schuld. Wir können nur den Weg gehen, den wir vor uns sehen. Bitte, Chéri ...«

Viel später kam George wieder zu uns. Er wirkte äußerlich ruhig, flach und leer wie ein See unter dem Mond. Er dankte uns beiden – für sich und für Juliette. Er hatte die ersten notwendigen Entscheidungen getroffen. »Wir werden sie hier bestatten. Paul, willst du, bitte, die bestmöglichen Vorkehrungen treffen? Sie sollte ein kirchliches Begräbnis haben. Wir müssen den Schweizer Botschafter verständigen und José Luis und Pedro Galvez und seine Familie und die Angestellten der Bank. Suzy, unterrichte bitte telegrafisch alle unsere Zweigniederlassungen; sie sollen für einen Tag schließen und einen Nachruf in die Presse bringen. Ich habe ihre Eltern bereits angerufen.

Anschließend ...«

»Laß das für später, George.«

»Du hast recht, Paul.«

»Ich werde ein Taxi rufen«, sagte Suzanne. »Ich gehe zu Fuß zurück.«

»Dann gehen wir mit dir.«

»Nein, vielen Dank, Paul. Ich bin lieber allein.«

»George, willst du wirklich Galvez bei dem Begräbnis dabeihaben?«

»O ja! Er ist doch ein Freund. Er hat den Kardinal gebeten, Messen für Juliettes Genesung lesen zu lassen.«

Wenn Sie die Wahl haben – und im Jahr der Meuchelmörder bleibt Ihnen kaum noch eine Wahl –, dann sterben sie bloß nicht eines gewaltsamen Todes in einer lateinamerikanischen Stadt. Die Dokumente, die Ihnen den Austritt aus dieser Welt gestatten, sind horrend, und dann müssen Sie zwischen Himmel und Hölle warten, bis jedes Formular ordnungsgemäß ausgefüllt ist. Ich war gezwungen, die gesamten Vorbereitungen für Julies Begräbnis José Luis Miramón de Velasco zu überlassen, der diese Aufgabe als eine heilige Pflicht übernahm, denn auf diese Weise könne er seine Verfehlungen wenigstens zum Teil wiedergutmachen. Das einzige, was er brauchte, würden Harlekins Unterschriften sein. Im übrigen würde er dafür sorgen, daß Madame eine würdige Begräbnisfeier erhalten und in der Nähe der Gräber seiner eigenen Familie zur letzten Ruhe gebettet würde...

Dann drang die Außenwelt wieder auf uns ein. Die Telegramme und Telefonanrufe häuften sich. Die Direktoren unserer Niederlassungen waren von Panik ergriffen. Die Börse stand unter dem Eindruck des Schocks. Die Presse verlangte Stellungnahmen und Erklärungen. Alle wollten wissen, ob George Harlekin ein Finanzgenie oder einfach ein blinder Tor sei. Während sich Suzanne der Telegramme annahm, rackerte ich mich mit Telefonzentralen und Codes und Zeitunterschieden ab, um wenigstens die wichtigsten Anrufe zu beantworten. In New York war es später Nachmittag. In London war es Dinnerzeit. In Europa saß man bei Kaffee und Cognac und sah sich im Farbfernsehen die Nachrichten an, während die Lebenshaltungskosten weiter stiegen und die Chancen für ein menschenwürdiges Überleben immer tiefer sanken. Ich hatte gerade den Hörer zum zehntenmal auf die Gabel geknallt, als Suzanne mit einem Telegramm hereinkam. »Ich glaube, Sie brauchen mich... Milo Frohm.« Ich rief Aaron Bogdanovich an und las es ihm vor. Sein Kommentar war dürr wie totes Laub: »Wenn Sie ihn brauchen, rufen Sie ihn ruhig an. Die Frage ist nur, wieviel Sie ihm sagen.«

»Sonst kein Kommentar?«

»Ich reise morgen nach New York.«

»Hier muß aber noch allerlei erledigt werden.«

»Es wird in New York erledigt. Rufen Sie mich an, wenn Sie hinkommen.«

Womit das Problem Milo Frohm noch immer ungelöst war. Mein erster Gedanke war, den Anruf aufzuschieben, bis Harlekin bereit war, selbst mit ihm zu sprechen. Dann hielt ich es jedoch für besser, gleich in Washington anzurufen und festzustellen, nach welchen Spielregeln Milo Frohm vorzugehen gedachte. Wenn sie flexibel waren, wäre eine Zusammenarbeit mit ihm durchaus möglich. Wenn er aber der freundliche Schutzmann an der nächsten Straßenecke sein wollte, war daran nicht zu denken. Ich hatte nichts gegen Polizisten, besonders nicht gegen freundliche; das einzige Problem war nur, daß sie sich zu schnell zufriedengaben: Ruhe und Ordnung und ungestörter Schlaf – wodurch zu viele Fälle ungelöst und strittig blieben und die ganze Jauchengrube von Ungerechtigkeiten weiterhin zum Himmel stank.

Milo Frohm war entzückt, von mir zu hören. Ich dankte ihm für sein Telegramm, doch es sei schwierig, geschäftliche Dinge am Telefon zu besprechen. Nach dem, was er in der Presse gelesen habe, glaube er, ich übertriebe die Schwierigkeiten. Wir hätten die Sache genausogut gleich im Fernsehen bringen können. Begründeten Gerüchten zufolge würden wir bald eine saftige Klage am Hals haben. Ich sagte ihm, wir warteten nur darauf – ja, wir würden uns sogar darüber freuen. Dann erzählte ich ihm von Julies Tod.

Es trat ein längeres Schweigen ein, dann sagte er: »Wie hat es Mr. Harlekin aufgenommen?«

»Biblisch.«

»Altes oder Neues Testament?«

»Altes ...«

»Und wie sind Ihre Empfindungen, Mr. Desmond?«

»Ich würde mich gern an die Spielregeln halten. Aber ich fürchte, daß uns die Aasgeier auffressen, wenn wir es tun.«

»Angenommen, wir könnten die Regeln etwas großzügig auslegen ...«

»Die Annahme allein dürfte nicht genügen ...«

»Also legen wir sie großzügig aus.«

»Wird unser Gespräch auf Band aufgenommen?«

»Von Anfang an ...«

»Also dann. Valerie Hallstrom wurde von einem Killer

namens Tony Tesoriero umgebracht. Er ist tot. Er wurde von einem Mann namens Pedro Galvez bezahlt, der in Mexico City einen großen Namen hat und sowohl mit unserer Firma als auch mit Basil Yanko verbunden ist. Als Beweis haben wir eine von Tony Tesoriero unterschriebene schriftliche Erklärung. Vor Gericht nicht viel wert, für Sie aber nützlich. Wir nehmen an, allerdings ohne es beweisen zu können, daß Galvez auch für den Anschlag auf Madame Harlekin verantwortlich war. Weiter: Die Veruntreuungen bei unserer Bank in Mexico City wurden von einer Frau namens Maria Guzman verübt; sie wurde von einem gewissen Alexander Duggan bezahlt, der für Creative Systems in Los Angeles arbeitet. Hierzu besitzen wir notariell beglaubigte Erklärungen und ebenfalls beglaubigte Fotografien, mit deren Hilfe sich die Personen identifizieren lassen. Galvez wurde gesagt, daß wir Duggan kennen. Saul Wells beschattet Duggan jetzt. Die Anschrift lautet folgendermaßen …«

Als ich geendet hatte, fragte Milo Frohm: »Haben Sie die mexikanischen Behörden in irgendeiner Weise davon unterrichtet?«

»Nein.«

»Warum nicht?«

»Wir haben versprochen, Maria Guzman nicht zu belangen. Duggan befindet sich außerhalb der mexikanischen Gerichtsbarkeit, und alles übrige sind unbewiesene Tatsachen aus dem Mund eines Toten.«

»Ich danke Ihnen, Mr. Desmond. Wann beabsichtigen Sie, in die Vereinigten Staaten zurückzukehren?«

»Das hängt von Harlekin ab. Vermutlich bald nach dem Begräbnis …«

»Ich möchte über Ihre Reisepläne Bescheid wissen, sobald Sie die Buchungen vorgenommen haben. In Ihrer Gesellschaft befindet man sich in Gefahr; wir werden Ihre Mitreisenden schützen müssen.«

Ich dachte, er mache einen Scherz. Ich gab ihm eine entsprechende Antwort. Aber er war todernst.

»Politik und Geld ergeben eine explosive Mischung, Mr. Desmond. Geben Sie noch etwas Öl hinzu, und Sie haben das schönste Freudenfeuer. Bitte, halten Sie sich an meine Weisung.«

Er war wenigstens ehrlich. Er konnte zwar die Regeln großzügig auslegen, aber er konnte in diesem zweifelhaften Jahr des Herrn die fundamentalen Tatsachen des Lebens nicht verändern: daß keine Festung gegen Geld gefeit war, daß eine kleine Plastikbombe ein Flugzeug in die Luft sprengen konnte, daß ein paar zu allem entschlossene Männer eine ganze Nation in Atem halten konnten. Womit wir unversehens ins dunkle Mittelalter zurückfielen, als man noch kurzen Prozeß machte und Gleiches mit Gleichem vergalt und der König das Privileg eines Henkers von seinen Gnaden besaß.

Als ob sie meine Gedanken lesen konnte, kam Suzanne herüber, schlang die Arme um meinen Hals und legte ihre Wange an die meine. »Jetzt ist's genug, Paul... Auch du brauchst ein bißchen Zeit zum Trauern.«

»Komisch! Ich weiß nicht, wie man trauert. Da ist einfach ein leerer Fleck, als ob jemand ein Bild von der Wand genommen hätte... Ist George schon zurück?«

»Ja. Er ist gerade hereingekommen. Ich habe in seinem Zimmer angerufen, Er ruht. Er will jetzt niemanden in seiner Nähe haben. Ich habe angeordnet, daß sämtliche Telefonate nicht zu ihm, sondern hierher gelegt werden.«

»Er wird bald zusammenbrechen, Suzy.«

»Nein, Paul.« Sie schüttelte nachdrücklich den Kopf. »Ich erinnere mich an den Ausspruch eines Dichters, den mein Vater zu zitieren pflegte: ›Der größte Haß ist still.‹ George ist jetzt ein Hassender. Er ist für uns verloren. Er ist weit weg.«

»Beruhige dich, Liebes. Die Menschen werden auch des Hasses überdrüssig.«

»Der Haß lebt länger als die Liebe.«

»Würde dir ein Whisky guttun?«

»Vielleicht. Ach, Chéri! Bleib bei mir. Ich habe Angst.«

Während ich die Drinks eingoß, traf es mich wie ein Hammerschlag. Einstmals, in einem fernen Gestern, fürchteten wir uns vor dem mächtigen Zauberer Basil Yanko; jetzt fürchteten wir uns mehr vor George Harlekin, der seinem Zauber erlegen war und, mit einem Stück Eis im Herzen, in einem verdunkelten Zimmer lag. Da ich der Wahrheit nicht ins Gesicht sehen konnte, nahm ich zu Banalitäten Zuflucht. Wir waren gerade auf dem besten Wege, eines dieser törichten und tröstlichen Zwiegespräche über Liebe und Barmherzigkeit zu führen und uns darüber zu verbreiten, daß man, wenn man alles verstehe, auch beinahe alles verzeihen könne, als das Telefon schrillte und die Rezeption mitteilte, Señor Pedro Galvez wünsche Mr. George Harlekin zu sehen. Suzanne – Gott segne ihre solide Schweizer Erziehung! – bat ihn, sich einen Augenblick zu gedulden, während ich mit Harlekin über das Haustelefon sprach. Ich erwartete einen Wutanfall oder dumpfe Verzweiflung. Statt dessen erhielt ich die Weisung, unseren Gast mit ausgesuchter Höflichkeit zu empfangen, ihm einen Drink anzubieten und ihn um etwas Geduld zu bitten, bis sich Harlekin zu seiner Begrüßung fertiggemacht habe. Ich gab die Mitteilung weiter. Suzanne ging in die Halle hinunter. Ich räumte den Schreibtisch auf, stellte saubere Gläser bereit und fragte mich im stillen, wie und worüber man, zum Teufel, mit einem Mörder spricht, dessen Opfer noch nicht einmal ganz kalt ist. Ich hätte mir darüber keine Sorgen zu machen brauchen.

George Harlekin wartete bereits, als Pedro Galvez von Suzanne ins Zimmer geführt wurde. Seine Begrüßung war geradezu überschwenglich. »Mein lieber Pedro! Wie nett von Ihnen, zu kommen! Es war wirklich nicht nötig. Aber ich bin tief gerührt.«

»George, mein Freund, was kann ich sagen? Was kann ich tun?«

»Nichts, Pedro! Ihre Anwesenheit ist schon genug! Einen Drink oder Kaffee? Ist es nicht merkwürdig, wie wir zu den alten Sitten und Gebräuchen zurückkehren? Wir bereiten einen Leichenschmaus für die Trauergäste. Bitte, bitte, nehmen Sie doch Platz... Suzanne! Kaffee für Señor Galvez!«

Pedro Galvez ließ sich in einen Sessel nieder – ein Fels der Ruhe in einem Meer von Gram. »Mein lieber George! Ich habe so fest geglaubt, so etwas könne nicht geschehen.«

»Das haben wir alle geglaubt, Pedro.«

»Was ist noch zu tun? Vielleicht kann ich...«

»Es ist bereits alles geschehen. Vielen Dank. Sie wird hier in Ihrer wunderschönen Stadt bestattet werden. Sie hat sie immer geliebt.«

»George, das ist ein Mord. Es muß doch etwas geschehen.«

»Was denn, Pedro? Ich kann doch nicht durch die Straßen laufen und Tod und Vergeltung schreien. Ich möchte sie lieber in Frieden ruhen lassen.«

»Ich verstehe; aber das ist nicht genug.«

»Wir wollen sie erst begraben.«

»Natürlich! Natürlich! Aber eine gewisse Feierlichkeit darf nicht fehlen, George. Das gehört sich so. Sie haben Freunde hier und Klienten. Sie werden Ihnen ihr Beileid aussprechen wollen. Darf ich sie zu Ihnen bringen?«

»Wenn sie kommen wollen, ja.«

»Werden Sie anschließend noch hierbleiben?«

»Nicht mehr lange, glaube ich. Man braucht mich woanders. Es gibt Menschen, die sich auf mich verlassen. Ich stehe noch unter Druck. Ich muß weiterkämpfen. Und jetzt hat der Kampf ja eine Bedeutung erhalten.«

»Haben Sie irgendeine Vorstellung, George – vielleicht

auch nur eine Ahnung –, wer dieses schreckliche Verbrechen begangen haben könnte? Dann sagen Sie es mir. Ich verspreche Ihnen bei meiner unsterblichen Seele, daß ich den Täter finden werde.«

»Pedro, ich weiß Ihre Worte zu schätzen; aber ich weiß auch bereits, wer es getan hat.«

»Haben Sie es der Polizei gesagt?«

»Nein.«

»Aber Sie müssen! Es ist wichtig, daß die Polizei unterrichtet ist.«

»Ich wollte es erst Ihnen sagen, Pedro.«

»Warum mir?«

»Sie haben Freunde bei den Behörden. Es wäre Ihnen doch nicht recht, wenn so etwas in den Akten vergraben würde.«

»Niemals.«

»Pedro, Sie müssen doch wissen, wie einem zumute ist. Sie lieben Ihre Frau, Ihren Sohn, Ihre Töchter...«

»Ja, das tue ich.«

»Eines Tages werde ich meinem Sohn sagen müssen, daß seine Mutter von einem Mörder in Mexico City erschossen wurde. Er ist jetzt noch ein Baby; aber eines Tages wird er es erfahren müssen. Dann wird er mich fragen, was ich mit dem Mann, der sie getötet hat, gemacht habe. Was soll ich ihm dann sagen, Pedro?«

»Bis jetzt haben Sie noch nichts getan.«

»Bis jetzt.« Harlekin schob eine Hand in seine Brusttasche, zog Tony Tesorieros Brief heraus und reichte ihn Pedro Galvez. »Lesen Sie dies, mein Freund, und sagen Sie mir, was ich in dieser Sache tun sollte.«

»Er ist ja noch versiegelt, George.«

»Ein Versehen. Öffnen Sie ihn, bitte.«

Pedro Galvez fuhr mit seinem dicken Zeigefinger unter die Klappe des Umschlags und riß ihn auf. Er entfaltete den Brief und las ihn. Sein wetterhartes Gesicht verriet keinerlei innere Erregung. Sorgfältig faltete er das Blatt Papier zusammen, steckte es in den Umschlag zurück und reichte ihn George Harlekin. Er erhob sich, zog seine Weste glatt und knöpfte sich den Rock zu. Dann verabschiedete er sich völlig ungerührt. »Señor Desmond, Señorita, bitte entschuldigen Sie mich. George, ich weiß, was Trauer heißt. Ich habe es selbst erlebt. Ich verzeihe Ihnen diesen sehr schlechten Scherz.«

»Einen Augenblick!« George Harlekin stand an der Tür, die eine Hand auf der Klinke, die andere erhoben, um ihn zurückzuhalten. »Der Scherz ist noch nicht zu Ende. Wohin Sie auch gehen – immer wird ein Mann dasein, der Sie beobachtet. Wohin auch Ihre Frau geht, oder Ihr Sohn oder Ihre Töchter – immer werden Augen auf sie gerichtet sein. Eines Tages wird einer von ihnen getötet werden. Dann noch einer. Aber niemals Sie, Pedro Galvez – niemals Sie. Sie werden verschont. Sie wissen, daß ich es tun kann, denn Sie haben es selbst getan, und ich habe heute den Tod von Tony Tesoriero miterlebt. Sie wissen, daß ich es tun werde, weil Sie selbst mich gelehrt haben: Wenn man das Tier nicht umbringt, hat man kein Fleisch zum Abendessen... Wenn Sie Basil Yanko das nächste Mal anrufen, sagen Sie ihm, was ich Ihnen erzählt habe. *Adios, amigo!*«

Pedro Galvez stand einen Augenblick hochaufgerichtet und stämmig wie eine alte Eiche im Sturmwind da. Dann sagte er düster: »Ich kann Ihnen ein besseres Geschäft vorschlagen, George.«

»Das weiß ich«, sagte Harlekin. »Setzen Sie sich und schreiben Sie. Suzanne, ruf den Portier an und bitte ihn, einen Notar herzuholen.«

Es ist allgemein bekannt, daß Pedro Galvez zwischen Mitternacht und Sonnenaufgang des folgenden Tages in seinem Bett starb. Ebenso war bekannt und von seinem Arzt bestätigt, daß er bereits seit längerer Zeit an akuter Herzschwäche, die durch die Anstrengungen eines aktiven und erfolgreichen Lebens gesteigert worden war, gelitten hatte. Er wurde auf demselben Friedhof und an demselben Tag wie Juliette Harlekin, nur mit wesentlich größerem Pomp, beerdigt.

Wir erlebten eine traurige, kleine Feier, die in einer fremden Sprache von einem nervösen, jungen Pfarrer der lutherischen Kirche abgehalten wurde – der uns am nächsten stehenden Konfession, die wir in der Stadt der Jungfrau von Guadalupe finden konnten. Es waren nur wenige Trauergäste anwesend, und alle, außer uns selbst, waren aus Pflichtgefühl gekommen; sie empfanden bei dem Gottesdienst ein gewisses Gefühl der Schuld, eine Frau einem protestantischen Gott zu überantworten. Die Grabrede war, Gott sei Dank, kurz: ein geringer Trost für die, die sie geliebt hatten, und eine farblose Lobrede für die, die ihr nie begegnet waren.

Harlekin stand mit José Luis auf der einen Seite des Grabes; Suzanne und ich standen auf der anderen. Harlekin war bleich, aber gefaßt; seine Augen waren hinter einer dunklen Sonnenbrille verborgen. Suzanne weinte still. Als der Sarg in die Erde hinabgelassen wurde, schloß ich die Augen und versuchte, die Tränen zurückzuhalten. Ich hörte den dumpfen Ton der ersten Schaufeln Erde auf dem Sargdeckel, das Schlurfen der Trauergäste, die am offenen Grab vorbeizogen, das Kratzen von Metall, als die Totengräber die Grube auffüllten.

Dann wandte ich mich, Suzanne bei der Hand haltend, zum Gehen. Harlekin war schon fort. Er stand neben dem Wagen, gab den Trauergästen die Hand und dankte dem Pfarrer. Wir fuhren direkt vom Friedhof zum Flugplatz, von wo ein gecharterter Jet uns nach Los Angeles fliegen sollte. Milo Frohm hatte seine Forderungen gestellt. Harlekin hatte sie ohne weitere Fragen akzeptiert. Wir waren nicht mehr gewöhnliche Reisende; wir trugen das Todeszeichen auf unseren Handflächen.

Während der ganzen Reise arbeitete Harlekin für sich und füllte Seite um Seite mit handgeschriebenen Notizen. Er war uns jetzt völlig entrückt, war verschlossen und lakonisch. Er besprach sich nicht mehr mit uns; er erteilte Weisungen. Er empfing Informationen und lehnte es ab, dazu Stellung zu nehmen oder anzudeuten, wie er sie zu verwerten gedachte. Am Tag vor dem Begräbnis hatte ich ihm einen Mangel an einfachster Höflichkeit vorgeworfen, und zwar mir gegenüber als seinem Kollegen und gegenüber Suzanne als einer ihm treu ergebenen Mitarbeiterin. Er hatte kühl geantwortet, daß er seine abweisende Haltung bedauere, daß er uns aber nicht länger in Aktionen hineinziehen könne, für die er, und zwar er allein, verantwortlich sei. Ich könne bereits wegen absichtlicher Irreführung der Justizbehörden und wegen Mitwisserschaft an der Ermordung von Tony Tesoriero belangt werden. Er wolle mich nicht weiter exponieren. Für die Zukunft – sofern ich mir über eine solche Zukunft überhaupt Gedanken machen wolle – solle ich mich ausschließlich den normalen Geschäftstransaktionen der Bank widmen.

Ich wandte ein, daß ich bereits der Mittelsmann zu Aaron Bogdanovich, Saul Wells und Milo Frohm sei. Er ordnete an, daß er in Zukunft persönlich mit Bogdanovich verhandeln werde. Der Vertrag mit Saul Wells unterliege keiner Geheimhaltung; Milo Frohm sei ein Regierungsangestellter: Ich würde mit beiden die Verbindung entsprechend seinen Weisungen weiterführen... Na schön! Wenn er es so haben wolle... Er wollte. Gelobt sei der Herr! Amen! Ich begann, sehnsüchtig von blauem Wasser und weißen Segeln zu träumen, die sich im Wind blähten, während wir über das unendliche Meer fuhren und alles hinter uns ließen.

Suzanne kam leichter mit ihm aus. Sie hatte nichts zu beanstanden. Sie zog sich auf die europäischen Förmlichkeiten zurück und verzichtete sogar auf das alte Vorrecht, ihn mit seinem Vornamen anzureden. Harlekin machte keine

Bemerkung zu dieser Veränderung, obwohl mir auffiel, daß er ihr gegenüber eine Spur weniger herrisch war und auf sie etwas mehr Rücksicht nahm. Ganz auf uns selbst gestellt, wie wir waren, schlossen wir uns enger aneinander an; wir wurden aber auch von wachsender Angst angesichts der kalten Verzweiflung ergriffen, die unseren einstigen Freund zu verzehren schien.

Es war dunkel, als wir in Los Angeles landeten. Auf dem Rollfeld wurden wir von zwei Beamten der Zoll- und Einwanderungsbehörde begrüßt, die uns, so rasch es ging, abfertigten und uns in die Hände von Milo Frohm übergaben. Er fuhr uns in seinem eigenen Wagen zum *Bel Air Hotel* und brachte uns in nebeneinanderliegenden Bungalows unter, die auf ihre Sicherheit überprüft und frei von elektronischen Abhöreinrichtungen waren.

Er war dankbar, daß wir uns zur Zusammenarbeit mit ihm entschlossen hätten. Er würde so offen mit uns sein, wie es die besonderen Umstände zuließen. Wenn wir nichts dagegen hätten, würde er gern mit uns zu Abend essen. Er meinte, es könnte zweckmäßig sein, unser Zusammentreffen mit Saul Wells zu verschieben. Vielleicht könnte er, während wir uns frisch machten, die von uns aus Mexiko mitgebrachten Unterlagen durchsehen. Er runzelte erst die Stirn und lächelte dann, als George Harlekin ihm einen Stapel Fotokopien überreichte und erklärte, er würde die Originale lieber selbst behalten. Er meinte dann, es sei klüger, Suzanne aus unseren Besprechungen herauszuhalten. Später, bei Kaffee und Sandwiches, hielt er uns eine kleine Ansprache:

»... Bei unserer ersten Begegnung, meine Herren, sprachen wir von einem Interessenkonflikt: Wir seien eine inneramerikanische Behörde, Sie ein ausländisches Unternehmen. Ich glaube, wir sind beide zu der Ansicht gelangt, daß unsere Interessen konvergieren, wenn sie auch nicht identisch sind und es auch gar nicht sein können. Finden Sie nicht auch?«

Wir pflichteten ihm bei. Harlekin fügte noch hinzu, daß er davon weniger überzeugt sei als ich. Milo Frohm nahm das zur Kenntnis und fuhr fort:

»...Unser Außenministerium ist auf die Europäer nicht gut zu sprechen, weil sich diese auf separate Ölgeschäfte mit den Arabern eingelassen haben. Die Israelis sind über die Europäer verärgert, weil die Franzosen und die Norweger ihr Agentennetz und ihr Frühwarnsystem gegen Terroristen haben auffliegen lassen. Sie sind auch über uns verärgert, weil wir ihrer Meinung nach bei den Verhandlungen zur Feuereinstellung zu große Konzessionen gemacht hätten. Vor diesem Hintergrund müssen Sie Ihr Verhältnis zu Basil Yanko sehen. Politisch ist er für uns nützlich gewesen. Er hat uns einen Rückhalt in Europa verschafft. Es ist ihm gelungen, arabisches Geld und Goodwill nach Amerika statt nach Europa zu ziehen. Das ist hohe Politik und ein hartes Geschäft. Es bedeutet, daß eine Menge Dreck unter den Teppich gekehrt werden muß. Das wissen wir. Bedauerlicherweise akzeptieren wir es, wenn es funktioniert, und schreien Zetermordio, wenn es eine Panne gibt. Im Hinblick auf unsere Interessen wären wir glücklich, wenn Yanko Sie schlucken könnte. Tatsache ist jedoch, daß wir in großen Schwierigkeiten stecken, weil er zu rücksichtslos gespielt hat und Sie zu clever gespielt haben und weil jeden Tag neue schmutzige Wäsche gewaschen werden muß. Kurz gesagt, Mr. Harlekin, Sie haben einen erstklassigen Skandal zu einem Zeitpunkt heraufbeschworen, wo wir ihn so wenig gebrauchen konnten wie ein Loch im Kopf...«

»Wollen Sie mir damit sagen, Mr. Frohm, daß Sie die ganze Angelegenheit begraben wollen?«

»Das würden wir gern, aber wir wissen, daß wir es nicht können. Basil Yanko hat die Wahl: entweder den Kampf mit Ihnen bis zum bitteren Ende durchzufechten oder sich selbst den Hals abzuschneiden. Nach dem heutigen Stand sind seine Aktien um achtundzwanzig Prozent gefallen. Sie werden noch weiter sinken. Er verklagt Sie auf Schadensersatz bis zu zwanzig Millionen und verlangt außerdem noch Wiedergutmachungszahlungen. Sie werden vor Gericht und vor Ihren Aktionären mit diesen mexikanischen Dokumenten erscheinen und mit sonstigem Material, das Sie außerdem noch ausgegraben und von dem Sie mir noch nichts gesagt haben ... Und das möchten wir doch alle gern vermeiden.«

»Das können Sie«, sagte George Harlekin.

»Wie denn?« Milo schien sehr interessiert.

»Geben Sie mir meine Frau zurück.«

»Ich wollte, ich könnte es, Mr. Harlekin. Ich wünschte bei Gott, ich könnte es.«

»Da Sie das Unmögliche nicht möglich machen können, Mr. Frohm, wäre die Alternativlösung, Basil Yanko wegen Anstiftung zum Mord zu verhaften und hinter Gitter zu bringen.«

»Aufgrund von Pedro Galvez' Geständnis? Ausgeschlossen.«

»Es ist ein authentisches Dokument.«

»Der Mann, der es geschrieben hat, ist tot. Er war Ihr Freund, ein Aktionär Ihres Unternehmens. Man könnte auf den Gedanken kommen, daß er sich mit Ihnen abgesprochen und dieses Geständnis als einen letzten Freundschaftsdienst abgegeben hat. Man könnte ebensogut einwenden, es sei unter Druck zustande gekommen – was meines Erachtens der Fall war, Mr. Harlekin, obwohl ich weder die Möglichkeit noch den Wunsch habe, den Beweis hierfür anzutreten. Aber Sie besitzen einen von Tony Tesoriero eigenhändig geschriebenen Brief; auch dieser Mann ist tot. Wir sind froh, ihn los zu sein; deshalb fragen wir eigentlich auch nicht danach, wer ihn getötet hat. Wir haben jedoch schon seit einiger Zeit gewußt, daß Valerie Hallstrom eine israelische Agentin war, die für eine Organisation arbeitete, die wir in unserem eigenen Interesse dulden ... Dabei fällt mir ein, Mr. Desmond: Sie haben Ihren Diener nach San Francisco auf Urlaub geschickt. Wir haben uns dort mit ihm unterhalten. Er sagt, Sie seien ein Blumenfreund und ließen sich Ihre Blumen gewöhnlich von einem Laden in der Third Avenue schicken ...« Er seufzte und hob die Hände in einem Anfall von Verzweiflung. »Wie meine englischen Kollegen immer sagen – es ist eine richtige königliche Sauerei. Aber irgendwie müssen wir damit aufräumen – und zwar rasch.«

»Es gibt einen sicheren Weg, Mr. Frohm, und Sie können ihn beschreiten. Über alle Zweifel erhaben sind die Unterlagen, die Alex Duggan mit den Veruntreuungen in Mexiko in Verbindung bringen.

Es fehlt Ihnen nur noch ein einziges Dokument – ein Geständnis, daß er auf Veranlassung oder Weisung von Basil Yanko gehandelt hat.«

»Auch hier, fürchte ich, ist ein Problem aufgetreten. Alex Duggan ist am Dienstag früh von zu Hause weggefahren, um einen Klienten in San Diego zu besuchen. Er ist dort nicht angekommen. Man hat seither nichts mehr von ihm gesehen. Seine Firma und seine Frau haben Vermißtenanzeige erstattet.«

»Paul! Du hast mir doch gesagt, Saul Wells halte ihn unter Beobachtung ...«

»Das tat er auch.«

»Aber wie konnte dann so etwas passieren?«

»Ganz einfach«, sagte Milo Frohm müde. »Auf der Autobahn kam es zu einer Massenkarambolage. Saul Wells geriet hinein. Berufsrisiko, würde ich sagen. Der arme Saul! Sein Stolz ist schwerer lädiert als seine Kotflügel!«

Ich wäre am liebsten ausgestiegen – einfach die ganze Sache hinwerfen und nach Hause fahren; aber Harlekin war hartnäckig wie ein Maultier auf einem Bergpfad.

»Mr. Frohm, Sie haben uns ein Telegramm geschickt. Ich zitiere: ›Ich glaube, Sie brauchen mich.‹ So habe ich mich auf Ihr Drängen und das von Mr. Desmond hin bereit erklärt, mit Ihnen zu sprechen und Ihrem Rat, falls ich ihn für richtig halte, zu folgen. Und wozu raten Sie mir jetzt? Den Mord an meiner Frau zu vergessen? Das werde ich nicht tun. Mich von Basil Yanko mit Haut und Haaren fressen zu lassen, damit er mich an die Ölscheichs verkaufen kann? Nein! Die gegen ihn gerichtete Pressekampagne einzustellen, weil er mich sonst auf Schadensersatz verklagen könnte? Wenn ich die Stichhaltigkeit dieser Unterlagen vor Gericht nicht beweisen kann, werde ich die Öffentlichkeit zur Stellungnahme aufrufen. Ich habe kein Verbrechen begangen – und meine moralische Schuld geht nur mich etwas an.« Er schlug mit der Faust auf den Tisch. »Ich lasse mich nicht abspeisen, Mr. Frohm. Wenn Sie oder Ihre Regierung gerichtlich gegen Basil Yanko vorgehen wollen, werde ich Ihnen dabei helfen. Wenn Sie ihn in Schutz nehmen wollen, werde ich auch gegen Sie kämpfen, und wenn ich dabei vor die Hunde gehe. Jetzt kommen Sie endlich zur Sache, zum Teufel noch mal – oder gehen Sie!«

»Wir stehen gleich zu Anfang vor einem Dilemma, Mr. Harlekin. Unsere Regierung gibt Yanko Aufträge, weil er ein Genie ist und die besten Leistungen in seiner Branche bietet. Unsere Behörde hält Basil Yanko der Anstiftung zu schwerem Betrug, der Anstiftung zum Mord und der verbrecherischen Tätigkeit in großem Maßstab für schuldig. Es liegt ein Irrsinn in unserem System, der dem Bösen im Menschen entgegenkommt. Wir können ihm seine Schuld nicht nachweisen, denn wir können uns nicht über alle Bestimmungen hinwegsetzen, und wenn wir das Gesetz brechen, sägen wir selbst den Ast ab, auf dem wir sitzen. Wir brauchen Informationen. Wenn Sie sie uns liefern können, werden wir nicht fragen, woher und mit welchen Mitteln Sie sich diese Informationen beschafft haben. Wir werden Ihnen nicht den Zugang zu Quellen verwehren, die wir nicht anrühren dürfen. Wir werden uns nicht mit Ihrer Tätigkeit befassen, sofern sie sich außerhalb unserer Jurisdiktion abspielt. Falls Sie die Gesetze der Vereinigten Staaten übertreten, tun Sie es auf eigenes Risiko. Habe ich mich klar ausgedrückt?«

»Bis jetzt, ja.«

»Es gibt auch noch andere Risiken, Mr. Harlekin.«

»Ich würde sie gerne kennenlernen.«

»Ich habe Sie gewarnt, daß es gefährlich sein könnte, sich mit bestimmten Interessengruppen zu liieren. Sie haben es für richtig gehalten, diese Warnung in den Wind zu schlagen, und haben sich mit Aaron Bogdanovich, einem israelischen Agenten, und Leah Klein, einer bekannten, um nicht zu sagen berüchtigten Journalistin mit zionistischen Tendenzen, verbündet. Wir müssen Sie sowie Mr. Desmond deshalb als Zielpersonen für terroristische Überfälle ansehen. Sie stehen auf der schwarzen Liste. Öffnen Sie keine verdächtige Post. Lassen Sie keine fremden Besucher herein. Gehen Sie nachts nicht allein spazieren.«

»Eine Frage, Mr. Frohm.«

»Ja?«

»Wie kamen wir auf diese Liste?«

»Sie wurden als Sympathisanten des Zionismus computermäßig erfaßt, Mr. Harlekin. Das ist die Art von Informationen, die Mr. Yanko gegen hohes Entgelt an einen begrenzten Abonnentenkreis vermittelt. Großartig, was man mit einer Datenbank nicht alles machen kann, nicht wahr? Sie können sogar den Völkermord programmieren ... Also, können wir nun zusammenarbeiten?«

»Ja. Sprechen wir über die Einzelheiten ...«

Eine halbe Stunde später, als er gegangen war, gab mir George Harlekin seine eigene Lagebeurteilung bekannt:

»... Milo Frohm ist wie du, Paul. Er will eine Lösung; aber er will kein Risiko eingehen. Er ist bereit, auch Verbrechen zu dulden; aber er will sie nicht begehen. Er will vergessen, falls ich verzeihen will. Ein siegreicher Yanko ist ein unschuldiger Yanko. Er kann mir meine Frau nicht zurückgeben; er will, daß ich ihm ein bequemes Heilmittel gegen ein öffentliches Ärgernis liefere. Er zerpflückt belastende Unterlagen, weigert sich aber, diese als Beweismaterial vor Gericht zu verwenden. Wie findest du das?«

»Jemand hat es bereits besser gesagt, George: Er besitzt eine beachtliche geistige Beweglichkeit.«

»Zum Teufel mit der Beweglichkeit.«

»Schön!«

»Also, wie lautet deine Antwort?«

»Ich habe keine, George. Du bist sowieso entschlossen, deinen Willen durchzusetzen. Also tu es.«

»Ich will, daß Yanko stirbt.«

»Dann bring ihn um. Oder laß es durch jemand anderen tun. Du weißt ja jetzt, wie man so etwas macht.«

»Ich werde es selbst tun, Paul.«

Ich hätte ihn in diesem Augenblick ermorden können. Ich war größer als er und schwerer und wütender, als ich je in meinem Leben gewesen war. Ich schwenkte ihn herum und drückte ihn, mit meinen Fingern an seiner Kehle, gegen die Wand. Ich warf ihm jeden Fluch, der mir gerade einfiel, an den Kopf.

»... Jetzt hör mir gut zu, du Schuft! Ich habe Julie ebensosehr wie du geliebt. Ich hätte sie glücklicher machen können als du. Dein Sohn hätte mein Sohn sein können – aber immerhin bin ich sein Pate in dieser elenden Welt! Seine Mutter ist tot. Willst du, daß er einen Mörder zum Vater hat? Willst du das? Du bist vollkommen verdorben, George! Du bist kein Mann! Du bist ein Scharlatan! Nimm die Maske ab, und darunter ist nichts! Kein Gesicht, kein Herz, nur Haß, und das ist weniger als ...«

Womit ich es verglichen hatte, wußte ich nicht mehr. Es wurde mir schwarz vor den Augen, und dann wachte ich im Bett wieder auf, mit einem Eisbeutel auf dem Kopf und Suzanne neben mir, die mir die Hände streichelte, und George Harlekin stand am Fußende und sah aus wie Mephisto, der seine Rechnung präsentiert. Ich hatte meine Stimme verloren, und als ich sie wiederfand, war sie nicht lauter als ein Flüstern. Ich sagte: »Scher dich zum Teufel.«

Er ging nicht; vielleicht hatte er mich nicht gehört. Er kam und setzte sich auf die Bettkante. »Tut mir leid, Paul. Es war ein fauler Trick; aber du hättest mich umbringen können.«

Ich wünschte, ich hätte es getan, und ich versuchte, ihm das auch zu sagen, aber die Stimme blieb mir wie eine Gräte im Hals stecken, und ich hustete und würgte und spie einen kleinen Klumpen Blut aus. Suzanne wurde blaß.

Harlekin schüttelte den Kopf. »Er wird es überleben, Suzy. Er hat noch genug Mark in den Knochen.«

»Es tut mir leid, daß ich meine Knochen bei einem elenden Kerl wie dir überhaupt riskiert habe, George.«

Er legte den Kopf auf die Seite und sah mich an, als wäre ich ein unter Glas gehaltenes wissenschaftliches Versuchsobjekt; dann sagte er verdrießlich: »Saul Wells kommt morgen früh um neun. Dann mußt du wieder auf den Beinen sein. Sei lieb zu ihm, Suzy. Er ist noch ziemlich angeschlagen...«

Da ich Saul Wells kannte, erwartete ich kein langes Verweilen an der Klagemauer. Er verfügte über einen ganzen Sack voller Redensarten, die auf jeden Unglücks- oder Todesfall paßten. Madame Harlekin war tot; er war tieftraurig, aber die Zeit heile alle Wunden. Alex Duggan sei zwar verschwunden, aber er würde schon wieder auftauchen, wenn er Geld brauche oder sich amüsieren wolle. Inzwischen würde Saul Wells, der Superdetektiv, mit seinen Nachforschungen unbeirrt fortfahren.

»...Also, hier ist die Zwischenbilanz. Alex Duggan könnte tot sein, gewiß. Aber ich sage, er ist es nicht, denn Yanko kann sich nicht noch eine Leiche in seinem Keller leisten... Er ist also am Leben, aber wo ist er? Als ich ihn verloren habe, fuhr er in Richtung Süden, nach San Diego, stimmt's? Mexiko aber will er bestimmt nicht wiedersehen. Er will aufs flache Land? Quatsch! Unser kleiner Alex ist eine Großstadtpflanze, und er liebt seine Bequemlichkeit und ein Gläschen mit den Mädchen, bevor er heim zu Muttern fährt – die übrigens, das kann ich Ihnen sagen, ein ganz schönes Prachtexemplar ist. Ich nehme daher an, daß er sich irgendwo an der Küste mit einer Strandbiene verkrochen hat. Aber er muß schlafen, essen, tanken und sich vielleicht einen anderen Wagen mieten, denn wir haben seine bisherige Zulassungsnummer... Wir haben uns darum auch Fotos und eine Personenbeschreibung und eine Liste der Kreditkarten beschafft, die er von seiner Firma erhalten hat. Alles, was wir jetzt noch brauchen, ist ein bißchen Glück...«

»Ich möchte mit seiner Frau sprechen«, sagte George Harlekin.

»Sie, Mr. Harlekin?«

»Warum nicht? Kennen Sie ihre Telefonnummer?«

»Ich weiß alles über sie, Mr. Harlekin, außer, was sie im Bett trägt.«

»Und wo ihr Ehemann ist«, sagte George Harlekin trokken. »Geben Sie mir die Nummer. Ich rufe sie gleich an.«

»Warum suchen wir sie nicht einfach zu Hause auf?«

»Bitte, Mr. Wells! Ich weiß, was ich tue!... Mrs. Duggan? Mein Name ist George Harlekin. Sie kennen mich nicht, aber meine Firma ist ein Kunde von Creative Systems. Ihr Mann hat für uns in Mexiko einige Arbeiten erledigt. Wie ich von seinem Büro höre, wird er seit ein paar Tagen vermißt. Ich besitze einige Informationen, die Ihnen vielleicht weiterhelfen könnten... Wenn es Ihnen lieber ist, könnte ich sie auch der Firma oder der Polizei übergeben... Ich wohne im *Bel Air.* Ich kann Sie durch einen Wagen abholen lassen. Sie können? Ausgezeichnet. Sagen wir, in einer halben Stunde...«

Saul Wells hatte immer noch Zweifel. Er hielt damit auch

nicht hinter dem Berge. »Sie behaupten, Sie wüßten, was Sie tun, Mr. Harlekin. Hoffentlich. Denn wenn die Sache jetzt schiefgeht, haben Sie Alex Duggan vielleicht für immer verloren.«

»Das riskiere ich, Mr. Wells.«

»Er ist Ihr Zeuge. Wollen Sie mich hier haben, wenn Sie mit ihr sprechen?«

»Lieber nicht. Ihre Aufgabe ist es, Alex Duggan zu finden, und zwar so schnell wie möglich.«

Saul Wells kaute unglücklich an seiner Zigarre und ging hinaus. Harlekin blätterte in seinem Notizbuch und wählte eine Nummer. Nach ein paar Augenblicken hörte ich ihn sagen: »Hier spricht George Harlekin. Ich würde gern mit Mr. Basil Yanko sprechen... Ach, wirklich? Vielen Dank. Dann werde ich ihn dort anrufen.«

»George, was machst du eigentlich, verdammt noch mal?«

Er blickte mich mit einem freudlosen Lächeln an. »Ich rufe Basil Yanko an. Er ist hier an der Westküste.«

»Was willst du ihm denn sagen?«

»Ich will ihn zu einer Besprechung einladen.«

»Ich glaube, du hast den Verstand verloren.«

»Wenn ich mit ihm rede, nimm den anderen Apparat und hör mit.«

Es dauerte, wie gewöhnlich, eine lange Zeit, bis zu dem großen Mann vorzudringen. Es war fast ein Schock, die knappe und trockene Redeweise, in der ein Anflug von Verachtung mitschwang, wiederzuhören. »Ja, Mr. Harlekin! Das ist aber eine Überraschung. Bitte, nehmen Sie mein Beileid zum vorzeitigen Tod Ihrer Frau entgegen.«

»Danke. Ich bin im *Bel Air* mit Mr. Desmond. Wir sind gestern abend angekommen. Ich halte es für zweckmäßig, wenn wir uns jetzt treffen.«

»Im Gegenteil, Mr. Harlekin. Ich halte es für höchst unzweckmäßig – es sei denn, im Beisein meiner Anwälte.«

»Ich hätte dagegen nichts einzuwenden. Wenn mir Ihre Anwälte bei dieser Gelegenheit Ihre Klageschrift zustellen würden – was sie meiner Ansicht nach tun wollen –, wäre mir das durchaus recht. Wenn es Ihnen jedoch lieber wäre, nicht mit mir persönlich zu sprechen, ist es mir auch recht.«

»Darf ich mir die Sache erst noch überlegen?«

»Selbstverständlich. Ich werde bis morgen abend in Los Angeles bleiben. Sie können mich jederzeit im Hotel erreichen. Wenn ich nicht dasein sollte, ist meine Sekretärin angewiesen, Zeit und Ort der Besprechung zu vereinbaren; diese sollte meiner Meinung nach hier, auf neutralem Boden, stattfinden.«

»Ich würde als Besprechungsort mein Büro vorziehen, Mr. Harlekin.«

»Hier ist die Sicherheit größer. Mein Bungalow ist vom FBI auf Abhöranlagen überprüft worden. Man versichert mir, es seien keine vorhanden. Nach unseren Erfahrungen in Washington mußten wir diese Vorsichtsmaßnahmen treffen. Es liegt also ganz bei Ihnen, Mr. Yanko.«

»Ich rufe Sie wieder an. Vielen Dank.«

Es war ein steriler kleiner Dialog, dem ich keinen Sinn abgewinnen konnte. Ich sah außerdem große Gefahren in einem Zusammentreffen mit Anwälten, bevor es zu einer gerichtlichen Untersuchung gekommen war.

Harlekin tat meine Bedenken mit der sibyllinischen Feststellung ab: »Wenn wir sowieso keine Gerechtigkeit erwarten, können uns die Anwälte weder helfen noch weh tun.«

»Wir sind hier in einem prozeßwütigen Land, George. Grober Unfug ist ein gesetzlicher Tatbestand. Du hast doch wirklich schon genug Ärger. Warum willst du dir denn absichtlich noch mehr auf den Hals laden?«

»Ich lade mir gar keinen Ärger auf den Hals, Paul. Ich verschaffe ihn anderen Leuten... Ruf mich, wenn Mrs. Duggan kommt. Ich gehe jetzt etwas im Garten spazieren.«

Jetzt sprach ich zum erstenmal mit Suzanne über den Gedanken, gleich nach der Rückkehr nach New York von meinem Direktorenposten zurückzutreten. Es war nicht nur gekränkte Eitelkeit. Wenn er schon seine Toten nicht begraben konnte – ich wollte jedenfalls die meinen ruhen lassen, damit die Lilien auf ihrem Grab wachsen konnten. Wenn er sich von niemandem etwas sagen lassen wollte, so war das sein Recht. Ich war zu alt für Handgreiflichkeiten und der langen Wortgefechte allmählich müde. Suzanne meinte, sie sei beinahe zu demselben Entschluß gelangt. Sie verlange gar keine Liebe, aber sie könne nicht für den Fremden arbeiten, der jetzt in Harlekins Haut stecke. Er würde auch ohne sie auskommen. Er habe einen großen Mitarbeiterstab zur Verfügung. Vielleicht brauche er gerade das – neue menschliche Beziehungen, die nicht durch alte Erinnerungen belastet seien. Wir kamen überein, daß ich mit ihm reden sollte, damit er wußte, wie wir über ihn dachten, und er genügend Zeit hatte, die entsprechenden Vorkehrungen zu treffen. Auf lange Sicht wäre ein entschlossener chirurgischer Eingriff wahrscheinlich heilsamer als alle halbherzigen Maßnahmen.

Mrs. Alexander Duggan war der Typ der jungen Hausfrau aus dem Werbefernsehen: sonnengebräunt, alert und verliebt in die wunderschöne, große Welt, die jetzt plötzlich, aus irgendeinem unerfindlichen Grund, auf den Kopf gestellt schien. Und sogar noch in ihrem Kummer lag jenes fassungslose Staunen – wie bei Aschenbrödel, das nach Mitternacht auf die Rückkehr der guten Zauberfee hofft. Harlekin ging zartfühlend mit ihr um; aber die Dokumente, die Fakten und die Fotos waren für sie eine brutale Offenbarung. Sie brach in Tränen aus und wurde so von Schluchzen geschüttelt, daß Suzanne sie ins Schlafzimmer führen mußte, damit sie sich beruhigen konnte. Als sie wieder herauskam, wurde sie einer kalten und gnadenlosen Inquisition unterworfen, bei der Harlekin vorzüglich die Rolle des Torquemada spielte.

»Mrs. Duggan, meine Frau ist tot – ermordet. Vier weitere, in diese Affäre verwickelte Personen sind ebenfalls tot. Ihr Mann wird das nächste Opfer sein, wenn wir ihn nicht schnellstens finden können.«

»Aber ich weiß doch nicht, wo er ist! Sie müssen mir das glauben!«

»Mrs. Duggan, lassen Sie mich Ihnen etwas erklären. Der Betrug wurde in Mexiko begangen. Dafür kann Ihr Mann hier nicht belangt werden. Ich werde ihn auch in Mexiko nicht anzeigen, vorausgesetzt, ich erhalte von ihm eine schriftliche Erklärung darüber, auf wessen Weisung er gehandelt hat. Ist das klar?«

»Ja.«

»Glauben Sie mir?«

»Ich möchte es gern.«

»Wenn Sie mir kein Vertrauen entgegenbringen, kann ich nichts für Sie tun. Dieser Besuch bei einem Klienten in San Diego – war das eine reine Routineangelegenheit oder etwas Besonderes?«

»Routine. San Diego wurde von ihm regelmäßig aufgesucht.«

»Schön. Er tat also etwas Normales. Geschah, bevor er wegfuhr, irgend etwas nicht Normales? War er aufgeregt? Hat er Geld von der Bank abgehoben...? Irgend etwas sonst?«

»Nein.«

»Hat er mehr Kleidungsstücke als sonst eingepackt?«

»Er hat überhaupt nicht gepackt. Das ist nur eine Tagestour. Alles, was er bei sich hatte, waren eine Badehose und ein Handtuch. Auf dem Rückweg ging er gern schwimmen.«

»Wo ging er normalerweise schwimmen?«

»La Jolla. Da ist ein Motel, es heißt ›Blauer Delphin‹. Dort gibt es einen Swimmingpool und einen Strand zum Wellenreiten. Die Polizei hat Erkundigungen eingezogen. Er ist nicht dort gewesen.«

»Und wie steht's mit Geld?«

»Ich bat ihn, bevor er ging, mir etwas Geld dazulassen. Er hatte ungefähr hundertundfünfzig Dollar. Er gab mir achtzig und behielt den Rest für sich.«

»Wie steht es mit Ihrem Bankkonto?«

»Nur unsere normalen Abhebungen. Aber ich hab das alles doch schon der Polizei gesagt.«

»Und wie steht's mit anderen Frauen, Mrs. Duggan?«

»Ach, das...« Sie rang sich ein schwaches, trauriges Lächeln ab. »Er brauchte nicht davonzulaufen, um sein Vergnügen zu haben. Wir sind sehr freizügige Menschen.«

»Würde er davonlaufen, wenn er Angst hätte?«

»Ja, das würde er bestimmt.«

»Hatte er Angst, Mrs. Duggan?«

»Wenn ja, ist es mir jedenfalls nicht aufgefallen.«

»Haben Sie seine Papiere durchgesehen?«

»Er hat nie irgendwelche Papiere oder Akten zu Hause aufbewahrt. Es war bei ihm geradezu eine Manie. Er sagte, das Heim sei zum Spielen da. Wenn er zu Hause arbeiten mußte, paßte es ihm gar nicht.«

»Und Briefe, Postkarten, Rechnungen ... all diese Dinge?«

»Wir haben sie gelesen, beantwortet und dann vernichtet. Die Rechnungen hebe ich in einem Ordner in der Küche auf.«

»Und wie steht es mit Wertpapieren: Beteiligungen, Aktien und Obligationen?«

»Die bewahren wir in einem Banksafe auf.«

»Wer hat Zugang?«

»Wir beide.«

»Wer hat den Schlüssel?«

»Ich habe den einen, und Alex hatte den anderen an seinem Schlüsselbund.«

»Hatte er den Schlüsselbund bei sich, als er wegfuhr?«

»Natürlich. Er trägt ihn an einer Goldkette, die ich ihm zum Geburtstag geschenkt habe.«

»Mrs. Duggan, wie ging es Alex beruflich?«

»Ganz ausgezeichnet. Im nächsten Monat sollte er Bezirksleiter werden. Die Beförderung war von Mr. Yanko persönlich angeordnet worden …«

»Haben Sie finanzielle Probleme?«

»Nein, keine. Wir leben gut, aber wir haben Geld auf der Bank und keine Schulden.«

»Also – keine Geldsorgen, keine Eheprobleme, im Beruf läuft alles gut, und trotzdem begeht Ihr Mann in Mexiko eine strafbare Handlung. Warum könnte er denn so etwas getan haben?«

»Jemand muß ihn darum gebeten haben.«

»Was meinen Sie damit?«

»Ja, irgendjemand in der Firma.«

»Ich weiß es nicht. Auch das war eine seiner Manien. Er sagte, von Fachsimpeleien zu Hause bekäme man Magengeschwüre und werde herzkrank.«

»Was ist mit den zehntausend Dollar geschehen, die er von Maria Guzman erhalten hat?«

»Ich habe nie gewußt, daß er sie bekommen hat.«

»Hat er nach seiner Rückkehr aus Mexiko plötzlich mehr Geld ausgegeben?«

»Nein.«

»Wie lange ist es her, daß Sie Ihren Banksafe geöffnet haben, Mrs. Duggan?«

»Ich? Oh, zwölf Monate oder länger. Wenn wir etwas brauchen, geht meistens Alex hin.«

»Mrs. Duggan, ich habe kein Recht, Sie darum zu bitten, Sie können jederzeit nein sagen. Würden Sie etwas dagegen haben, den Banksafe jetzt gemeinsam mit mir zu öffnen?«

»Was erwarten Sie zu finden?«

»Ich weiß es nicht, Mrs. Duggan. Ich mache mir nur meine Gedanken, genau wie Sie. Aber wir denken beide an dasselbe: ob Ihr Mann noch lebt oder tot ist.«

»Ich weiß nicht recht. Ich glaube, es ist in Ordnung...«

»Es ist Ihr Safe. Sie haben legalen Zutritt. Wenn Sie das Gefühl haben, Schutz zu brauchen, kann ich einen Beamten des FBI bitten, uns zu begleiten.«

»Nein! Das ist nicht nötig. Ich werde mit Ihnen gleich auf die Bank gehen.«

»Ich danke Ihnen, Mrs. Duggan... Suzanne, wenn Yanko anruft, geh auf jeden Termin ein, den er vorschlägt, vorausgesetzt, daß die Besprechung hier stattfindet. Paul, setz dich mit Milo Frohm in Verbindung und bitte ihn, mich zum Lunch bei *Verita's* am Santa Monica Boulevard zu erwarten. Sag ihm, es sei sehr wichtig.«

Ich rief Milo Frohm an, der sich freute, daß er zum Mittagessen eingeladen wurde. Basil Yanko teilte telefonisch mit, er würde mit seinen Anwälten um sechs Uhr abends im Hotel sein. Schade um die Cocktailstunde, aber wir mußten zusagen. Dann liegen Suzy und ich alle vier gerade sein. Wir lungerten am Swimmingpool herum. Wir schwammen. Wir tranken Bloody Marys und aßen Club-Sandwiches und träumten unter den roten Blüten der Bougainvillea vor uns hin.

Bevor wir wußten, wie uns geschah, war es vier Uhr nachmittags; doch als wir uns eiligst umzogen, war George Harlekin noch nicht zurück. Es wurde fünf, bis er anrief und sagte, er sei jetzt da. Um fünf Uhr dreißig rief er Suzy zu sich, sie solle die Besprechung vorbereiten – Papier und Bleistift herrichten sowie Drinks und Kanapees bestellen. Um fünf nach sechs präsentierte ich mich, rasiert, nüchtern und mit einigermaßen klarem Kopf, im Besprechungszimmer Basil Yanko und seinen Anwälten.

Sie waren ein merkwürdiges Trio: Basil Yanko, ein grauhaariger Gelehrtentyp in einem Seidenanzug und ein jüngerer Jurist mit Wuschelkopf und einem schmalen Gesicht, aus dem eine koboldhafte Bosheit sprach. Suzanne saß abseits; sie hatte den Bleistift gezückt, einen Block vor sich auf dem Tisch und einen Aktenordner neben sich auf dem Boden liegen. George Harlekin, in Seidenhemd und langer sportlicher Hose, präsidierte wie der Direktor eines exquisiten Modehauses. Basil Yanko eröffnete die Verhandlung mit der gereizten Frage: »Also, Mr. Harlekin, wie ist die Geschäftsordnung?«

»Erstens, Mr. Yanko, wollen Sie eine Klageschrift überreichen?«

»Im gegenwärtigen Zeitpunkt, nein. Wir ziehen vor, dies in New York zu tun, falls Sie einverstanden sind.«

»Vollkommen... Falls ich nicht da bin, wird Mr. Desmond sie aufgrund seiner Vollmacht entgegennehmen. Die Vollmacht ist doch noch gültig, Paul?«

»Sie läuft noch zwei Monate, George.«

»Gut. Sind Sie damit einverstanden, meine Herren?«

Graukopf und Junior erklärten, sie seien damit einverstanden.

George Harlekin fragte zögernd: »Kostenersatz? Ich nehme an, Sie legen Wert darauf, Mr. Yanko?«

»Nein. Aber falls es nötig ist, werden wir darauf zurückkommen, Mr. Harlekin. So, welchen Zweck hat diese Besprechung?«

»Ich nehme an, Sie möchten ein Protokoll darüber haben?«

»Ja, bitte.«

»Suzanne wird ein Stenogramm aufnehmen und den Text, bevor Sie gehen, abschreiben. Wir können ihn dann genehmigen und das Protokoll unterzeichnen. Einverstanden?«

Basil Yanko war einverstanden; seinen Gefolgsleuten blieb keine andere Wahl.

George Harlekin lehnte sich in seinem Sessel zurück, streckte die Beine aus, legte die Finger beider Hände zu einer Pyramide zusammen und lächelte über die Fingerspitzen hinweg. »Mr. Yanko, ich erkläre vor Zeugen und werde es schriftlich bestätigen: Sie haben mein Unternehmen vorsätzlich um fünfzehn Millionen Dollar geschädigt, um dadurch mich zu diskreditieren und mein Unternehmen in die Hand zu bekommen. Sie haben ferner Frank Lemmitz in London, Valerie Hallstrom in New York und meine Frau in Mexico City ermorden lassen. Ich beabsichtige, diese Beschuldigungen in den nächsten Tagen zu veröffentlichen und sie gegen Sie vor Gericht zu vertreten. Es ist mir klar, daß ich, wenn ich keinen stichhaltigen Beweis für diese Anschuldigungen liefern kann, eine besonders schwere Verleumdung begehe; ich bin bereit, hierfür alle straf- und zivilrechtlichen Folgen zu tragen. Das ist das Ende meiner Erklärung. Ich würde mich freuen, Ihre Stellungnahme zu hören – offiziell oder inoffiziell.«

»Offiziell und fürs Protokoll«, sagte Basil Yanko kühl. »Ich halte Sie für einen kriminellen Geisteskranken.«

»Ebenfalls für das Protokoll«, sagte der ältere der beiden Anwälte und wog seine Worte sorgfältig ab. »Würden Sie uns sagen, warum Sie für diese ungewöhnliche Erklärung ausgerechnet diesen Zeitpunkt und diese Form gewählt haben?«

»Ich bin heute vom FBI dahingehend unterrichtet worden, daß Mr. Desmond und ich als Sympathisanten des Zionismus potentielle Zielpersonen für Terroranschläge sind. Als solche sind wir in einer Liste aufgeführt, die aus Mr. Yankos Datenbank stammt. Mein kleiner Sohn ist in Genf unter Polizeischutz gestellt worden. Mr. Yanko sollte wissen, daß ihn, falls uns etwas zustoßen sollte, die volle Härte des Gesetzes treffen wird, denn ich habe entsprechendes Beweismaterial bereits an sicherem Ort deponiert.«

Der jüngere Anwalt rührte sich und sagte in süffisantem Ton: »Die Beweise reichen offenbar nicht aus, sonst befände sich Mr. Yanko jetzt bereits in Polizeigewahrsam – wo Sie bald sein werden, Mr. Harlekin. Ohne meinem älteren Kollegen vorgreifen zu wollen, meine ich, daß wir, im

Lichte jüngster Presseveröffentlichungen, hier einen ziemlich plumpen Versuch der Erpressung und Nötigung erleben.«

»Nötigung würde ich gelten lassen«, sagte George Harlekin gleichmütig. »Ich versuche nämlich, den Mord an Alexander Duggan zu verhindern. Ich sprach heute früh mit seiner Frau. Sie hat mir sehr geholfen... Es würde Ihnen nichts nützen, ihn jetzt umzubringen, Mr. Yanko.«

Yanko machte eine abschließende Handbewegung. »Ich sage es noch einmal. Sie haben den Verstand verloren. Gehen wir, meine Herren.«

»Mit Verlaub, Mr. Yanko...« Der ältere der beiden Anwälte zögerte ein wenig. »... Warum warten wir nicht noch so lange, bis die Erklärung abgeschrieben und unterzeichnet ist? Es kommt nicht oft vor, daß ein Mann uns selbst den Strick liefert, mit dem wir ihn aufhängen können.«

»Bleiben Sie noch solange da«, sagte Basil Yanko. »Ich habe zu tun.«

Er schritt hinaus und ließ zwei sehr verlegene Anwälte zurück, die eine Pause von zehn Minuten überbrücken mußten, während Suzanne ihr Stenogramm mit der Maschine abschrieb.

Harlekin lächelte. »Bitte, meine Herren, darf ich Ihnen einen Drink anbieten? Es ist ein Jammer, daß Ihr Klient es so eilig hatte. Ich möchte Ihnen ein Dokument zeigen... nur um zu beweisen, daß ich nicht ganz so dumm bin, wie ich aussehe.«

Er öffnete seine Aktentasche und reichte jedem der beiden eine Fotokopie von Pedro Galvez' Geständnis.

Sie lasen es mit undurchdringlichen Mienen. Der ältere Anwalt fragte schließlich: »Können wir dieses Papier behalten?«

»Leider nicht.«

Zögernd gaben sie Harlekin die Kopien zurück. Sie interessierten sich plötzlich sehr für die Drinks und für einen, wie sie es ausdrückten, »Gedankenaustausch in aller Ruhe«. Sie befanden sich in einem schweren Dilemma und wußten es. Sie mußten einfach davon ausgehen, daß ihr Klient völlig unschuldig war. Unbehagen bereiteten ihnen die jetzt verdächtig aussehenden Begleitumstände von Alex Duggans Verschwinden, dessentwegen sie vor Zeugen eine Warnung erhalten hatten. Sie jonglierten mit Begriffen wie »Vermittlung und gütliche Beilegung noch ausstehender Meinungsverschiedenheiten« herum.

Harlekin ließ sie reden und stellte dann die Frage, auf die es keine Antwort gab: »Wie vermitteln Sie bei Mord, meine Herren? Wie kaufen Sie die Toten zurück?«

Sie verabschiedeten sich um sieben: zwei an ihrer Mission irre gewordene Männer, jeder im Besitz eines unterzeichneten Protokolls und beide völlig im unklaren darüber, was sie damit anfangen sollten. Als sie gegangen waren, bat Harlekin Suzanne, für ihn zu packen. Milo Frohm hole ihn um acht Uhr dreißig ab. Sie würden gemeinsam nach London fliegen. Das war eine aufregende Neuigkeit. Er erklärte sie ganz einfach mit folgenden Worten:

»... Frohm hatte recht, Paul. Yanko hat sich so sehr abgesichert, daß sich jede Untersuchung bei einem Mittelsmann totläuft – Galvez, Tony Tesoriero, Alex Duggan und dem Mann, der Frank Lemmitz in London getötet hat. So hat Yanko immer gearbeitet. Er delegiert die Aufgaben und kann die Verantwortlichkeit immer dann ableugnen, wenn es ihm in den Kram paßt... Alex Duggan freilich war nicht an Mord, sondern nur an seiner eigenen Karriere interessiert. Er erhielt die Weisung, den Betrug in Mexico City in die Tat umzusetzen. Aber er war klug genug, sich rückzuversichern. Er hinterließ in seinem Banksafe eine unterschriebene Erklärung, aus der hervorgeht, daß er auf Weisung von Creative Systems gehandelt hat. Das dürfte ihm vor Gericht zwar nicht viel helfen; aber es hat seine Stellung innerhalb der Gesellschaft abgesichert. Außerdem bewahrte er in dem Safe eine größere Summe Bargeld auf – vermutlich das Geld, das ihm von Maria Guzman für den Job ausgezahlt worden war. Aus den Bankunterlagen geht hervor, daß er kurz vor seinem Verschwinden den Safe geöffnet hat, offensichtlich, um sich mit Geld zu versehen, dessen Herkunft nicht feststellbar ist. Wir vermuten, daß Duggan, nachdem Yanko von Galvez angerufen worden war, den Auftrag erhielt, erst einmal unterzutauchen. Er verschwand, denn er wußte, daß das Dokument im Safe für ihn eine Sicherheitsgarantie darstellte. Seine Frau konnte das Dokument niemandem übergeben, da sie von dessen Existenz nichts wußte; und jetzt kann sie es auch nicht, da wir es inzwischen an uns genommen haben. Mrs. Duggan und ihr Kind werden jetzt bewacht, und Yanko ist gewarnt worden, wie du ja gerade gehört hast. Saul Wells ist noch auf der Suche nach Duggan. Milo Frohm und ich fliegen nach London, um den Mann zu erwischen, der zwischen Duggan und Yanko steht. Wenn er redet, ist unsere Beweisführung komplett.«

»Die Beweisführung in Sachen Betrug, nicht Mord. Was nichts anderes heißt, als daß du soeben deinen Namen unter die Verleumdungsklage des Jahrhunderts gesetzt hast. Ich gebe Yanko recht. Du hast den Verstand verloren. Wer ist eigentlich dieser Bursche in London?«

»Derjenige, der Beverley Manners, unser früheres Computermädchen, geheiratet hat. Sie erwartet ein Baby – erinnerst du dich? –, und er spielt in Surrey mit dem Direktor unserer Londoner Zweigniederlassung Golf.«

»Hoffentlich ist er nicht auf den Gedanken gekommen, in Urlaub zu fahren, bevor ihr dort eintrefft.«

»Er kann nicht verreisen. Frohm hat sich mit Scotland Yard in Verbindung gesetzt; man hat ihn vorläufig festgenommen, um ihn im Mordfall Frank Lemmitz zu verhören. Damit ist er beschäftigt, bis wir dort sind.«

»Was erwartest du denn von uns?«

»Geht nach New York. Nehmt euch für die Reise zwei oder drei Tage Zeit, wenn ihr wollt, und wartet dort, bis ich zurückkomme.«

»Sonst nichts?«

»Sonst nichts, Paul. Laß es dir gutgehen. Gib Suzanne ein paar freie Tage. Es wird sich nichts ändern, bis ich zurückkehre. Es ist besser, wenn du dich nicht in das Gerede hineinziehen läßt.«

Das klang ganz einfach. Ich wußte, daß dies nicht der Fall war. Es war für das, was für ihn auf dem Spiel stand, eine viel zu glatte Lösung. Er hatte seinen Schwur, Basil Yanko zu töten, noch nicht widerrufen. Er bereitete einfach die Bühne für die Hinrichtung vor.

8

Es war leicht, uns von Pflicht und Freundschaft zu entbinden. Aber es war nicht möglich, die Erinnerung an die jüngsten Ereignisse und die nagende Angst vor der Katastrophe, die unmittelbar bevorstand, auszulöschen. Es war einfach beleidigend, die Narrenpritsche zu schwingen und zu sagen: »Schaut her! Die Welt ist auf einmal ganz anders. Geht hin und macht euch selbst einen guten Tag!« Was sollten wir tun? Essen, trinken, in die Kunstgalerien laufen, Nachtclubs besuchen, von einem Touristenbus aus die Häuser der Stars bestaunen?

Wir hatten die Unterseite des Teppichs, mit all dem Abschaum der Welt, der an den Knoten klebte, gesehen. Jetzt sollten wir auf einmal die Schönheit des Musters bewundern, uns auf ihm zum Gebet niederknien, uns auf ihm lieben. Ich war über George Harlekin so wütend, daß ich es kaum über mich brachte, ihm bei der Abfahrt zuzuwinken. Suzanne hing ihm mit traurigen Gedanken nach, was mich noch mehr ärgerte und uns beiden ein ausgezeichnetes

Abendessen verdarb. Zum Schluß war ihr klar, daß sie New York nicht mehr betreten wollte. Sie würde sich glücklicher fühlen, nach Genf zurückzufliegen, ihren Schreibtisch aufzuräumen, zu kündigen und den Sommer barfuß auf Sardinien zu verbringen.

Dann, als wir mürrisch und verdrossen beim Kaffee saßen, fiel mir plötzlich Francis Xavier Mendoza ein, und bevor noch das Geschirr abgeräumt war, rief ich ihn an. Er hatte die Presseberichte gelesen. Die ganze Sache stinke zum Himmel. Wie immer stünden uns sein Herz und sein Haus offen. Am nächsten Morgen wolle er hinauf in die Weinberge fliegen. Ob wir nicht zu ihm kommen, einen Tag und eine Nacht auf seinem Gut zubringen und bei einem Glas guten Weins über das einfache Leben mit ihm reden wollten? Ich rief den Segen des Himmels auf sein Haupt herab und sagte, wir wären von dem Gedanken entzückt. Suzanne tat so, als sei sie zu einer Leichenschau eingeladen worden. Meine Freunde wären meine Freunde, nicht die ihren. Ihr Leben ginge nur sie etwas an. Den Rest des Abends würde sie lieber allein verbringen. Sie war keineswegs verärgert; sie blieb verbindlich, aber bestimmt. Sie gab mir einen flüchtigen Kuß auf die Stirn und ließ mich allein bei den anderen Nachzüglern an der Bar sitzen.

Ungefähr gegen Mitternacht kam Saul Wells herein. Er hatte mich gesucht. Er sagte, er sei völlig erledigt, und man sah es ihm auch an. Mühsam kletterte er auf einen Barhocker, bestellte sich einen doppelten Wodka mit Eis und trank die Hälfte mit einem Schluck aus. Dann erzählte er mir das Neueste. Er hatte Alex Duggan gefunden.

»Wo denn, um alles in der Welt?«

»Sie werden es nicht glauben: im Krankenhaus – in einer stinkfeinen Privatklinik in San Diego.«

»Was fehlt ihm denn?«

»Nichts.«

»Verstehe ich nicht.«

»Er hat sich selbst dorthin begeben – sagte, er wolle sich gründlich untersuchen lassen, vierzehn Tage ausruhen und sich nach einer langen und anstrengenden Geschäftsreise erholen. Er liegt in einem Einzelzimmer und ist von Büchern und hingebungsvollen Krankenschwestern umgeben.«

»Wie haben Sie ihn denn dort gefunden?«

»Routine und ein bißchen Glück. Gewöhnlich rufen wir nur Krankenhäuser an, in denen Unfallpatienten behandelt werden. Dann erinnerte ich mich an einen Fall aus dem letzten Jahr, wo ein Mann sechs Monate untertauchte, indem er von einer Klinik zur anderen zog. Betten sind immer frei, wenn man das nötige Geld hat. Man wird nach allen Regeln der Kunst untersucht, Röntgenaufnahmen des Darmtrakts werden hergestellt, man erhält eine Spezialdiät und kann sich auf Sterilität untersuchen lassen – alles, was man bar bezahlen kann. Ich kenne eine Romanschriftstellerin, die sich immer ins Krankenhaus legt, um ihre Bücher zu schreiben. Sie meint, es sei einfach großartig: keine Sorgen mit dem Haushalt, kein Dienstbotenproblem, sie kann all ihre hübschen Nachthemden anziehen, und wenn ihr Freund auf Besuch kommt, wird das Schild ›Keine Besuche‹ an die Tür gehängt. Also, um es kurz zu machen, ich hängte mich ans Telefon – und beim vierten Versuch hatte ich ihn bereits.«

»Haben Sie mit ihm gesprochen?«

»Nein. Ich handele jetzt nur noch auf Anweisung. Ihr Mr. Harlekin hat mir heute morgen einen Floh ins Ohr gesetzt. Ich halte mich jetzt streng an die Vorschriften. Ich lasse die Klinik rund um die Uhr von drei Leuten beobachten ... Ich hoffe, es ist Ihnen klar, was das alles kostet?« Als ich ihm sagte, was sich während seiner Abwesenheit zugetragen hatte, pfiff er leise vor sich hin. »Zum Teufel! Der Bursche ist so scharf wie Chilisauce, und er weiß es nicht mal. Laut Vorschrift können wir ihn nicht einfach rausholen. Das wäre Menschenraub. Wenn er das Krankenhaus verläßt, können wir ihm folgen; und dann verlieren wir ihn womöglich wieder. Es gibt nur eins: das FBI anrufen, herausfinden, wer Milo Frohm vertritt, und ihm den Fall übergeben. Bestellen Sie mir noch einen Wodka, und ich werde gleich anrufen. Großer Gott! Wenn mir Duggan noch einmal durch die Lappen geht, bin ich reif fürs Irrenhaus!«

Als er zurückkam, rieb er sich vergnügt die Hände. »Ganz prima! Alarmstufe eins. Sie haben jetzt die volle Verantwortung übernommen. Sie benachrichtigen Frohm während des Fluges. Ihre Agenten lösen meine Mitarbeiter ab, sobald San Diego das nötige Personal bereitstellen kann ... So, Mr. Desmond, jetzt können wir beide uns in Ruhe vollaufen lassen.«

»Und was ist mit Duggans Frau?«

»Was soll mit ihr sein?«

»Sollte ihr nicht jemand Bescheid sagen?«

»Ja. Das wird schließlich auch jemand tun – aber wir nicht. No, Sir! Was sie nicht weiß, macht sie nicht heiß, und uns kratzt es auch nicht ... Aber ich will Ihnen mal was sagen: In Kalifornien bin ich im Augenblick arbeitslos; in Mexiko bin ich unerwünscht ...«

»Aber Sie müssen immer noch Ihre Ermittlungen bezüglich Ella Deane in New York zu Ende führen.«

»Das ist eine Sackgasse, Mr. Desmond. Seit Lemmitz tot ist, kommen wir hier keinen Schritt weiter.«

»Haben Sie an Bernie Koonig gedacht?«

»Wie kommen Sie darauf?«

»Die Rippen tun mir noch weh. Es heißt doch immer: Lemmitz-Koonig, Koonig-Lemmitz. Was haben Sie schon zu verlieren, außer unser Geld?«

»Wie Sie sagen: Was habe ich schon zu verlieren? Vielleicht haben wir jetzt eine Glückssträhne, eh? Trinken Sie aus, Mr. Desmond, Sie liegen einen zurück.«

Es war spät, als ich ins Bett kam, und früh am Morgen, als Suzanne zu mir unter die Decke kroch, um mir zu sagen, daß die Sonne gerade aufgegangen sei und die Vögel singen würden und daß sie nichts lieber täte, als einen Tag bei den Winzern zu verbringen – na ja, fast nichts...

Francis Xavier Mendoza sah mich nur einmal kurz an und erklärte dann, so könne ich mich in menschlicher Gesellschaft nicht sehen lassen. Er frage sich, wie eine Frau, die ihre Sinne beisammen habe, einen solchen Fehltritt der Natur ertragen könne, in dessen Gesicht alles Böse der Welt eingegraben sei. Ich brauche Sonne, klare Luft und eine sehr großzügige Generalabsolution, bevor er mich auch nur auf einen Kilometer an seine kostbaren Weinberge heranlasse. Suzanne würde er mit rotem Teppich und Hibiskusblüten willkommen heißen. Aber mich... Ay! Wenn er nicht noch eine schwache Hoffnung auf meine Errettung und Erlösung hätte, würde er mich mit all meinen Sünden den Mächten der Finsternis überantworten.

Es war gut, bei ihm zu sein. Er förderte das Gute im Menschen zutage, so wie er, mit Liebe und langer Geduld, dem Wein den Duft der Erde und das Bukett entlockte. Die Reben standen in vollem Saft, und die ersten, winzigen Trauben nahmen langsam Gestalt an, als er mit uns über die Terrassen, durch die Kelleranlagen und die blitzsauberen, aseptischen Laboratorien ging und dabei die ganze Zeit von dem rituellen Prozeß sprach, der schließlich zu der wundersamen Verwandlung des Mosts in einen guten Wein führe.

Er zitierte ihre Namen wie eine Litanei: Cabernet und Chardonnay und Chenin Blanc, Sauvignon und Semillon und Zinfandel, den Oberst Agoston Haraszthy 1857 aus Ungarn herübergebracht hatte und der noch heute in Kalifornien seinesgleichen sucht. Er sprach von Robert Louis Stevenson, der Souverain und Schramsberg trank und eine Lobrede auf diese Weine hielt, die den Snobs in Europa die Schamröte ins Gesicht treiben mußte. Als Seitenhieb auf mich gemünzt, zitierte er Tom Jefferson: »Keine Nation ist trunken, wo der Wein billig ist; und keine ist nüchtern, wo der Wein so teuer ist, daß man den Schnaps zum täglichen Getränk macht.« Er entlockte Suzanne ein Lachen, als er den Trinkspruch des alten Johann Heinrich Voß zitierte: »Wer nicht liebt Wein, Weib und Gesang, der bleibt ein Narr sein Leben lang.«

Bevor der Tag noch halb vergangen war, hatte er sie mit seinem Charme schon ganz gewonnen und mich aus der Depression befreit, die mich, wie ein übler Dunst, schon zu lange umfangen hatte. Nach dem Lunch ließen wir Suzanne im Patio vor sich hin dösen und gingen in einer kleinen, kreuzgangartigen Allee auf und ab, an deren Ende eine fröhliche kleine Skulptur des Poverello stand, der mit zwei auf seiner ausgestreckten Hand sitzenden Tauben Zwiesprache hielt. Ich erzählte Mendoza, was sich in New York und in Mexiko ereignet hatte. Er war keineswegs entsetzt, nur traurig.

»... Paul, mein Freund, wir sind wie Bauern, die in einem Kampfgebiet leben. Überall um uns herum ist der Tod. Wir sind ihm gegenüber verhärtet. Wir ignorieren ihn nicht einmal; wir machen ihn jetzt zu unserer Hauptunterhaltung ... Wir halten die Römer für verroht, weil sie Todesspiele in der Arena inszenierten. Jetzt bieten wir unseren Kindern dieselben Spiele im Fernsehen und im Film ... Millionen von Menschen stehen Schlange, um zuzusehen, wie ein junges Mädchen mit einem Kruzifix masturbiert ... Ein Großunternehmen läßt Menschen ermorden? Das ist doch selbstverständlich ... Ich glaube Ihnen jedes Wort. Ich bin nur überrascht, daß es nicht mehr Gewaltakte gegeben hat ...«

»Das kann noch kommen. George Harlekin hat geschworen, Basil Yanko umzubringen.«

»Und darüber wundern Sie sich noch, Paul, nach allem, was geschehen ist? Es ist doch nur natürlich ... Mord ist, wie die Pest, eine Epidemie. Die abschreckende Wirkung der Gesetze ist schwächer denn je. Wie könnte es auch anders sein? Nach jeder Revolution, von rechts oder von links, machen die Attentäter die Gesetze, und die Folterknechte setzen sie durch. Nur die moralischen Abwehrkräfte sind noch vorhanden – die Ehrfurcht vor dem Leben, die Ehrfurcht vor dem Menschen. Schwört man diesen Prinzipien ab und gibt sich der Verzweiflung hin, wie es Harlekin getan hat, ist Mord die natürliche Folge... Aber Sie dürfen es nicht dazu kommen lassen, Paul.«

»Ich kann ihn nicht aufhalten. Er hat sich von mir zurückgezogen. Aber ich will nicht mitschuldig werden, deshalb verlasse ich ihn. Auch Suzanne wird es tun.«

Francis Xavier Mendoza blieb wie angewurzelt stehen. Er legte mir die Hände auf die Schultern und drehte mich herum, so daß wir uns in die Augen blickten. Er war so zornig wie der alte Moses, als er die Gesetzestafeln zerschmetterte. »Paul, ich kenne diesen Mann kaum. Er ist Ihr Freund, nicht der meine. Aber ich schwöre Ihnen, wenn Sie ihn jetzt verlassen, wenn Sie nicht bis zum letzten Augenblick zu ihm stehen und versuchen, diese furchtbare Sache zu verhindern, werden Sie mein Haus nie wieder betreten... Nie wieder! Sie haben eine Pflicht zu erfüllen! Das gebietet Ihnen die Liebe! Wenn er verhungerte, würden Sie ihm dann eine Brotrinde verweigern? Er ist jetzt verzweifelt. Wollen Sie sich abwenden und ihn in diesen tödlichen Irrsinn hineinrennen lassen? Sie können es nicht tun! Sie werden es nicht tun!«

»Was soll ich denn tun, Francis? Was soll ich nur sagen?«

»Alles und nichts! Aber seien Sie da! Lassen Sie sich von ihm nicht wegstoßen. Schlucken Sie jede Beleidigung runter. Bleiben Sie bei ihm. Wenn ich jemals in diese Lage kommen sollte – und ich weiß, daß es jederzeit möglich wäre, denn ich bin ein leidenschaftlicher Mann und mein Großvater hat in diesen Bergen Menschen getötet –, dann würde ich mir wünschen, daß mich ein Freund von dieser schrecklichen äußersten Tat zurückhält.« Er nahm meinen Arm und ging mit mir wieder auf und ab. »Erzählen Sie mir von Suzanne. Ich habe sie sehr gern.«

»Da gibt es nicht viel zu erzählen. Wir haben uns früher einmal geliebt. Wir sind stets gute Freunde gewesen. Jetzt, wegen dieser ganzen Misere, haben wir wieder zueinander gefunden. Wie lange es dauern wird, weiß ich nicht.«

»Warum sollte es nicht von Dauer sein?«

»Es ist schon spät geworden, Francis, alter Freund.«

»Um so mehr Grund, die guten Dinge zu pflegen. Sich zu verlieben – das ist Kinderei. Aber zu lieben, das ist wie mit dem besten Wein... man füllt ihn langsam ab und geht zart mit ihm um, man genießt ihn in kleinen Schlucken. Der große Jahrgang wächst nicht von selbst. Man muß ihn schaffen... Ich sehe doch, wie sie Sie ansieht. Ich sehe, wie Sie ihr zugetan sind. Sie könnten eine gute Ehe führen.«

»Die erste endete mit einem Fiasko. Ich möchte keinen zweiten Fehlschlag riskieren.«

»Warum sollte es wieder schiefgehen? Sie haben beide Zeit zum Lernen gehabt. Was immer die alten Theologen gelehrt haben – ein Sakrament besteht nicht nur aus Worten. Es besteht aus Bindung und Liebe. Sie sind mein Freund. Es ist ein Jammer, Sie in den besten Jahren einsam zu sehen. Denken Sie darüber nach... Denken Sie nicht an Harlekin. Wir sind uns doch darin einig?«

»Ich werde darüber nachdenken, Amigo.«

»Gut! So, jetzt werden wir dem Poverello Lebewohl sagen, und ich werde Ihnen einen Wein kredenzen, der ihn von seinem Sockel herunterlocken würde, wenn ich ihn nur überreden könnte, ihn wenigstens zu probieren.«

Als die abendliche Kühle von der Wüste her über das Land kroch, saßen wir bei Kerzenlicht und blickten hinaus auf das dunkle Tal und die schwarzen Gipfel und den Vollmond, der hinter ihnen aufging. Wir lauschten der Musik von Segovia und Casals, und später las uns Mendoza einige seiner Übersetzungen vor. Es war eine Nacht voll stiller Verzauberung, und Suzanne sprach aus, was uns beide bewegte.

»Wie schade, daß George nicht hier ist. Es hätte ihm viel Freude gemacht.«

»Er ist hier«, sagte Mendoza ernst. »Er ist in Ihren Herzen und jetzt auch in meinem. Was wir tun, ist ein Akt der Liebe. Niemand ist von ihm ausgeschlossen. Bevor Sie von hier fortgehen, Suzanne, werde ich Ihnen einen Wein schenken, der mir besonders am Herzen liegt.

Es sind nur noch sechs Flaschen von ihm übriggeblieben. Sie sollen eine davon haben; aber Sie werden ihn erst trinken, wenn Sie zu dritt beisammen sind, um ihn gemeinsam zu genießen. Paul hat mir versprochen, daß er bei Harlekin bleiben wird. Ich glaube, auch Sie sollten bei ihm bleiben. Und wenn diese schreckliche Zeit vorbei ist, finde ich, sollten Sie und Paul heiraten.«

»Ich weiß, daß wir Ihnen nicht gleichgültig sind«, sagte Suzanne weich. »Aber wir sind doch Fremde für Sie, George und ich.«

»Ich will Ihnen etwas sagen«, sprach Francis Xavier Mendoza. »Ich bin einer der glücklichsten Menschen. Gott machte den Rebstock. Ich mache den Wein. Sie trinken ihn, und er wird ein Teil von Ihnen. Das ist eine wunderschöne Wahrheit. Wenn ich diesem Gedanken in seiner ganzen Bedeutung nachhänge, bin ich so glücklich, daß ich weinen könnte... Das ist die Vereinigung, die das Menschliche in uns bewahrt. Wenn man sie zurückweist, ist man einsam und bedrängt. Verschütten wir den Wein des Lebens, sind wir für immer verflucht, wie Kain in der Wüste... Ich werde redselig. Genug damit! Schlaft wohl, meine Freunde. Ich sollte es nicht billigen, aber ich tue es. Ich hoffe, daß ihr unter meinem Dach das Glück der Liebe genießen werdet...«

Am nächsten Tag befanden wir uns in einer anderen Welt. Auf dem Flugplatz von San Francisco hatte es eine Bombendrohung gegeben, und alle Flüge waren um eine Stunde verspätet. Wir wurden durchsucht und durch besondere Schleusen geführt; dann mußten wir unsere Gepäckstücke bezeichnen, bevor sie im Gepäckraum verstaut wurden. Über allem lag eine feindselige Spannung; man schrie sich gegenseitig an, und halb verzweifelte Flughafenangestellte versuchten, mit Passagieren fertig zu werden, deren Nerven zum Zerreißen gespannt waren.

Nach dem Start vertiefte sich Suzanne in eine Modezeitschrift, während ich versuchte, wieder Anschluß an die Weltnachrichten zu gewinnen. Überall sah es schlecht aus: Krise in England mit Bergarbeiterstreik und Unterhauswahlen; die Japaner tauschten Terroristen gegen das Leben ihrer Botschaftsangehörigen in Kuwait aus; die Italiener fuhren Panzer am Quirinal auf, und die Vietnamesen versuchten, ein kleines Ölvorkommen auf den Paracelinseln für sich zu beanspruchen, von dem vorher niemand etwas gehört hatte, bis die Chinesen dort ein Kanonenboot versenkten. Die Börsenkurse waren gefallen. Creative Systems notierte dreißig Prozent unter dem Höchststand. Unsere Angelegenheiten wurden mit keinem Wort erwähnt. Die Drohung einer massiven Verleumdungsklage hatte die Zeitungsverleger vorsichtig gemacht. Außerdem war das Publikum von Katastrophenmeldungen so übersättigt, daß es jeden Tag ein neues Stimulans brauchte. In San Francisco hatte man jetzt ein neues Spiel erfunden: Man sagt guten Morgen zu einem Fremden, schießt ihn ins Herz und wandert pfeifend von dannen.

Ich durchblätterte gerade den Wirtschaftsteil, um festzustellen, um wieviel ärmer ich geworden war, da fiel mir eine kurze Notiz auf. Mr. Karl Krüger von Krüger & Co. AG war in New York eingetroffen und im *Regency* abgestiegen. Ich zeigte Suzanne den Artikel; auch sie war der Meinung, daß wir ihn zum Abendessen einladen sollten. Sie hatte den alten Bären gern und kam auch mit Hilde gut aus – falls es Karl nicht vorgezogen hatte, sich diesmal der New Yorker Damenwelt zuzuwenden. Ich hoffte, er würde nicht versuchen, auf dem Broadway zweifelhafte Bekanntschaften zu schließen, und dabei genauso Pech haben wie sein berühmter Landsmann.

Takeshi war zu Hause und gutgelaunt, obwohl er einen leicht niedergeschlagenen Eindruck machte, weil er in San Francisco zuviel ausgeplaudert hatte. Als ich ihm jedoch versicherte, er habe dadurch ebensowenig das Gesicht verloren wie ich meine rechtliche Stellung, wurde er beinahe lebhaft und wachte über unser Abendessen wie ein Schutzgeist.

Suzanne streckte sich genießerisch auf dem Diwan aus, lächelte mich zärtlich an und sagte: »Du könntest es einfach nicht aufgeben, nicht wahr?«

»Was aufgeben?«

»Dies alles und dazu noch die Freiheit!«

»Ist das ein Heiratsantrag?«

»Nein, Chéri, nur eine akademische Frage.«

»Willst du darüber mit mir diskutieren?«

»Heute abend nicht. Jetzt fühle ich mich zu wohl.«

»Würdest du mir eine Frage beantworten?«

»Wenn sie nicht zu schwer ist.«

»Willst du mich heiraten, Suzy?«

Das Lächeln verschwand. Sie lag ganz still da und schaute über mich hinweg in die Schatten. Dann sagte sie: »Es hat nie einen Preis gegeben, Paul.«

»Ich weiß.«

»Seit ich ein junges Mädchen war, habe ich immer nur George Harlekin geliebt.«

»Auch das weiß ich.«

»Du würdest also kein gutes Geschäft machen.«

»Habe ich denn eines verlangt?«

»Nein… Aber warum denn nur, Paul? Warum ich? Warum jetzt? Ich bin hier. Ich bin glücklich, hier zu sein. Du hast keine Rivalen – obwohl ich wünschte, es gäbe welche… Nein, bitte, bleib sitzen! Ich werde in deinen Armen vergehen und ja sagen und es morgen früh bedauern… Sag mir, warum, Paul?«

»Zwanzig Gründe, Suzy. Aber nur ein einziger, wirklich guter: Es gibt niemanden auf der Welt, den ich so sehr liebe wie dich… Vielleicht ist es nicht genug. Wie soll ich das wissen? Ich habe zu lange gelebt und zu wenig gelernt. Aber wie auch immer – es ist, wie man in der Branche sagt, ein festes Angebot.«

»Und fügt man nicht gewöhnlich hinzu: Wenn Sie es nicht annehmen wollen, ist es mir auch recht?«

»Das sagen die Leute, aber ich nicht. Wenn das alles vorüber ist, Suzy, Liebes, steige ich aus und gehe auf Nimmerwiedersehen davon. Wir haben es nicht eilig. Denk darüber nach.«

»Ich habe darüber nachgedacht, Paul. Ich habe mir darüber Gedanken gemacht, als ich allein war und als ich voller Glück in deinen Armen lag. Ich weiß nur eins: Ich habe dich zu gern, um dir ein geteiltes Herz zu bieten. Ich will warten, bis das alles vorbei ist – nicht um George zu gewinnen, denn das werde ich nie, sondern um ganz sicher zu sein, daß ich von ihm und meinen Jungmädchenträumen geheilt bin und einem ganzen Mann eine ganze Frau sein kann… Du bist ein größerer Mann, als du selbst es wahrhaben willst, Paul. Ich möchte, daß du auf die Frau, die du heiratest, sehr stolz sein kannst. Bitte, laß uns noch etwas warten.« Sie lächelte, vielleicht ein wenig zu strahlend, und hielt mir die Arme entgegen. »Wer weiß, vielleicht bist du meiner dann längst überdrüssig.«

Na ja, das war zwar nicht die Taube auf dem Dach, aber immerhin hatte ich den Spatz in der Hand. Ich lernte allmählich, auch für die kleinen Freuden des Lebens dankbar zu sein – und vielleicht war ich ebenso wie sie darüber erleichtert, daß die endgültige Entscheidung noch nicht gefallen war. Auf diese Weise brauchte ich nicht gegen unsichtbare Geister zu kämpfen, sondern nur gegen einen Mann, der kalt, lieblos und unversöhnlich war und von einem dunklen Dämon getrieben wurde.

Am nächsten Morgen kauften wir Blumen auf der Third Avenue. Diesmal begrüßte man uns wie alte Bekannte, und wir kauften frische Blütenzweige und ein Arrangement in einer großen Schale, die uns ins Haus geschickt werden sollte. Aaron Bogdanovich sahen wir nicht. Er hätte sich den Vormittag freigehalten. Manchmal – die Dame lächelte über ihre goldgeränderte Brille hinweg – manchmal sitze er gern im Garten des Museums of Modern Art und bewundere die Plastiken und, Sie wissen schon, denke einfach nach. Auch wenn wir ihn dort nicht finden sollten – sie würde ihm ohnehin Bescheid sagen. Er war nicht da, deshalb wanderten wir durch die Ausstellungsräume, überquerten dann die Fifth Avenue und gingen zu Buccellati, wo man meiner Meinung nach noch immer die besten Goldschmiedearbeiten der Welt kaufen kann – mit Liebe hergestellte Kunstgegenstände, wie sie von den alten Meistern auf dem Ponte Vecchio geschaffen worden waren. Eine Stunde später gab ich Suzannes Protesten nach und ging mit leeren Händen hinaus; aber ein Ring, ein Anhänger und ein Armband blieben in meinem Auftrag sicher verwahrt im Safe liegen.

Als wir ins Freie traten, tauchte Aaron Bogdanovich neben uns auf und sagte: »Suite siebenundsechzig im *St. Regis*. Man erwartet Sie zum Lunch. Ihre Gastgeberin ist Mrs. Larkin. Rufen Sie von der Halle aus an.«

Einen Augenblick später war er in der Menschenmenge verschwunden. Wir gingen am Hoteleingang vorbei, weiter hinunter bis zur Madison Avenue, kehrten dann um und betraten das *St. Regis*. Als ich Nummer siebenundsechzig anrief, antwortete eine Frauenstimme: »Mrs. Larkins Suite.«

»Mr. Weizman mit Begleitung. Wir sind zum Lunch eingeladen.«

»Kommen Sie bitte herauf.«

Wir wurden an der Tür von einer älteren, grauhaarigen Dame begrüßt, die uns in einen Salon führte, wo Aaron Bogdanovich ernst und hellwach in einem Sessel saß. Als ich Suzanne vorstellte, fiel er mir ins Wort:

»Ich weiß, wer sie ist. Mrs. Larkin wird sie zum Lunch mit ins Restaurant nehmen.« Er schenkte ihr den Schatten eines Lächelns. »Seien Sie nicht böse, Mademoiselle. Es ist nötig. Sie sind natürlich mein Gast. Genießen Sie es. Mr. Desmond holt Sie unten wieder ab, wenn wir fertig sind.«

Unser eigener Lunch bestand aus Kaffee und Sandwiches, und das Gespräch drehte sich ausschließlich um geschäftliche Dinge.

»Frage, Mr. Desmond. Wieviel haben Sie Milo Frohm über mich erzählt?«

»Nichts. Er hat mir von Ihnen erzählt.«

»Was genau?«

»Ich hätte Blumen auf der Third Avenue gekauft.«

»Wieso wußte er das?«

»Er schickte einen Mann nach San Francisco, um mit Takeshi zu sprechen.«

»Noch etwas?«

»Daß wir – Harlekin und ich – uns mit einem israelischen Agenten und mit Leah Klein liiert hätten. Daß er wüßte, Valerie Hallstrom sei eine israelische Agentin gewesen. Daß Harlekin und ich Zielpersonen für Terroranschläge seien.«

»Und was haben Sie gesagt?«

»Weder ja noch nein. Nichts.«

»Und das nahm er Ihnen ab?«

»So lautete unsere Abmachung. Seine Behörde will Yanko zu Fall bringen. Wenn wir ihm unsere Fakten zur Verfügung stellen könnten, würde er keine weiteren Fragen stellen. Er ist jetzt mit George Harlekin in London. Das FBI hat Alex Duggan in San Diego geschnappt.«

»Ja, ich weiß.«

»Sie wußten auch alles andere.«

»Ich wollte es von Ihnen hören. Mit etwas Glück können Sie Basil Yanko wegen Anstiftung zu einem Verbrechen festnageln.«

»Wegen Anstiftung zu schwerer Veruntreuung, aber nicht zum Mord.«

»Verlangen Sie nicht zu viel, Mr. Desmond.«

»Ich verlange gar nicht zu viel. George Harlekin will ihn umbringen.«

»Dafür muß er erst einmal selbst am Leben bleiben. Sie sind beide markiert. Wir wissen nicht, bei wem sie zuerst zuschlagen werden.«

»Wer sind ›sie‹?«

»Eine beachtliche Kombination, Mr. Desmond: die Volksfront zur Befreiung Palästinas und die Rote Armee von Japan. Die erstere kennen Sie bereits. Letztere ist Ihnen vielleicht nicht so vertraut. Sie heißt Rengo Sekigun. Sie hat achtundzwanzig Menschen auf dem Flughafen Lod getötet, falls Sie sich erinnern. Sie hat ein Flugzeug von Tokio nach Nordkorea entführt. Sie hat zwölf Abtrünnige ihrer eigenen Gruppe in Japan gefoltert und ermordet. Sie ist völlig dem Nihilismus und der Gewalt ergeben … Sie haben einen japanischen Diener, Mr. Desmond …«

»Takeshi? Ich bitte Sie …!«

»Ich habe Ihnen doch gesagt, wir würden ihn genau überprüfen. Das haben wir getan. Ebenso das FBI, das sich im Grunde gar nicht dafür interessierte, wo Sie Blumen kaufen. Takeshi hat einen Neffen, der kürzlich aus Japan zurückgekehrt ist, wo er Kontakte mit Mitgliedern der Rengo Sekigun hatte … Bringt Sie das auf einen Gedanken, Mr. Desmond?«

»In volle Deckung gehen?«

»Eine Frau lebt jetzt mit Ihnen zusammen. Jemand, der Ihnen und George Harlekin sehr nahesteht.«

»Moment mal! Wo liegt da die Logik?«

»Also gut. Yanko steht in Verbindung mit den Ölscheichs und mit Libyen. Libyen finanziert den Terror. Sie greifen Yanko an. Sie sind schon nahe daran, ihn zur Strecke zu bringen. Plötzlich tauchen Sie auf einer Liste von Zielpersonen für Terroranschläge auf. Ein logischer Zusammenhang, Mr. Desmond, glauben Sie mir.«

»Was sollen wir also dagegen tun?«

»Gießen Sie sich erst noch etwas Kaffee ein. Ich muß ein wenig weiter ausholen... Der Terror ist eine Form von sozialer Chirurgie, bei der man sich einer Vielzahl von Methoden bedient. In unserem Fall kommen zwei in Frage: Man wird Sie ermorden, um Angst und Schrecken zu verbreiten, oder man wird Sie entführen, um Lösegeld zu erpressen. Nun, ich glaube nicht, daß man Sie einfach umbringen wird. Sie sind keine Juden und deshalb für die Propaganda ziemlich wertlos. Sie sind jedoch wohlhabend und allgemein bekannt – also bestens geeignet für einen Erpressungsversuch: Ihrer beider Leben gegen eine Menge Geld und die Freilassung politischer Häftlinge in Amerika oder anderen Ländern. Wenn die Forderungen nicht erfüllt werden, werden Sie natürlich getötet.«

»Natürlich.«

»Also... was tun wir dagegen? Ich will ganz offen sprechen. Ich bin auch in diesem Geschäft tätig, und ich verstehe etwas davon – sogar eine ganze Menge. Es gibt kein System auf der Welt, das nicht von einer Gruppe entschlossener Männer und Frauen, denen es gleichgültig ist, ob sie leben oder sterben, zu Fall gebracht werden könnte. Ich kann Sie rund um die Uhr beschatten lassen. Es geschieht bereits. Ich kann Sie völlig isolieren. Ich kann Ihnen eine Pistole und einen Kugelschreiber mit tödlichem Gas geben. Ich kann Sie in Judo und Karate ausbilden. Das alles ist eine gewisse Hilfe; aber ich würde trotzdem keine Lebensversicherung für Sie unterschreiben. Ich bin weniger anfällig als Sie, denn ich bin durch keinerlei Spielregeln gebunden. Ich bin dazu ausgebildet, zu töten und zu überleben. Meine Reaktionen sind vollkommen anders. Und trotzdem befinde ich mich nie in Sicherheit. Ihr bester Schutz ist es, die Gefahr zu erkennen, sich in Ruhe auf sie einzustellen und gewisse, einfache Vorsichtsmaßregeln zu beachten... Falls Sie entführt werden, leisten Sie keinen Widerstand, bewahren Sie Ruhe und warten Sie auf den Abschluß der Verhandlungen. Unternehmen Sie keinen Fluchtversuch, denn das wäre Selbstmord... Ich habe nicht die geringsten Zweifel, daß Milo Frohm auch George Harlekin dieselben Anweisungen gegeben hat.«

»Und Suzanne?«

»Nur eine Frage, Mr. Desmond. Falls Miß Suzanne einer Entführung zum Opfer fiele, würden Sie oder Mr. Harlekin das Lösegeld für sie bezahlen?«

»Selbstverständlich.«

»Da haben Sie Ihre Antwort. Sie geht dasselbe Risiko wie Sie ein. Erklären Sie es ihr. Überlassen Sie ihr die Entscheidung. Vielleicht fühlt sie sich in Genf oder auf Elba wohler. Sicherer wird sie dort auch nicht sein.«

»Reden wir über Takeshi.«

»Über ihn ist nicht viel zu sagen. Er ist ein guter Diener. Behalten Sie ihn. Es ist der Neffe, der uns Sorgen macht. Wir behalten die Angelegenheit weiterhin im Auge.« Er blickte mich mit seinem kalten, humorlosen Grinsen an. »Sie schulden uns auf Abruf noch eine Viertelmillion. Wir tun unser Bestes, die entsprechende Gegenleistung zu erbringen... Haben Sie sich übrigens Gedanken darüber gemacht, was Yanko tun wird, während Sie sich anschicken, ihn mit Hilfe von Alex Duggan und seinem Londoner Komplizen vor Gericht zu bringen?«

»Ich habe mir darüber Gedanken gemacht. Er kann

schwer etwas anderes tun, als die Zeugen beiseite zu schaffen; womit noch mehr Leichen herumliegen würden – und wir bleiben im Besitz des Beweismaterials.«

»Was würden Sie an seiner Stelle tun?«

»Hm, lassen Sie mich nachdenken. Zuerst würde ich so schnell wie möglich alle Vermögenswerte liquidieren, die sich dafür eignen. Ich würde den Erlös auf einer Schweizer Bank deponieren. Dann würde ich mir irgendwo einen netten Zufluchtsort aussuchen, in einem Land, mit dem kein Auslieferungsvertrag besteht, etwas Bargeld in die Lokalbehörden investieren und Onkel Sam eine lange Nase machen… Ich kenne eine Reihe berühmter Leute, die in den letzten Jahren nach derselben Methode gearbeitet haben.«

»Nicht schlecht. Aber irgendwie kann ich mir Basil Yanko nicht als Dauerflüchtling vorstellen. Es ist nicht sein Stil. Außerdem ist das Gesetz ein eigenwilliges Tier, und er versteht es besser als die meisten anderen, wie man es zu reiten hat. Ich nehme an, er wird versuchen, sich irgendwie freizukaufen.«

»Bei wem kann er sich freikaufen?«

»Wenn George Harlekin seine Klage fallenließe, würden die Regierung und die Börse nur allzu glücklich sein, die ganze Sache zu begraben. Yanko kennt zu viele Geheimnisse.«

»Du lieber Himmel! Er muß doch wissen, daß Harlekin ihn umbringen will – ohne Rücksicht auf die Konsequenzen.«

»Er muß glauben, daß er noch Spielraum hat. Er weiß, daß Harlekin bis zum Äußersten angespannt ist. Außerdem weiß er, daß Sie gefährliches Beweismaterial besitzen. Deshalb hat er Karl Krüger gebeten, nach New York zu kommen. Um einen Vergleich auszuhandeln.«

»Er spinnt!«

»Nein! Er hat sich die Chancen vom Computer ausrechnen lassen und festgestellt, daß es günstig für ihn steht.

Wenn Ihnen etwas geschieht, oder Harlekin oder Ihrer netten Freundin, wird seine Verhandlungsposition nur noch stärker ... In diesem Sinn hat Harlekin recht. Wenn Sie nicht verhandeln wollen, bleibt als einzige Alternative, Basil Yanko umzubringen. Denken Sie darüber nach, Mr. Desmond. Sprechen Sie mit Karl Krüger. Sprechen Sie auch mit Harlekin, wenn er heil zurückkommt ...«

Karl Krüger gab eine Party. Es war eine große Party, eine bedeutende Party. Sie würde um sieben beginnen und bis zehn oder elf dauern. Wenn wir die Gesellschaft unter den Tisch getrunken haben würden, könnten wir uns in seinem Zimmer unterhalten. Ja, natürlich sollte ich Suzanne mitbringen. Was glaubte ich wohl, was für eine Art Party er vorhabe? Nein, Hilde würde nicht dasein; für so etwas war sie nicht geschaffen. Wir würden diesmal ein neues Gesicht bei ihm kennenlernen – eine Engländerin, sehr schick, gerade von einem edlen Lord geschieden, der zwar sehr reich sei, aber seine ehelichen Pflichten nicht erfüllen könne. Und so redete er fünf Minuten lang wie cin Wasserfall weiter, bis er mich weichgemacht hatte. Dann brummte er auf seine bärbeißige Art:

»Es genügt nicht, im Recht zu sein, Paul. Auf der Börse muß man populär sein – was Harlekin et Cie. im Augenblick nicht ist. Zieh also deinen besten Anzug an und lächle, eh! ... Ach ja, und wenn Basil Yanko da ist, spuck ihm nicht ins Gesicht. Mir zuliebe, bitte! Und triff keine voreiligen Entscheidungen, ehe wir nicht miteinander gesprochen haben ...«

Es klang ominös; aber wie schon mein Großvater sagte: Wenn du schon Krähen essen mußt, dann sorg wenigstens dafür, daß sie in einer guten Weinsauce angerichtet werden. Deshalb rief ich Buccellati an, sie sollten den Schmuck liefern, befahl Suzanne unter Androhung von Höllenstrafen, sich das beste dazu passende Kleid zu kaufen, und begab mich selbst zum Friseur. Die Behandlung kostete mich zwanzig Dollar und garantierte mir, wie behauptet wurde, ein zehn Jahre jüngeres Aussehen. Das war natürlich eine Lüge – was mich freilich keineswegs überraschte –, aber ich fühlte mich jetzt wenigstens soweit restauriert, daß ich mir nicht mehr wie ein drittklassiger Verschwörer vorkam, dem das Damoklesschwert über dem Haupt schwebt. Ich bestellte einen Colby-Wagen, der uns um sieben abholen sollte, und rief dann George Harlekin in London an. Dort war es bereits Mitternacht, und er war gerade im Begriff, zu Bett zu gehen. Ich berichtete ihm kurz und verschlüsselt über mein Gespräch mit Bogdanovich und erzählte ihm von Karl Krügers Party.

Zu meiner Überraschung sagte er: »Halt uns alle Türen offen, Paul. Wir dürfen uns jetzt noch nicht festlegen.«

»Ärger, George?«

»Ja. Unser Knabe ist ein sehr schlauer Bursche. Wir haben ihm das Beweismaterial unter die Nase gehalten; aber er ist gut beraten und gibt nichts zu. Wir haben nichts in der Hand, um ihm die Veruntreuungen in London nachzuweisen – außer seiner Frau, die durch ein gefälschtes Papier gedeckt ist. Alex Duggans Aussage bringt ihn lediglich mit einer in Kalifornien getroffenen Geheimabsprache zur Begehung eines Betruges in Mexiko in Verbindung – und von der mexikanischen Polizei liegt natürlich keine Anzeige vor. Die Londoner Polizei ist kooperativ und untersucht die Lage zusammen mit Milo Frohm. Nach Auffassung unserer Anwälte in London dürfte es lange dauern, bis einem Auslieferungsbegehren stattgegeben wird... Das FBI hat Alex Duggan festgenommen; er befindet sich auf eigenen Wunsch in Schutzhaft. Vielleicht stellt er fest, daß auch das ein zweifelhafter Schutz ist. Es ist alles sehr verfahren. Wir haben so viel in der Hand, und trotzdem scheitern wir eventuell an technischen Einzelheiten, soweit Yanko betroffen ist. Ich spreche morgen noch einmal mit Frohm, den Anwälten und der Polizei; übermorgen fliege ich nach Genf, um das Baby wiederzusehen und mich mit der Polizei und der Bankaufsichtsbehörde zu besprechen. Ich werde dich von dort anrufen. Grüß Suzanne. *Au revoir*!«

Es waren entmutigende Neuigkeiten – ein weiterer Beweis für die Ohnmacht des Gesetzes und die Macht derer, die über genügend Geld und Wissen verfügen, um die Gesetze zu ihrem eigenen Vorteil zu manipulieren. Fünf Menschen waren tot. Es gab Dokumente, die Basil Yanko mit jedem dieser Todesfälle in Verbindung brachten, aber sie reichten als Beweismaterial vor Gericht nicht aus. So würde also Yanko zur Party ins *Regency* gehen, die Männer würden ihm die Hand schütteln, und die Frauen würden ihn bewundern, und er würde verächtlich seiner Wege gehen.

Andererseits war da auch ein kleiner Trost. Wenn George Harlekin zu einem Vergleich bereit wäre und seine Drohungen zurücknähme, könnten wir alle in ein friedliches Leben zurückkehren … vielleicht. Aber jetzt gab es noch andere Gefahren, und als wir auf die Straße hinaustraten und in den Wagen stiegen, schnupperte ich gegen den Wind, wie ein Fuchs, der eine gefährliche Witterung aufnimmt.

Als wir ankamen, war die Party in vollem Gange, und Karl Krüger war die beherrschende Figur, wie ein alter Häuptling. Er begrüßte uns herzlich und lautstark. Er sah Suzanne nur einmal kurz an, ließ seiner Bewunderung freien Lauf und schwenkte sie wie eine neue Siegestrophäe durch die Schar seiner Gäste. Ich besorgte mir einen Drink und machte mich auf einen langsamen, vorsichtigen Rundgang durch die versammelte Menge. Zuerst begegnete ich Herbert Bachmann, der mir herzlich die Hand schüttelte und ein Wort aufrichtigen Mitgefühls fand.

»… Armer George. Ich war ganz erschüttert. Übermitteln Sie ihm unsere Anteilnahme. Für Sie selbst muß es auch sehr schlimm gewesen sein.«

»Schlimm genug, Herbert.«

»Die Lage ist jetzt keineswegs besser geworden. Die Dumping-Verkäufe der Aktien haben viele Leute hart getroffen. Geld ist wie eine Gardenie – man darf die Blütenblätter nicht verletzen. Bis jetzt haben wir unsere Gruppe zusammengehalten. Das Kapital wird da sein, wenn George es braucht. Sagen Sie mir ...« Er zog mich aus dem Gewühl mit sich fort. »Dieses Pressegerede über Mord. Was ist daran wahr?«

»Es ist alles wahr, Herbert. Wir haben Beweismaterial ...«

»Was hat dann Yanko heute auf der Gästeliste zu suchen?«

»Das Beweismaterial reicht noch nicht aus, Herbert.«

»Es wird also noch mehr Dreck aufgewirbelt.«

»Durchaus möglich. Krüger ist hier, um zu vermitteln – auf Yankos Bitte. Das ist streng vertraulich.«

»Vielen Dank, daß Sie es mir gesagt haben. Es wäre eine gute Sache – nicht die beste, aber notwendig.«

»Ist Yanko schon da?«

»Ich habe ihn noch nicht gesehen. Ach, Paul, wenn er kommt, lassen Sie sich nicht zu irgend etwas hinreißen, ja?«

»Klar ... Wir sprechen uns später noch einmal.«

Nicht alle Begrüßungen verliefen so herzlich wie diese; einige waren so kühl wie die Martinis, die dabei gereicht wurden.

»... Verdammt noch mal, Paul! Ihr hättet uns doch wenigstens einen Tip geben können, einen kleinen Hinweis ... Mein lieber Freund, ein Privatkrieg ist ja ganz schön, aber dieser hier! ... Wissen Sie, wieviel wir am Mittwoch verloren haben? ... Die Wirtschaftsseiten in den Zeitungen, okay ... das ist unser Forum, stimmt's? Aber spaltenlange Berichte über Verbrechen, das sind Mafia-Angelegenhekten ... Offen gestanden, alter Junge, wir haben George ja ganz gern, und wir können Yanko nicht besonders leiden, aber ...«

Irgendwie gelang es mir, mich all dieser mehr oder minder versteckten Angriffe mehr oder minder elegant zu erwehren, bis mir Suzanne mit freundlichen Worten und Komplimenten für jeden zu Hilfe kam. Und als das Stimmengewirr seine höchste Lautstärke erreicht hatte und der Alkohol in Strömen floß, erschien Basil Yanko. Er kam allein, ohne jedes Gepränge. Er schüttelte Karl Krüger die Hand, sprach ein paar Augenblicke mit ihm und mischte sich dann, leise und unauffällig wie eine Katze, unter die Menge. Langsam gingen Suzanne und ich durch das Gedränge auf ihn zu und stießen auf ihn, als er sich gerade leise mit Herbert Bachmann unterhielt.

Herbert sah uns zuerst und winkte uns heran. »Mr. Yanko, ich glaube, Sie kennen diese sympathischen Menschen.«

»Allerdings ... Mademoiselle, Mr. Desmond.« Er verneigte sich, bot uns allerdings nicht die Hand. »Mr. Harlekin ist nicht hier?«

Suzanne antwortete kühl, fast spröde: »Nein. Er ist in London, Mr. Yanko.« Sie legte Herbert die Hand auf den Arm. »Ob Sie mir wohl einen neuen Drink besorgen könnten, Mr. Bachmann?«

»Mit Vergnügen. Entschuldigen Sie uns, meine Herren?«

Wir entschuldigten sie.

Basil Yanko hob sein Glas. »Eine gutaussehende Frau, Mr. Desmond. Kompliment.«

»*De nada,* Mr. Yanko – wie man in Mexiko sagt.«

»Eine muntere Party.«

»Karl ist ein sehr guter Gastgeber.«

»Und ein gerissener Bankier dazu.«

»Ja.«

»Mr. Desmond, ein Wort im Vertrauen. In der Wirtschaft erzielt man bestimmte Gewinne und hofft, etwas weniger zu verlieren. Im gegenwärtigen Augenblick verlieren wir alle zu viel. Es ist höchste Zeit, daß wir aus den Verlusten wieder einen Profit machen.«

»Das Wort Profit hat einen guten Klang.«

»Ich wäre Ihnen dankbar, wenn Sie es an George Harlekin weitergeben würden.«

»Das werde ich tun.«

»Ein weiteres gutes Wort heißt Kompromiß.«

»Auch das werde ich ihm sagen.«

»Das Leben ist unendlich vielfältig. Man kann alles ersetzen, außer sich selbst.«

»Alles außer sich selbst ... Das gefällt mir.«

»Manchmal prallen die Persönlichkeiten aufeinander, auch ihre Ambitionen. Ein Vermittler kann von Nutzen sein. Ich respektiere Karl Krüger.«

»Auch wir respektieren ihn.«

»Dann lassen wir es im Augenblick dabei bewenden, ja? ... Entschuldigen Sie mich bitte, Mr. Desmond.«

Er entfernte sich, unbeholfen und plump wie immer.

Suzanne kam mit Herbert Bachmann zurück. Herbert sah mich lange und prüfend an; dann sagte er: »Ich hoffe, Sie haben sich anständig benommen, Paul?!«

»Anständiger, als man eigentlich von mir erwarten konnte. Ich habe einen Orden verdient.«

»Ich werde dir statt dessen einen Kuß geben«, sagte Suzanne. »Soll ich dir jetzt mal was sagen? Ich finde, wir haben von dieser Party genug.«

»Aber Karl sagte doch ...«

»Ich habe etwas anderes vereinbart. Du triffst dich mit ihm hier morgen vormittag um elf. Komm, gehen wir, Chéri.«

»Sie ist die klügste von uns allen«, sagte Herbert Bachmann. »Tun Sie ihr den Gefallen.«

Karl Krüger hatte um elf Uhr vormittags noch rotumränderte Augen; er war mürrisch und autokratisch. Er rülpste und grunzte, und während er im Zimmer auf und ab marschierte, herrschte er mich wie der Eiserne Kanzler an.

»... Realitäten, Paul! Darauf kommt es jetzt an – Realitäten! Im Krieg habe ich eine Frau bei den Bombenangriffen und einen Sohn an der Sowjetfront verloren. Jetzt mache ich mit denselben Menschen Geschäfte, die sie umgebracht haben. Realitäten! Wenn wir keine Kompromisse schließen und zusammenarbeiten, geht die ganze Welt in einer riesigen Feuersbrunst zugrunde. Wenn du jeden Mörder an den Galgen bringen willst, reichen die Stricke auf der ganzen Welt nicht aus. Realitäten! Harlekin muß das doch einsehen. Du mußt ihm dabei helfen ...«

»Karl! Er hat gerade erst seine Frau begraben!«

»Er ist also Vernunftgründen nicht zugänglich. Aber du bist es.«

»Ich kann mit ihm reden, bis mir schwarz vor Augen wird. Damit ändere ich nichts.«

»Dann handle.«

»Erspar dir weitere Worte, Karl.«

»Hör zu, Dummkopf! Hör mir doch um Gottes willen einmal zu! ... Wenn du, Paul Desmond, jetzt die Zügel an dich reißen könntest, was würdest du tun? Laß dir Zeit; denk mal in Ruhe nach! Du hast die Leute ja gestern abend auf der Party reden hören. Sie pfeifen auf moralische Prinzipien – ihnen geht es doch nur ums Geld. Es war eine ganz schöne Macht dort versammelt ... Du hast mit Yanko gesprochen. Er ist angeschlagen, und du kannst ihn noch weiter in die Enge treiben; aber du kannst ihn nicht in die Knie zwingen – und er ist zu einem Vergleich bereit. Schön, wie lauten deine Bedingungen für einen Vergleich, wenn es nach dir ginge?«

»Wenn es nach mir ginge ... Punkt eins: Er zieht sein Angebot, Harlekin et Cie. aufzukaufen, zurück. Punkt zwei: Er ersetzt uns die fünfzehn Millionen und alle in diesem Zusammenhang entstandenen Kosten. Punkt drei: Er übernimmt die Kosten für die Installation eines neuen Computersystems und bildet das Personal aus – aber den Vertrag bekommt jemand anderes. Punkt vier: Wir verzichten auf eine Anklage gegen seine Mitarbeiter und begraben das in unserem Besitz befindliche Beweismaterial – nach Abschluß dieser Verhandlungen, keinen Augenblick früher. Das ist das mindeste. Laß mir etwas Zeit, und mir werden schon noch einige glorreiche Einfälle kommen.«

»Jetzt fängst du endlich an, vernünftig zu reden, mein Freund.«

»Ohne Harlekins Einverständnis ist das alles sowieso in den Wind geredet.«

»Keineswegs! Die Vollmacht, die du hast, ist immer noch gültig. Yanko weiß das. Ich weiß es. Du sagst mir, daß Harlekin dir die Weisung erteilt hat, alle Türen offenzuhalten. Das ist die beste Ausgangslage. Sonst haben wir hier ein Schlachtfeld, das für alle Beteiligten mit jedem Tage blutiger wird.«

»Karl, ich weiß es doch! Aber sag mir etwas, das einen Mann überzeugt, dem man die Frau ermordet hat.«

»Du hast mir doch einmal gesagt, daß auch du sie geliebt hast.«

»Ja…«

»Was willst du eigentlich? Ein mexikanischer Bildhauer ist noch mit dem Grabstein beschäftigt, und du liegst mit Suzanne im Bett – sie ist übrigens die beste Wahl, die du in deinem ganzen Leben getroffen hast. Ich mache mich nicht über euch lustig. Ich freue mich. Harlekin wird schon noch Vernunft annehmen. Aber je eher, desto besser. Na, was meinst du?«

»Du bist ein alter Schelm, Karl… aber ich will es versuchen.«

»Gut! Das ist das erste vernünftige Wort. Ich rufe dich an, sobald ich mir bei Yanko über eventuelle Vergleichsmöglichkeiten klargeworden bin… Du lieber Gott! Hab ich einen Brummschädel!«

Um drei Uhr nachmittags rief er mich an. Yanko war zu

Verhandlungen bereit. Er hatte mich zum Abendessen in sein Haus eingeladen. Ich war gleichfalls bereit zu verhandeln, aber ich sah nicht ein, warum ich auch noch Salz und Brot mit diesem Schurken essen sollte.

Karl Krüger brummte verärgert: »Wo gehobelt wird, fallen Späne. Was spielt das denn jetzt noch für eine Rolle? Übrigens – im Smoking.«

In diesem Augenblick nahm mir Suzanne den Hörer aus der Hand und sagte ruhig: »Er wird da sein, Karl. Ich werde dafür sorgen.« Als sie aufgelegt hatte, drehte sie sich zu mir um. »Paul, Chéri, wenn du nicht hingehst und wenn dann alles schlimmer wird, wirst du dir ewig Vorwürfe machen... Bitte!«

Ich vergrub also meinen Stolz in der Tasche, stellte mein Temperament auf Sparflamme und begab mich um acht zum Dinner zu Basil Yanko.

Ich weiß eigentlich nicht, was ich erwartet hatte: Überfluß an allem, gewiß, einen Abglanz des Grandiosen, wie es seine Büroräume kennzeichnete, vielleicht eine Menge Firlefanz – jedenfalls von allem zuviel des Guten. Ich gestehe, daß ich die Überraschung meines Lebens erlebte. Die Wohnung war irgendwie schön, auf eine karge Weise schön; sie war mit einer mathematischen Präzision eingerichtet, die gleichzeitig streng und gemütlich wirkte. Basil Yanko war kein Sammler. Er suchte sich die Dinge aus und plazierte sie so, daß sie für sich selber sprachen; aber ein Katalog hätte nichts weiter ausgesagt, als daß Geld an den Wänden hing, ohne eine Spur von Blut. Ich konnte einfach nicht verstehen, wie es einem so ruhelosen und so düsteren Menschen gelungen war, eine Atmosphäre von solch heiterer Gelassenheit zu erzeugen.

Ein farbiges Dienstmädchen ließ mich herein. Ein philippinischer Butler brachte mir einen Drink und zog sich wieder zurück. Kurz darauf trat Basil Yanko ein. In der Smokingjacke wirkte er noch kantiger und mephistohafter als sonst; aber sein Händedruck war diesmal weniger schlaff, und er lächelte, ohne daß es aufgesetzt wirkte. Ich machte ihm Komplimente zu seinem Haus, und er nahm sie mit einem Anflug von Ironie entgegen.

»Überrascht, Mr. Desmond?«

»Fasziniert, Mr. Yanko.«

»Das Sammeln kann zu einer Manie werden. Die echte Kunst des Genießens liegt in der Auswahl... bei der natürlich gelegentliche Fehlgriffe nicht ausgeschlossen sind, bis man ein festes Verhältnis zu seinen Sachen erreicht. Interessieren Sie sich für Bilder, Mr. Desmond?«

Ich interessierte mich für alles, was mich über die Ouvertüre hinweg zur eigentlichen Oper bringen würde, und erzählte ihm deshalb von meiner Vorliebe für alles Handwerkliche, für die Goldschmiedekunst und den mystischen Gehalt farbiger Steine. Er war ein guter Zuhörer und höflicher, als ich es je für möglich gehalten hätte; aber auch jetzt noch, da sein Interesse geweckt war, stellte er seine Fragen mit einer herrischen Entschiedenheit, die jeden Widerspruch ausschloß. Bei Tisch aß er wenig und trank nur ein Glas Wein; aber er war stolz auf seinen Koch und legte auf guten Service großen Wert. Dann sprach er über Politik:

»...Im Ausland träumt man davon, Mr. Desmond, daß wir zu den Zeiten unserer Großväter zurückkehren könnten, zum Brunnen vor dem Tore und dem alten Kramladen am Marktplatz; man träumt von kleinen, selbstgenügsamen, nuklearen Gemeinschaften. Eine wunderschöne Illusion; aber es besteht keine Möglichkeit mehr, diesen Traum Wirklichkeit werden zu lassen. Wir sind zwangsweise zu Bewohnern der einen Welt geworden, in der wir gegenseitig von komplizierten Handelsbeziehungen und von der Verteilung immer geringer werdender Rohstoffreserven abhängig sind. Wir müssen also rationalisieren und eine Vielzahl von Veränderlichen ins Kalkül ziehen. Das kann der Computer. Der Mensch, ohne solche Hilfen, kann nicht...«

Womit wir, nach einigen Abschweifungen und feinen Andeutungen, zum Kaffee und zu unserem eigentlichen Problem gelangten, das er mit einfachen Worten umriß:

»... Ich habe einen Fehler gemacht, Mr. Desmond. Ich habe mir das falsche Ziel ausgesucht. Ich habe die falschen Mittel eingesetzt. Die programmierten Daten beruhten auf Irrtümern, und die Irrtümer haben sich multipliziert. Deshalb sollten wir das Programm löschen und noch einmal von vorn anfangen – was der Zweck dieser Unterhaltung ist... Noch etwas Kaffee?«

»Nein, vielen Dank.«

»Einen Brandy?«

»Nein ...«

»Also... Karl Krüger hat einen Rahmen abgesteckt, innerhalb dessen wir verhandeln könnten. Ich will Ihnen ganz offen sagen, daß ich mich über kleinere finanzielle Details nicht streiten möchte. Die Zusammenstellung von Verlusten und Kosten ist eine einfache Sache. Die eigentliche Frage liegt für mich darin, was für eine Art von Immunität Sie mir für die Zukunft bieten können. Finden Sie nicht auch, daß das eine faire Darstellung unserer Positionen ist?«

»Ich glaube, sie muß noch erweitert werden, Mr. Yanko. Sie verlangen Immunität – wogegen?«

»Strafverfolgung.«

»Weswegen?«

»Betrug und Anstiftung zum Mord. Ein solches Verfahren versuchen Sie doch gerade gegen mich einzuleiten – obwohl Sie, wie ich höre, dabei auf gewisse Schwierigkeiten gestoßen sind.«

Die Unverfrorenheit dieses Mannes machte mich einen Augenblick sprachlos.

Er schüttelte traurig den Kopf. »Mr. Desmond, wir sind allein – keine Zeugen, keine Überwachung. Hier kann ich mich zu allem bekennen, und ich tue es auch. Sie sind natürlich schockiert. Wie kann ich mich als angesehener Geschäftsmann der Anstiftung zum Mord schuldig machen? Mr. Desmond, die Steuerzahler in diesem Lande haben eine riesige, unnötige Massenvernichtung in Vietnam finanziert. Einige haben dagegen protestiert. Viele haben die Aktionen gebilligt, tun es noch heute und werden es auch in Zukunft tun. Calley ging ins Gefängnis. Die Generale aber sind immer noch auf freiem Fuß. Ich habe vor Menschen keine Achtung, Mr. Desmond. Sie leben, sie sterben. Manchmal müssen sie, damit die sozialpolitische Gleichung aufgeht, beseitigt werden. Darüber könnten wir bis morgen früh debattieren. Sie würden mich nicht überzeugen. Ich würde Sie nicht überzeugen. Deshalb sollten wir uns damit abfinden, daß wir verschiedener Meinung sind, und zu der Frage zurückkehren: Was können Sie bieten?«

»Wir können uns darüber einigen, daß wir Sie nicht wegen Betruges und Anstiftung zum Betrug verfolgen werden. In Sachen Mord können wir nicht verhandeln. Das ist uns aus der Hand genommen. Das FBI ist bereits im Besitz der Unterlagen.«

»Die zwar unangenehm, aber nicht beweiskräftig sind.«

»Die Akten werden nie geschlossen, da es für Mord keine Verjährung gibt.«

»Allerdings. Aber gehen wir doch der Reihe nach vor. Valerie Hallstrom – der Fall ist politisch gesehen ein heißes Eisen, das keiner anfassen will.«

»Ella Deane?«

»Abgeschlossen. Kein Problem.«

»Und Frank Lemmitz?«

»Britische Gerichtsbarkeit – damit wird man nicht weit kommen... Und damit bleibt, wie Sie sehen, nur das Problem Madame Harlekin übrig, die in Mexiko ums Leben gekommen ist. Untersuchen wir also diesen Fall etwas näher und prüfen wir, in welchen Punkten wir vielleicht Übereinstimmung erzielen können. Meine Anwälte haben – ich selbst allerdings nicht – ein Geständnis von Pedro Galvez gesehen, das mich belastet. Aufgrund dieses Dokuments könnten Sie mich vor Gericht bringen; aber Sie würden keine Verurteilung erreichen. Man würde mich zur Ader lassen, aber ich würde mich wieder erholen. Mr. Harlekin würde sich in keiner besseren Lage als jetzt befinden – er würde weiterhin eine gewaltige finanzielle Last zu tragen haben und das Vertrauen der Börse verlieren. Wenn Sie sich aber weiterer Nachforschungen und Presseveröffentlichungen enthielten, würden Sie all Ihre Forderungen erfüllt bekommen, und wir würden uns über Einzelheiten nicht streiten … Können Sie eine solche Zusage geben, Mr. Desmond?«

»Harlekin könnte es. Ich nicht.«

»Warum nicht?«

»Er kann mir mit einem Federstrich die Vollmacht entziehen.«

»Also …?«

»Ich kann und ich werde versuchen, ihn umzustimmen. Aber auch Harlekins Einverständnis würde Ihnen keine Straffreiheit von seiten der Polizei und des FBI garantieren …«

»Mr. Desmond!« Er blieb angesichts meiner Naivität freundlich und geduldig. »Wenn ich nur eine einzige Sache verstehe, so ist es das, was man in der Presse so schön mit dem ›Gewissen Amerikas‹ umschreibt. Ihm kann ich mich in aller Ruhe anvertrauen.«

»Was mich zu einem anderen Punkt unserer Forderungen bringt, Mr. Yanko.«

Jetzt ließ er beinahe die Maske fallen. Das Lächeln verschwand. Er warf den Kopf wie eine aufgeschreckte Eidechse in die Höhe. »Ich glaube, wir haben bereits alle von Karl Krüger erwähnten Punkte besprochen.«

»Das haben wir allerdings. Aber ich dachte mir, daß wir den folgenden Punkt unter uns besprechen könnten. Auf einem aus Ihrer Datenbank stammenden Dokument sind George Harlekin und ich als mögliche Zielpersonen für Terroranschläge aufgeführt.«

»Das fragliche Dokument, Mr. Desmond, ist eine vertrauliche Auswertung von Einzelinformationen, die von Experten zusammengestellt und einem begrenzten Abonnentenkreis zugänglich gemacht worden ist.«

»Aber wie jede derartige Zusammenstellung enthält sie auch Spekulationen, die darauf angelegt sind, Aktionen zu provozieren, wobei Sie dann gegebenenfalls behaupten, daß sie diese Aktionen richtig vorausgesagt haben. Auf einen einfachen Nenner gebracht, erklären Sie, Mr. Yanko, daß zu den Zielpersonen für Terroranschläge neuerdings auch Paul Desmond und George Harlekin gehören. Die PFLP und die Rengo Sekigun haben noch nie von uns beiden gehört. Die Terroristen brauchen dann bloß noch zu fragen, wo wir uns befinden, und als nächster kommt dann der Leichenbestatter zum Zuge... Sie sehen, Mr. Yanko, auch wir brauchen eine Immunitätsklausel in dem Vertrag. Können Sie uns eine solche bieten?«

»Ich könnte ein entsprechendes Ersuchen an die Führungsspitze der PFLP richten – durch Freunde natürlich.«

»Und Sie würden eine Antwort erhalten?«

»Normalerweise, ja.«

»Wie lange würde das dauern?«

»Ungefähr drei Tage.«

»Dann wollen wir in drei Tagen unsere Antworten austauschen.«

»Ausgezeichnet! Falls in der Zwischenzeit noch irgendwelche Punkte geklärt werden müssen, rufen Sie mich bitte im Büro oder unter dieser Nummer an. Wenn ich zu Hause bin, werde ich persönlich am Apparat sein.«

Er ging zum Schreibtisch hinüber, kritzelte eine Nummer auf ein Stück Papier und reichte es mir.

Ich erhob mich, um mich zu verabschieden. »Mr. Yanko,

ich danke Ihnen für ein hervorragendes Dinner und einen instruktiven Abend.«

»Es war mir ein Vergnügen, Mr. Desmond. Mein Chauffeur wird Sie nach Hause bringen. Seien Sie nicht böse, wenn er nicht mit Ihnen spricht; der arme Kerl ist stumm. Wir beteiligen uns am Arbeitsbeschaffungsprogramm für körperlich Behinderte. Gute Nacht, Mr. Desmond.«

Und da war er: der wunderschöne, frische Olivenzweig, fein in Cellophan verpackt, mit rosa Schleifchen versehen und von gurrenden Tauben überbracht. Wenn wir nicht akzeptierten, würde ihn Yanko uns wie einen Pfahl ins Fleisch treiben und uns zwei Meter tief unter dem Asphalt von Wall Street begraben. Gott erhalte Ihnen Ihr kindliches Gemüt, meine Herren – und bewahre Sie vor den Stunden der Finsternis!

Ich fuhr nicht nach Hause. Ich ließ mich von dem Chauffeur am *Regency* absetzen, wo Suzanne mit Karl Krüger ein spätes Souper einnahm. Seine englische Rose hatte sich als so dornig erwiesen, daß er sie mit einem Diamantenarmband nach London zurückverfrachtet hatte; jetzt sehnte er sich nach Hilde. Er freute sich, daß ein Vergleich im Bereich des Möglichen lag; er war zutiefst betroffen, als ich ihm erstmals sagte, daß Harlekin und ich auf der Liste potentieller Terroropfer standen. Er hatte in eine quasi persönliche Diplomatie eingewilligt; aber er wollte sich nicht die Finger verbrennen, indem er sich in eine politische Situation hineinziehen ließ, die seiner eigenen Heimat schwer zu schaffen machte. Auch er sah etwas Positives an Harlekins Entschluß, Yanko zu eliminieren. Er meinte ganz sachlich, vielleicht sei Aaron Bogdanovich bereit, ihn ermorden zu lassen. Ich vertrat die Ansicht, daß Bogdanovich seine ganze Organisation nicht durch einen Anschlag auf einen prominenten amerikanischen Industriellen aufs Spiel setzen würde.

Suzanne hörte eine Weile schweigend und schockiert zu. Dann fiel sie wütend über uns beide her. »Jetzt ist es aber genug! Ich will kein Wort mehr hören! Ihr redet ja, als ob ihr selber Mörder wäret! Wenn der Vergleich geschlossen werden kann, dann schließt ihn ab! Sonst nimmt doch der ganze Irrsinn nie ein Ende!«

Krüger murmelte eine Entschuldigung. »Ich weiß... Ich weiß! So weit kommt es ja gar nicht, Liebchen. Aber es ist wie ein Dorn im Fleisch, daß ein Mann wie Yanko ruhig dasitzen und anderen Leuten seinen Willen aufzwingen kann. Jetzt müssen wir uns aber überlegen, was passieren wird, falls Harlekin den Vergleich ablehnt.«

»Wie spät ist es jetzt, Karl?«

»Ein Uhr. Wir sollten allmählich daran denken, ins Bett zu gehen...«

»In London ist es sechs Uhr morgens. Paul, ruf George an, damit wir endlich klarsehen!«

»Suzy, Liebes, er wird Zeit brauchen, um darüber nachzudenken.«

»Schön, je mehr Zeit er hat, desto besser. Los, ruf ihn an.«

Ein paar Augenblicke später war ich mit London verbunden und George Harlekin war am Apparat. Seine Stimme hörte sich so an, als sei er gerade geweckt worden. Ich entschuldigte mich für die frühe Störung. Dann sagte er:

»Sind sie auch mit dir in Verbindung getreten, Paul?«

»George, ich weiß nicht, wovon du sprichst. Hier ist es ein Uhr nachts. Ich war gerade zum Dinner bei Basil Yanko. Jetzt sitze ich mit Suzanne und Karl Krüger zusammen...«

»Ach, dann hast du also noch nicht gehört...«

»Nichts... George, was ist denn los?«

»Der kleine Paul und das Kindermädchen... Sie sind entführt worden.«

Bevor ich noch ein Wort sagen konnte, war Milo Frohm

am Apparat. »Mr. Desmond... hören Sie genau zu. Tun Sie genau das, was ich Ihnen sage. Die Nachricht ist noch nicht heraus. Wir wissen noch nicht, was das Ganze bedeutet, obwohl wir es uns denken können. Wir warten auf die Forderungen der Entführer. Gehen Sie in Ihre Wohnung zurück. Rufen Sie unser New Yorker Büro an und fragen Sie nach Philip Lyndon. Er wird Ihnen weitere Anweisungen geben. Sobald wir mehr wissen, rufen wir Sie zu Hause an. Legen Sie jetzt bitte auf. Wir brauchen die Leitung.«

Wir taten genau wie befohlen. Eine Stunde später saßen wir mit Mr. Philip Lyndon in meiner Wohnung und nahmen einen Bericht über Karl Krügers Intervention und meine Dinner-Unterhaltung mit Basil Yanko auf Band auf.

Lyndons eigene Version der Entführung war kurz, denn es gab nicht viel zu erzählen. Um drei Uhr nachmittags hatte das Kindermädchen das Kind im Jardin Anglais am Genfer See spazierengeführt. Wie gewöhnlich wurden sie von einem Kriminalbeamten begleitet. Während des Spaziergangs hatten sich zwei Frauen und ein Mann an sie herangemacht, den Kriminalbeamten entwaffnet und das Kindermädchen mit dem Kind unter vorgehaltener Pistole zum Besteigen eines wartenden Autos gezwungen. Um Mitternacht war Harlekin in London von einem Anrufer unterrichtet worden, daß sich das Kind und das Kindermädchen in der Hand der »Volksfront zur Befreiung Palästinas« befänden. Er solle in London weitere Anweisungen abwarten. Eine Einschaltung der Polizei sei nutzlos und außerdem für das Kind und die Frau gefährlich. Das Ganze war simpel, schulmäßig und bedrohlich wie eine blanke Klinge.

Was konnten wir tun? Nichts, meinte Mr. Lyndon entschieden; nichts außer warten und still sein und tun, wie uns geheißen. Ich meinte, ich müßte Yanko anrufen und ihm sagen, was geschehen sei. Mr. Lyndon wog zunächst das Für und Wider ab, riet dann aber, den Anruf auf sieben Uhr zu verschieben, denn bis dahin habe er durch einen

Techniker ein Gerät installieren lassen, mit dem wir das Gespräch aufnehmen könnten. Um vier Uhr früh erbot er sich, Karl Krüger ins Hotel zurückzufahren, und Suzanne und ich blieben allein zurück, um das Heraufdämmern eines trostlosen Tages zu beobachten. Um sechs kehrte Mr. Philip Lyndon mit seinem Techniker zurück. Um sieben hatte ich Basil Yanko am Apparat.

Er war überrascht, von mir so früh zu hören. »Sie reagieren sehr prompt, Mr. Desmond. Haben Sie mit Mr. Harlekin gesprochen?«

»Ja.«

»Wie hat er meine Vorschläge aufgenommen?«

»Ich konnte sie ihm nicht übermitteln.«

»Besondere Gründe?«

»Ja. Mr. Harlekins Kind und das Kindermädchen wurden gestern nachmittag in Genf entführt.«

Sein Erschrecken war echt. Kein Schauspieler hätte den Schock oder die Impulsivität des Fluchs so spontan spielen können. »Scheiße!«

»Die Kidnapper bezeichnen sich als Angehörige der PFLP. Sie haben Harlekin befohlen, bis zur nächsten Kontaktaufnahme in London zu bleiben. Das ist alles, was ich weiß.«

»Bitte, übermitteln Sie Mr. Harlekin mein Mitgefühl und fügen Sie hinzu, daß ich jederzeit bereit bin, ihm mit allen mir zu Gebote stehenden Mitteln zu helfen. Sie wissen, wo Sie mich erreichen können.«

»Im Hinblick auf unser Gespräch von gestern abend dachte ich ...«

»Soweit ich mich erinnere, Mr. Desmond, haben wir uns über geschäftliche Dinge, nicht über die Politik des Terrors unterhalten.«

»... dachte ich, daß Sie bei Ihrer Kenntnis der arabischen Welt vielleicht einen Weg vorschlagen könnten, wie man diesem tragischen Problem beikommen könnte.«

»Ich werde mir mit Sicherheit etwas einfallen lassen. Ich

muß jedoch darauf hinweisen, daß ich nur mit rechtmäßig eingesetzten Regierungen und Organisationen in Geschäftsbeziehungen stehe. Ich bin gern bereit, mich von meinen Freunden beraten zu lassen.«

»Gerade darauf hatte ich gehofft, Mr. Yanko.«

»Ich danke Ihnen für den Anruf. Sie hören später wieder von mir.«

Mr. Philip Lyndon konnte sich eines anerkennenden Grinsens nicht enthalten. »Er hat sich nicht das geringste anmerken lassen. Er ist hart und glatt wie rostfreier Stahl.«

»Glauben Sie, daß er das organisiert hat?«

»Nein. Meines Erachtens hat er die Weichen für künftige Aktionen dieser Art gestellt, und die PFLP ist ihm zuvorgekommen. Jetzt ist Yanko die Sache aus der Hand geglitten. Er wird Ihnen behilflich sein, wenn es ihm in den Kram paßt. Anderenfalls wird er keinen Finger rühren.«

»Und meine Zeugenaussage und die von Karl Krüger?«

»Karl Krüger hat sich nur über einen geschäftlichen Vergleich unterhalten. Das wird von Ihnen bestätigt. Daß auch Mord und Terror zur Sprache kamen, dafür haben wir nur Ihr Wort.«

»Die alte Geschichte!«

»Sie sollten mal für eine Weile meinen Job übernehmen, Mr. Desmond. Wenn es keinen Gott und kein Jüngstes Gericht gibt, werde ich tief enttäuscht sein. Wenn Sie etwas aus London hören, rufen Sie mich bitte an. Ich tue das gleiche... Lassen Sie das Bandgerät eingeschaltet. Ich lege nur noch ein neues Band auf... Ruhen Sie sich beide jetzt erst ein wenig aus.«

Aber bevor ich mich hinlegen konnte, muß ich noch etwas erledigen. Ich ging hinaus zu der Telefonzelle an der Ecke und rief Aaron Bogdanovich an.

Er war nur wenig überrascht und zeigte keine innere Anteilnahme. »London und Genf. Interessant.«

»Ist das alles?«

»Vorläufig, ja. Brauchen Sie mehr, rufen Sie die Telefonseelsorge an. Manche Leute finden sie sehr hilfreich.«

»Das ist gar nicht komisch.«

»Dann versuchen Sie es mal damit. Ein altes chinesisches Sprichwort: Wenn man den Besuch des kaiserlichen Henkers erwartet, soll man große Mengen Reiswein trinken... Beruhigen Sie sich, Mr. Desmond, Dinge dieser Art brauchen immer ihre Zeit.«

Wir warteten den ganzen Tag; wir dösten manchmal vor uns hin, schalteten das Fernsehen ein, warteten auf einen Anruf. Nichts. Wir riefen Philip Lyndon mindestens ein Dutzend Mal an. Immer noch nichts; er bat uns, seine Leitung nicht zu blockieren. Um sechs kam Karl Krüger auf einen Drink vorbei und blieb da, bis uns Takeshi ein Abendessen wie einen Leichenschmaus servierte. Um zehn brachte das Fernsehen die Nachricht: eine Wohnung im vierten Stockwerk eines Wohnblocks in der Nähe des Genfer Flugplatzes, das Kindermädchen hält den kleinen Paul auf dem Arm, neben ihr steht ein junger Araber mit einer Maschinenpistole in der Hand. Der Kommentar war ein vorbereiteter Text, der in dem gehetzten, emphatischen Tonfall amerikanischer Nachrichtensprecher verlesen wurde.

»In Genf sind heute der dreijährige Paul Harlekin und sein Kindermädchen, die dreißig Jahre alte Hélène Huguet, von zwei Männern der Volksfront zur Befreiung Palästinas und einem japanischen Paar, das der Rengo Sekigun, einer japanischen Terrororganisation, angehört, entführt worden. Die Terroristen fordern die Freilassung zweier arabischer Häftlinge, die in England beziehungsweise in Italien kürzlich wegen Flugzeugentführung, illegalen Waffenbesitzes und anderer Vergehen verurteilt worden sind. Die Forderungen der Terroristen wurden heute nachmittag im einzelnen bekanntgegeben: Bereitstellung eines Flugzeugs, das sie in ein befreundetes arabisches Land fliegen solle, zwei Millionen Dollar Lösegeld und sicheres Geleit. Sie haben eine Frist von achtundvierzig Stunden gesetzt. Falls ihre Forderungen nicht erfüllt werden, werden sie zuerst das Kindermädchen und vierundzwanzig Stunden später das Kind töten. Paul Harlekin ist der kleine Sohn des Bankiers George Harlekin, über den erst kürzlich ...«

Karl Krüger beugte sich vor und schaltete den Apparat ab. »Also! Jetzt wissen wir es. Das Geld ist kein Problem. Die Regierungen sind schon schwerer zum Nachgeben zu bewegen. Die Engländer sind hart und unbeugsam. Die Italiener müssen fünfhundert Meilen fahren, um einen Mann zu finden, der ihnen ein Stück Papier unterschreibt. Du lieber Gott! Was ist das nur für eine Welt!« Suzanne weinte still vor sich hin. Er legte ihr den Arm um die Schulter und sagte tröstend: »Aber Liebchen! Sie werden kein Kind töten! Dafür sind sie zu schlau! Auch sie brauchen Sympathien. Das Baby ist für sie der Joker im Spiel. Wenn sie ihm etwas antun, werden sie von der Menge in Stücke gerissen.«

Er redete ihr noch gut zu, als das Telefon klingelte. Ich schaltete das Bandgerät ein und nahm den Hörer ab.

Basil Yanko war am Apparat. »Mr. Desmond. Ich habe meine Bankdirektoren aus dem Bett geholt. Ich habe UPI angerufen, die die Nachricht verbreiten wird. Morgen früh werden zwei Millionen Dollar in der Genfer Unionsbank bereitstehen. Ein Geschenk – ein freiwilliges Geschenk. Ich versuche mit allen Mitteln, über die diplomatischen Kanäle diese Tragödie abzuwenden ...«

Während ich noch dabei war, mir darüber schlüssig zu werden, ob ich ihn verfluchen oder ihm danken sollte, legte er auf.

Karl Krüger stapfte wie ein massiger Bär im Zimmer herum und tobte: »Dieser Hurensohn! Erst zettelt er so etwas an, dann spielt er den Retter in der Not, um als Held dazustehen!«

Suzanne schrie ihn an: »Das ist mir völlig egal! Es spielt

doch jetzt keine Rolle! Er tut wenigstens etwas. Wir sitzen bloß hier herum ...«

Wieder klingelte das Telefon; es war Milo Frohm aus London. Er war hundemüde, aber liebenswürdig wie immer. »Tut mir leid, daß ich nicht schon früher angerufen habe. Wir haben allerhand zu tun gehabt, wie Sie sich vorstellen können. Hier ist es drei Uhr morgens. Harlekin ist in Genf. Sein Londoner Manager und ich haben den ganzen Tag mit dem Innenminister verhandelt. Wir glauben, daß er einlenken wird; aber es ist eine harte Nuß. Die Italiener werden mitspielen – hoffen wir ...«

Ich erzählte ihm von Yankos Angebot. Sein Lachen klang wie das Röcheln eines Sterbenden. »... Heiliger Moses! Was für ein Schauspieler! Ich kann es kaum erwarten, ihm einen Orden an die Brust zu heften. Aber ich habe auch eine gute Nachricht – Alex Duggans Freund wird allmählich weich. Seine Frau ist schwanger. Sie hat Angst um Harlekins Kind. Beten Sie zu Gott und halten Sie den Mund.«

»Mr. Frohm, haben Sie den Bericht über meine Dinnerparty bekommen?«

»Ja. Ich habe ihn hier.«

»Was meinen Sie dazu?«

»Halten Sie alle Türen offen – und versuchen Sie, Mr. Krüger in New York festzuhalten.«

»Wie geht es George?«

»Nicht schlecht. Unter den gegebenen Umständen.«

»Möchten Sie, daß ich hinüberkomme oder Suzanne zu Ihnen schicke?«

»Um Gottes willen, nein! Bleiben Sie, wo Sie sind, Sie beide! Je härter es wird, desto länger hält Harlekin durch. Hoffentlich kann ich dasselbe auch von mir sagen. Wissen Sie, was heute abend passiert ist? Der Unterstaatssekretär bat mich zum Dinner in seinen Club – bester Lammrücken in London. Du heiliger Bimbam! Lammrücken! Tja, wir sind die fleißigen Arbeiter im Weinberg des Herrn, wie es in der Bibel heißt. Gute Nacht oder guten Morgen, je nachdem!«

Er konnte wenigstens noch lachen, und ich versuchte, seinen Scherz für Suzanne und Karl zu übersetzen. Es war keine gute Übersetzung, aber sie rang Suzanne immerhin ein dünnes Lächeln und Karl ein Brummen ab.

»Lammrücken! Und unseren besten Club-Rotwein, Sir! Wie ich mich daran erinnern kann! Warum will er, daß ich in New York bleibe?«

»Er hat es nicht gesagt, Karl. Es liegt ganz bei dir.«

»Ich muß Hilde herüberholen. Zwei Nächte allein im Bett – da bekomm ich ja Alpträume. Ich rufe jetzt gleich München an.«

»Karl! In München ist es jetzt vier Uhr früh.«

»Na und? Wenn sie allein ist, wird sie sich freuen, von mir zu hören. Wenn sie nicht allein ist, verdient sie auch keinen Schlaf. Komm, gib mir das Telefon!«

Suzanne brach in ein hilfloses Gelächter aus. »Das kannst du doch nicht tun, Karl! Alle Gespräche werden ja auf Band aufgenommen.«

»Auf deutsch wird es wunderbar klingen... Da habe ich eine Idee! Warum redest du nicht zuerst mit ihr? Sag ihr, du liegst mit mir im Bett und...«

Es war ein albernes Spiel; aber wir spielten es mit einer geradezu hysterischen Begeisterung, und als es vorbei war, wiederholten wir es noch einmal beim Abendessen, bis es leer und schal geworden war. Karl ließ sich auf das Bett im Gästezimmer fallen, und Suzy und ich umschlangen einander in gnädigem Vergessen.

Entführungsdramen gehören inzwischen zum gängigen Repertoire der politischen Bühne. Man kann, wenn man ein Zyniker ist, die Handlung in einer Stunde herunterdiktieren. Was man nicht kennt – wenn man nicht gerade persönlich betroffen ist –, sind die unerträglichen Ängste des

Opfers und der Familie sowie das kaum noch zu steigernde Angespanntsein sowohl bei den Kidnappern wie bei ihren Verhandlungspartnern.

Die Kidnapper sind Kommandoeinheiten einer politischen Gruppe; sie fühlen sich nur ihrer Sache verpflichtet, sind sorgfältig ausgebildet und sich der persönlichen Risiken voll bewußt. Wenn sie scheitern, können sie keine Gnade erwarten. Sie werden vom Mob in Stücke gerissen, von der Polizei niedergemäht oder lebenslänglich eingesperrt. Die Strafandrohung, unter der sie stehen, ist ebenso absolut wie die Drohungen, dic von ihnen ausgehen. Werden ihre Forderungen nicht erfüllt, dann werden sie töten, denn das Töten hat nun für sie jede Bedeutung verloren, ist aber von ungeheuerer Bedeutung für die Bewegung, die sie repräsentieren. Das Problem ist dabei, daß der eigentliche Mord stets kaltblütig begangen werden muß, daß sich aber die Spannung, die ihm vorausgeht, bis zur Unerträglichkeit steigern kann... Aus diesem Grund ist das Auftauchen japanischer Terroristen ein unheilvolles Phänomen. Sie haben eine verworrene Lebensphilosophie, aber einc sehr klare, traditionsgebundene Philosophie des Todes.

Die Unterhändler sind stets im Nachteil, denn sie können weder zielstrebig noch zum Äußersten entschlossen vorgehen. Alle stimmen darin überein, daß man das Opfer oder die Opfer retten müsse. Geld spielt dabei nur eine geringe Rolle. Aber es treten unzählige Probleme auf: eine Regierung darf sich politischen Gangstern nicht beugen; sie darf auch das Abschlachten unschuldiger Menschen nicht riskieren. Wenn die Schuldigen wie Diplomaten unter sicherem Geleit das Land verlassen dürfen, fällt das Gesetz der Lächerlichkeit anheim, und weitere Anschläge werden folgen. Wenn man der Polizei die Hände bindet, zerstört man ihre Loyalität und korrumpiert sie zu guter Letzt. Schafft man Märtyrer, werden diese zur Drachensaat. Wenn man die Rechte unterdrückter Minderheiten verteidigt, kann man nicht den Eindruck erwecken, als ersticke man den Ausdruck ihrer Leiden mit brutaler Gewalt.

Die Opfer selbst sind völlig machtlos. Ihre Widersacher mögen sogar höflich sein. Sie sind aber auch unerbittlich. Ihre Retter scheinen ohnmächtig zu sein. Ihre Rettung beruht auf einem Gefühl des Anstands, dem man offenbar abgeschworen hat. Aaron Bogdanovich machte keinen Scherz, als er sagte, man könne entweder die Telefonseelsorge anrufen oder sich betrinken. Es war reine Barmherzigkeit, daß er die letzte Möglichkeit überging: still dazusitzen und zu hoffen, daß der Scharfrichter eine ruhige Hand haben möge.

Wir waren fast zehntausend Kilometer vom Schauplatz entfernt, aber Suzanne und ich durchlebten jeden Akt des Dramas. Der Fernsehapparat blieb den ganzen Tag und die halbe Nacht eingeschaltet. Wir kauften uns sämtliche Zeitungen und lasen jede Zeile auf deutsch, französisch, englisch und italienisch. Einer von uns befand sich ständig in der Wohnung. Wenn Suzanne ausging, begleitete sie Takeshi. Philip Lyndon rief viermal am Tag an und gab eine Zusammenfassung der Telexmeldungen durch. Karl Krüger kam und ging, wie es ihm gerade einfiel. Hilde sollte in ein paar Tagen eintreffen. Milo Frohm war dauernd beschäftigt und nicht zu erreichen. Von George Harlekin hörten wir nur die Worte, die er zu den Fernseh- und Rundfunkreportern sprach. Er sah wie ein wandelndes Gespenst aus, aber er bewahrte seine Würde und wählte seine Worte stets mit maßvoller Zurückhaltung. Er bot sich selbst für die Herausgabe von Kind und Kindermädchen als Geisel an. Das Angebot wurde abgelehnt.

Als die Stunde näherrückte, da das erste Ultimatum ablaufen sollte, wurde das Warten zur Agonie. Neue Gestalten erschienen auf dem Bildschirm: Abgesandte arabischer Botschaften, japanische Diplomaten, Emissäre aus England und Italien. Sie kämpften um Zeit. Sie zeigten das Lösegeld und schickten es durch einen Mann in die Wohnung, der nackt bis auf eine Badehose war, so daß die Entführer sehen konnten, daß er keine Waffe bei sich hatte. Während er sich auf dem Weg nach oben befand, hielten die Japaner das Kind an den Händen aus dem Fenster und drohten, es beim ersten Anzeichen irgendeines Tricks in die Tiefe fallen zu lassen.

Im letzten Augenblick wurde das Ultimatum um vierundzwanzig Stunden verlängert. Für das Kind wurde frische Milch angeliefert. Eine Schweizer Flugzeugbesatzung erbot sich freiwillig, die Entführer an einen sicheren Ort zu fliegen. Die Italiener schafften ihren Gefangenen über die Grenze und zeigten den Mann, der ein triumphierendes Lächeln zur Schau trug, den Kidnappern. Die Engländer verhielten sich abwartend, und der britische Innenminister lehnte jede Stellungnahme ab. George Harlekin und sein Schweizer Manager boten sich erneut als Geiseln an. Diesmal wurde das Angebot angenommen. Sie verschwanden in dem Gebäude. Es gab hysterische Szenen, als nach langen Minuten des Wartens das Kindermädchen mit dem Kind herauskam und beide in einem Polizeiauto davonfuhren.

Dann war schließlich das Drama zu Ende. Die Entführer tauchten aus dem Gebäude auf; sie ließen die Geiseln mit vorgehaltener Pistole vor sich hergehen, stiegen in einen Wagen und wurden zum Flugplatz gefahren. Gemeinsam bestiegen sie die Maschine. Der Häftling wurde am Fuß der Treppe in Freiheit gesetzt. Er lachte und winkte und machte das Siegeszeichen. Dann startete das Flugzeug. Die Geiseln würden beim Rückflug wieder nach Hause zurückkehren.

Suzanne brach zusammen und weinte über eine Stunde hemmungslos. Ich rief den Arzt, damit er ihr ein Beruhigungsmittel gebe.

Während sie schlief, ging ich hinaus und saß eine Stunde auf der hintersten Bank in St. Patrick's. Ich betete nicht. Jedes Wort der Trauer oder der Dankbarkeit hatte seinen Sinn verloren. Ich wollte nur an einem reinen Ort sein – inmitten einer schmutzigen Welt.

9

Zehn Tage später kehrte George Harlekin nach New York zurück. Er kam mit einem ganzen Gefolge: mit Julies Eltern, einem neuen Kindermädchen, dem kleinen Paul und drei jungen Schweizern, die sehr still, sehr aufmerksam und wenig mitteilsam waren. Die Wohnung im *Salvador* bot nicht für alle Platz, deshalb mieteten wir die benachbarten Appartements dazu und ließen durch Saul Wells ein zusätzliches Beobachtungsteam einsetzen, das die Zugänge bewachen und alle Besucher überprüfen sollte. Suzanne zog aus meiner Wohnung aus und bezog in der Nähe der Familie Quartier. Harlekin wollte auch mich zum Umzug bewegen. Ich sagte ihm, dazu bestehe keine Notwendigkeit, und ich sei sowieso mit meiner Unabhängigkeit verheiratet. Er ließ sich von mir berichten, was während seiner Abwesenheit geschehen war. Er hörte aufmerksam zu, machte sich Notizen, erteilte mir ein Lob und schloß das Thema ab. Es war jetzt nicht an der Zeit, ihn zu Entscheidungen zu drängen. Ich sagte ihm, ich stünde ihm zur Verfügung, wenn er mich brauchte.

Er war von Grund auf verändert. An seinen Schläfen zeigte sich das erste Grau. Die Gesichtshaut spannte sich über den Backenknochen. In seinen Augen lag ein mönchischer, in sich gekehrter Ausdruck. Er sprach wenig und dann nur leise und nach längerer Überlegung – wie jemand, der lange Zeit von seinen Freunden getrennt gewesen war. Auch seine Bewegungen hatten sich verändert: Sie waren nicht mehr, wie in den alten Tagen, elastisch und alert, sondern wohlberechnet, zielstrebig, beinahe raubtierhaft.

Er lehnte alle gesellschaftlichen Verpflichtungen ab. Unter Tags arbeitete er im *Salvador* und verlangte, daß man sich zu ihm bemühe; das taten auch alle, aus Rücksicht auf die schweren Prüfungen, die er durchgemacht hatte. Abends aß er mit Julies Eltern und spielte mit dem kleinen Paul. Das war die einzige Zeit, da ich ihn lächeln sah, und dieses Lächeln war zart, aber unendlich traurig, als schäme er sich, das Kind in eine so brutale Welt gesetzt zu haben. Zornig wurde er nur, wenn er einen Bruch der komplizierten Sicherheitsvorkehrungen feststellte. Dann schalt er den Missetäter mit kalten, schneidenden Worten. Suzanne gegenüber war er rücksichtsvoll, aber formell. Mir gegenüber konnte er nicht formell sein, aber es war klar, daß er allein sein wollte. Drei Tage vergingen, bevor er mich telefonisch zu sich bat, da er sich mit mir über »persönliche Dinge« aussprechen wolle. Als ich zu ihm kam, bat er mich, ihn in Ruhe anzuhören.

»... Paul, du hast genug für mich getan – mehr, als man von einem Menschen überhaupt verlangen könnte. Ich weiß, du hast Julie geliebt und warst ihr eine Stütze, wenn sie von mir keine Hilfe erhielt. Ich bin deswegen nicht eifersüchtig. Ich bin dir dafür dankbar. Ich bin froh, daß mein Junge seinen Onkel Paul hat. Ich bin froh, daß auch ich in dir meinen besten Freund besitze... Ich will uns unsere Freundschaft erhalten. So, wie die Dinge jetzt liegen, muß ich fürchten, sie zu verlieren. Deshalb möchte ich, daß du als Direktor von Harlekin et Cie. zurücktrittst.«

»Jederzeit, George. Heute, wenn du willst.«

»Gut, also heute. Suzanne soll den Brief schreiben. Du kannst ihn unterzeichnen, bevor du gehst. Ich werde außerdem deine Vollmacht löschen und dir für die fragliche Zeit eine angemessene Abfindung zukommen lassen. Du und Karl Krüger – ihr seid mit fünfzehn Millionen für mich eingesprungen. Ich habe dich aus dieser Bürgschaftsverpflichtung entlassen und dir die für diese Zeitspanne aufgelaufenen Zinsen erstattet.«

»Bei mir war das nicht nötig.«

»Es gehörte sich so, Paul. Ich habe dir außerdem die Börsenverluste ersetzt, die du mit deinen Creative-Systems-Aktien erlitten hast.«

»Um Gottes willen, George!«

»Bitte, Paul! Du hast versprochen, mich anzuhören. Ich habe eine Presseerklärung bezüglich deines Rücktritts vorbereitet. Lies sie dir bitte durch, ändere daran, was du willst, dann werde ich sie noch heute herausgeben. Sobald wir in New York fertig sind, werde ich Suzanne mit einer, wie ich meine, großzügigen Abfindung freigeben. Sie braucht die Freiheit, finde ich. Sie steht vor Entscheidungen, die nur sie selbst treffen kann ...«

»Und wo bleibst du, George?«

»Wo ich jetzt stehe – mit einem Kind, um das ich mich kümmern muß, und einem Unternehmen, das wiederaufgebaut werden muß.«

»Darf ich fragen, wie du das bewerkstelligen willst?«

»Natürlich. Ich werde mit Basil Yanko einen Vergleich schließen.«

»Du meinst, an ihn verkaufen?«

»Nein, mich mit ihm vergleichen. Ihr beide, Karl Krüger und du, habt ja bereits über grundlegende Bedingungen gesprochen. Ich kann sie bei persönlichen Verhandlungen wahrscheinlich noch verbessern. Es wird auch davon abhängen, was Milo Frohm in London erreichen kann – und was für einen Kompromiß er zwischen der Regierung und seiner eigenen Behörde erzielen wird. Auf diesen Teil der Angelegenheit habe ich keinen Einfluß.«

Er drückte sich absichtlich vage aus; aber ich hatte keine Lust, jetzt in ihn zu dringen. Ich wollte sowieso gehen. Er gab mir die Chance, bei unserer Trennung das Gesicht zu wahren. Wir konnten Freunde bleiben, doch würde die

Freundschaft nie wieder dieselbe sein, denn er hatte sich gewandelt, und ich konnte nicht anders sein, als ich war. Immerhin war es besser, reinen Tisch zu machen. Ich sagte zu ihm:

»Ich nehme an, du weißt, daß ich Suzanne gebeten habe, mich zu heiraten.«

»Nein, das habe ich nicht gewußt. Aber ich freue mich darüber. Ich glaube, es ist eine gute Idee.«

»Sie hat noch nicht eingewilligt.«

»Warum nicht?«

»Sie liebt dich noch immer. Sie hat dich immer geliebt.«

Er warf mir einen nur wenig interessierten Blick zu, als rede ich vom Preis der Tomaten. »Aber ich liebe sie nicht.«

»Mehr wollte ich nicht wissen. Ich danke dir, George. Ich werde in New York warten, bis ihre Arbeit beendet ist. Dann werde ich sie mitnehmen... So, wollen wir jetzt die Papiere fertigmachen?«

In den folgenden Tagen fühlte ich mich seltsam entwurzelt. Für mich war ein Lebensabschnitt zu Ende gegangen. Ich wußte nicht, wo und wie ich einen neuen beginnen sollte. Ich hielt mich von der Börse und dem Club fern, da ich nicht auf Fragen nach meinen Zukunftsplänen antworten und mich nicht an dem Geschwätz über George Harlekin beteiligen wollte. Ich las keine Zeitungen, denn die Nachrichten waren ausnahmslos schlecht, und die Börse hatte einen Tiefstand erreicht, und je weniger ich tat, desto besser.

Um mir die Zeit zu vertreiben, ging ich zu Werften und Bootsbauern und sprach mit ihnen über einen alten Traum – eine Motorjacht, mit der ich den Pazifik überqueren würde. Ich durchstreifte die Docks nach vergessenen oder halbvergessenen Prachtexemplaren. Abends begab ich mich zum *Salvador*, trank ein Glas mit Harlekin, spielte eine Weile mit meinem Patenkind und nahm dann Suzanne mit zu Gully Gordon und anschließend zurück in meine Wohnung.

Auch sie war schlecht gelaunt und nicht bei der Sache. Das Ende ihrer Tätigkeit war abzusehen. Wir arbeiteten nicht mehr gemeinsam. Der Anstand verlangte, daß ich mich nicht in ein Vertrauensverhältnis einmischte, von dem ich offiziell ausgeschlossen war. Unsere Beziehungen wurden gespannt und gereizt. Ein Wort gab das andere. Ich hatte das Gefühl, daß sie mich ausschloß. Sie warf mir vor, ich bedränge sie zu sehr und lasse ihr nicht die versprochene Zeit, damit sie ihre Entscheidung frei treffen könne. Eines Abends, nach einem ziemlich turbulenten Dinner mit Karl Krüger und Hilde, brach sie in Tränen aus und sagte, sie würde mich lieber für ein paar Tage nicht sehen. Ich zog mit Mandy Ducaine und ihren Freunden von einer Party zur anderen und war hinterher angeschlagener und einsamer denn je. Eines Tages kam ich um drei Uhr früh zurück und fand einen Zettel unter meiner Tür. »Chéri, es tut mir leid. Ich muß dich sehen. Suzy.« Ich rief sie beim Frühstück an, wir unterhielten uns eine halbe Stunde und verabredeten uns zum Abendessen in meinem Appartement.

Am Vormittag desselben Tages schlenderte ich, da ich nichts Besseres zu tun hatte, zum Blumenladen auf der Third Avenue und fragte nach Aaron Bogdanovich. Diesmal wurde ich in ein unordentliches, vollgepfropftes Hinterzimmer geführt, wo der Meister des Terrors einem ganz prosaischen Geschäft nachging, nämlich Rechnungen zu ordnen. Er lud mich mit einer Handbewegung zum Sitzen ein, schrieb noch ein paar Zahlen nieder, lehnte sich dann zurück und betrachtete mich mit sardonischer Belustigung. »Na, Mr. Desmond, wie fühlt man sich, wenn man keinen Job mehr hat?«

»Ich gewöhne mich allmählich daran. Und Sie?«

»Leichenbestatter und Blumenhändler sind immer vielbeschäftigt. Und ich stehe noch immer auf der Gehaltsliste bei Harlekin et Cie.«

»Das ist mir neu.«

»Das hatte ich mir gedacht. Warum sind Sie gegangen?«

»Ich wurde gebeten, meinen Rücktritt einzureichen.«

»Wissen Sie, warum?«

»Mir wurden Gründe genannt.«

»Haben sie Sie befriedigt?«

»Nein.«

»Warum hängen Sie denn noch in New York herum?«

»Ich warte darauf, Suzanne zu heiraten – jedenfalls hoffe ich es.«

»Sie paßt gut zu Ihnen.«

»Vielen Dank.«

»Warum sind Sie hergekommen?«

»Ich möchte Sie zum Lunch einladen.«

»Besten Dank. Ich esse nie zu Mittag; aber da Sie schon einmal hier sind, will ich Ihnen einen guten Rat geben.«

»Ja ...?«

»Ich habe keine Freunde, Mr. Desmond. Ich kann mir keine leisten. Es gibt nur wenige Menschen, die ich respektiere. Zu diesen gehört Ihr Freund Harlekin. Er ist ein Mann, wie ich es gern gewesen wäre, wenn die Umstände es gestattet hätten. Andererseits fehlt ihm etwas, was ich habe ...«

»Fahren Sie fort.«

»Er hat Sie um Ihren Rücktritt gebeten, damit Sie nicht der Mittäterschaft bei seinem Vorhaben bezichtigt werden können.«

»Und zwar ...«

»Was er immer vorhatte – Basil Yanko umzubringen.«

»Ich glaube es nicht. Ich kann es einfach nicht glauben! Er hat mir gesagt ...«

»Daß er mit Yanko einen Vergleich schließen will. Das will er auch. Und dann wird er ihn umbringen. Nichts sonst kann ihm Genugtuung verschaffen. Hinterher wird er natürlich feststellen, daß dadurch nichts gelöst ist. Er hat mich um Hilfe gebeten. Ich werde sie ihm geben. Denn auch meine Leute wollen Yanko beseitigt haben. Ich kann mir vorstellen – was ich bisher nicht konnte –, wie das bewerkstelligt werden kann. Sie werden mir nicht in den Arm fallen. Es hätte keinen Sinn, es auch nur zu versuchen. Bleiben Sie lieber hier, um hinterher die einzelnen Stücke von George Harlekin aufzulesen oder sich wenigstens um seinen Sohn zu kümmern.«

»Hätten Sie mir das auch gesagt, wenn ich heute morgen nicht zu Ihnen gekommen wäre?«

»Ja, aber ich habe erst gestern erfahren, was er zu tun beabsichtigt.«

»Das ist komisch! Wirklich komisch!«

»Was, Mr. Desmond?«

»Harlekin entbindet mich meiner Pflichten; Sie verpflichten mich erneut.«

»Und das ist genau das, was Sie nie gewollt haben, Mr. Desmond! Sie wollen die beiden Enden der Wurst und die Mitte dazu. Sie wollen Ansehen ohne Tugend, Besitz ohne Bedrohung, Vergnügen ohne Bezahlung. Sie wollen Söldner haben, die für Sie das Töten besorgen, und Blinde, die Ihre Opfer begraben. Ausgeschlossen! So etwas gibt es auf der Welt nicht mehr! Märtyrer oder Mörder – so lautet jetzt die Wahl! Es sei denn, Sie wollen von der Wiege bis zur Bahre mit einer Kette um den Hals dahinschlurfen und nach dem Messias rufen, der nie kommen wird!«

Wenn er nicht so heftig gewesen wäre, hätte ich es vielleicht nicht bemerkt. Wenn er nicht so entschieden gewesen wäre, hätte ich den kleinen, nagenden Zweifel ignoriert, den ich schon zu lange aus meinem Bewußtsein verdrängt hatte. Er war so wenig greifbar, daß ich nach Worten suchen mußte, um ihm Ausdruck zu verleihen.

»Ich glaube… ich glaube, Mr. Bogdanovich, Sie spielen

ein doppeltes Spiel mit uns – mit Harlekin und mit mir, mit uns beiden.«

In sein verschlossenes Gesicht trat nicht die geringste Bewegung. Seine Augen waren leere Fensterhöhlen vor einer leeren Seele. »Was wollen Sie damit sagen, Mr. Desmond?«

»Valerie Hallstrom ...«

»Was ist mit ihr?«

»Gehen wir noch einmal diese Geschichte durch. Sie untersuchten ihre Wohnung. Sie gingen wieder. Sie sahen einen Mann hineingehen. Sie sahen sie nach Hause kommen. Sie sahen den Mann das Haus verlassen. Sie gingen zurück und fanden sie tot vor. So haben Sie es mir erzählt.«

»Ja.«

»Aber sie war Ihre Agentin. Während sie ermordet wurde, warteten Sie draußen ...«

»Und?«

»Sie wußten, daß es geschah. Sie ließen es geschehen.«

»Stimmt.«

»Warum, Mr. Bogdanovich?«

»Valerie war fällig. Sie saß in Gully Gordons Bar herum – und sie erzählte zuviel, auch Ihnen, Mr. Desmond. Sie war enttarnt. Yanko ließ sie umbringen. Ich ließ es geschehen, wie Sie sagen. Jetzt mache ich reinen Tisch. Yanko wird sehr bald sterben. Harlekin und ich haben uns über die Einzelheiten geeinigt. Es ist für uns alle eine saubere Lösung. Ich glaube, Sie werden schon feststellen, daß wir unser Honorar verdient haben.«

»Ich behaupte noch immer, daß Sie ein doppeltes Spiel mit uns spielen.«

»Sie beleidigen mich, Mr. Desmond. Sie haben unsere Abmachung vergessen: Wenn Blut auf dem Teppich ist, mache ich hinterher wieder sauber; und Sie sind Ihrerseits zum Schweigen verpflichtet. Wenn Sie hier nicht mitspielen können, steigen Sie aus und gehen Sie nach Hause. Das ist immer noch Ihr gutes Recht.«

»Ich werde mit Harlekin sprechen.«

»Tun Sie das, unbedingt... Ihre Frau ist ja auch nicht in Mexico City ermordet worden. Es war nicht Ihr Kind, das man an den Händen aus einem Fenster im vierten Stock gehängt hat.«

Er war nicht zornig. Er war nicht einmal emphatisch. Er hätte mir ebensogut aus einer Kinderfibel vorlesen können. Als ich aufstand, um zu gehen, hielt er mich mit einer Handbewegung und einer seltsam ironischen Leutseligkeit zurück:

»Ich habe es ernst gemeint. Das Kind wird Sie brauchen. Und vielleicht müssen Sie die einzelnen Stücke Ihres Freundes vom Boden auflesen. Bleiben Sie noch in New York. Es wird nicht so schlimm werden, wie Sie glauben. Der Tod ist ein sehr banales Ereignis.«

Ich ließ ihn bei den Abrechnungsunterlagen seines Blumenladens sitzen und wanderte eine Stunde lang durch das Mittagsgedränge von New York. Ich hatte es nicht eilig. Niemand vermißte meine Gesellschaft, nirgendwo würde ohne mich eine Lücke entstehen. Ich starrte in Schaufenster und sah einen Haufen sinnloser Gegenstände. Ich blickte in Gesichter und sah nur Schauspielermasken. Ich roch Essen und hatte keinen Appetit darauf. Ich fuhr mir mit der Zunge über die Lippen und hätte gern einen Drink gehabt und wußte doch zugleich, daß ich beim ersten Schluck ersticken würde. Ich suchte Gesellschaft, aber ich wäre beim ersten Wort, das an mich gerichtet würde, davongerannt. Ich hatte keine Angst. Ich schämte mich nicht. Ich war leergebrannt und entehrt. Meine brüchige Philosophie war in Scherben, meine nicht auf Vernunftgründen basierende Lebensanschauung war durchlöchert wie Schweizer Käse. Aaron Bogdanovich hatte mich bis aufs Mark erschüttert, aber ich konnte ihn keinen Zentimeter von seiner Überzeugung abbringen, daß das Leben belanglos sei und leichter zu einem Ende gebracht als geflickt werden könne.

Nach einer Weile bekam ich Kopfschmerzen, und die Füße taten mir weh; deshalb ging ich nach Hause. Takeshi machte mir Kaffee. Ich wollte nicht weiter nachdenken. Ich nahm auf gut Glück ein Buch vom Regal und begann, ohne mir auch nur den Titel anzusehen, auf der erstbesten Seite, die ich aufschlug, zu lesen.

»... Ich weiß nicht, wer – oder was – die Frage stellte. Ich weiß nicht, wann sie gestellt wurde. Ich weiß nicht, ob ich antwortete. Aber einmal antwortete ich ja zu jemandem – oder zu etwas. Von dieser Stunde her rührt die Gewißheit, daß das Dasein sinnvoll ist und daß darum mein Leben, in der Unterwerfung, ein Ziel hat ...«

Dann sah ich mir zum erstenmal die Titelseite an. Es war *Zeichen am Weg*, die Tagebuchaufzeichnungen jenes seltsamen, in sich gekehrten Mannes, Dag Hammarskjöld. Ich las weiter:

»... Seit dieser Stunde habe ich gewußt, was das heißt, ›nicht hinter sich zu schauen‹, ›nicht für den anderen Tag zu sorgen‹. Geleitet durch das Lebenslabyrinth vom Ariadnefaden der Antwort, erreichte ich eine Zeit und einen Ort, wo ich wußte, daß der Weg zu einem Triumph führt, der Untergang, und zu einem Untergang, der Triumph ist; daß der Preis für den Lebenseinsatz Schmähung und daß tiefste Erniedrigung die Erhöhung bedeutet, die dem Menschen möglich ist ...«

Ich verstand es nicht; aber die Worte rührten mich auf eine seltsame Weise an. Ich fühlte mich gedrängt, die Zeilen auf das Vorsatzpapier meines Notizbuchs zu übertragen, wo ich sie jeden Tag wieder lesen konnte. Ich war gerade damit fertig, als Takeshi hereinkam; er hüstelte, verneigte sich tief und bat um einen Augenblick meiner höchst kostbaren Zeit.

»Ja, Takeshi. Was gibt's?«

»Da ist etwas, Sir, was ich Ihnen sagen muß. Es fällt mir nicht leicht.«

»Setzen Sie sich also hin und lassen Sie sich Zeit.«

»Nein, Sir, vielen Dank. Die Dinge, die Ihnen und Ihren Freunden zugestoßen sind...«

»Die Dinge, die uns zugestoßen sind... ja?«

»Im Fernsehen. Der Tag, an dem sie das Baby aus dem Fenster gehalten haben...«

»Reden Sie weiter...«

»Derjenige, der das Kind hinaushielt, war mein Neffe – der, dem ich immer Ihre Briefmarken geschickt habe.«

»Wußten Sie schon vorher, daß er der Rengo Sekigun angehörte?«

»Als das FBI kam und mir Fragen stellte, da wußte ich es. Vorher war ich mir nicht sicher.«

»Warum haben Sie es dem FBI nicht gesagt?«

»Ich habe Angehörige in Kalifornien und auf Hawaii. Es sind gute Menschen. Gute Japaner, gute Amerikaner. Während des Krieges steckte man sie in Lager, als ob sie Feinde wären.«

»Warum haben Sie es mir nicht gesagt?«

»Sie waren in Mexiko.«

»Aber danach? Jene Leute hätten den Anschlag auch auf mich, auf Miß Suzanne verüben können. Wir wurden vor dieser Möglichkeit gewarnt.«

»Wenn mein Neffe hierher gekommen wäre, hätte ich ihn getötet.«

»Er hätte Sie zuerst getötet, Takeshi.«

»Man weiß, daß es so etwas gibt, Sir. Man glaubt es nicht. Jetzt, wo es zu spät ist, glaube ich es.«

»Sie hätten mir das schon früher sagen sollen.«

»Ja, ich weiß. Ich habe mich geschämt. Wenn es Ihnen recht ist, Sir, werde ich Sie morgen früh verlassen.«

»Takeshi...«

»Sir?«

»Warum wollen Sie gehen?« – »Mein Neffe entehrt mich; ich entehre Sie.«

»Die Ehre ist ein Schilfrohr, Takeshi – es biegt sich, wenn man sich darauf stützt.«

»Worauf können wir uns denn sonst stützen, Sir?«

»Setzen Sie sich, zum Teufel! Ich habe es satt, zu Ihnen aufzublicken... Erinnern Sie sich an den Mann, der in einem Grab schläft...«

»Ja, Sir.«

»Er hat mir heute gesagt, im Leben gebe es keinen goldenen Mittelweg. Man muß für eine Wahrheit sterben oder für sie töten. Soll ich ihm glauben?«

»Dasselbe sagt mein Neffe.«

»Und was sagen Sie, Takeshi?«

»Man schneidet keine Blume ab, um sie zum Blühen zu bringen. Und was nützt die Wahrheit schon einem Toten? ...Schämen Sie sich, weil Sie nicht auch in einem Grab schlafen?«

»Nein, ...denn ich habe nicht den Mut dazu.«

»Während des Krieges, als wir von den Panzerattacken und den Kamikaze-Fliegern lasen, schüttelte mein Vater oft den Kopf und sagte, ein kluger Feigling sei besser als ein dummer Held. Ich glaube, er hatte recht.«

»Takeshi, müssen Sie denn gehen? Haben Sie einen besseren Job?«

»Nein, Sir.«

»Dann bleiben Sie noch eine Weile, damit wir uns gegenseitig stützen können.«

Er wollte sich nicht dadurch erniedrigen, daß er seine Freude verriet, aber er verneigte sich dreimal und erklärte sein Einverständnis.

Dann fragte er, ob ich an seiner Kochkunst oder an seiner Fürsorge etwas auszusetzen habe – und warum, wenn dies nicht der Fall sei, Miß Suzanne nicht hier wohne, sondern in einem großen, überfüllten Hotel?... Was eigentlich der vernünftigste Gedanke war, wenn ich sie nur davon überzeugen konnte.

Um fünf Uhr nachmittags suchte mich Saul Wells auf. Er hatte regelmäßig George Harlekin Bericht erstattet. Er habe den Eindruck, daß seine Dienste nicht mehr so wie früher geschätzt würden. Er frage sich, warum ich zurückgetreten sei. Das Geld sei gut; aber das Ganze habe eine Wendung genommen, die er nicht mehr verstehe. Er wolle sich nicht zwischen sämtliche Stühle setzen. Er hoffe, ich könne ihn ein wenig aufklären.

Ich erzählte ihm die halbe Wahrheit. Harlekin sei ein gezeichneter Mann. Er müsse in Schwung bleiben. Dazu brauche er die alleinige Kontrolle. Ich wolle nicht, daß unsere Freundschaft durch Konflikte in Fragen der Geschäftspolitik Schaden leide. Saul akzeptierte das mit einer gewissen Reserve. Dann fragte ich ihn nach Bernie Koonig. Er war sofort hellwach.

»Koonig – das ist eine merkwürdige Geschichte. Er ist ein unbedeutender Schlägertyp, und er arbeitet für Spieler und Geldverleiher. Frank Lemmitz benutzte ihn, wie wir wissen. Was wir nicht wußten, und was mich die ganze Zeit beschäftigt hat, ist, daß er in Kalifornien für Basil Yanko tätig war, als dieser mit seiner zweiten Frau verheiratet war – mit der Frau, die sich mit dem Rennboot in die Luft gejagt hat. Koonig hatte damals denselben Job wie Lemmitz in New York – Chauffeur, Leibwächter und so weiter. Nach dem Unglück kam er von Kalifornien an die Ostküste. Er hatte damals Geld – eine ganze Menge –, aber er brachte alles durch und fing an, für die Unterwelt zu arbeiten. Seit Lemmitz tot ist, sitzt ihm die Angst im Nacken …«

»Haben Sie mit ihm gesprochen?«

»Nein. Aber Bogdanovich.«

»Ich habe ihn heute vormittag gesehen. Er hat mir nichts davon gesagt.«

Saul Wells sah mich etwas merkwürdig von der Seite an, wickelte eine neue Zigarre aus und ließ sich Zeit mit dem Anzünden. Schließlich sagte er verlegen:

»Schauen Sie! Ich bin nur ein einfacher Jude. Ich schicke Geld nach Israel und gehe in die Synagoge. Aaron ist nicht einfach, und er tut andere Dinge. Wie er arbeitet und warum er es tut, frage ich ihn nie. Auch wenn er es mir sagte, wüßte ich, daß es nur eine Teilantwort ist. Er ist wie ein Zauberer, der Ihnen ein Schokoladenplätzchen in den Mund steckt und Ihnen Limonade aus dem Ellbogen abzapft. Es ist ein Trick. Man erwartet eine Verbindung zwischen beiden Vorgängen zu finden, aber es gibt keine. Bei Aaron besteht immer eine solche Verbindung. Etwa so, wie wenn ein Mädchen in Paris mit einem Mann ins Bett geht und ein anderer Mann in Lima ein Flugticket kauft und vier Tage später ein Toter auf dem Delaware River treibt... Bogdanovich hat also mit Bernie Koonig gesprochen und Ihnen nichts davon gesagt. Lassen Sie es dabei bewenden!«

»Was können Sie mir sonst noch sagen, Saul?«

»Basil Yanko hat sich mit mir in Verbindung gesetzt.«

»Was Sie nicht sagen! Warum?«

»Er will, daß Lichtman Wells sich um die Sicherheitsfragen bei Creative Systems kümmert. Es ist ein phantastischer Vertrag.«

»Sie wären ein Narr, wenn Sie ihn ablehnen, Saul.«

»Ja, finden Sie nicht auch? Er hat mir außerdem ein persönliches Honorar von einhunderttausend angeboten.«

»Wofür?«

»Für Kopien aller meiner Berichte an Harlekin et Cie. und für alles andere Material, dessen ich habhaft werden kann. Ich habe gesagt, ich würde es mir überlegen. Dann habe ich mit Aaron gesprochen.«

»Was meinte er dazu?«

»Er meinte, es sei keine schlechte Idee – vorausgesetzt, er könne das Material frisieren, bevor ich es Yanko gebe.«

»Weiß Harlekin davon?« – »Klar. Er schien nichts dagegen zu haben. Wenn Aaron dafür wäre, würde er mitspielen.«

»Und warum sagen Sie mir das alles, Saul?«

»Weil ich finde, daß wir im selben Boot sitzen, Mr. Desmond: stromaufwärts ohne Paddel. Harlekin hat Sie ausgebootet. Aaron hat mich ausgebootet. Die beiden geben ein gefährliches Paar ab. Ich will nicht in den Fleischwolf geraten. Als ich mit Aaron sprach, sagte er: ›Laß dich in bar bezahlen, Saul. Im Kittchen kannst du keine Schecks ausstellen, und wenn du tot bist, stellt die Bank die Zahlungen ein.‹«

»Haben Sie ihn gefragt, was er damit gemeint hat?«

»Sie hören mir ja gar nicht zu, Mr. Desmond«, sagte Saul mit trauriger Stimme. »Bei Aaron ist es so: Wenn man seine Worte nicht kapiert, hat man auch nichts Besseres verdient.«

Ich war noch damit beschäftigt, diese dunklen Andeutungen zu verdauen, als Karl Krüger und Hilde eintrafen. Beide waren von einem Einkaufsbummel über die Fifth Avenue noch ganz außer Atem. Hilde hatte wunde Füße, drei neue Kleider und eine Diamantenbrosche. Karl hatte ein Loch in seiner Brieftasche und einen gewaltigen Durst. Saul Wells traten angesichts von Hildes ausladenden Reizen die Augen aus dem Kopf. Als sie sich mit hochgezogenen Beinen auf dem Sofa niederließ, setzte er sich so nahe wie möglich neben sie und redete munter drauflos, während Hilde an ihrem Drink schlürfte und verträumt vor sich hin lächelte. Wenn sie überhaupt etwas von seinem Monolog verstand, so will ich ein zweiköpfiger Hottentotte sein; aber Saul war ein Mann, und Hilde würde nichts weiter verlangen, bis er es nicht tat – und dann würde er jeden Cent von seinen hunderttausend Dollar brauchen.

Karl Krüger räkelte sich gemütlich in seinem Sessel, trank einen Liter Bier in Rekordzeit aus, rülpste befriedigt vor sich hin und verlangte dann einen Whisky, um seine Nerven zu beruhigen. Frauen, erklärte er, seien die wunderbarsten Geschöpfe auf Gottes weiter Welt, vorausgesetzt, man habe vor Einbruch der Dunkelheit nichts mit ihnen zu tun. Einkaufen sei ein Zeitvertreib für Idioten, wobei er der allerdümmste sei. Als ich ihn fragte, wie es mit Harlekin und Basil Yanko stehe, brummte er gereizt:

»... Und warum mußt du mich danach fragen, eh? Ich habe George gesagt, er sei ein Narr gewesen, dich gehen zu lassen... Die Sache geht weiter. Beide haben einen Vergleichsentwurf gesehen, dessen Annahme von ihren Anwälten empfohlen wird. Ich rede mit George; ich rede mit Yanko. Und die ganze Zeit frage ich mich, wie es überhaupt möglich ist, daß weder die Polizei noch das FBI interveniert. Der Mann ist ein Verbrecher.«

»Erst, wenn es bewiesen ist, Karl.«

»Aber wollen sie es überhaupt beweisen? Ich habe noch nie in meinem Leben von einem so komplizierten Justizwesen gehört. Wenn man hierzulande reich ist, kann man die Gesetze beinahe neu schreiben; und die Behörden helfen einem noch dabei.«

»Nur wenn es ihnen in den Kram paßt, Karl; und das ist in diesen Tagen der Fall. Wie findest du George?«

Er war plötzlich ganz still und ernst. »Ich habe dir einmal gesagt, daß er eine Schwäche in sich habe. Jetzt nicht mehr! Er ist hart wie Granit. Er hört einem zu. Er denkt nach. Er entscheidet. Danach kann ihn niemand mehr umstimmen. Yanko bedauert, ihm je begegnet zu sein.«

»Aber sie werden sich vergleichen?«

»O ja! Aber sie müssen dabei das Dekorum wahren. Harlekin braucht es, wenn er seinen Platz in der Geschäftswelt zurückerobern will. Es genügt nicht, nur zu gewinnen. Er muß dabei den Großmütigen spielen können. Das habe ich ihm gesagt. Auch Herbert Bachmann.«

»War Harlekin derselben Meinung?«

»O ja. Er sagte zu mir: ›Karl, ich bin ein sehr guter Schauspieler. Die Leute werden glauben, was sie zu sehen meinen. Jeder wird zufrieden sein – nur ich nicht.‹«

Hilde rutschte vom Sofa herunter, kam auf Strümpfen zu mir herüber, warf mir die Arme um den Hals und flüsterte: »Paul, um Gottes willen, rette mich vor diesem Klumpen!«

Saul Wells folgte ihr, wurde aber von Karl Krüger zurückgehalten, der ihn am Handgelenk faßte und kommandierte:

»Ich will mit Ihnen reden, Mr. Wells! Wie ich höre, sind Sie in Sicherheitsfragen sehr versiert. Was ist das, mein Freund? Sicherheit wofür und gegen wen …?«

Hilde zog mich in eine Ecke der Bar, ergriff meine Hand und verlangte zu wissen:

»Paul, was hast du eigentlich mit Suzanne vor? Sie ist in diesem verdammten Hotel wie eine Nonne eingesperrt. Sie hämmert den ganzen Tag auf der Schreibmaschine herum. Sie sieht George Harlekin mit ihren großen Rehaugen an und sagt: ›Yes, Sir. No, Sir‹, und er würde es nicht einmal merken, wenn sie Sanskrit spräche! Gott im Himmel! Was für ein Unsinn! Ich kann Frauen eigentlich nicht leiden; aber sie ist eine der besten. Hör mal zu, Schatz! Wir versauern alle und kriegen Falten! Vergeude nicht deine guten Jahre. Und ihre auch nicht!«

»Hilde, mein Liebling, ich habe ihr bereits einen Heiratsantrag gemacht. Sie sagt, sie brauche Zeit, um sich zu entscheiden.«

»Paul, du bist ja ein noch größerer Klumpen als der da drüben! Keine Frau braucht Zeit. Ohne einen Mann weiß sie nicht, was sie damit anfangen sollte. Schau dir Karl an. Er ist zu dick, zu alt, und eines Tages wird er auf dem Weg ins Büro tot umfallen – aber ich liebe ihn. Wenn er einmal nicht mehr ist, werde ich zusammenschrumpfen wie ein Winterapfel.«

»Hilde, du bist reizend, aber du hast zuviel getrunken!«

»Ich mag dich, Schatz, aber du bist zu nüchtern und

stehst dir deshalb selbst im Weg. Wann siehst du Suzy wieder?«

»Heute abend – falls ich euch hier alle loswerde.«

»Dann frag nicht mehr lange, sondern sag einfach: ›Jetzt oder nie!‹ Und wenn sie mit Einwänden kommt, schick sie nach Hause und ruf mich an. Karl! Los, los, steh auf! Paul erwartet Gäste. Sie auch, Mr. Wells. Raus... raus...! Und du, mein lieber Paul, wenn alles geregelt ist, ruf mich an, gib mir deine Brieftasche, und ich bring dir die hübscheste Braut zurück, die du je gesehen hast... Mein Gott! Wie dumm doch die Männer sind! Mr. Wells, bringen Sie mir meine Schuhe. Karl, du Hornochse, wir gehen jetzt – und zwar sofort!«

Und dann gingen sie, mit einem Schwall von Abschiedsworten, eingehüllt in Wolken von Zigarrenrauch und Whiskydunst. Ich eilte hinaus, um mich zu rasieren, zu duschen und umzuziehen, während Takeshi sich unter mißbilligendem Gemurmel daranmachte, das Zimmer zu lüften und aufzuräumen. Vierzig Minuten später war alles wieder frisch und friedlich wie in einem Tempelgarten. Der Tisch war gedeckt, die Cocktails gemixt, die Kerzen brannten, und Igor Oistrach spielte Beethoven, aber Suzanne war immer noch nicht da. Sie kam eine Stunde zu spät, war zerzaust und den Tränen nahe. Sie hatte sich nicht umgezogen. Ihre Frisur war völlig durcheinander. Sie hatte Kleider und Make-up in einem kleinen Köfferchen mitgebracht. Sie brauchte noch eine Stunde, um zu baden und sich umzuziehen. Takeshi, der edle Sohn der Samurai, versicherte ihr, daß das Essen auch um Mitternacht serviert werden könne, wenn sie es wünsche. Ich machte ihr zwei Drinks und spürte eine geheime Schadenfreude, während sie mir ihr Herz über die Leiden eines unglaublich schrecklichen Tages ausschüttete.

Der Vormittag war mit Bankgeschäften ausgefüllt gewesen – die Trennung von Larry Oliver, eine lange Konferenz mit Standish, Telegramme aus Genf und von den Niederlassungen im Ausland, Börsenberichte, Kundenprobleme, Währungsschwankungen, hektische Telefonanrufe mit Kaufaufträgen und Kommissionen aus Europa. Am Nachmittag war Milo Frohm frisch aus London gekommen – was bedeutete, daß sie Däumchen drehen mußte, während er hinter verschlossenen Türen zwei Stunden lang mit George Harlekin sprach. Der kleine Paul hatte sich eine Kolik zugezogen, was wiederum bedeutete, daß sie einen Arzt herbeirufen und französische Großeltern beruhigen mußte. Dann, um fünf Uhr dreißig – wirklich, Amerika mußte einfach das unzivilisierteste Land der Welt sein! –, um fünf Uhr dreißig begann eine Konferenz zwischen Harlekin und Yanko, im Beisein ihrer Anwälte, und sie mußte wieder warten, bis die Texte aufgesetzt waren, diese dann im Stenogramm aufnehmen, einen Rohentwurf tippen und dann das Ganze nach einer kritischen Durchsicht von einer halben Stunde ins reine schreiben... Und zum Schluß war George ohne ein Wort des Dankes einfach weggegangen. Es war wirklich zuviel. Sie konnte es kaum erwarten, daß... daß...

Ich fragte nicht, was dann geschehen würde. Ich schloß sie im Schlafzimmer ein, damit sie sich von den Anstrengungen des Tages wieder erholen konnte, während ich noch etwas mehr im Tagebuch von Dag Hammarskjöld las und Takeshi über seinen Töpfen und Pfannen eintönig vor sich hin sang.

Der Abend war gemütlich. Essen, trinken, der Musik lauschen, Takeshi Komplimente machen, wenn er den Kopf durch die Tür steckte. Wir sprachen nicht viel, denn Worte hätten die Harmonie nur gestört. Es war so einfach, zu lächeln, die Hand des anderen zu berühren, sich anzuschauen und wieder zu lächeln und das Glas zu erheben und den trockenen Wein eines vergänglichen Glückes zu trinken. Später, als Takeshi gegangen war und wir es uns im Halbdunkel wie zwei junge Katzen bequem gemacht hatten, fragte ich:

»Bleibst du heute nacht?«

»Ich hatte es eigentlich vor – wenn du nichts dagegen hast.«

»Das ist das Schöne daran, Liebling – man braucht nicht nach Hause zu gehen.«

»Ich habe dir weh getan, Chéri. Es tut mir leid.«

»Und ich habe den Kopf verloren. Es tut mir auch leid.«

»Paul, denkst du manchmal noch an Julie?«

»Tagsüber, nein. Manchmal habe ich Alpträume, dann sehe ich sie in der engen Gasse, im Krankenhaus, und mir sind die Hände gefesselt, und ich kann nicht zu ihr. Warum fragst du?«

»In der Nacht bei Francis Mendoza liebten wir uns, und du schliefst ein. Ich lag noch lange wach. Du redetest im Schlaf. Du riefst ihren Namen, nicht meinen. Die Erinnerung daran hat mich verfolgt... Als mich George dann bat, im *Salvador* zu bleiben, war ich froh. Ich hatte eine Phantasie wie ein kleines Mädchen: Er würde nachts in seiner Einsamkeit erwachen und zu mir kommen; ich würde ihn hören, wie er ruhelos in der Nacht auf und ab ging, und würde zu ihm gehen... Die ersten Nächte lag ich stundenlang wach und wartete, hoffte... Nichts geschah. Deshalb habe ich mich mit dir gestritten. In der Nacht darauf träumte ich von ihm, wie du von Julie geträumt haben mußt. Er war da, aber ich konnte ihn nicht erreichen. Dann, als ich wieder frei war, war er verschwunden... Als ich erwachte, war alles vorbei – aus. Ich kam am darauffolgenden Abend sehr spät hierher. Du warst aus. Ich schob den Zettel unter die Tür. Albern, nicht wahr? Wir träumen von anderen Menschen und können es nicht ertragen, voneinander getrennt zu sein!«

»Liebling, wir haben schon viel erlebt in diesem Leben – ich noch mehr als du. Das können wir nicht einfach auslöschen. Wir sollten es auch gar nicht versuchen. Denn das ist es ja gerade, was uns reicher gemacht hat, für uns selbst und für andere Menschen. Wer ist an einem Buch mit lauter leeren Seiten interessiert? Wir alle lieben ein Trugbild. Wir alle haben goldene Träume – auch schwarze –, aber in unseren Träumen sind wir nur Schatten, die anderen Schatten nachjagen. Wenn wir erwachen ...«

»Gerade das bereitet mir den meisten Kummer, Chéri. Was passiert, wenn wir erwachen?«

»Wir suchen nach dem bekannten Gesicht, dem vertrauten Lächeln. Wir berühren den bekannten Körper, wir ziehen seinen Duft ein, schmecken ihn, suchen bei ihm Zuflucht. Dieses Vertrautsein ist notwendig für die Liebe. Ohne es haben wir nicht einmal die Gewißheit, wir selbst zu sein. Wir träumen von dem, was hätte sein können, aber wir kehren in die Wirklichkeit zurück und sind dankbar für das, was ist. Wir können uns nicht mit Gespenstern vermählen. Sie sind wesenlos und haben keine Wärme ... Zum Teufel! Ich rede ja wie ein Sonntagsphilosoph.«

»Hättest du mir all das doch schon früher einmal gesagt!«

»Damals habe ich es noch nicht gewußt ... Oder vielleicht wußte ich es doch und war nur zu stolz, es auszusprechen. Suzy, Liebes, laß uns nicht länger warten. Sag ja und laß uns gemeinsam ein ordentliches Leben beginnen. Die Zeit vergeht, und wir vergehen mit ihr.«

»Noch eine Frage, Paul – die letzte, das verspreche ich dir. Können wir George beistehen, bis alles vorbei ist?«

»Das können wir, und wir werden es auch tun.«

»Dann ja, mein Geliebter ... ja! Oh, Chéri, es ist ein herrliches Gefühl, daheim zu sein.«

Merkwürdig: Der Augenblick hatte überhaupt nichts Dramatisches an sich. Alles war so einfach und voller Ruhe, als glitten wir in einem Boot dicht unter Land dahin, im Windschatten, geschützt vor den Wogen der offenen See.

Wir konnten den Sturm noch hören; und wir konnten die schwarzen Wolkenfetzen über den Bergen sehen; aber wir waren im sicheren Hafen und konnten endlich auch für andere arme Fahrensleute ein Gebet zum Himmel senden.

Am nächsten Morgen gingen wir gemeinsam ins *Salvador* und teilten es George Harlekin mit. Er sagte, er freue sich für uns beide und sei dankbar, daß Suzy warten würde, bis seine Angelegenheiten in New York geregelt wären. Er fragte, wo und wann die Hochzeit stattfinden würde. Wir sagten ihm, wir würden warten, bis wir alle wieder in Genf seien, um das Ereignis gemeinsam feiern zu können. Er äußerte Zweifel daran. Seine Pläne seien noch ungewiß. Wir sollten die Vorbereitungen treffen, ohne auf ihn Rücksicht zu nehmen. Wenn er bei uns sein könnte, wäre er natürlich glücklich.

Als ich ihn fragte, wann es seiner Meinung nach zum Abschluß mit Yanko kommen würde, drückte er sich vage aus: schon bald, in einer Woche, vielleicht etwas später. Es gebe da auch noch Probleme, die mit Milo Frohm geregelt werden müßten. Er sagte nicht, worum es sich dabei handelte. Ich fragte ihn auch nicht. Aber ich hielt es für mein gutes Recht, mich bei Milo Frohm selbst zu erkundigen. Ich rief ihn vom Apparat in der Halle an. Er sagte, er könne vor dem Lunch eine Stunde für mich erübrigen und sei bereit, wenn auch nicht besonders glücklich darüber, sich mit mir in meiner Wohnung zu treffen. Die Einleitung erwies sich als schwieriger, als ich erwartet hatte.

»…Mr. Frohm, ich befinde mich in einer schwierigen Lage. Wie Sie wissen, habe ich von Rechts wegen mit Harlekins Angelegenheiten nichts mehr zu tun. Auch persönlich hat sich einiges geändert. Er hat mir gegenüber klar zum Ausdruck gebracht, daß er mich in seine Auseinandersetzungen nicht mehr hineinziehen will. Aber noch bin ich sein Freund, und ich mache mir Sorgen um ihn. Ich möchte daher gern mit Ihnen sprechen, ganz privat. Haben Sie etwas dagegen?«

»Nein. Aber Sie werden natürlich verstehen, daß ich gewisse Informationen für mich behalten muß.«

»Das verstehe ich. Ich akzeptiere es.«

»Was möchten Sie denn wissen, Mr. Desmond?«

»Wenn ich den Versuch unternehme, es Ihnen präzise zu erläutern, dann fehlen mir die richtigen Worte. Beginnen wir mit der Tatsache, daß George seine Frau verloren und schreckliche Erlebnisse mit seinem Kind durchgestanden hat. Er hat sich in seine eigenen Qualen gewissermaßen abgekapselt...«

»Und Sie möchten ihn davon befreien.«

»Ich habe Angst davor, was er in diesem Zustand unternehmen könnte.«

»Fahren Sie fort, Mr. Desmond.«

»Ich weiß, daß ein Vergleich mit Basil Yanko vorbereitet wird. Ich war es ja, der die Verhandlungen eingeleitet hat.«

»Ja?«

»Jetzt kann ich mir nicht mehr vorstellen, wie ein solcher Vergleich funktionieren sollte. Er kann, fürchte ich, das Vorspiel zu einer noch schlimmeren Tragödie werden, als wir sie schon erlebt haben.«

Milo Frohm erwog diesen Gedanken, ohne ihn rundweg abzulehnen. Er setzte zu einer vorsichtig formulierten Erklärung an:

»...Sprechen wir zunächst von dem Vergleich – der in Wirklichkeit kein Vergleich, sondern ein äußerst delikates Geschäft ist... Ich habe nicht viel dafür übrig. Ich stehe unter Druck, diese Regelung herbeizuführen. Harlekin gefällt diese Lösung ebensowenig; aber er steht unter einem noch größeren Druck... Keiner von uns beiden hat irgendeinen Zweifel, daß Yanko hinter allem, was passiert ist, gestanden hat. In einigen Fällen können wir es ihm nachweisen, in anderen nicht. In einigen Fällen können wir den

Beweis vielleicht noch erbringen; aber nur nach langen Ermittlungen und nach möglicherweise erfolglosen Verhandlungen vor Gericht. Alles, wirklich alles, was wir unternehmen, hat unmittelbare politische Konsequenzen... Auf absolute Gerechtigkeit kommt es uns dabei am wenigsten an, weil wir sie sowieso nicht erreichen können. Wir können die Toten nicht mehr lebendig machen. Deshalb versuchen wir, die Illusion zu erwecken, als sei der Gerechtigkeit durch einen außergerichtlichen, beiderseitigen Kompromiß Genüge getan worden. Ich halte das für falsch. Es bringt das Gesetz in Mißkredit. Es schwächt die öffentliche Ordnung, die im gegenwärtigen Augenblick nur von einem sehr anfälligen Polizeiapparat aufrechterhalten wird. Ich bin jedoch an Weisungen gebunden. Ich untersuche, berichte und empfehle. Ich kann keine Exekutivmaßnahmen anordnen. Ich bin sogar gezwungen, mich anderslautenden Auffassungen zu beugen; was soviel heißt wie: Wenn man eine Anschuldigung nicht durchsetzen kann, darf man sie nicht aktenkundig machen; es ist besser, einen Verbrecher in hoher Stellung zu dulden, als öffentlich zu erkennen zu geben, daß man ihm gegenüber machtlos ist. Die Theorie besagt, daß man seine Machtstellung allmählich untergraben sollte, statt es auf einen Eklat ankommen zu lassen... Die Folge einer solchen Anschauungs- und Verhaltensweise ist die vollständige Trennung von Politik und Moral – und zu guter Letzt müssen wir einen verdammt hohen Preis dafür zahlen.«

»Pervertieren Sie nicht auch das Gesetz, Mr. Frohm?«

»Das ist nicht ganz richtig, Mr. Desmond. Es wäre korrekter zu sagen, daß wir das Gesetz auf eine perverse Art anwenden. Beispiel: Pedro Galvez' Geständnis. Es ist ein authentisches Dokument. Verwenden wir es als Beweisstück vor Gericht, wird die Verteidigung seine Glaubwürdigkeit begreiflicherweise in Zweifel ziehen. In unserer gegenwärtigen Lage brauchen wir lediglich zu sagen, daß wir der Meinung seien, es würde vor Gericht nicht stichhaltig sein. Das ist nichts Gesetzwidriges. Harlekin und der Staat sind die Kläger. Sie haben freie Hand, welches Beweismaterial sie im Prozeß vorlegen wollen – auch in einem Mordprozeß. Wir wollen damit nicht sagen, daß Yanko jetzt oder in Zukunft von jeglicher Strafverfolgung ausgenommen sei. Wir setzen einfach nur den Wert unseres eigenen Beweismaterials herunter...«

»Gegen ein saftiges Geldangebot von seiten Yankos. Und das ist Bestechung.«

»Ja, aber nur dann, wenn dies ausdrücklich der Beweggrund wäre. Dieses Angebot wird jedoch als freiwillige Entschädigung deklariert...«

»Für einen Schaden, der durch eine verbrecherische Verschwörung entstanden ist...«

»...begangen von Angestellten, denen Mr. Harlekin großzügigerweise nicht den Prozeß machen will.«

»Und damit ist alles erledigt?«

»Sie wissen selbst, daß dies nicht der Fall ist, Mr. Desmond. Der Ausgang hängt von einer Kombination verschiedener politischer Einstellungen, Börsenreaktionen und juristischer Manöver ab, um Bestand zu haben. Ein geheimes Einverständnis, den Mund zu halten, ist erforderlich, damit eine solche Lösung sich durchsetzen kann.«

»Unterlassung der Anzeige eines schweren Delikts, genaugenommen.«

»Was verdammt schwer zu beweisen ist. Ich habe es einmal versucht und bin dabei in der Luft zerrissen worden... Nein, wenn wir auf den Handel eingehen, müssen wir Nägel mit Köpfen machen.«

»Es wird nicht gelingen. Das Ganze ist von vornherein nicht Fisch, nicht Fleisch. Yanko erhält lediglich einen Aufschub, aber keine völlige Immunität. Und George Harlekin erhält eine Entschädigung für seine tote Frau. Ich glaube nicht, daß beide Männer mit dieser Lösung zufrieden sein können oder wollen.«

»Yanko steht unter Beschuß. Er wird sie akzeptieren.«

»Und George Harlekin wird ebenfalls akzeptieren, aber ...«

»Aber was, Mr. Desmond?«

Von diesem Punkt an ging ich wie auf rohen Eiern, und wir beide wußten es.

Ich sagte vorsichtig: »Ich stelle mir vor oder erträume oder erfinde die nächsten Schritte – ein weiteres Abkommen, demzufolge Yanko beseitigt wird und George Harlekin Straffreiheit erhält.«

Auch dieser Gedanke schien ihm nicht fremd zu sein. Diesmal antwortete er ausweichend: »Und das würde Ihnen Sorgen machen, Mr. Desmond?«

»Es würde den Mann vernichten, der seit zwanzig Jahren mein Freund ist.«

»Aber nach Ihrer erfundenen Version würde er doch straffrei ausgehen.«

»Aber nie vor seinem eigenen Gewissen, Mr. Frohm... Wir sind jetzt allein und sprechen ganz unter uns. Ist es Ihrer Meinung nach möglich, daß dieser Traum in Erfüllung geht?«

»Ja.«

»Und Sie als Vertreter des Gesetzes würden damit einverstanden sein?«

»Nein. Ich habe nur gesagt, daß der Fall eintreten kann.«

»Wenn Harlekin Ihr Freund wäre ...«

»Er ist es, Mr. Desmond. Wir sind uns sehr nahegekommen. Ich empfinde die größte Bewunderung für ihn.«

»Haben Sie versucht, ihm diesen nächsten Schritt auszureden?«

»Ich habe ihn auf die Gefahren hingewiesen.«

»Und ...?«

»Wir haben uns auf einen Grundsatz geeinigt. Dieser wurde seinerzeit von dem Delegierten aus Virginia, einem gewissen George Mason, bei der Arbeit an der Verfassung der Vereinigten Staaten ausgesprochen: ›Soll irgendein Mensch über dem Gesetz stehen? Und darf ein Mensch vor allem dann über dem Gesetz stehen, wenn er die weitreichendsten Ungerechtigkeiten begehen kann...?‹«

»George Harlekin hat von Mord gesprochen.«

»Nicht zu mir«, sagte Milo Frohm gleichmütig. »Und zu Ihnen – falls Sie ihn richtig verstanden haben – unter vier Augen und im Affekt... Sie haben sehr offen gesprochen. Ich fasse dies als Kompliment auf. Ich werde versuchen, es Ihnen zurückzugeben. Ich werde George Harlekin Ihre Besorgnisse übermitteln.«

»Das ist ein sehr vorsichtig formulierter Satz, Mr. Frohm.«

»Ich bin ein vorsichtiger Mann«, sagte Milo Frohm und grinste. »Ich muß es sein. Ich vollführe dauernd einen Drahtseilakt. Ich möchte ein Instrument der Gerechtigkeit sein. Ich werde als ein Vertreter des Gesetzes bezahlt – was keineswegs dasselbe ist, keineswegs...«

Als er ging, zerbrach ich mir über diesem dunklen Rätsel den Kopf und suchte vergeblich nach einem Schlüssel zu seiner Lösung. In New York war es Mittag. In Kalifornien erst neun Uhr morgens. Ich rief Francis Xavier Mendoza an und teilte ihm die frohe Botschaft über Suzanne und mich mit. Er war sprachlos vor Freude. Er würde am Sonnabend in New York sein und ein Dinner veranstalten, um unser Verlöbnis zu feiern. Ich lachte über das altmodische Wort. Er meinte, es gefiele ihm auf spanisch noch besser – *esponsales*. Vielleicht würde er sogar ein Lied komponieren und es beim Dinner vortragen. Er würde seinen New Yorker Vertreter telefonisch beauftragen, die Weine bereitzustellen. Das Menü würde er persönlich zusammenstellen, mit dem allergrößten Vergnügen...

...Und wie gehe es meinem Freund? Er habe diese ganze schreckliche Entführung auf dem Bildschirm verfolgt. Er habe jede Nacht für eine barmherzige Lösung gebetet... Er begreife meine gegenwärtige Besorgnis. Vielleicht könne er in New York mit George Harlekin sprechen. Ich hielt dies für eine nützliche Idee... denn ich selbst sei mit meiner Weisheit am Ende. Mendoza schalt mich und meinte, ich sei der Gesegnete unter den Menschen. Ich solle Harlekin nahe bleiben und nicht aufhören, ihm Fragen zu stellen. Ich solle Suzanne wie ein kostbares Juwel behandeln und keine Fragen stellen... Er sei sicher, daß wir schon bald jene kostbare Flasche gemeinsam trinken würden. Ich wünschte, ich hätte nur einen Funken seines Glaubens. Ich war überzeugt, daß sich George Harlekin auf dem besten Weg zur Selbstvernichtung befand.

Am Mittwoch derselben Woche gab Basil Yanko eine Erklärung ab, die im vollen Wortlaut in der Finanzpresse veröffentlicht wurde.

> ...Das von Creative Systems Incorporated zur Übernahme von Harlekin et Cie. gemachte Angebot ist zurückgezogen worden. Pressekommentare der letzten Zeit sowie eine Reihe tragischer Ereignisse, die Mr. George Harlekin und seine Familie betroffen haben, führten zu einer Atmosphäre, die der beabsichtigten Fusion nicht dienlich ist und den Interessen aller Beteiligten zuwiderläuft. Amtliche Untersuchungen in verschiedenen Ländern haben schwere Mängel im Sicherheitsbereich der Computerarbeit enthüllt, die von Creative Systems für Harlekin et Cie. geleistet worden ist. Diese Mängel sind jetzt behoben, und Creative Systems haben die Verantwortung für den bei ihren geschätzten Kunden entstandenen Schaden übernommen. Eine Vereinbarung, derzufolge dieser Verantwortung durch Zahlung einer beträchtlichen Geldsumme entsprochen wird, soll von Mr. Basil Yanko und von Mr. George Harlekin Ende dieser Woche unterzeichnet wer-

den. Diese Vereinbarung wird alle zwischen beiden Seiten schwebenden Rechtsstreitigkeiten beenden.

Der Erklärung folgte ein sorgfältig abgewogener Kommentar der Redaktion. Er lobte die vernünftige Haltung beider Männer und die Zurückhaltung, mit der sie die schwierigen Verhandlungen geführt hätten. Er spendete Anerkennung der »Offenheit, mit welcher Fehler erkannt, und der Schnelligkeit, mit der legitime Ansprüche befriedigt worden seien«. Er betonte den Wert der »Zusammenarbeit zwischen den staatlichen Behörden und all denjenigen, denen die Integrität geschäftlicher Methoden am Herzen liegt«. Er prophezeite »einen sofortigen Kursanstieg der Aktien von Creative Systems und eine Stärkung des Vertrauens für Harlekin et Cie. auf dem Kapitalmarkt«. Wenn man alles, was bloße Augenwischerei war, fortließ, spürte man hinter diesen Zeilen einen tiefen Seufzer der Erleichterung und die Bitte, eine Börse, die ohnehin bereits völlig aus den Fugen geraten war, nicht noch mehr zu belasten.

An jenem Abend stattete ich dem Club einen kurzen Besuch ab und wurde wie ein verlorener Sohn begrüßt. Alle hatten die Erklärung gelesen. Die meisten waren sich einig, daß es sich um einen klugen Schachzug handle. Keinem tat es leid, daß eine besonders schmutzige Geschichte beendet war. Es sei gut, daß auch Basil Yanko zur Abwechslung einmal zu Kreuze kriechen müsse. Noch besser war es, wenn man Creative-Systems-Aktien rechtzeitig gekauft hatte und jetzt auf der Nachmittagsbörse einen hübschen Profit einstreichen konnte. Niemand wollte über Mord oder Entführung oder Betrug reden. Alle waren übereinstimmend der Meinung, es lohne sich zur Zeit, sich möglichst wenig zu profilieren und politische Meinungen für sich zu behalten. Harlekin habe sich hervorragend geschlagen. Große Klasse, dieser Mann! Der europäische Touch, was? Ich sollte ihn doch mal zu Cocktails mitbringen… Nach einer

Stunde ging ich und sonnte mich im Glanz eines schlauen Maklers, der der Börse ein Schnippchen geschlagen hatte. Auf dem Heimweg fuhr ich beim *Salvador* vorbei, um Suzanne abzuholen. Sie war noch bei der Arbeit, und George Harlekin wollte mit mir sprechen.

»Morgen kommt alles zu einem Ende, Paul. Yanko hat das Geld bereits auf einem Sperrkonto hinterlegt. Es steht uns zur Verfügung, sobald morgen um fünf Uhr nachmittags die Urkunden ausgetauscht sind. Ich wäre dankbar, wenn du kommen würdest. Karl Krüger und Herbert Bachmann werden auch dasein.«

»Basil Yanko?«

»Selbstverständlich.«

»Warum die Party?«

»Es ist keine Party. Es handelt sich um einen Teil der Vereinbarung. Yanko hat die Erklärung vor der Presse übernommen. Wir haben uns verpflichtet, die Versöhnung fotografisch festzuhalten. Karl Krüger vertritt die Europäer. Herbert repräsentiert Wall Street. Du bist die übrige Welt. Ich habe den Fotografen bestellt. Ich weiß, es ist eine bedauerliche Konzession, aber auf weniger wollte sich Yanko nicht einlassen, und mehr konnte ich nicht hinnehmen.«

»Sehr gut. Ich werde dasein. Wieviel zahlt Yanko?«

»Alles in allem fünfundzwanzig Millionen.«

»Wieviel gewinnen wir dabei?«

»Nach Ausgleich der durch die Dumping-Verkäufe entstandenen Verluste – ungefähr zwei Millionen.«

»Das ist also das letzte Kapitel, und dann können wir alle nach Hause fahren.«

»Ja. Ich fahre am Montag mit dem Schiff ab. Julies Eltern lieben Flugreisen nicht besonders. Ich auch nicht mehr so wie früher... Ach, übrigens, dein Freund Mendoza hat angerufen. Er hat mich für Sonnabend zum Dinner mit dir und Suzanne eingeladen, um eure Verlobung zu feiern. Ich habe ihm gesagt, ich würde sehr gern kommen. Ich hätte das Dinner am liebsten selbst gegeben, aber das ist jetzt nicht mehr möglich.«

»Aber du wirst bei unserer Hochzeit in Genf dabeisein?«

»Ja... ja, ich hoffe.«

»George, hat Milo Frohm meine Besprechung mit ihm erwähnt?«

»Ja. Ich danke dir, daß du dir meinetwegen so viele Gedanken gemacht hast, aber es gibt keinen Grund zur Besorgnis.«

»Es freut mich sehr, das zu hören, George. Da ist noch etwas anderes, das mir Sorgen macht. Aaron Bogdanovich sagte...«

»... daß wir ihm noch Geld schuldig sind. Dafür ist gesorgt. Du brauchst dich deswegen nicht zu beunruhigen.«

»Ich dachte nicht an Geld, George. Er hat mir gesagt, ihr beide hättet vor, Basil Yanko umzubringen.«

»Das stimmt, Paul.«

Ich starrte ihn mit offenem Mund an.

Er lächelte nachsichtig. »Du hast doch nicht etwa angenommen, ich hätte es vergessen, oder?«

»George, das ist doch Irrsinn! Es bringt dir Julie nicht zurück. Es ändert nichts an dem, was nun einmal geschehen ist. Es macht den ganzen Wahnsinn nur noch schlimmer.«

»Oh, es tut sogar noch mehr als das, viel mehr!«

»Um Himmels willen, hör mir doch zu! Ich habe dich auf diesen Weg geführt. Für alles, was geschehen ist, bin ich verantwortlich. Ich werde bis ans Ende meiner Tage mit dieser Erkenntnis leben müssen. Aber ich sage dir, ich bitte dich inständig, sieh doch endlich ein, daß es ein Schrecken ohne Ende ist: ein Leben für ein Leben für ein Leben... und wofür? George, ich habe dich bewundert, ich habe dich zwanzig Jahre wie einen Bruder geliebt. Wenn ich mit meinem Leben Julie zurückholen könnte, würde ich es gern hingeben. Aber Julie kommt nicht wieder – nicht für hundert, nicht für eine Million Menschenleben. Die einzige Leistung, die ich erbringen kann, ist...«

»Ich bin der Gläubiger«, sagte George Harlekin kühl. »Ich setze die Bedingungen fest. Sei morgen um fünf hier. Danach sind alle Schulden beglichen.«

Ich war geschlagen, und wir wußten es beide. Ich konnte ihn nicht aufhalten, denn er war zu gewandt, und Aaron Bogdanovich verstand sein Handwerk zu gut. Ich konnte ihn nicht überzeugen, denn er war aus dem Bereich menschlichen Fühlens und Handelns in die Anarchie der Zerstörer hinübergewechselt. Sein eigenes Leben galt ihm jetzt ebenso wenig wie das eines anderen. Ich ließ ihn mitten im Zimmer stehen, taub und blind, bar auch des letzten Restes von Mitleid.

In jener Nacht hatte ich eine lange Auseinandersetzung mit Suzanne. Ich könne mit George Harlekin nichts mehr gemein haben. Auch sie nicht. Sie müsse deshalb unverzüglich kündigen. Sie brauche weder Gehalt noch Pension noch irgendein anderes Geld, an dem Blut klebe. Dieser Mann sei doch völlig gefühllos und Vernunftgründen nicht mehr zugänglich. Er habe seine eigene Prophezeiung erfüllt, wie er es vom ersten Augenblick an gewußt – und versprochen – habe. Er liebe die Verschwörung. Er habe es sich nun einmal in den Kopf gesetzt, unter die Mörder zu gehen. Also gut, lassen wir ihn gehen!

Suzanne trat mir bei jedem Satz entgegen. Also schön! Er hatte geschworen, Yanko zu ermorden. Er könne den Schwur auch wieder zurücknehmen. Man könne ihm noch im allerletzten Augenblick in den Arm fallen. George sei viel zu komplex, als daß man ihm jegliche Vernunft absprechen könne. Sie habe seit vielen Jahren für ihn gearbeitet. Ja, er könne vielleicht zum Verschwörer werden, aber hatte ich denn nie daran gedacht, daß mein hartes Urteil vielleicht bei seinen Planungen eine Rolle gespielt haben könne... Was immer er auch selber glaube, sie halte ihn eines Mordes nicht für fähig. Es sei meine Pflicht, an der Zusammenkunft teilzunehmen. Ob ich denn glaube, daß er mich in die Sache hineinziehen wolle? Nein, das habe ich nie gesagt. Dann müsse ich auch hingehen. Täte ich es nicht, würde sie nichts mehr glauben können, was auch immer ich versprechen würde. Ich sagte, ich hätte bis jetzt alle meine Versprechen gehalten. Nein, das stimme nicht. Wir hätten doch beide geschworen, auch den letzten Schritt auf diesem langen Weg mit George gemeinsam zu gehen, und dieser letzte Schritt liege noch vor uns... Und so weiter und so weiter, bis uns nichts mehr einfiel und wir uns stur und feindselig gegenübersaßen und jeder darauf wartete, daß der andere nachgab. Wie üblich, hatte Suzanne das letzte Wort.

»Paul, während der Zusammenkunft kann nichts passieren. Der Raum wird voller Zeugen sein. Einer davon bist du. Wenn die Sache vorüber ist, bittest du Yanko, in meinem Zimmer zu warten. Dann sprichst du mit George unter vier Augen. Du sagst ihm, falls er dir nicht das feierliche Versprechen gibt, Yanko kein Haar zu krümmen, wirst du Yanko warnen, bevor er das Hotel verläßt. Dann hast du deiner Verantwortung Genüge getan. Und ich der meinen. Hältst du das nicht für vernünftig?«

»Was du sagst, hat einen Haken. Wenn George ihn umbringen will, wird er auch vor einer Lüge nicht zurückschrecken.«

»Wenn du den geringsten Zweifel hast, kannst du Yanko ja immer noch warnen und George sagen, du würdest es tun.«

»Wenn ich je auf einer Anklagebank sitzen sollte, Liebling, bist du hoffentlich meine Verteidigerin.«

»Wenn du mich erst einmal hast, Chéri, hast du mich für immer.«

Wir gingen friedlich zu Bett; aber zwischen Mitternacht und Morgen wachte ich mit einem neuen und entsetzlichen

Gedanken auf. Angenommen, die Zusammenkunft fand überhaupt nicht statt. Die Urkunden waren vorbereitet, die Presseerklärung festgelegt, das Geld auf einem Sperrkonto eingezahlt. Wenn Yanko nicht kam, wenn der Tod ihn unterwegs ereilte, würde der Vertrag wahrscheinlich mit seinem Nachfolger, dem neuen Präsidenten von Creative Systems, geschlossen werden. In diesem Fall wäre der Triumph vollständig; Yanko tot und sein Geld sicher in Harlekins Tasche. Sowohl Aaron Bogdanovich als auch George Harlekin hatten einen Sinn für Ironie, und an einer solchen Lösung würden sie beide besonderen Gefallen finden.

10

Ich traf im *Salvador* zehn Minuten vor fünf ein. Ich blieb ein paar Augenblicke bei Suzanne und ging dann zu Harlekin, der im Beisein seiner Anwälte verschiedene Papiere durchsah. Punkt fünf erschienen Karl Krüger und Herbert Bachmann sowie, ihnen dicht auf den Fersen, ein dunkelhäutiger, bärtiger junger Mann mit zwei um den Hals gehängten Kameras. Fünf Minuten nach der festgesetzten Zeit kamen Yankos Anwälte herein und setzten sich sogleich hin, um mit ihren Kollegen die Urkunden zu vergleichen.

Um zehn nach fünf war Yanko noch immer nicht gekommen, und George Harlekin machte eine bissige Bemerkung über die Unpünktlichkeit von Genies. Als er um fünf Uhr fünfzehn noch immer nicht da war, wurden seine Anwälte unruhig. Einer von ihnen rief Yankos Büro an und erfuhr, daß Yanko bereits abgefahren sei. Er murmelte eine Entschuldigung und vergrub sich wieder in seinen Papieren.

Um fünf Uhr zwanzig schritt Harlekin erregt und verärgert im Raum auf und ab. Karl Krüger lechzte nach einem

Drink. Herbert Bachmann und ich versuchten, neben dem Fenster eine seichte Konversation aufrechtzuerhalten. Um fünf Uhr fünfundzwanzig erschien Basil Yanko in der Tür und entschuldigte sein Zuspätkommen, etwas von oben herab, mit dem dichten Verkehr in der Stadt.

Harlekin fiel ihm ins Wort: »Unsere Zeit ist auch kostbar, Mr. Yanko.«

Basil Yanko ließ sich nicht aus der Ruhe bringen. »Dieser kleine Besuch kostet mich fünfundzwanzig Millionen Dollar. Kann ich jetzt bitte die Papiere sehen?«

Er mußte sie schon ein Dutzend Mal gelesen haben, aber er beliebte, sie noch einmal zehn Minuten genau durchzulesen, bevor er sich zur Unterschrift bereit erklärte. Dann bestand George Harlekin darauf, daß Yankos Anwälte die einzelnen Punkte und den genauen Inhalt der Vereinbarung noch einmal wörtlich wiederholten.

»Keine der beiden Parteien kann durch diese Vereinbarung zu einer Handlung verpflichtet werden, die einen Bruch gültiger Gesetze beinhaltet...

Wo auch immer eine der beiden Parteien sich einer Handlung enthält oder von einer solchen abgehalten wird, kann eine solche Enthaltung oder Zurückhaltung die Unterlassung der Anzeige eines schweren Vergehens keinesfalls einschließen...

Keine der beiden Parteien ist gegen ein gerichtliches Vorgehen von dritter Seite immun oder kann die andere Seite gegen ein solches Vorgehen schützen...

Die von Creative Systems Incorporated übernommene Haftung ist durch die Bestimmungen dieser Vereinbarung eindeutig begrenzt. Nach Begleichung der vereinbarten Schadensersatzansprüche werden keine weiteren Forderungen gestellt...

Harlekin et Cie. und Mr. George Harlekin persönlich erklären, daß sie gegen Mitarbeiter von Creative Systems Incorporated keine Anzeige wegen Betruges oder Anstiftung zum Betrug erstatten werden. Bereits erfolgte Anzeigen werden zurückgezogen…

Von Harlekin et Cie. eingeleitete und unter ihrer Weisung durchgeführte Ermittlungen werden unverzüglich eingestellt…

Untersuchungen, die von staatlichen Behörden eingeleitet und durchgeführt werden, gelten als außerhalb des Einflusses der beteiligten Parteien sowie als außerhalb des Geltungsbereiches dieser Vereinbarung liegend…

Beide Parteien vereinbaren, sich jedweder Veröffentlichung von Schriftmaterial und Kommentaren, ob spekulativer Natur oder auf Tatsachen basierend, zu enthalten, wenn eine solche Veröffentlichung als schädlich oder nachteilig für die andere Partei angesehen werden könnte…«

So ging es weiter und weiter. Details und schriftliche Anlagen wurden erneut überprüft. Schließlich setzten sich die beiden Männer an den Tisch, die Anwälte zu ihren beiden Seiten. Der Fotograf fragte, ob er eine andere Sitzordnung vorschlagen könnte. Yanko lehnte gereizt ab. Es war nicht die Unterschrift, worauf es ankam. Es war die Gruppenaufnahme: fünf angesehene Financiers, mit Drinks in der Hand, die auf seine Kosten befriedigt zu sein schienen. Die Unterschriften lösten einen Konflikt. Die Drinks und das Lächeln enthielten alles, was die Börse brauchte: Sicherheit, Optimismus, gegenseitiges Vertrauen, brüderliche Liebe. Harlekin gab durch sein Achselzucken sein Einverständnis zu erkennen. Karl Krüger bemerkte, es wäre eine ganz hübsche Kavaliersmethode, so viel Geld umzusetzen. Herbert Bachmann meinte kühl, das Geld sei weniger wichtig als der Goodwill.

Als die bescheidene kleine Zeremonie vorüber war, übergaben Yankos Anwälte einen Scheck über fünfundzwanzig Millionen Dollar. Harlekin steckte ihn gefaltet in seine Brieftasche, als wäre er nichts weiter als ein Parkschein. Was Yanko zu dem säuerlichen Kommentar veranlaßte, er solle ihn lieber nicht verlieren; es würde nichts weiter nachkommen.

Die Anwälte räumten ihre Aktentaschen wieder ein und verabschiedeten sich gemeinsam. Harlekin begleitete sie zum Lift und kehrte mit einem seiner Schweizer Sicherheitsbeamten zurück, der die Getränkebestellungen entgegennehmen sollte. Wir einigten uns alle auf Scotch – außer Basil Yanko, der, aufreizend wie immer, einen Tomatensaft mit einem Schuß Tabascosauce, einem Spritzer Zitronensaft, ohne Salz und mit einem Stengel frischer Pfefferminze verlangte. Der Sicherheitsmann ging hinaus. Der Fotograf schlich herum, machte sich an seinem Belichtungsmesser zu schaffen und suchte nach geeigneten Bildwinkeln.

Es entstand eine peinliche Pause; dann kam das Kindermädchen mit dem kleinen Paul herein, der gerade gebadet worden war und sein Abendessen bekommen sollte. Harlekin nahm das Kind in die Arme, küßte es, spielte mit seinen Fingern und trug es dann herum, damit ihm jeder gute Nacht sagen konnte. Als er zu Basil Yanko kam, sagte er:

»Haben Sie Kinder, Mr. Yanko?«

»Nein, Mr. Harlekin. Ich habe nie das Glück gehabt. Er ist ein hübsches Kind.«

»Er sieht seiner Mutter ähnlich.«

»Ich hatte nie das Vergnügen, Madame Harlekin kennenzulernen.«

»So wird es auch diesem Kind gehen, Mr. Yanko... Hier, Fräulein. Nehmen Sie ihn. Gute Nacht, mein Kleiner. Ich komme später noch einmal hinauf und erzähle dir eine Geschichte.«

Karl Krüger murmelte mißvergnügt etwas vor sich hin. Herbert Bachmann schneuzte sich geräuschvoll. Ich wandte mich ab, um den Abscheu in meinen Augen zu verbergen.

Harlekin wandte sich dem Fotografen zu. »Sie können

anfangen, sobald die Drinks serviert sind. Wie lange werden Sie brauchen?«

»Zehn Minuten. Wenn Sie und Ihre Freunde bitte von mir gar keine Notiz nehmen und sich ganz normal benehmen wollen, mache ich inzwischen die Aufnahmen.«

Kurz darauf kam der Sicherheitsmann mit einem Tablett voller Drinks und Kanapees zurück. Harlekin wies ihn an: »Keine Anrufe, keine Besucher, bis wir hier fertig sind.«

Herbert Bachmann hob sein Glas zu einem Toast. »Auf das Ende der Meinungsverschiedenheiten, meine Herren.«

Harlekin brachte den zweiten Trinkspruch aus. »Vielen Dank, Karl, für deine Bemühungen.«

»Darauf trinke ich«, sagte Basil Yanko. »Und vielen Dank, Herbert, daß Sie heute hergekommen sind. Ich weiß es zu schätzen.«

»Ich habe es für George getan«, erwiderte Herbert Bachmann trocken. »Außerdem habe ich gewisse Verpflichtungen gegenüber meinen Kollegen an der Börse.«

Basil Yanko meinte nachsichtig, aber bedauernd: »Mein lieber Herbert, ich bin der einzige Mann auf der Welt, dem Sie damit nicht imponieren können. Ich habe immer häßlich ausgesehen – schon als Kind. Ich habe mich jetzt daran gewöhnt. Im übrigen weiß ich, wer ich bin und was ich tue. Wie viele Ihrer geschätzten Kollegen können schon dasselbe von sich sagen?«

»Ich dachte«, sagte George Harlekin sanft, »daß wir glücklich und zufrieden aussehen sollten.«

Basil Yanko blickte ihn voller Verachtung an. »Ich fürchte, ich bin bei Ihrem Festmahl das abgenagte Skelett, Mr. Harlekin. Wenn Sie gestatten, werde ich mich jetzt verabschieden.«

Der Fotograf protestierte: »Bitte, Sir! Nur noch ein paar Aufnahmen.«

»Ich würde gern auf die Fotos verzichten«, sagte George Harlekin. »Sie waren Ihre Idee, nicht meine.«

Basil Yanko hob wieder sein Glas. »Dann warte ich eben noch... Sagen Sie, Mr. Desmond, wie lange werden Sie noch in New York bleiben?«

»Vielleicht noch eine Woche. Nicht länger.«

»Ich höre, Sie wollen heiraten.«

»Ja, so ist es.«

»Sie sind ein Glückspilz«, sagte Herbert Bachmann. »Hoffentlich wissen Sie das.«

»Ich weiß es, Herbert.«

»Als ich ihn kennenlernte«, sagte Karl Krüger, »war er ein ausgesprochener Pechvogel.«

»Und jetzt«, sagte Basil Yanko beinahe herzlich, »sind Sie, wie ich höre, bei Harlekin et Cie. ausgeschieden. Ich möchte Sie daran erinnern, daß mein Angebot noch immer steht.«

»Abgelehnt, Mr. Yanko.«

George Harlekin fügte beißend hinzu: »Ich glaube, du hast klug gehandelt, Paul. Es ist ein gefährlicher Job.«

Yanko brauste auf: »Das sind abträgliche Worte, Mr. Harlekin. Darf ich Sie darauf aufmerksam machen, daß das einen Bruch der Abmachung darstellt, die Sie soeben unterzeichnet haben?«

»Ich habe nichts Abträgliches gehört«, sagte Karl Krüger. »Sie, Herbert?«

»Nein, Karl. Ich höre sowieso etwas schwer.«

Basil Yanko trank den Rest seines Drinks in einem Zug aus und stellte das Glas hin. »Ich bin für solche Schuljungenstreiche zu alt, meine Herren. Ich muß jetzt gehen.«

»Wenn Sie sich bewegen«, sagte der Fotograf liebenswürdig, »sind Sie ein toter Mann.« Er richtete die größere seiner beiden Kameras direkt auf Yankos Gesicht. »Dieser Apparat hier wirkt tödlich. Er ist mit sechs Cyanidpatronen geladen.«

George Harlekin fuhr ihn an: »Was soll das bedeuten, zum Teufel?«

»Bitte, meine Herren!« Der Fotograf machte eine ungeduldige Handbewegung. »Sie alle setzen sich jetzt an den Tisch. Legen Sie die Hände flach auf die Tischplatte.«

»Ein ganzes Stockwerk voller Sicherheitspersonal«, sagte Yanko entrüstet, »und dann geschieht so etwas! Was wollen Sie? Geld?«

»Setzen Sie sich!«

Wir setzten uns in einem Halbkreis um den Tisch und legten die Handflächen auf die polierte Platte. Der Fotograf saß uns gegenüber, die Kamera stand auf dem Tisch, sein Finger lag am Auslöser. Kurz und bündig erklärte er:

»Wenn sich jemand bewegt oder um Hilfe ruft, wird er erschossen. Falls wir unterbrochen werden, kümmern Sie sich darum, Mr. Harlekin. Wir haben eine Besprechung und wollen nicht gestört werden.«

»Ich habe diese Anweisung bereits erteilt.«

»Vielleicht müssen Sie sie noch einmal wiederholen. Und jetzt, wer bin ich? Mister Nobody. Warum bin ich hier?« Aus seiner Brusttasche nahm er ein maschinenbeschriebenes Blatt und einen Kugelschreiber und legte beides vor sich auf den Tisch. »Ich bin hier, um zu warten, wie Sie alle... Mr. Yanko, Sie haben soeben ein Glas Tomatensaft getrunken. Ich muß Ihnen leider sagen, daß er vergiftet war.«

Einen Augenblick trat eisige Stille ein, dann rangen wir vor Entsetzen nach Luft.

Nur Basil Yanko saß unbewegt da. »Ich glaube Ihnen nicht.«

»Ich verlange gar nicht, daß Sie mir glauben«, sagte der Fotograf ungerührt. »Ich rede von Tatsachen. Sehr bald werden Sie sich schwer und schläfrig fühlen. Danach werden Sie die Herrschaft über Ihre Muskeln verlieren. Dann werden Sie einschlafen. Kurze Zeit darauf werden Sie sterben. Sie werden keine Schmerzen empfinden. Es wird nicht lange dauern. Sie werden in etwa fünfzehn Minuten das Bewußtsein verlieren.«

»Sie können das nicht tun«, sagte George Harlekin. »Sie können doch nicht einfach zusehen, wie ein Mensch stirbt.«

»Ich muß Sie berichtigen, Mr. Harlekin. Wir werden alle zusehen, wie er stirbt.«

»Das werden wir nicht!« Karl Krüger hob seine massige Faust. Die Kamera richtete sich auf seine Brust. Er ließ die Hand sinken. »Warum Yanko? Warum nicht einer von uns?«

»Das hier ...« Der Fotograf hielt das gefaltete Blatt hoch. »Das ist eine Totenliste. Auf ihr stehen sechs Namen sowie ein Vermerk, wie jeder ums Leben gekommen ist. Ich werde Ihnen die Namen vorlesen: Mrs. Basil Yanko, in einem Rennboot in die Luft gesprengt; Miß Ella Deane, von einem Auto überfahren; Miß Valerie Hallstrom, erschossen; Mr. Frank Lemmitz, erschossen; Miß Audrey Levy, in London entführt, wahrscheinlich tot; Mrs. George Harlekin, erschossen ... Alle diese Morde wurden von Basil Yanko organisiert und finanziert.«

Basil Yanko saß steif auf seinem Stuhl. Er lachte rauh und freudlos, dann schüttelte er den Kopf. »O nein! Ein uralter Trick! Haben Sie diese Sache eingefädelt, Mr. Harlekin? Sie, Mr. Desmond?«

»Ich habe diesen Mann in meinem ganzen Leben noch nicht gesehen«, sagte George Harlekin. »Ich habe bis heute abend noch nie ein Wort mit ihm gewechselt.«

»Das ist wahr, Mr. Yanko. Sehen Sie, Valerie Hallstrom war eine Kollegin von mir. Ebenso Audrey Levy, die den Auftrag hatte, Lemmitz in London zu beobachten ... Sie machen nicht viel Federlesens. Wir auch nicht.«

»Sie können überhaupt nichts beweisen, und das wissen Sie selbstverständlich auch.«

»Nur die Polizei muß Beweise beibringen. Wir nicht. Wie fühlen Sie sich? Etwas schwer? Das ist normal ... Nein, Mr. Yanko! Wenn Sie versuchen aufzustehen, werde ich Sie erschießen, und das wird sehr schmerzhaft sein ... Bis jetzt sind Sie schonender behandelt worden als all die Menschen, die Sie auf dem Gewissen haben. Sie sterben; aber Sie sterben ganz ruhig. Keine Schmerzen. Kein Aufruhr... Sie schwitzen, Mr. Yanko. Das heißt, Sie kämpfen dagegen an. Das hat doch keinen Sinn. Bleiben Sie ganz ruhig.«

»Was wollen Sie von mir, verdammt noch mal?«

»Nichts. Die Sache mit Ihrer Frau war recht interessant. Bernie Koonig hat uns alles erzählt. Sie waren in New York. Er goß Benzin in die Bilge. Als sie den Anlasser betätigte – wumm! Wir haben uns gewundert, warum Sie ihn nicht ebenso wie Frank Lemmitz beseitigt haben. Wahrscheinlich waren Sie damals noch etwas weicher – oder weniger erfahren. Wie fühlen Sie sich jetzt? Bewegen Sie die Finger! Die Reaktionen sind schon verlangsamt. Sie machen sich ganz prima...« Er schob das Blatt Papier und den Kugelschreiber über den Tisch. »Sie sollten das lesen, solange Sie noch klar sehen können... Dieses Zeug ist ganz merkwürdig, meine Herren. Innerhalb der nächsten fünfzehn Minuten könnten wir alles wieder herauspumpen, und er wäre wieder vollkommen in Ordnung. Tun wir es nicht, geht er kaputt. Wie Sie sehen, Mr. Yanko, ist das Dokument in Form eines Geständnisses abgefaßt. Würden Sie es bitte unterschreiben?«

»Da werden Sie wohl eher zur Hölle fahren, bevor ich das tue!«

»Nein, Mr. Yanko. Wir werden zusehen, wie Sie dorthin gehen.«

»Um Himmels willen, Mann!« Herbert Bachmanns Stimme klang brüchig. »Das ist doch die reinste Folter.«

»Ich weiß, Sir.« Der Fotograf sprach so vernünftig, wie es nur möglich war. »Aber Mr. Yanko ist gegen das Leiden unempfindlich. Madame Harlekin starb mit einer Kugel im Leib. Ihr Kind wurde an den Händen aus einem Fenster im vierten Stock gehalten... das Kind, das Sie heute abend hier gesehen haben. Audrey Levy wurde wahrscheinlich gefoltert, bevor man sie ermordete... Wenn Mr. Yanko jedoch die Qualen für Sie und für sich selbst zu beenden wünscht, braucht er nur das Geständnis zu unterschreiben. Ich würde mich dann verabschieden, und Sie hätten immer noch Zeit, einen Arzt zu rufen.«

Yanko gab noch nicht auf. Er sprach schon mit etwas schwerer Zunge, aber die Ironie war unverkennbar. »Sehen Sie, ich habe Ihnen ja gesagt, daß es eine Falle ist!«

»Wenn Sie nicht unterschreiben, Mr. Yanko, ist es eine Falltür. Durch die fallen Sie ins Nichts. Mir ist beides gleich. Das Sprechen fällt Ihnen schon schwerer. Wahrscheinlich verlieren Sie auch schon das Gefühl in den Extremitäten.«

»Unterschreiben Sie, Mann!« sagte Herbert Bachmann voller Verzweiflung. »Es ist Ihre einzige Chance.«

»Es ist sein Leben«, sagte Karl Krüger. »Er soll damit tun, was er will.«

George Harlekin sagte ohne Boshaftigkeit: »Ich kann ihm sagen, was ich will – er glaubt mir ja doch nicht.«

Es trat eine lange Stille ein, und dann sahen wir fasziniert zu, wie Yanko sich bemühte, seine erschlaffenden Muskeln wieder unter Kontrolle zu bringen, nach dem Kugelschreiber zu greifen und seinen Namen unten aufs Papier zu setzen.

»Reichen Sie es mir bitte wieder zurück«, sagte der Fotograf.

Er faltete das Blatt langsam und steckte es sich in die Tasche. Dann sagte er: »Mr. Yanko, Sie werden jetzt behaupten, daß dieses Papier unter Zwang unterschrieben worden ist. Es genügt also nicht, daß Sie sich das Leben gerettet haben. An diesem Tisch sitzen vier Zeugen – mich ausgenommen, denn ich komme und gehe. Beantworten Sie eine Frage mit einem Wort. Haben Sie diese Menschen töten lassen? Ja oder nein?«

»Aber Sie haben doch gesagt... Sie haben versprochen...«

»Diesmal werde ich das Versprechen halten. Ja oder nein?«

»Ja.«

»Ich danke Ihnen, Mr. Yanko... Nein! Keine Bewegung, meine Herren! Er ist in etwa fünf Minuten tot.«

»Aber Sie haben doch versprochen...« Ich hielt es nicht mehr aus. Ich stieß den Stuhl zurück, stand auf und bewegte mich auf Yanko zu. Da hörte ich das Klicken eines Lademechanismus und die Stimme des Fotografen, der scharf und kalt erklärte:

»Setzen Sie sich, Mr. Desmond.«

Die Kamera war auf meine Körpermitte gerichtet. Ich kehrte langsam zu meinem Stuhl zurück und setzte mich. Basil Yanko hing über dem Tisch und murmelte gurgelnd wie ein Betrunkener unverständliche Worte vor sich hin. Wir sahen hilflos zu, wie er schließlich, mit dem Gesicht nach vorn, über der Tischplatte zusammenbrach.

»Barmherziger Gott!« sagte Herbert Bachmann. »Jetzt haben Sie erreicht, was Sie wollten. So, jetzt holen wir einen Arzt!«

Der Fotograf grinste und schüttelte den Kopf. »Er braucht keinen Arzt. Er wird erst einmal schlafen. Es ist nur die moderne Abart eines alten Betäubungsmittels... Falls Sie übrigens als Zeugen aussagen sollten, meine Herren, so sehen Sie doch bitte einmal her.«

Er öffnete die Kamera und ließ sie von Hand zu Hand gehen. »Wie Sie sehen, handelt es sich um ein handelsübliches Gerät. Es enthält nichts Lebensgefährliches. Vielleicht möchten Sie es Yanko sagen, wenn er aufwacht.«

Herbert Bachmann blickte von einem zum anderen. Er war schockiert und wütend. »Wer hat diesen... diesen Horrorfilm inszeniert?«

»Ich«, sagte der Fotograf. »Es ist kein schöner Anblick, nicht wahr? Aber es ist eine normale, wenn auch ziemlich rohe Vernehmungsmethode. Sie wird auf Polizeischulen und bei den Streitkräften gelehrt. Dafür zahlen Sie Ihre Steuern, Mr. Bachmann. Sie unterstützen Leute, die diese Methode Ihren Verbündeten beibringen – von denen einige einen derartigen Unterricht gar nicht nötig haben.« Er nahm das Blatt Papier aus der Tasche und übergab es George Harlekin. »Es ist für Milo Frohm bestimmt.«

»Vielen Dank. Ich werde es ihm zustellen lassen. Sagen Sie Aaron, daß ich ihn anrufen werde.«

»Wer ist Aaron?« fragte Herbert Bachmann.

»Jemand, von dem Sie noch nie gehört haben, Sir«, sagte der Fotograf. »*Shalom!*«

Karl Krüger hob Basil Yankos schlaffe Hand hoch, fühlte ihm den Puls und ließ die Hand dann wieder auf die Tischplatte fallen.

»Was wollen Sie mit ihm machen?«

»Meine Leute werden ihn nach unten bringen. Sein Chauffeur wird ihn dann nach Hause fahren und zu Bett bringen. Ich wünschte, ich könnte dabeisein, wenn er aufwacht. Ich würde mich gern mit ihm unterhalten.«

Alle fragten irgend etwas. Ich fand, daß ich das Recht auf die letzte Frage hatte.

»Du hast sein Geld bekommen, George. Du hast ein Geständnis, das zwar vor Gericht nicht anerkannt, ihn aber für immer unmöglich machen wird. Worüber kannst du dich jetzt noch mit ihm unterhalten?«

»Er ist heute abend gestorben«, sagte George Harlekin düster. »Ich habe mich immer gefragt, wie Lazarus wohl zumute gewesen sein mag, als er aus dem Grab stieg.«

»Ich will dir sagen, wie ihm zumute war, George. Er sah sich nur einmal kurz an, was die Menschen einander antaten, und bat darum, ins Grab zurückkehren zu dürfen!«

Es war ein Schrei der Verzweiflung; der Ausdruck äußerster Verlassenheit. Noch lange, nachdem Herbert und Karl gegangen waren und Yanko hinausgetragen worden war, hingen die Worte im Raum wie die letzte Blasphemie, für die es keine Vergebung gibt. Der Kreis meiner eigenen Verdammnis hatte sich geschlossen. Ich hatte zur Gewalt geraten. Ich hatte bei der Gewaltanwendung mitgewirkt. Ich hatte mit angesehen, wie Leben vernichtet wurde. Ich hatte es schließlich als einen unanständigen Scherz abgetan.

Als ich auf die Uhr sah, erwartete ich eigentlich, daß die Zeit stehengeblieben sein mußte. Ich stellte mit Entsetzen fest, daß es erst sieben Uhr abends war, daß Suzanne noch an der Maschine saß, daß George Harlekin einem verträumten Kind Märchen erzählte und daß die Menschen zum Abendessen nach Hause eilten. Ich konnte nicht länger warten. Ich ging an den Sicherheitsbeamten vorbei hinaus und hastete blindlings durch die Stadt, um mich zu den anderen verlorenen Seelen in Gully Gordons Bar zu gesellen.

Es konnte eine Stunde später gewesen sein, vielleicht auch zwei, denn Gully aß gerade zu Abend, die Bar war fast leer und ich saß allein und mürrisch in einer Nische, als George Harlekin mit Suzanne hereinkam. Sie setzten sich zu beiden Seiten von mir hin, so daß ich nicht entkommen konnte.

Suzanne ergriff meine schlaffe Hand und sagte: »George möchte mit dir sprechen, Chéri.«

»Was gibt es denn noch zu sagen? Es ist vorbei. Schwamm drüber.«

»Auch wir brauchen Vergebung, Chéri.«

»Wir haben sie nicht verdient. Wir sind ebensolche Mörder wie Basil Yanko... Du nicht, aber George und ich. Das stimmt doch, nicht wahr, George?«

»Auf mich trifft es zu, ja. Auf dich nicht, Paul. Du hast versucht, mich zurückzuhalten. Ich wollte mich nicht zurückhalten lassen. Noch im allerletzten Moment hast du es versucht.«

»Was bist du jetzt, George – ein Beichtvater?«

»Nein. Ich versuche, ein Büßer zu sein. Es ist nicht so einfach, wie es klingt.«

»Hast du denn angenommen, daß es leicht sein würde?«

»Daß es möglich sei, zumindest.«

»George, ich kann keine Absolution mehr erteilen und bin auch der ewigen Nachsicht müde. Ich kann mir nicht einmal selbst verzeihen.«

»Aber ich«, sagte Suzanne ernst. »Ich liebe euch beide – das ist der letzte Schritt, Paul. Tu ihn für mich.«

»Was willst du denn noch?«

»Alles, Paul. Denn das heißt lieben.«

»Mein Gott ...!«

George Harlekin saß lange da und starrte in sein Glas; dann begann er langsam und mühsam, eine Beichte abzulegen:

»Ich wollte ihn tot sehen ... Ich wollte ihn nackt und zitternd auf die Hinrichtung warten sehen. Ich sprach mit Aaron Bogdanovich. Er stellte mir ein Dutzend Möglichkeiten zur Wahl. Ich hatte gar nicht gewußt, wie viele einfache und raffinierte Wege es gibt, einen Menschen zu töten: ein Gas, das man ihm ins Gesicht bläst, wenn er die Treppe hinuntergeht; ein Stich mit einer vergifteten Nadel; eine Bombe in seinem Wagen; ein Brief, der ihm in den Händen explodiert; das Geschoß eines Scharfschützen; eine Viruskultur in seinem Drink ... Ich hatte ein Vergnügen daran, diese Möglichkeiten zu studieren und die Zugfolge durchzuspielen wie bei einem Schachgambit. Natürlich, das ist der richtige Vergleich: das Schachspiel. Die Figuren sind leblos. Sie sind aus Holz oder Metall oder Elfenbein. Sie haben Namen, aber kein Leben, keine Seele ... Man bestimmt über ihr Schicksal – eine Art geistiger Übung. Das Für und Wider ist wohlfundiert, und Aaron Bogdanovich hat es mir im einzelnen vor Augen geführt. Das Gesetz kann die Ungerechtigkeit nicht ungeschehen machen: Man muß außerhalb der Gesetze wirken. Das politische System läßt sich nicht mehr reformieren: Man muß es zerstören, bevor man ein besseres errichten kann. Man kann das Ideal nicht erreichen: Man muß sich mit einer Behelfslösung zufriedengeben. Der Folterknecht triumphiert: Man muß ihn beseitigen. Der Räuber freut sich seiner Beute: Man erstickt ihn an seinem gestohlenen Gold. Die Demokratie ist ein großer Betrug, denn die Menschen lassen sich für ihre Stimmen prellen und durch eine Politik düpieren, die sie nicht verstehen. Alle Männer sind Verräter und alle Frauen Huren, vorausgesetzt, der Preis stimmt... Auf alle diese Thesen gibt es keine Antwort – nur einen Akt des Glaubens, dessen ich nicht mehr fähig war... Seltsam! Du, Suzy, und du, Paul, ihr habt im Glauben an mich gehandelt, Ihr glaubtet, daß ich besser war, als ich selber sein wollte. Ihr konntet mich nicht überzeugen, denn ihr seid mir die ganze Zeit zu nahe gestanden. Ich konnte euch täuschen und mich selbst täuschen und uns allen etwas vormachen... Aber Bogdanovich konnte ich nicht täuschen, und er wollte nicht zulassen, daß ich mich selbst täuschte... Dann kam der Tag, wo eine Entscheidung getroffen werden mußte. Ich suchte ihn in seinem Blumenladen auf. Er spielte mit einer kleinen Katze, einem streunenden Tier, das ihm gerade zugelaufen war. Er verlangte von mir genau zu wissen, was ich wollte. Ich sagte es ihm: mein Geld zurück und Yankos Leben für Julies. Er erhob keinerlei Einwände. Er brach dem Kätzchen einfach das Genick und legte das Tier vor mich auf den Tisch. Dann sagte er: ›Das heißt es, Mr. Harlekin. Können Sie es tun?‹... Ich wußte, daß ich es nicht tun konnte. Ich brachte es kaum über mich, das tote Tier zu berühren...«

»Aber du konntest dennoch zusehen, wie ein Mann durch die Hölle des Sterbens ging...«

»Ja. Ich muß es zu meiner Schande gestehen. Ich konnte es, und ich tat es, und ich glaubte, daß das, was ich sah, der Gerechtigkeit diene.« – »Glaubst du es immer noch?«

»Nein. Ich erlebte, wie Terror durch Terror zunichte gemacht wurde... Nichts hat sich geändert. Ich dachte, du hättest das Recht, das zu wissen.«

Er versuchte aufzustehen, konnte sich aber in der engen Nische nicht bewegen. Ich faßte ihn am Arm und hielt ihn zurück. »Bleib hier, George!... Ich bitte um Verzeihung. Auch ich bin nicht stolz auf mich selbst. Bogdanovich hat auch über mich das Urteil gesprochen. Er sagte, ich wolle Ansehen ohne Tugend, Besitz ohne Bedrohung, Vergnügen ohne Bezahlung... Der Spießbürger, der jeden Horror auf der Welt billigt, solange er nicht im Schlaf oder beim Essen gestört wird...! Wir sind ein feines Paar, findest du nicht auch?«

»Ich habe eine Neuigkeit für euch beide«, sagte Suzanne ungerührt. »Ihr habt versucht, euch über das Gesetz hinwegzusetzen, und trotzdem sitzt ihr hier und laßt euch von dem Verdikt eines Mörders demütigen. Ich finde, ihr beide habt eine andere Gesellschaft nötig...«

Wir ließen es bei dieser traurigen Feststellung bewenden, denn Gully Gordon war wieder da, verbeugte sich zur Begrüßung und bat uns, ihm unsere Lieblingsmelodie zu nennen.

Die nächsten achtundvierzig Stunden verliefen eintönig und ohne besondere Ereignisse. Suzanne war damit beschäftigt, Harlekins Angelegenheiten zu ordnen, bevor er sich nach Europa einschiffte. Ich rumorte in der Wohnung herum, stand Takeshi dauernd im Wege, nahm Bücher in die Hand und ließ sie wieder fallen, nachdem ich eine Seite gelesen hatte, und brachte mich selbst völlig durcheinander mit Plänen, Projekten und Zeittafeln für eine Zukunft, die jetzt ebenso vage schien wie das Wetter des letzten Jahres. Ich las die Zeitungen und wunderte mich, warum nichts über Yankos Verhaftung drinstand. Ich spielte Musik und hörte keinen Takt. Ich war wie der Knabe im Märchen, der seinen Schatten verloren hatte und erst dann wieder glücklich werden konnte, wenn er ihn wiederfand.

Ich hatte mehr als nur meinen Schatten verloren. Ich hatte den kleinen Teil meiner selbst verloren, der nach Jahren des Umherirrens und vergeblichen Bemühens noch intakt geblieben war. Ich hatte einen Freund verloren – einen der wenigen, dem ich mich vertrauensvoll und aus tiefstem Herzen verpflichtet fühlte. Ich hatte eine Frau gefunden, die ich lieben konnte. Ich hatte die Achtung verspielt, ohne die eine Liebe keinen Bestand haben kann. Jetzt stand ich vor der Feuerprobe einer Dinnerparty, die von einem Mann gegeben wurde, den ich um nichts in der Welt kränken wollte, und auf der ein Gelöbnis gefeiert werden sollte, das meiner Meinung nach niemals würde eingelöst werden können. Dreimal nahm ich den Hörer ab, um ihm abzusagen. Jedesmal verließ mich der Mut und ein weiteres Stück Selbstachtung. Suzanne war liebevoll um mich bemüht; aber auch wenn ich darauf einging, so hatte ich doch das Gefühl, ich spielte den falschen Liebhaber, der mit leeren Händen und leerem Herzen dastand und Angst hatte, es einzugestehen.

Nicht nur meine persönliche Welt war aus den Fugen geraten. Auch die Welt draußen vor meinen Fenstern war mir feindlich gesonnen. Ich konnte ihr nie wieder unvoreingenommen und unbewaffnet entgegentreten. Stets würde ich den Kettenpanzer des Zynikers, den Dolch und die Pistolen des wachsamen Reisenden tragen müssen. Ich mußte auf jede Münze beißen, bevor ich sie annahm, jeden Mann mit einer Drohung zur Vertragstreue anhalten, ich durfte keiner Frau mehr trauen und mußte zweimal in den Spiegel schauen, um ganz sicher zu sein, daß auch wirklich ich es war. In dieser Stimmung völliger Illusionslosigkeit – die zwar meinem Alter angemessen war, sich aber sehr wenig für einen Mann geziemte, der zu seinem eigenen Verlobungsessen ging – machte ich mich mit Suzanne auf den Weg, um mit George Harlekin und Francis Xavier Mendoza zu dinieren.

Unser Treffpunkt war einer jener alten Winkel von New York, die noch vor den Barbaren bewahrt geblieben waren – ein Kellerlokal auf der First Avenue, das von unten bis oben mit Weinregalen versehen war; es besaß einen langen Eßtisch, nur einen Küchenchef sowie zwei Kellner und einen Kellermeister, die alle dem Grundsatz ergeben waren, daß Essen und Trinken eine heilige Handlung sei, die erste und letzte auf unserem Erdenwege. Harlekin war schon da; er wanderte mit Mendoza an den Stellagen entlang, prüfte die einzelnen Jahrgänge und lauschte Mendoza wie der Schüler seinem Guru.

Mendoza begrüßte uns wie Märtyrer, die gerade aus der Löwengrube gerettet worden waren. Er küßte Suzanne auf beide Wangen, ergriff meine Hände, betrachtete mich von oben bis unten und verkündete:

»Nicht schlecht! Ihr seid wenigstens noch am Leben! Harlekin hat mir gerade die Geschichte erzählt. Es ist ein Wunder, daß ihr alle noch heil geblieben seid. So, und jetzt laßt euch zeigen, was wir vorbereitet haben ... Zunächst ein Kanapee mit Roquefort und Walnüssen, dazu eine Flasche von meinem eigenen Palomino und ein gemütliches Gespräch. *Susanna querida,* ich weiß! Sie haben Sie schon in Grund und Boden geredet. Hier sind Sie allein der Mittelpunkt. Haben Sie meine Flasche schon geöffnet?«

»Noch nicht, Francis. Sie sind noch nicht soweit!«

»*Ay de mí!* Und ich dachte, es wären zivilisierte Männer. Macht nichts, Sie und ich werden sie zähmen. George, ich weiß, Paul ist ein Barbar, aber von Ihnen hatte ich Besseres erwartet.«

»Ich bin ein Narr«, sagte George Harlekin. »Es dauert eine Zeit, sein Gewerbe zu vergessen.«

»Zeit und Wein – von beidem haben wir genug. Und jetzt zum Menü: Wir haben kalten Lachs und dazu einen Pinot, ganz trocken, einen Jahrgang, auf den ich besonders stolz bin ... George, ist Ihnen nie der Gedanke gekommen, daß der Islam eigentlich ein sehr weiser Glauben ist? Er verheißt, was wir Menschen verstehen können – frisches Wasser und Blumen und Wein und großzügige Frauen... Wir Christen reden von Harfen, die niemand spielen kann, und stellen uns eine Seligkeit vor, deren Sinn niemand begreift.«

»Aber wir sehnen uns danach, Francis. Das einfache Wissen, die einfachen Freuden...«

»Aha! Jetzt haben wir es, George! Die Einfachheit – das Einssein! Das ist das Geheimnis, das wir unser ganzes Leben lang zu ergründen versuchen.«

»Und nie begreifen werden.«

»Suzanne, warum sind Frauen einfacher als Männer?«

»Sind sie es denn, Francis?«

»Immer und überall. Wir Männer sind dumm, kompliziert. Wir erwachen an einer Frauenbrust. Wir sterben, wenn wir Glück haben, in einer Umarmung. Wir wandern Millionen von Kilometern und kommen doch nur an den Ausgangspunkt zurück. Paul, was sagen Sie?«

»Es ist ein guter Palomino, Francis.«

»Gut, sagt dieser Mann! Es gibt keinen besseren, wenn Sie nicht nach Jerez de la Frontera gehen – und sogar dort werden Sie lange danach suchen müssen. Als nächstes, meine Freunde, haben wir ein *filet de bœuf en croûte* mit einer *sauce Périgueux* und dazu meinen 65er Cabernet... ein großartiges Jahr, kein Frost, die richtige Menge Regen, der Traum jedes Winzers! Wir trinken ihn jetzt, fast zehn Jahre später, eine Zeit der Reife für uns alle. Meine Freunde, was auch immer geschehen ist und was vielleicht morgen noch geschehen mag – wir sind die Glückskinder –, wir haben das Glück, zu wissen, das Glück, zu genießen, das Glück, dankbar sein zu können. Wollen Sie ein Tischgebet mit mir sprechen?«

Wir standen auf, reichten uns die Hände und hielten die Köpfe gesenkt, während er sprach:

»Wir essen, während andere hungern. Wir lachen, während andere traurig sind. Für das, was wir haben, sind wir dankbar. Laß uns immer daran denken, was andere nicht haben, und gib uns die Kraft, es ihnen zu schenken. Im Namen des Vaters, des Sohnes und des Heiligen Geistes. Amen.«

Er bat uns mit einer Handbewegung, Platz zu nehmen – Suzanne zu seiner Rechten, Harlekin zu seiner Linken und ich ihm gegenüber. Dann sagte er: »Ich habe nie gewußt, was für ein Tischgebet ich sprechen soll. Ich habe nie verstanden, warum der Allmächtige seine Gaben so ungleichmäßig verteilt hat.«

»Vielleicht ist er blind«, meinte ich ironisch.

»Oder wir alle sind blind«, sagte Suzanne.

»Oder wir legen die falschen Maßstäbe an«, sagte George Harlekin.

»Das halte ich für wahrscheinlicher«, erwiderte Francis Xavier Mendoza. »Guten Appetit, meine Freunde!«

Wir aßen; wir tranken; wir plauderten über Belanglosigkeiten und fühlten uns glücklich in der Gegenwart eines guten Mannes, der wie der Schatten eines großen Baumes in einer sonnendurchglühten Landschaft war. Wir machten alberne Scherze. Wir lachten, als hätten wir das Lachen schon lange vergessen gehabt. Dann kam, zu früh für mich, der Zeitpunkt für die Trinksprüche, die laut Francis Mendoza nicht mit dem Wein eines neuen Landes, sondern mit dem der Alten Welt, mit einem Oporto ausgebracht werden müßten, einem alten, weichen Wein von der Farbe schöner Rubine.

Wir waren nur eine kleine Gesellschaft, aber er erhob sich für die Zeremonie. Für George Harlekin, den Sprachkundigen, sprach er erst auf spanisch, dann auf französisch für Suzanne und für mich auf englisch:

»Liebe Freunde! Das ist ein Augenblick des Gelöbnisses – eines Gelöbnisses zwischen Suzanne und Paul, die einander so spät zu lieben gelernt haben, und zwischen uns allen, die wir einander so sehr brauchen. Wenn ich diesen Wein nicht mit euch teilen könnte, wäre ich der einsamste Mensch auf der Welt, und der Wein würde unbeachtet in der Flasche sterben. Wenn ihr nicht miteinander die Schmerzen teilen könntet, die ihr erlitten habt, und die Vergebung, deren wir alle bedürfen – ay! –, dann werdet auch ihr ein einsames Leben führen, und der Wein des Lebens wird euch für immer sauer schmecken. Ich segnete euch, als ihr kamt. Ich bitte euch herzlich, daß ihr mich segnet, wenn ihr geht, denn wir sind Freunde …«

»So sei es«, sagte Suzanne.

Ich fand keine Worte. George Harlekin saß lange schweigend da und erhob sich dann langsam. Auch er sprach erst auf spanisch und dann auf englisch:

»Francis, wir sind an Ihrer Tafel geehrt und in Ihrer Gegenwart gesegnet worden. Wir danken Ihnen, wir alle. Ich danke meinen Freunden, die mir in einer dunklen Zeit beigestanden und den Schmerz mit mir geteilt haben, die mich Böses haben tun sehen und dennoch fest zu mir gehalten und mir verziehen haben. Mit Ihrer Erlaubnis möchte ich Paul und Suzanne ein Geschenk überreichen. Ich übergebe es ihnen mit dem Motto meines Vorfahren, der ein Clown war: ›Wenn ihr lacht, habe ich zu essen. Wenn ihr weint, dann helfe Gott uns allen!‹«

Er nahm einen Umschlag aus der Tasche und reichte ihn mir über den Tisch hinweg. Ich nahm ihn in die Hand, wog ihn und betete, er möge nicht das enthalten, was ich vermutete – eine Geschenkurkunde, eine Stiftung. Sollte er versuchen, mich jetzt noch zu kaufen, würde ich ihn bis in alle Ewigkeit hassen.

»Öffne ihn, Paul!«

Francis Mendoza reichte mir das Käsemesser. Ich schlitzte den Umschlag auf und gab ihn Suzanne. Sie sah ihn einen Augenblick an und ließ dann den Inhalt auf ihren Teller fallen – einen zweiten Umschlag, der mit Papierschnitzeln, so klein wie Konfetti, gefüllt war. Wir starrten Harlekin an. Zum erstenmal seit langer Zeit sahen wir wieder das alte, schelmenhafte Lächeln. Irgend jemand mußte die Frage aussprechen. Dieser Jemand mußte Paul Desmond sein.

»Was ist das, George?«

»Kannst du es denn nicht erraten?«

»Ich kann es«, sagte Suzanne.

Ich habe Ihnen ja schon gesagt, daß ich ein Dummkopf war. Ich hatte vergessen, daß er ein Clown und ein Illusionist war. Ich begriff den Scherz erst, als Suzanne die Papierschnitzel in einer Schale aufhäufte und Francis Xavier Mendoza seinen besten Kognak darübergoß und Basil Yankos Geständnis zu Asche verbrannte.